Hans Dieter Stöver, geboren 1937 in Wissen an der Sieg, studierte an der Universität Köln Geschichte, Kunstgeschichte und Altertumskunde. Seit 1965 ist er Mitarbeiter des WDR und schreibt Hörspiele und Features zu kulturgeschichtlichen Sendereihen. Als er sechzehn war, bekam er eine Auswahl von Plutarchs »Römischen Heldenleben« geschenkt – von da an ließ ihn Rom nicht mehr los. Aus der Begeisterung für die römische Geschichte und nach jahrelangen Studien folgten kurz hintereinander »Die Römer, Taktiker der Macht«, »Spartacus, Sklave und Rebell«, »Verschwörung gegen Rom, Catilinas Griff nach der Macht« und »Christenverfolgung im Römischen Reich, ihre Hintergründe und Folgen«, die weithin große Beachtung fanden. In der vorliegenden Reihe »C. V. T. im Dienste der Caesaren« zeichnet der Autor das Leben des Establishments wie das des kleinen Mannes in allen Facetten des Alltags nach. Dabei vereint er – und das macht die Einmaligkeit dieser Bücher aus – profundes historisches Wissen mit dramatischer Erzählkunst: Die kulturellen, sozialen und wirtschaftlichen Gegebenheiten der bewegten Übergangsepoche von Caesar zu Augustus werden lebendig.
Im Bann der spannenden Handlung eines Krimis wird dem Leser erst später bewußt, daß er – fast beiläufig – einen tiefen Blick in die Probleme eines Zeitenwechsels getan hat, der dem unsern in vielem so verwandt ist.

Von Hans Dieter Stöver sind außerdem
als Knaur-Taschenbücher erschienen:

in der Reihe *C. V. T. im Dienste der Caesaren*

»Die Frau des Senators« (Band 834)
»Ich klage an« (Band 835)

sowie

»Spartacus« (Band 628)

Originalausgabe

Umschlagillustration Klaus Dill
Satz IBV Lichtsatz KG, Berlin
Druck und Bindung Hanseatische Druckanstalt GmbH, Hamburg
Printed in Germany · 1 · 12 · 982
ISBN 3-426-00833-5

1. Auflage

Hans Dieter Stöver:
Mord auf der Via Appia

C. V. T. im Dienste der Cäsaren – Band 1

Knaur

»Nil tam difficile est, quin quaerendo investigari possiet.«

Nichts ist so schwierig, daß es nicht durch Nachforschen aufgespürt werden könnte.

Terentius

1

»... und bleib nicht so lange! Ein Unwetter kann aufziehen!«
Metella blickte noch einmal kurz zum westlichen Himmel, wo sich am Horizont graue, scharfschattige Wolkengebirge türmten.
»Und nächstens machst du deine Aufgaben früher!«
»Ja, Mama.«
»Du weißt, welchen Wert dein Vater auf diese Dinge legt!«
»Ja, Mama.« Es klang aufreizend folgsam. Er konnte es kaum erwarten, fortzukommen.
»Darf ich jetzt gehen?«
Sie lächelte, wollte ihm noch einmal übers Haar streichen, doch er wich zurück, schon auf dem Sprung, und sie ließ ihre Hand langsam sinken.
»Ich hab's Publius versprochen. Wenn's ein Unwetter gibt, fahren sie sowieso nicht aus.«
Sie nickte. Und schon lief er davon: ein Junge von dreizehn Jahren, staksig lang die Knabenbeine. Seine hellen Locken wehten im Wind, als er den Hügel hinabsprang.
»Sei pünktlich zum Essen wieder hier!« rief sie ihm nach, doch er war schon zwischen den Bäumen verschwunden. Sie ging ins Haus.

Als Quintus aus dem Wäldchen heraustreten wollte, packte ihn jemand von hinten und warf ihn zu Boden. Nach kurzem, heftigem Kampf konnte er sich befreien, wandte sich um und blickte in das gerötete, lachende Gesicht von Publius.
»Laß doch den Quatsch! Kommst dir wohl sehr stark vor, wie?«
»Spielverderber!« maulte Publius und strich sich den Sand von der Tunika. »Ich warte hier schon eine ganze Stunde auf dich!«
»Ich konnte nicht früher weg. Theon war da. Ich mußte eine halbe Rolle Hesiod übersetzen.«
Publius kniff die Augen zusammen.
»Wer ist dieser Theon?«
»Mein Lehrer. Ich lerne bei ihm Griechisch.«
»Und Hesi... Hesiod?«
»Ein griechischer Dichter. Hat ein dickes Buch über die Götter geschrieben.«
»Warum mußt du das machen?«

Quintus schwieg eine Weile, dann: »Mein Vater will es so... Komm, geh'n wir zum Strand!« Er sprang auf, zeigte nach Norden.
»Da ist er! Sieht so aus, als ob er noch ausfahren will.«
Sie rannten los. Der Fischer unterbrach nicht seine Arbeit, als sie außer Atem vor ihm zum Stehen kamen. Sie kannten das, hatten sich nach anfänglichem Staunen an seine Wortkargheit gewöhnt, wußten, daß er nur selten den Mund aufmachte.
»Fährst du heute noch raus?«
Er nickte.
»Wird es ein Gewitter geben?«
Er blickte zum Meer. »Es wird über der See bleiben.«
Sie halfen ihm unaufgefordert, das Netz ins Boot zu legen, das halb im Wasser schaukelte. Als alles verstaut war und der Fischer sich an Ruder und Segel zu schaffen machte, fragte Quintus:
»Dürfen wir mit? Du legst doch noch das Netz aus – oder?«
Statt einer Antwort winkte er mit dem Arm, daß sie mit anpacken sollten. Sie stemmten sich gegen das Heck, schoben das Boot, bis es tieferes Wasser erreichte, und sprangen hinein, ehe ihre Tuniken naß wurden.
Der Fischer – sie kannten nicht einmal seinen Namen – ließ sie rudern, während er das Segel setzte. Langsam entfernten sie sich vom Strand. Quintus blickte zum Ufer, verfolgte, wie allmählich hinter dem Wäldchen der Hügel mit der Villa auftauchte. Auf der Terrasse stand eine weiß gekleidete Frau. Quintus winkte, dann auch Publius, und die Gestalt winkte zurück. Leuchtend weiß hoben sich die Wände des Landhauses im schrägen Licht der Sonne vom trockenen Braun der Umgebung ab.
Mit wachsender Entfernung von der Küste machte sich der leichte Südost bemerkbar, blähte das Segel und trieb das kleine, schnittige Boot auf die offene See. Immer größere Partien des Landes wurden mit weithin schwingenden Buchten, Landzungen und Vorgebirgen sichtbar.
Die Jungen saßen im Heck und genossen, wie sich das Panorama von Minute zu Minute dehnte. Als sie sich zum Bug wandten, erschraken sie: Die Wolkenwand, schon sehr nahe, hatte eine schwarzviolette Färbung angenommen – es würde nicht mehr lange dauern, bis sie den Sonnenball verdeckte. Und dies sahen sie: Eine halbe Meile[1] voraus lag, bereits im Schatten der Dünste, ein dunkles mittelgroßes Schiff mit gerefften Segeln vor Anker. Seine Umrisse wuchsen schnell, denn der Fischer steuerte direkt darauf zu.
Arglos verfolgten die Jungen das Manöver, wurden erst stutzig, als der Fischer längsseits ging und an Deck mehrere bärtige Gesellen erschienen. Einem von ihnen warf der Fischer ein Seil zu, mit dem sie das Boot festhielten. Zwei andere sprangen ins Boot und halfen Quintus und Publius, auf einer Strickleiter an Bord des Seglers zu klettern. Der Fischer folgte nach. Augenblicklich wurden Segel gesetzt.

Drei Tage später fanden Einheimische am Strand in der Nähe der Villa Cassia ein gekentertes Boot und darin die Leiche eines Mannes. Eine kurze Untersuchung zeigte am Hals die Würgespuren einer Schnur, außerdem war der Hinterkopf brutal mit einem harten Gegenstand eingeschlagen worden.
Die regionalen Behörden nahmen den Fall zu den Akten, schickten außerdem auf dem Dienstweg Meldung nach Rom – des Inhalts, daß seit drei Tagen ein Quintus Cassius Longinus, Sohn des römischen Senators[2] Cassius Longinus, zusammen mit Publius Asconius, dem Sohn seines Verwalters, spurlos verschwunden sei.

2

Es ging gegen Mittag. Das Gedränge an der Porta Collina hatte nachgelassen – heute früher als sonst, denn das üble, feuchtkalte Wetter, das seit Tagen Rom und die Campania mit Nieselregen und Nebel heimsuchte, mochte viele Bauern und Händler der näheren und weiteren Umgebung abgehalten haben, den Weg in die Stadt zu nehmen, zumal es außer dem Lebensnotwendigen, wie Milch, Käse, Eier, keine besonderen Gaben der Natur anzupreisen gab, denn längst hatte der Herbst die Frische von der Landschaft gezogen, und falbes Braun machte sich allenthalben breit; nur die Zypressen behaupteten sich in düsterem Grün, das in größeren Fernen zu schmeichelndem, dunstigem Blau sich verwässerte.
Aus der Gruppe jener, die die Stadt wieder verließen, trat eine bis zum Hals vermummte Gestalt gleich am Ausgang des Tores rechts zur Seite, blieb stehen, blickte hinüber zu den Stallungen und Unterständen, die sich in der Nähe der Porta rechts und links an der Mauer hinzogen, und winkte.
Drüben antwortete man mit gleicher Bewegung. Es waren zwei Burschen, die unter dem weit überstehenden Dach eines Schuppens verschwanden; dann kam der eine mit einem leichten zweirädrigen Karren, den er an der Zugstange bewegte, wieder zum Vorschein, während der andere mit geübtem Griff begann, einen munteren Fuchs an das Holz zu spannen. Das Pferd schien sich lange nicht im Freien bewegt zu haben, denn es tänzelte nervös, so daß der Bursche alle Mühe hatte, Riemen und Zügel durch die Ösen zu ziehen und die Haken einrasten zu lassen. Weiß entwich der neblige Atem aus den schönen Nüstern des Tieres.
Die vermummte Gestalt hatte sich währenddessen, den Vorgang mit einigem Interesse beobachtend, gemächlichen Schrittes genähert. Beide Knechte hielten einen Augenblick in ihrer Tätigkeit inne und verbeugten sich artig vor dem Mann. Der nahm es mit lässiger Geste, die Rechte halb erhoben, zur Kenntnis: »Legt zwei Decken auf!«

Es geschah auf der Stelle, und aus der Eile, mit der es geschah, war zu schließen, daß sie seinen Ton und die dahinterstehende Autorität aus längerer Gewohnheit kannten und respektierten. Dann winkte der Vermummte einen der beiden heran, überreichte ihm ein kleines Päckchen, flüsterte ihm etwas ins Ohr – der andere nickte beflissen – und wandte sich dann dem Gefährt zu.

»Ich werde gegen Abend zurück sein.«

Wieder verbeugten sie sich wortlos, halfen ihm mit kräftigen Armen auf den Sitz, reichten Zügel und Peitsche, legten ihm die zweite Decke über Knie und Beine und prüften, ob der lederne Regenschutz in fester Spannung saß.

Dann traten sie zurück – scheinbar bescheiden und doch in Erwartung. Der Mann auf dem Bock nestelte mit klammen Fingern nach einem Lederbeutel in den Falten des Mantels, entnahm ihm einige Münzen und warf sie gezielt, zweimal, nach unten, wo sie von flinken Händen noch in der Luft aufgefangen und mit einigen Bücklingen bedankt wurden.

Wenige Minuten später ruckelte das Gefährt über die Via Tusculana auf leicht ansteigendem Gelände gegen die Albaner Berge zu. Die Straße weithin leer, vereinzelte Wagen nur aus der Gegenrichtung, ein Reiter, keine Karren und Viehtriebe. Einsam und souverän die Rotunden der alten Gräber zu seiten der Straße, geheimnisvoll aus dem Nebel tauchend und wieder darin versinkend. Unvermittelt schwang die Aqua Marcia aus dem Dunst und in mächtigen Bögen über die Straße.

Die gleichmäßig ruckende Bewegung der Räder wirkte einschläfernd. Er döste, nahm aber erfreut wahr, wie sich nun die milchigen Schwaden lichteten; er konnte freier atmen. Die ersten Anhöhen von Tusculum[3] tauchten aus dem Dunst auf, zu beiden Seiten auch schon Landhäuser hinter altem Gemäuer und Taxushecken.

Dann lag der Ort selbst vor ihm, in sich gekehrt, abweisend. Viel neureicher Kitsch und Zierat in den Gärten. Kaum ein Mensch auf der Straße. Hier war es merklich kälter als in der Stadt.

Er hielt an, fragte einen älteren Passanten nach dem Weg.

»Oberhalb des Ortes. Die große weiße Villa. Die auf der Höhe. Du siehst sie schon von weitem... Etwa noch eine halbe Meile.« Und schon war er weiter.

Es stimmte. Zwischen immergrünen exotischen Büschen und heimischem Taxus, Maulbeer und Buchsbaum schimmerte es hell. Die letzten hundert Schritte mußte er zu Fuß gehen.

Langsam stieg er vom Wagen, zog die Bremse an und legte dem Fuchs eine Decke über. Dann ordnete er seine Kleidung, streckte sich und stieg gemächlich den Pfad bergan, der hier vom Hauptweg abzweigte.

Er war gewärtig, jeden Augenblick von Hunden gestellt und verbellt zu werden. Doch man schien sie im Hause zu halten wegen der Kälte.

So hielt er, leicht außer Atem, an, wandte sich zurück und blickte zur Ebene. Bei klarem Wetter schweifte das Auge weit über die latinische Campania, hinüber bis zu Palatin und Capitol, hinaus bis ans Meer. Nun konnte man es im fernen Dunst nur erahnen.
Er stieg höher. Ein kunstvoll geleitetes Bächlein purzelte keck von Platte zu Platte, gefaßt von kleinen gläsernen Zapfen des nächtlichen Frostes. Im Schatten größerer Quader erblickte er Partien von reifüberzogenen Gräsern, die blanke Erde war mit feinen trockenen Frostrissen durchsetzt.
Und diese Stille! Die eigenen Schritte nur waren zu hören auf dem weißen, kernigen Kies, auf den asymmetrisch geordneten Platten der Stiege. Nun noch die Treppe, und unvermittelt stand er auf einem weiten, ebenen Vorplatz, nach unten begrenzt von schwerem steinernen Gebälk, auf den Pfeilern Scheinamphoren in elegant schwingenden Formen. Links mündete der Hauptweg ein, den er unten verlassen hatte; er hätte sehr wohl mit dem Wagen vorfahren können.
Außer Atem hielt er an. Vor ihm lag die Front des gestreckten, flachen Baukörpers, großartig gefaßt der Eingang mit marmornem Architrav, in spielerischer Kraft von zwei Atlanten gehalten. Herrlich das ausgewogene Spiel der Maße und Formen nach ionischem Vorbild! Mit Kennerblick nahm er dies alles wahr, und ein feines Lächeln spielte um Mund und Augen. Er rühmte im stillen den Kunstverstand des Erbauers.
Er reckte sich, schritt dann zum Eingang und betätigte zweimal den Klopfer.
Nach einer Weile vernahm er Schritte. Riegel wurden geschoben. Ein mürrisches Gesicht, unrasiert, erschien, abweisend, grimmig und selbstsicher in einem, musterte eine Weile den Fremden – dann:
»Was gibt's?... Der Herr ist nicht zu sprechen! Wer bist du?«
Der Fremde hatte mit einem derartigen Empfang wohl gerechnet:
»Ich bin Philon, Sekretär des Senators Autronius Paetus, mit Botschaft für Gaius Volcatius Tullus, deinen Herrn.«
Das Gesicht in der Tür merkte kurz auf.
»Mein Herr ist nicht zu sprechen!«
Das klang endgültig. Philon setzte ein freundliches Lächeln auf:
»Ich habe Befehl, auf Antwort zu warten.«
Das Gesicht in der Tür besann sich: »Das kann lange dauern!«
»Ich habe Zeit.«
»Komm herein!«
Nun wurde die Tür ganz geöffnet, und mit einer durchaus eleganten Geste, die man ihm nicht zugetraut hätte, hieß der Unrasierte den Besucher eintreten.
Und der: »Du bist Alexander?«
Da blieb der Angesprochene stehen, plusterte sich auf und tönte mit Sten-

torstimme: »Ich bin Alexandros, Sohn des Alexandros aus Theben! Und ich wiederhole: Du wirst eine Weile warten müssen!«
Dann sank er auf der Stelle in seine anfängliche, lässige Haltung zurück. Philon, leicht irritiert, nickte und bemerkte, wie der andere ihn blitzschnell aus verengten Pupillen abschätzte, und er war bemüht, unpersönlich zu bleiben.
Sie standen im *Vestibulum*[4]. Alexander lud ihn ein, ihm zu folgen, und sie betraten die hell belichtete Halle des Atriums. Alexander verbeugte sich leicht und verschwand. Philon blickte um sich: Der Raum war ringsum gefaßt von einem Doppelkranz korinthischer Säulen aus schneeweißem, hochpoliertem Marmor. Die Größe und Weitläufigkeit der Hallen, Gänge und Räume ließ sich erahnen. Rechts vom Eingang mußte sich eine zweite Halle befinden; er sah durch den Gang die dunkelgeäderten Säulen. Zur Seite waren drei Hermen postiert: Homer, Plato, Poseidonius – das war Programm! Denn Aristoteles fehlte ebenso wie Epikur!
Tapsende Schritte näherten sich hinter ihm, dann folgte ein sanfter Stoß. Erschrocken wandte er sich um und blickte nach unten: eine herrliche, löwenfarbige Dogge beschnupperte Mantel und Schuhe. Es lockte ihn, den Hund zu tätscheln, doch ließ er es, als er in die mißtrauischen Augen blickte. Erst als der Hund sich trollte, wagte er sich zu bewegen.
»Er ist völlig harmlos – solange man ihn nicht reizt!«
Alexander war wieder da.
»Ja, das glaube ich gern«, meinte Philon, sah dann, wie Alexander ein silbernes Tablett mit ebensolchen Bechern gekonnt balancierte, während er mit der anderen Hand lässig einen Krug am Henkel trug.
»Komm!« sagte Alexander, ging voraus und führte den Besucher in einen kleinen, seitlich gelegenen Raum, der bequem mit Sesseln, Tisch, einer Liege und Kohlebecken ausgestattet war. Die Wärme war angenehm, und Philon legte den Mantel ab. Sogleich sprang Alexander hinzu und brachte ihn aus dem Raum. Philon rätselte, ob es denn kein weiteres Personal in dem riesigen Hause gebe, kam mit sich auch nicht ins reine, welche Stellung und Kompetenz denn dieser seltsame Mensch hier innehatte.
Als jener zurückkam, trug er leichtes Gebäck und getrocknetes Obst in einem Körbchen, legte alles auf den dreibeinigen Tisch, schenkte aus dem Krug Wein ein, verdünnte ihn mit Wasser und bot ihn, zusammen mit Plätzchen und Feigen, dem Gast an. Das alles geschah mit so selbstsicherer Bewegung und Schnelligkeit, daß Philon erneut zu rätseln begann. Er griff zum Becher, nippte am Wein.
»Es ist Falerner!« rief Alexander, leerte seinen Becher in einem Zug und schenkte sich gleich neu ein.
»Du wirst keinen besseren finden!«
Philon schmeckte eine Weile geziert mit der Zunge, nickte anerkennend und stellte das Gefäß wieder hin.

Alexander nahm einen weiteren großen Schluck und fragte dann unvermittelt: »Was will dein Herr von Volcatius Tullus?«
Philon war von Hause aus solch direkten Ton nicht gewöhnt, meinte auch, sich vor diesem Faktotum eine Blöße zu geben, wenn er darauf einging.
»Ich werde es deinem Herrn berichten.«
Alexander setzte sich in Positur: »Mein Herr schläft!« – nicht bedenkend, daß sein Gebrüll ihn wecken könnte. »Du wirst dich wohl an mich halten müssen! Hast du schriftliche Botschaft?«
Philon wurde es unbehaglich. Was nahm dieser Kerl sich heraus?!
»Ich werde warten, bis dein Herr erscheint.«
Er sagte das durchaus höflich, doch Alexanders Augen schossen nun Blitze:
»Beim Herakles!« rief er. »Du wirst tun, was ich für richtig halte! Und wenn ich der Meinung bin, daß er schläft, dann schläft er eben, denn er hat Schlaf nötig, und niemand macht ihm den streitig! Auch nicht der Sekretär eines Autronius Paetus!«
Trotz des barschen Furiosos kam Philon nicht umhin, über das Engagement des anderen anerkennend zu lächeln, während er Vermutungen darüber anstellte, daß dieser Mensch wohl besondere Verdienste und Qualitäten besitzen mußte, da Volcatius Tullus, ein für seine vornehme Lebensart bekannter Mann, ihn derartige Reden führen und allem Anschein nach im Hause nach Gutdünken schalten und walten ließ.
Philon versuchte es anders: »Hübsch habt ihr's hier...«
Er erhob sich, um einige der kleinen Kunstwerke, Statuetten und Mosaiken zu betrachten, als er in der Bewegung erstarrte. Die Dogge stand plötzlich vor ihm und bellte, zweimal, nur kurz, doch es klang wie eine Warnung des Höllenhundes, ging dann in ein gefährliches, tiefes Grollen über, das Philon wie gebannt am Platze hielt.

3

»Achtung! Von rechts! Gaius!« Der Warnruf kam zu spät! Er sah sich selbst, wie er sich umwandte, blickte in die todesartige Maske des eigenen Gesichtes, weit aufgerissen die Augen, den Mund zu einem staunenden Viereck geöffnet. Er erkannte den nervigen fremden Arm, sah die gekräuselten Haare darauf, die Faust, die weißen Knöchel, die geschwollenen Adern, nahm wahr, wie sich – in scheinbar unendlicher Dehnung der Bewegung – das Schwert senkte, erfaßte den kalten Glanz der Schneide, wie sie näherkam, wollte aufschreien, doch Lähmung hatte alle Glieder und Muskeln befallen, er stand nur ohnmächtig stumm in Erwartung des Endes.

Aus der Ferne drang dunkles Gekläff großer Hunde zu ihm. Da kam der Schlag, nun blitzartig, traf mit voller Wucht Hüfte und Bein, und er zuckte zusammen. Er meinte sich schreien zu hören, war sich aber nicht sicher. Der Hieb brachte alle Sinne in Aufruhr. Es war, als ob Auge, Ohr, alle Nerven bis in die Fingerspitzen getroffen waren. In überwacher Klarheit lauerte er auf den Schmerz. Er lauschte in sein Bein, in seinen ganzen Körper... Nun mußte der Biß kommen! Doch es blieb nur bei der tödlichen Ahnung. Entsetzt, denn die Angst blieb, öffnete er die Augen und starrte in die besorgten Züge eines verwahrlosten Gesichtes: Blut rann über die Wangen und verklebte Mund und Bart. Er sah die durchaus häßlichen Zähne, wie sie sich öffneten, ein freundliches Lächeln freigaben, die Zunge, wie sie sich auf und ab bewegte, und nun hörte er die Stimme:
»Du hast nur geträumt, Herr!«
Eine warme, trockene Hand legte sich auf seine Stirn. Da begriff er.
»Ja, ich habe nur geträumt... Es waren die Hunde...«
Er fuhr sich mit zitternder Hand über die Augen, setzte sich aufrecht, immer noch halb in der tödlichen Szene. Da kam Hector, wild wedelnd, und schnupperte zu seinem Gesicht hin; er roch seinen Atem.
Gaius griff mit beiden Händen nach ihm, tätschelte und streichelte ihn abwechselnd. Und der Hund ließ keinen Blick von ihm, lauschte entzückt auf jedes der lobenden Worte: daß er der Beste und brav und ein guter Hund sei, und die Dogge drängte sich zu ihm hin.
»Du hast nur geträumt, Herr!« wiederholte Alexander. Und Gaius, nun ganz in der Gegenwart, nickte.
»Aber da war Hundegebell!«
»Nichts von Bedeutung.« Dennoch zeigte Alexanders Gesicht Unwillen, und Gaius bemerkte es.
»Was ist?«
»Ein Mensch namens Philon. Behauptet, im Auftrage des Autronius Paetus zu kommen. Wollte ihn vor die Tür setzen. Ließ sich nicht abwimmeln. Tut sehr vornehm. Mag das nicht!«
»Hm... Was will er?«
»Keine Ahnung. Besteht darauf, dich zu sprechen.«
Bei Gesprächen dieser Art hatte Alexander sich angewöhnt, in jenen militärisch knappen Ton zu fallen, der bei Meldungen in der X. Legion[5] üblich war. Gaius nickte, setzte sich nun aufrecht und nahm behutsam das rechte Bein von der Liege. Vorsichtig half ihm Alexander und machte dabei Miene, als ob es ihn selbst schmerzte.
»Wie spät ist es denn?«
»Es geht auf Mittag. Soll ich ihn wegschicken?«
»Nein, sage ihm, ich komme gleich.«
Eine Viertelstunde später betrat Gaius den Raum, in dem Philon immer noch geduldig wartete. Der Besucher erhob sich, verbeugte sich sehr tief.

Gaius reichte ihm die Hand. Auch Alexander erschien, nun glatt rasiert und sichtlich besserer Laune, so daß sich Philon über die Veränderung wunderte. Nach einigen Bemerkungen über die jahreszeitliche Unbill begann Gaius ohne Umschweife:
»Was gibt es so Wichtiges, daß Autronius seinen Sekretär bei diesem Wetter nach Tusculum schickt?«
Diese Worte wurden von einem freundlichen Lächeln begleitet.
Da streckte Philon sich und berichtete, was ihm aufgetragen war, in jener altertümlichen Form, wie man sie gemeinhin nur noch in erzkonservativen Häusern pflegte:
»So spricht mein Herr: ›Glück, Gesundheit und Wohlergehen dem Gaius Volcatius Tullus, Sohn des erhabenen Senators Lucius Volcatius Tullus! Mögen die Götter dich allzeit beschützen nach deiner Heimkehr. Du hast im Dienste des römischen Volkes Blut gelassen und Schmerzen gelitten. Ich wünsche dir gute Genesung und vollkommene Wiederherstellung!‹«
Gaius bemerkte, wie Alexander, der hinter Philon stand, grinste, und warf ihm einen grimmigen Blick zu.
»Danke!« sagte er und hob leicht die Hand.
Nach einer erneuten Verbeugung fuhr Philon fort:
»Ferner spricht mein Herr: ›Mein Sohn wird in Kürze Stadt und Familie verlassen, um unter den Adlern des Proconsuls[6] von Gallien für die Ehre Roms zu kämpfen. Du hast großen Anteil an seinem Fortkommen gehabt. Darum bitte ich dich, in drei Tagen mein Gast zu sein, wenn wir Marcus verabschieden.‹«
Philon schwieg und verbeugte sich erneut elegant.
Alexander war gespannt auf die Antwort, denn sein Herr war seit seiner Ankunft vor Wochen noch nicht aus dem Hause gegangen.
»Nun wohl«, begann Gaius und lächelte freundlich, »sage deinem Herrn: Gaius Volcatius Tullus dankt für die Einladung. Und wenn es die Umstände erlauben, wird der Geladene gern Folge leisten. Bestelle deinem Herrn meinen Gruß und Dank.«
Wieder verbeugte sich Philon. Gaius wandte sich an Alexander, der die Szene von der Seite her verfolgt hatte:
»Geleite Philon zum Wagen!«
Alexander nickte, wenngleich ihm der Auftrag in keiner Weise zusagte; und so setzte er auf der Stelle die anfängliche mürrische Miene auf, um die Entlassung des Besuchers so unfreundlich zu gestalten wie bei seinem Empfang.
Als er an Gaius vorbeischritt, flüsterte dieser ihm zu:
»Sei freundlich zu ihm!«
Als der Besucher das Haus verließ, schickte ihm Hector, der die ganze Zeit neben Gaius gestanden hatte, ein grimmiges Grollen nach, und Philon

mußte sich gewaltig zusammennehmen, um nicht der ängstlichen Regung zu folgen und einen vorsichtigen Blick hinter sich zu werfen. Erleichtert hörte er, wie die Tür ins Schloß fiel. Um so mehr suchte er nun seine Überlegenheit gegenüber Alexander auszuspielen und begann distinguiert:

»Seit wann hat dein Herr diese Beinbeschwerden?«

Alexander, der spürte, daß der andere nur eine Scheinunterhaltung suchte, meinte auch zu wissen, daß die Frage rein rhetorischer Art war, daß der andere vielmehr bestens informiert sei. Aber eingedenk der Ermahnung seines Herrn zwang er sich zu einer umgänglichen Antwort:

»Eine schwere Verwundung aus Gallien. Volcatius war Kommandant der Brücke, die Caesar über den Rhein schlagen ließ. Bei einem Spähtrupp auf dem jenseitigen Ufer geriet er in einen Hinterhalt der Barbaren.«

Sie schritten nun schon den steilen Stufenweg abwärts.

»Und warst du auch dort?« fragte Philon.

»Ich?« Alexander blieb stehen. »Ich habe ihm damals das Leben gerettet!«

Höchst erstaunt nahm Philon wahr, wie sich die ansonsten so zusammengesunkene, lässige Gestalt zu athletischer Größe reckte, wie die Schultern sich senkten, der Hals sich straffte, daß die Adern und Sehnen plastisch hervortraten; er sah, wie die dunklen Augen unter grimmig zusammengezogenen buschigen Brauen einen harten Zug bekamen und der Unterkiefer sich vorschob – aber dies währte nur kurz, denn die ganze Gestalt fiel in die übliche lässige Haltung zurück. Philon ging weiter. Er war sich klargeworden über die Gründe dieses seltsamen partnerschaftlichen Verhältnisses zwischen Herr und Diener – und schwieg.

Der Abschied unten am Wagen war trocken und sachlich.

Als Alexander kurz darauf wieder das Haus betrat, sprach Gaius ihn an, und sein Ton war scharf: »Wie oft habe ich dir schon gesagt, daß du nicht unrasiert Besucher empfangen sollst?!«

Doch Alexander schien den Tadel zu überhören, er rief: »Das war kein Gast! Ein hochmütiger Speichellecker! Und außerdem...«

Gaius blickte ihn interessiert an: »Ja...?«

»Der Mann gefällt mir nicht! Er kann einem nicht offen ins Auge blikken.«

»Hm...«, machte Gaius und ging ins Bad.

4

Hätte Gaius vernommen, was Autronius Paetus seinem Sekretär Philon am späten Nachmittag nach dessen Rapport zu berichten wußte, so hätte er, was die Fakten anging, keinen Einspruch erhoben, würde sich aber den

mitleidigen Ton der Rede verbeten haben – ganz abgesehen davon, daß er es als skandalös empfunden hätte, einen Senator aus altadeligem Hause in solch privatem Tone mit einem Sekretär plaudern zu hören:
»Er wird also kommen... fein! Welchen Eindruck machte er auf dich?«
Die Neugierde stand Autronius im Gesicht, und Philon vermutete dahinter mehr als nur persönliches Interesse.
»Nun...«, meinte Philon gedehnt, »er ist ein Mann, den die Launen der Vorsehung arg gebeutelt haben. Seine militärische Karriere dürfte ja nun wohl am Ende sein.«
»In der Tat!« konstatierte Autronius. »Und er hat es nicht verdient! Seine Familie hat es nicht verdient! Ich kenne seinen Vater sehr gut. Ein aufrechter Mann. Manchmal etwas zu aufrichtig, nicht wahr? Immerhin hat er mir einst bedeutende Schwierigkeiten gemacht.«
Dieses »einst« bezog sich auf Lucius Volcatius' Consulat vor dreizehn Jahren[7], als der »aufrechte Mann« die Kandidatur Catilinas verhinderte, da africanische Gemeinden, die dieser während seines dortigen Waltens als Propraetor[8] skrupellos geschröpft hatte, sich in Rom beschwert hatten. Und weil Cicero kurze Zeit vorher in ähnlichem Fall den Verres vor Gericht gebracht und seine Verbannung durchgesetzt hatte, war es ein leichtes, Catilinas Kandidatur zum Consulat zu vereiteln. Das aber hatte bedeutet, daß all seine Freunde und Mitläufer, die mit ihm auf den großen Umschwung der Verhältnisse und vollkommene Aufbesserung ihrer Finanzen rechneten, leer ausgingen – nicht zuletzt Autronius, dem damals das Wasser bis zum Halse stand.
Philon, der aus langer Erfahrung und intimer Kenntnis seines Herrn wußte, wie dieser leidige Erinnerungen an unangenehme Dinge beschönigen konnte, wenn es gegenwärtigen Zielen diente, behielt den moderaten Ton bei. »Er scheint seine Lage jedenfalls mit Fassung zu tragen.«
Autronius hakte nach: »Machte er irgendwelche politischen Äußerungen, Wertungen... sprach er von Plänen?«
»Nein. Er scheint ganz und gar mit seiner körperlichen Rekonvaleszenz beschäftigt zu sein.«
»Das wird ja wohl irgendwann ein Ende haben, nicht wahr. Der Mann ist wichtig! Sehr wichtig, nicht wahr. Er hat beste Beziehungen nach Gallien. Caesar hat ihn sich großgezogen, hat ihn verhätschelt! Möchte nur wissen, warum...«
Philon enthielt sich eines Kommentars, denn er wußte es ebenfalls nicht.
Autronius sprach sehr leise weiter:
»Auf jeden Fall ist damit zu rechnen, daß Gaius Volcatius nicht in die politischen Fußstapfen seines Vaters tritt. Er wird seine Kontakte nach Gallien pflegen. Da heißt es auf der Hut sein, nicht wahr! Ewig wird der Iulier ja nicht in der Provinz residieren... Wir müßten mehr im Waffenhandel einsteigen... Ich möchte Gaius ein Angebot machen.«

Während Philon noch überlegte, ob mit Gaius der Iulier oder der Volcatier gemeint war, wurde Autronius lauter:
»Hör dich in der Stadt um... was die Leute so denken...«
»Tja«, merkte Philon auf, »man hat einen Sohn des Cassius Longinus entführt.«
»Soso... na, da bin ich aber gespannt, wie er das Lösegeld aufbringt, nicht wahr.«

5

Etwa zur gleichen Zeit saß Gaius in seinem Arbeitszimmer und versuchte, Ordnung in Akten und Papiere zu bringen, denn in der Zeit seiner Abwesenheit und Krankheit war vieles unbearbeitet liegengeblieben. Sein Vater hatte ihm den in Latium verstreuten Besitz zur freien Bewirtschaftung überlassen, denn er selbst wurde völlig von den Dauerkrisen der städtischen wie der Reichspolitik in Atem gehalten, und sein zweiter Sohn Titus hatte noch nicht das Alter und die Reife, Verantwortung für große Verwaltungsaufgaben zu tragen. Auch er leistete zur Zeit seinen Dienst in Gallien ab.
Gedankenverloren blickte Gaius aus dem Fenster; der Blick ging bei gutem Wetter weit nach Norden und Westen, doch die Sonne kam gegen die herbstlichen Dünste nicht an, die wie ein leichtes weißes Tuch über der Landschaft lagen.
Wegen der Herbststürme hatte er zunächst nicht reisen können, die Wunde zwang ihn zu völliger Ruhe. So hatte er den ganzen Oktober in Vesontio[9] verbracht, wo er sich zuletzt wenigstens in logistischen Fragen hatte nützlich machen können. Caesar selbst hatte sich öfters nach seinem Befinden erkundigt und ihm beim Abschied das Versprechen abgenommen, ihn über seinen Heilungsprozeß stets auf dem laufenden zu halten. Das klang sehr vertraulich – war es auch, denn Caesar suchte die Gunst seiner fähigen Offiziere ganz, und doch wußte Gaius, daß der Proconsul zugleich offene oder versteckte Nachricht über die römischen Verhältnisse von ihm erwartete. Die Bitte kam einem Befehl gleich.
Gaius überlegte, ob er ihm heute noch schreiben sollte, nahm aber dann davon Abstand, denn es konnte nützlich sein, das Fest bei Autronius abzuwarten, wo, wie er hoffte, einige honorige Optimaten anwesend sein würden, aus deren mehr oder weniger belanglos hingeworfenen Bemerkungen dieser oder jener Trend zu erkennen sein würde. Im übrigen wollte er zuvor unbedingt Rücksprache mit seinem Vater nehmen, der sich für den Nachmittag angesagt hatte.
Es klopfte, und schon war Alexander im Zimmer.
»Es ist Zeit für den Verband!«

Ohne auf das Einverständnis seines Herrn zu warten, hieß Alexander den Sklaven, der ihm folgte, die Tücher, Binden und Salben auf den Tisch legen, und scheuchte ihn dann zur Tür hinaus.
»Der alte sitzt doch noch gut!« meinte Gaius, doch Alexander baute sich auf der anderen Seite des Schreibtisches auf und begann mit einer seiner belehrenden Reden, die am Ende keinen Widerspruch seitens des Herrn zuließen, wobei es bemerkenswert war, wie der Tonfall des Rauhbeins jenen fast zarten Klang bekam, mit dem besorgte Mütter ihre lieben Kleinen zu einer vernünftigen Handlung zu überreden suchen, um sie auf den rechten Weg zurückzubringen.
»Gewiß, Herr, die Tücher sind noch gut, aber was darunter wabert, sieht man nicht! Ich selbst habe noch im Ohr, wie Athenodoros – und er ist ein gewissenhafter Arzt! – größten Wert auf den regelmäßigen Wechsel der Salben und Binden legte! Nur so könntest du allmählich den Gebrauch deines Beines so weit wiederherstellen, daß du ohne Stock gehen kannst. Außerdem befahl Athenodoros – und er ist ein großer Arzt! –, daß das Bein den größten Teil des Tages hochzuliegen habe! Falls du Briefe oder sonstiges zu schreiben vorhast, werde ich Kreon rufen lassen, damit du ihm diktieren kannst. Und nun begib dich bitte auf die Liege!«
Gaius wußte: Widerspruch war zwecklos! So erhob er sich, bemüht, den Schmerz, den das Strecken des Beines verursachte, zu verbeißen, lehnte auch Alexanders Hilfe ab, humpelte ohne Stock die paar Schritte bis zur Liege und brachte sich und das Bein sehr vorsichtig in waagerechte Lage. Unverzüglich begann Alexander mit seiner sanitären Arbeit.
»Es ist nicht gut, daß du übermorgen außer Hauses gehst! Was ist, wenn du fällst oder dich stößt?!«
»Ich habe nicht vor, den Rest meines Lebens im Schaukelstuhl zu verbringen. Das aber wird der Fall sein, wenn ich mich nicht zur Bewegung zwinge.«
»Ich werde dich begleiten!«
»Kommt nicht in Frage! Wir sind hier nicht in Gallien, wo man einheimischen Fürsten nur mit Leibwächtern Besuche abstattet... Au!«
»Siehst du, die Knöchlein sind noch lange nicht heil!« Behutsam entfernte Alexander die Kruste der alten Salbe, trug noch vorsichtiger neue auf und legte die frischen Binden an. Da sagte Gaius:
»Du solltest morgen zur Hauptstadt reiten und dich um das Haus kümmern. Ich werde übermorgen dort übernachten. Und höre, was die Leute so reden.«
»Warum?«
»Es interessiert mich eben!«
In diesem Augenblick betrat ein großgewachsener, sorgsam gekleideter Mann von etwa sechzig Jahren den Raum. Wenn auch ein freundliches Lächeln um die Mundwinkel spielte, so war der Gesamteindruck des Ge-

sichtes doch eher ernst, zumal die Stirn von Sorgenfalten zerfurcht, die Wangen hager, die Lippen des energischen Mundes schmal waren.
»Nun, mein Junge, wie geht's denn?«
Lucius blieb im Raum stehen und verfolgte ungeduldig Alexanders letzte Handgriffe.
»Laß uns nun allein!« sagte Gaius, und Alexander verließ, nach einer leichten Verbeugung zu Lucius, wortlos den Raum.
»Was meinst du, wie lange du noch mit diesem Stock gehen mußt?«
»Das wissen die Götter. Es geht von Tag zu Tag besser.«
Lucius betrachtete seinen Sohn sehr ernst. Dann ließ er sich auf dem Stuhl am Schreibtisch nieder, blickte kurz auf die leeren Blätter.
»Du wolltest schreiben?«
»Ja, aber das hat Zeit.«
»Caesar?«
»Ja.« Er bewunderte wieder einmal seines Vaters Kombinationsgabe.
»Wie geht es ihm?«
»Ausgezeichnet. Die Strapazen des letzten Jahres sind vergessen. Er hat die Fähigkeit, sich schnell zu erholen, sobald er Abstand von den belastenden Dingen hat. Ich soll dir übrigens seine herzlichen Grüße ausrichten, dem ›unbestechlichen Hüter der Republik‹, wie er sagte.«
»War das ironisch gemeint?«
»Ich glaube nicht, sondern eine Anspielung auf dein Consulat.«
»Dann war's erst recht Ironie.«
»Er hat nie Übles von dir gesagt.«
»Warum sollte er auch, da er den Sohn umgarnt hat! Seine Gedanken sind gefährlicher. Er redet viel, man kann ihn nie festlegen. So wie damals.«
»Da war er vierunddreißig.«
»Alt genug, um Recht und Unrecht zu unterscheiden!«
»Man hat ihm nie nachweisen können, an dem Putsch gegen die Consuln[10] beteiligt gewesen zu sein!«
»Putsch?... Welchen meinst du? Catilinas gegen Cicero oder jenen drei Jahre zuvor, als man am ersten Januar die Consuln ermorden wollte?«
In Lucius regte sich sein cholerisches Temperament. Er sprang auf, ging langsam im Zimmer auf und ab, blieb vor der Liege stehen.
»In beiden Affären hatte er seine Finger. Er war und ist der bestinformierte Mann Roms. Auch jetzt, wo er in Gallien über den Winter wohl seine Studien über die ›Reinheit der Sprache‹ fortführt. Er bekommt seine Nachrichten auf allen Wegen, heimlich und offen, von schwatzhaften Freunden wie Feinden, die er durch seine Kreaturen aushorchen läßt. Ich bin überzeugt, daß er sogar Sklaven besticht.«
»Ist denn das, was er erfahren könnte, so gefährlich?«
»Für ihn nicht, aber für uns!«
Gaius hob die Hände: »Vater, ich weiß, du mochtest ihn nie...«

»Ach was! Hier geht es nicht um private Voreingenommenheiten! Meinst du, ich wüßte nicht Fakten von Gefühlen zu trennen? Ich habe es nicht nötig, ihm den familiären Rang streitig zu machen. Unsere Familie ist älter als die der Iulier. Mag er unter dem Pöbel auch eifrig verbreiten lassen, er stamme von Ascanius, somit von Aeneas und Venus ab! Als die Iulier anfingen, herrschten die Volcatier in mehreren Metropolen des altetruskischen Städtebundes!«
Lucius setzte sich wieder.
»Nein«, fuhr er fort, »was mir Sorge macht, ist die von Woche zu Woche bedrohlichere Situation des Staates und seiner Führung. Du warst lange nicht hier und scheinst den ganzen Ernst nicht zu begreifen: Das nächste Jahr wird ohne Consuln beginnen!«
»Es ist, soviel ich weiß, nicht das erste Mal. Und was hat er damit zu schaffen?«
»Alles! Er schürt aus der Ferne mit seinen gallischen Millionen das Feuer. Er sucht mit allen ihm zur Verfügung stehenden Mitteln zwischen Pompeius und dem Senat[11] Zwietracht zu säen. Er verhätschelt dieses Bürschchen Clodius, der mit seinen Gladiatorenbanden die Straße terrorisiert. Kein konservativer Senator wagt sich bei Tage allein außer Hauses!«
Er blickte seinen Sohn eindringlich an: »Ich könnte dir Dinge erzählen... Neulich hat man Cicero beinahe am hellichten Tag erschlagen!«
»Willst du damit behaupten, Caesar könne ein Interesse daran haben, daß Männer wie Cicero beseitigt werden? Niemand schätzt ihn mehr als er!«
»Junge, sei nicht naiv! Diese Hochachtung gilt dem Rhetor und Schriftsteller – nicht dem Politiker! Natürlich ist er nicht so wahnwitzig, Mordbuben loszulassen. Aber er duldet und schürt das Chaos, weil es seine Chancen steigert.«
Trauer, ja es war Trauer, die Gaius in seinen Zügen zu bemerken schien, als Lucius zu Boden blickte. Darum schwieg er.
Nach einer Weile fuhr Lucius fort:
»Was Cicero vor zehn Jahren im Senat ausrief, könnte man als Motto über dieses ganze schreckliche Jahrhundert setzen: ›Was für Zeiten! Was für Sitten!‹ – Aus Gallien sieht das alles sehr interessant aus. Aber was sich hier in den letzten Monaten zutrug, ist unglaublich... Dabei sind es nicht einmal immer diese Bandenkriege, die sich die Anhänger des Clodius mit denen des Milo liefern; auch wenn dabei römische Bürger erschlagen werden, so ist dieses Treiben dennoch überschaubar, und man kann sich dagegen wappnen. Nein, fatal ist das, was man nicht sieht, nicht hört, nicht bemerkt, weil diese Leute einem mit Biedermannsmienen entgegentreten und belanglos plaudern, während sie in Wirklichkeit deinen Kopfpreis berechnen.
Ich habe heute die neuesten Zahlen der Praetur[12] über Entführungen gelesen. Im Laufe dieses Sommers sind aus Rom und Umgebung dreiund-

zwanzig römische Bürger verschleppt worden. Und sie blieben bislang spurlos verschwunden! Dabei handelt es sich durchweg um Angehörige der mittleren und gehobenen Kaufmannschaft, auch römische Ritter sind darunter. Vor acht Tagen aber nun auch der unschuldige Sohn eines Senators – zusammen mit dem Sohn seines Verwalters!«

»Wer?«

»Quintus Cassius Longinus, dreizehn Jahre alt...«

»Wo ist das geschehen?«

»Bei Baiae. Cassius verbringt dort meist Spätsommer und Herbst, um sein rheumatisches Leiden zu kurieren.«

Gaius merkte auf: »Cassius Longinus? Hatte er nicht seine Finger in der Catilinarischen Affäre?«

»Das ist richtig. Aber man konnte ihm eine direkte Beteiligung nie nachweisen. Außerdem hat er teuer für seine Jugendsünden zahlen müssen. Er lebt schlecht und recht von den Einnahmen seiner verschuldeten Güter.«

»Und die Täter? Hat man eine Spur?«

»Nichts! Aber auch gar nichts! Alle Entführten verschwanden am hellichten Tag. Da dies fast immer in der Nähe der Küste geschah, vermutet man dahinter natürlich neuerliche Aktivitäten von Piraten. Und das wäre bei den derzeitigen Verhältnissen ja auch nicht verwunderlich.«

»Aber Pompeius hat doch schon vor Jahren mit dem Gesindel aufgeräumt!«

»Beim Iupiter! Das war einmal. Sobald der Gärtner seinen Garten auch nur ein wenig vernachlässigt, schießt das Unkraut und überwuchert die guten Pflanzen. Du kannst in diesen Zeiten, sofern du in den Süden mußt, die Reise nur unter starker Bedeckung wagen.«

Gaius erhob sich langsam, griff seinen Stock und hinkte zum Fenster.

»Hier fehlt eben eine starke Hand!«

Lucius trat zu ihm und legte ihm die Hand auf die Schulter.

»Ich verstehe ja, daß du für ihn schwärmst, Junge. Er hat dich gefördert, und du hast unter ihm schnell Karriere gemacht...«

»Aber?« Gaius blickte in den Park, wo Sklaven damit beschäftigt waren, welkes Laub zusammenzurechen und abgebrochene Äste und Zweige aufzulesen.

Lucius nahm die Hand herunter.

»Merke dir gut, was ich sage: Wer unter Caesar nach oben kommt, muß auch an den Tag danach denken!«

Gaius wandte sich um.

»Wie meinst du das? Caesar ist bei bester Gesundheit!«

Er blickte in das besorgte Gesicht seines Vaters.

»Junge, wie die Dinge liegen, läuft alles auf eine gewaltige Konfrontation

zu. Es gibt sehr starke Kräfte im Senat, die auf eine baldige Ablösung des Proconsuls hinarbeiten.«
»Du auch?«
»Wenn es mit friedlichen Mitteln ginge – ja! Du weißt, ich war und bin stets ein Mann des Ausgleichs gewesen; und ich schätze Caesar als den Mann ein, der sich nicht von dem abbringen läßt, was er sich vorgenommen hat.«
»Deine Haltung in Ehren, Vater. Aber damit wirst du heute nichts erreichen – und ändern schon gar nicht. Du mußt Flagge zeigen. Und Pompeius? Das wenige, was ich in den letzten Wochen über ihn hörte, zeigt doch, daß er nicht der Mann ist, die Kluft zu schließen.«
»Immerhin sympathisiert mit ihm eine konservative Mehrheit des Senats...«
»Ich glaube, diese Herren lügen sich in die eigene Tasche! Pompeius hat seine Laufbahn außerhalb der Legalität begonnen, er schert sich einen Dreck um die Verfassung, wenn es denn bald ernst werden sollte. Und... er will hofiert werden.«
»Das mag schon so sein. Aber er ist kalkulierbar! Und ich glaube keineswegs, daß er mit einem Gewaltstreich die Verfassung antasten wird. Das hätte er vor Jahren längst tun können, als er als Sieger aus Asien und Spanien heimkehrte.«
Doch nun ereiferte sich Gaius:
»Sag mal, glaubst du das eigentlich selbst, was du da sagst? War es nicht Pompeius, der während des sogenannten Triumvirats mit seinen Truppen das Forum besetzte und dafür sorgte, daß in seinem Sinne abgestimmt wurde? Hast du mir nicht selbst entrüstet darüber berichtet?«
Gaius hinkte zu einem Stuhl und ließ sich langsam nieder, fuhr aber im gleichen Ton fort:
»Solange Caesars Einfluß auf die Massen auch seinen eigenen Zielen diente, war herzliche Eintracht zwischen ihnen. Beim Iupiter, es ist doch nicht Caesar, der Unfrieden stiftet und die Dinge laufen läßt, sondern sein ehemaliger Schwiegersohn! Wenn schon, dann mußt du ihn mit den gleichen Maßstäben messen wie den Iulier!«
Die Auseinandersetzung nahm plötzlich an Härte zu, und es war beiden unangenehm.
»Eben das tue ich ja, und ich bleibe dabei: Pompeius ist kalkulierbar, weil er nicht die skrupellose Phantasie Caesars besitzt!... Jaja, man kennt seine Eitelkeit. Nun gut, wer ist nicht eitel! Man kennt seinen Machtanspruch – nun, wer hätte nach dem Vorausgegangenen nicht solche Ambitionen! Pompeius ist von allen zur Zeit ins Haus stehenden Übeln das kleinste. Allerdings hast du in einem Punkt recht: Er will gebeten werden. Aber ist das denn ein Nachteil? Besser, man lädt ihn ein, dies oder jenes für das Gemeinwohl zu tun, als daß er, von Caesar in die Enge getrie-

ben, unüberlegte Handlungen begeht, die ihn und uns alle zugrunde richten!«
Lucius wurde sehr leise, sprach eindringlich weiter:
»Nimm den Rat deines in diesen Dingen erfahrenen Vaters an: Überstürze nichts! Warte die Entwicklung der nächsten Wochen und Monate ab! So oder so werden bald Entscheidungen fallen, die unser aller Leben und die weiteren Geschicke Roms in der Substanz treffen!«
»Genau das habe ich im Sinn, Vater.«
»Gut. Du solltest bald nach Rom kommen. Es könnte der Fall eintreten, daß ich deine Hilfe brauche.«
Gaius, angerührt vom Vertrauen des Vaters, nickte.
»Autronius Paetus hat mich eingeladen.«
»Soso, Autronius... Dann will er etwas von dir! Sei vorsichtig mit dem Reden. Wenn es um seinen Vorteil geht, kennt er keine Skrupel. Auch einer von den ›Ausgesperrten‹, die Caesar für ihre Geschäfte einspannen wollen und nicht ahnen, wie er sie als Werkzeug benutzt. Genauso spielte er einst mit des Crassus Eitelkeiten.«
Lucius erhob sich. Gaius schloß die Unterredung, bemüht, ihr einen harmonischen Abschluß zu geben:
»Du bleibst immer der gleiche...«
Lucius darauf, ebenso heiter:
»Noch ist Rom nicht verloren!«
Gaius fragte, obwohl er die Antwort kannte:
»Du bleibst über Nacht?«
»Nein. Ich muß im eigenen Bett liegen.«
Beide gingen zur Tür. Lucius umarmte seinen Ältesten.
»Alle freuen sich auf dein Kommen, besonders dein Bruder Lucius.«
»Na, wenn er das hörte! Er ist immerhin achtzehn!«
»Die Jüngsten bleiben immer die Kleinen... Mach's gut! Bis übermorgen!«
Sie reichten sich die Hand, und so schnell, wie er gekommen, verließ Lucius das Haus. Es hatte wieder zu regnen begonnen.
Noch in der Tür, fragte Gaius:
»Sag mal, wurden eigentlich schon Lösegelder gefordert?«
»Wie?... Ach, du meinst... Ja, in einigen Fällen schon. Aber warum fragst du?«
»Ach, nur so...«
»Na, dann bis bald! Und bring besseres Wetter mit!«
Gaius winkte Alexander herbei, der sich die ganze Zeit in der Nähe gehalten hatte, und mit gehörigem Respekt geleitete dieser den Patron zum stattlichen Reisewagen, der gleich neben dem Haupteingang zur Abfahrt bereitstand. Sie gingen erst ins Haus, als das Gefährt hinter der großen Biegung des Weges verschwunden war.

6

Gaius schrieb dann gegen Abend doch noch. Und da er nicht Kreon, seinen Schreiber, hatte rufen lassen, wußte Alexander, daß das, was sein Herr zu Papier brachte, entweder sehr privaten oder politischen Inhalts war.
Und so schlich er mit einer wie selten diensteifrigen Miene im Zimmer umher, legte Dinge, Utensilien, Papiere, die an sich wohlgeordnet an ihrem Platz lagen, von hier nach dort oder auch wieder zurück. Kam er am Arbeitstisch seines Herrn vorbei, so schielte er kurz über die Schulter des Schreibenden. Freilich konnte er im Vorbeigehen nichts entziffern, und dies aus zwei Gründen: Zwar sprach und beherrschte er die römische Sprache wie seine eigene, aber er schrieb nur Griechisch, da ihn nie jemand die lateinischen Zeichen gelehrt hatte; hinzu kam, daß sein Herr sich einer Geheimschrift bediente, wie er aus der Buchstabentabelle erkannte, die Gaius neben seinen Papieren liegen hatte. Ferner schloß er daraus, daß der Brief an den Proconsul von Gallien gerichtet war, denn nur dieser pflegte Schreiben an seine Freunde nach einem geheimen System zu verschlüsseln: entweder durch Ziffern, die für einen bestimmten Buchstaben standen, oder durch Vertauschen von Buchstaben, ebenfalls nach einer geheimen Tabelle, die nur Schreiber und Empfänger kannten.
Schließlich konnte er seine Neugier nicht länger bezähmen. Scheinheilig begann er:
»Soll der Brief heute noch nach Rom?«
»Nein.«
Gaius schrieb weiter.
»Soll ich ihn morgen mitnehmen?«
»Nein.«
»Hm... Aber du schreibst doch einen Brief?«
»Ja.«
Alexander überlegte.
»Warum schreibst du einen Brief, wenn du ihn selbst dem Empfänger überreichst?«
»Ich habe nicht vor, ihn selbst zu überreichen.«
Alexander stellte sich vor den Tisch.
»Ja, wem schreibst du denn?«
»Einem guten Freund.«
Alexander spürte, daß sein Herr nicht reden wollte. Gerade darum fragte er:
»Caesar?«
»Ja.«
Den Rest reimte Alexander sich zusammen: Er wird ihn dem Sohn des Autronius, der in drei Tagen aufbricht, mit nach Norden geben. Da das

Schreiben verschlüsselt ist, wird es niemand entziffern können. Gut so! Im übrigen war er in keiner Weise brüskiert darüber, daß Gaius nichts über den Inhalt verlauten ließ. Ganz im Gegenteil steigerte diese Geheimnistuerei in ihm das Gefühl, Teilnehmer bedeutender Ereignisse zu sein oder zu werden, denn immer dann, wenn Gaius verschlüsselte Briefe verschickte, standen interessante und aufregende Dinge bevor.
Und da er nicht nur über eine leicht erregbare Phantasie, sondern über ein cholerisches Temperament verfügte, sah er sich bereits inmitten dramatischer Szenen:
»Wir werden es ihnen zeigen!« rief er und drohte unsichtbaren Gegnern. »Sie sollen nur nicht meinen, leichtes Spiel mit uns treiben zu können, denn wir werden auf der Hut sein und jeden ihrer heimtückischen Anschläge vereiteln! Beim Zeus! Sie werden mich kennenlernen!«
Der emphatische Ausbruch stand in auffälligem Gegensatz zum ruhigen Gebaren des Briefschreibers, der sich dadurch in keiner Weise von seinem Geschäft abhalten ließ, woraus man schließen konnte, daß er dergleichen Monologe schon öfter vernommen hatte und ihm die Bilder, die seinen Alexander stürmisch bewegten, nicht unbekannt waren; ja, er suchte sie durch hingeworfene Worte fruchtbar zu stimulieren, zumal Alexander den Eindruck gewinnen mußte, Gaius zitiere sich selbst beim Schreiben.
»Recht so!« warf Gaius ihm hin.
»Wir werden nicht dulden«, fuhr Alexander fort, »daß irgend jemandem ein Haar gekrümmt wird!«
»Nein! Niemals!«
»Und sollte es ums Leben gehen, wandern Hunderte unserer Feinde in den Hades, auf daß die Richter der Unterwelt rufen werden: Recht so! Sie haben es verdient!«
»...denn das Leben...« flüsterte Gaius und setzte sorgfältig die Verschlüsselung fort.
»Denn es gilt, das Leben reinzuhalten!«
Alexander schritt nun deklamierend durchs Zimmer:
»Niemand wird ungestraft unsre Kreise stören!«
»Es sei denn...«
»...es sei denn, es wäre Teil unsrer Planungen!«
»Doch niemand...«
»...doch niemand kennt sie nach Inhalt und Zielen, so wie Zeus, wenn er vom hohen Olymp die Geschicke der Sterblichen leitet, die Hand zum Blitze bergenden Köcher schon senket, bereit zu schleudern die geballten Kräfte des Alls, um nach nur ihm bekannten Gesetzen die Vorsehung walten zu lassen, so wie es ihr zukommt...«
»...so wie Alexander...«
»...he?... so wie Alexander der Große jagte die Perser zu Haufen, so werden auch wir alle Feinde zerstreuen!«

»Sag mal, wovon redest du überhaupt? Oder war das aus dem neu aufgefundenen fünfundzwanzigsten Gesang der Ilias?«
Alexander hielt betrübt inne: »Na, dann eben nicht...« Er ließ die Mundwinkel hängen und schritt zur Tür.
»Warte!« rief Gaius. Alexander kam zurück, nun schon wieder den Schalk im Auge.
»Du wirst morgen früh zeitig aufbrechen!«
»Muß das sein?«
»Ja, denn du wirst dich unter die Leute begeben und sie unauffällig ausfragen!«
»Worüber?«
»Wer in den letzten zwei Monaten entführt worden ist, wo das geschah, und wer von diesen Leuten wieder freigekauft wurde.«
Alexander machte ein bedauerndes Gesicht. Gaius sah es und fragte: »Na, was ist?«
»Das wird nicht einfach sein, Herr. Am leichtesten bringt man die Leute bei einem Becher Falerner zum Reden...«
Gaius drohte mit dem Finger.
»Allerdings nicht, wenn der, der die Leute ausfragt, bereits volltrunken ist, ehe er mit dem Verhör beginnt. Ich nehme an, wir haben uns verstanden!«
Der letzte Satz war durchaus ernst gemeint, und Alexander verstand ihn auch so: »Wenn es denn sein muß...«
»Hier! Das dürfte wohl reichen!«
Gaius legte ihm eine Handvoll Münzen auf die Tischkante, die blitzschnell in Alexanders Brustbeutel verschwanden.
»Und nun gute Nacht, mein Freund! Mögen Bacchus und Mercurius dich beschützen!«
»Warum Bacchus und...«
»Weil der eine deinen Verstand klar halten und der andere deine Recherchen begünstigen möge! Mercur ist der oberste Hüter der Boten, Kaufleute – und Diebe! Und nun troll dich!«
»Soll ich dir nicht das Lager...«
»Beim Styx! Ich bin meiner Glieder noch mächtig! Gute Nacht!«
Alexander wußte, was die Stunde geschlagen hatte, er verbeugte sich und verschwand leise aus dem Raum.
Gaius aber überflog noch einmal den Brief:

Gaius Volcatius Tullus grüßt den Imperator[13] Gaius Iulius Caesar.
Es hat sich günstige Gelegenheit ergeben, diese Zeilen nach Norden zu bringen. Da es sich immerhin um Mitteilungen privater Natur handelt, werde ich das Schreiben dem jungen Marcus Au-

tronius Paetus mitgeben, der ja ohnehin seinen Dienst unter Deinen Adlern antritt. Du kannst Dich – im Unterschied zu seinem Vater – voll und ganz auf ihn verlassen. Würde meine Verfassung es erlauben, käme ich selbst.
Gewiß hat die Heilung der Wunde Fortschritte gemacht, aber es geht mir alles zu langsam. Ich habe vierzehn Tage auf dem Tusculanum zugebracht und mich, abgesehen von sporadischer Lektüre einiger alter Autoren, doch sehr gelangweilt.
Das soll nun ein Ende nehmen, denn übermorgen werde ich in die Urbs[14] *übersiedeln. Den Anstoß dazu gab eine Einladung von Marcus' Vater Autronius, der sich augenfällig um meine Gunst bewirbt, was in Wahrheit – ich sehe Dich lächeln – Dir gilt! Was soll's: Es kann Dir nur von Nutzen sein, zumal wohl einige interessante Leute anwesend sein werden.*
Cicero habe ich noch nicht gesehen, hoffe aber in Rom auf ein Treffen. Es hätte wenig Sinn, wollte ich schon heute Spekulationen über die hauptstädtische Szene anstellen, da ich noch zu wenig weiß.
Da Du ja wohl den Winter in der Cisalpina verbringst, wirst Du sicher an dieser oder jener begonnenen Schrift weiterarbeiten. Falls Du also besondere Wünsche bezüglich philologischer Literatur hast, teile sie mir mit. Ich werde dann in der Bibliothek suchen und Dir das Entsprechende schicken.
Was Du wahrscheinlich nicht weißt: Mein Großvater Titus Volcatius – er plante und baute während der Germanenkriege unter Marius in der Nähe Massilias[15] die Fossa Mariana[16] *– war ein erfahrener Fachmann in Fragen der Hydrogeologie und sammelte alles, was dieses Gebiet berührte. Unter seiner Sammlung befinden sich zum Teil sehr alte etruskische Schriften. Nach der Lektüre wirst Du mir zustimmen, daß wir ihnen auf diesem Gebiet vieles, wenn nicht alles verdanken und es im Grunde kaum weitergebracht haben.*
Ich hoffe, daß mein Bruder sich ganz in meinem und Deinem Sinne entwickelt. Er ist sehr willig, bedarf aber hin und wieder der harten Hand!
Soviel für heute. In wenigen Tagen hoffe ich, Dir mit detaillierteren Nachrichten dienen zu können.

Leb wohl!
Aus dem Tusculanum

Gaius nickte zufrieden und verschloß das Original in einem versteckten Fach des Schreibtisches. Die verschlüsselte Ausfertigung wurde gerollt, in eine Kapsel gesteckt und diese sorgsam versiegelt.

Dann griff er nach seinem Stock und humpelte, nun doch mit schmerzvollem Gesicht, in sein Schlafzimmer. Hector wartete bereits auf dem Gang. Gaius strich dem Hund noch einmal über den Kopf, wurde mit Wedeln belohnt und schloß die Tür. Der Hund legte sich auf der Stelle davor nieder und würde niemanden über die Schwelle treten lassen.

7

Alexander konnte bisweilen Anfälle soldatischer Tugendhaftigkeit haben; dieser hier bestand darin, daß er tatsächlich, nachdem er Gaius' Arbeitszimmer verlassen hatte, den Kreon rufen ließ – seine Stellung als Intimus des Herrn erlaubte dies ohne weiteres – und ihm im selbstverständlichsten Tone eines Centurio[17] aus Caesars X. Legion eröffnete:
»Wecken! Morgen! Vor der letzten Nachtwache!«
Kreon öffnete staunend den Mund: »Ja, aber das ist doch...«
»Richtig, mein Junge!« Kreon war 65! »Das ist sehr früh! Und da wirst du deine müden Knochen wohl schon vor den meinigen bewegen müssen! Verstanden?!«
Sein Auge blickte grimmig.
»Ja.«
»Das heißt ›jawohl!‹«
»Jawohl!« Kreon bemühte sich irgendwie um eine soldatische Haltung.
»Na also. Schon mal gedient?«
»Wie? Nein, ich... hatte bislang nicht die Gelegenheit...«
»Soso, er hatte bislang nicht die Gelegenheit!« – Dann brüllte er: »Auch so ein Drückeberger!«
»Aber ich muß doch wohl bitten!«
»Hier gibt's nichts zu bitten! Nur eindeutige Befehle! Und prompte Ausführung! Klar?!«
»Ja...wohl!«
»Eine halbe Stunde nach dem Wecken steht der Braune gesattelt vor der Tür!«
»Ja, aber die Stallknechte... sie schlafen um diese Zeit noch.«
»Na, dann wirst du sie eben aus ihren süßen Träumen wecken... Hier!«
Er warf ihm mit großer Geste eine Münze zu, die der gute Alte natürlich verfehlte, da er vor Schreck zurückwich; nun klaubte er sie mühsam vom Boden auf. Es war Kreon so etwas bislang noch nicht vorgekommen, daß Alexander – bekannt als knauseriger Geizkragen – mit Geld um sich warf. Das gab ihm zu denken. Vertraulich näherte er sich:
»Ist etwas passiert?«
Alexander reckte sich zu voller Größe und maß ihn von oben.
»Passiert? – Noch nicht, aber es werden große Dinge passieren! Und du

wirst später sagen können: Ich bin dabeigewesen! Aber was rede ich. Vor großen Ereignissen braucht es Schlaf! So geh denn hin, mein Alter, und walte deines Amtes, das da heißt: Schlafen! Wecken! Satteln! – Wegtreten!«
Und ohne ihn noch eines Blickes zu würdigen, schritt Alexander hoch erhobenen Hauptes durch die Gänge in sein Zimmer.
Dort holte er eine dickbauchige Flasche aus einem kleinen Schränkchen, setzte sie an den Mund und trank in mehreren großen Schlucken. Fünf Minuten später lag er schnarchend unter seinem Bärenfell.
Den tierischen Besitzer hatte er mit eigener Hand erledigt; so tönte es jedenfalls öffentlich aus seinem Munde. In Wahrheit war das Fell bei einer Plünderung am Rhein in seine Hände geraten. Da er die Geschichte aber schon zu oft und in immer dramatischeren Versionen zum besten gegeben hatte, fühlte er sich mit zunehmendem Abstand vom Geschehen durchaus verpflichtet, selbst daran zu glauben, und sein Respekt vor der eigenen Person stieg gewaltig.
Kreon allerdings nahm am folgenden Morgen auf seine Weise Rache: Leise trat er in Alexanders Klause, in jeder Hand den Deckel eines Topfes, schlug sie scheppernd aneinander und rief: »Die Germanen! Sie kommen! Das Lager ist umzingelt!«
Wie vom Blitz getroffen schreckte der Schläfer hoch, fuchtelte wild mit den Händen in der Luft und rief:
»Mein Schwert! Wir werden es ihnen zeigen! Auf, Leute!« Augenblicklich aber kam er zu sich, als er in das zufrieden grinsende Gesicht des Alten blickte.
»Zeit zum Aufstehen!« rief Kreon. »Die letzte Nachtwache hat eben begonnen.«
»Halunke!« flüsterte Alexander böse und ärgerte sich gewaltig, dem Alten gestern fünf Sesterzen[18] hingeworfen zu haben.
Kreon aber, scheinheilig artig: »Was denn? Du wolltest soldatisch geweckt werden...«
Die folgende Schimpfkanonade Alexanders hörte er nicht mehr, denn er hatte wohlweislich den Ort der frühen Handlung verlassen, um nach dem Pferd zu sehen.
Alexander beruhigte sich dann auch sehr bald, denn ihm fiel der Auftrag seines Herrn ein. Er setzte sich aufrecht und gähnte. 200 Sesterzen hatte Gaius ihm gegeben. Wenn er nur 20 ausgab, konnte er 180 beiseite legen. Und wenn er jeden Monat 100 weitere sparte, wären es am Jahresende 1280... in zehn Jahren 12000... in zwanzig... Dann könnte er sich schon in knapp zehn Jahren freikaufen! Aber es kam ganz darauf an, wie hoch Gaius seinen Wert einschätzte. War er zurückgegangen? Er überlegte: Eigentlich nicht; zwar hatte er kürzlich zwei Backenzähne verloren, im nächsten Jahr würden wohl zwei aus dem Oberkiefer folgen... in fünf

Jahren wären das zehn... in zwanzig Jahren... Aber solche Äußerlichkeiten zählten bei Gaius nicht! Gaius schätzte seine Qualitäten, unabhängig von der Anzahl der Zähne! Er war ihm wichtig, bedeutend, unentbehrlich! Gestern hatte es sich wieder einmal gezeigt, wie er diesem aufgeblasenen Autronier die Stirn geboten! Und wie er dem Herrn die Binden gewechselt! Wie er dem Kreon... Aber beim Styx! Wenn das so war – und es gab keinen Zweifel –, dann würde er mit 10000 Sesterzen nicht hinkommen! Vielleicht 12000? – Was, nur 12000? Unter 15000 ginge er heute nicht weg! Wenn er sich selbst zu verkaufen hätte, würde er unter 20000 nicht mit sich reden lassen! – 20000! Beim Zeus! Diese Summe brächte er nie zusammen! Vielleicht ließ der Herr mit sich reden. Seine Argumente müßten dabei die Mitte halten zwischen seinem wirklichen Wert und seiner Zahlungsunfähigkeit. Vielleicht sollte er in nächster Zeit ruhig eine Reihe von Fehlern begehen und sein Licht unter den Scheffel stellen. Das würde seinen Wert in den Augen seines Herrn senken, so ein bißchen, na, so um die zwei- bis dreitausend... Unsinn!
»Trottel!« rief er. Gaius würde es auf seine Liebe zum Wein zurückführen und ihn strafen und am kurzen Zügel halten. Es gab keinen anderen Weg: Er mußte sparen!
Mit dem festen Vorsatz, nicht mehr als unbedingt notwendig auszugeben, stand er auf und kleidete sich schnell an.

8

Der Himmel war klar, die Luft kalt, die Straße trocken; es erinnerte ihn an einen ähnlichen Ritt in Ostgallien, als er nächtens unterwegs war, einen Brief seines Herrn mit wichtigen Angaben über die Stärke Ariovists und seiner furchtbaren Sueben ins Hauptquartier bei Vesontio zu befördern. Obwohl er damals durch feindfreies Gebiet ritt, erbebte er in Todesangst bei jedem Knacken und Rascheln seitlich in Busch und Wald und ritt das Tier fast zu Tode, um aus den unheimlichen Wäldern und Kalkschluchten des Dubis[19] herauszukommen.
Sein schlichtes Gemüt war durchaus empfänglich für das Gaukelspiel der Lüfte, Nebel und Wolken, und gewaltiges Staunen kam ihn unversehens an, wenn ihm in solchen Einsamkeiten bewußt wurde, wie Natur, Erde, Luft, Wasser gänzlich ohne den Menschen auskamen, und leidvoll mußte er sich gestehen, daß er unfähig war, solch tiefes Empfinden in Worte zu fassen.
Da er denn so, ganz in sich und die Welt versunken, daherritt, verrann die Zeit wie Wasser im Sande, und Alexander erreichte bei Sonnenaufgang die Porta Collina, wo man gerade dabei war, die schweren Eichentore quietschend zu öffnen.

»Ein Tropfen Öl tut Wunder!« rief er den verschlafenen Posten zu, doch sie gaben keine Antwort. »Na, dann eben nicht...«
Er stellte den Braunen unter und schritt dann gemächlich den Vicus Longus hinab. Kaum ein Mensch war auf dem Pflaster zu sehen außer den ewig gleichen Matronen der unteren Schichten, die als erste in der Frühe nach frischem Herbstgemüse gingen. Hier und da auch schon Diener der ersten Häuser, die unterwegs waren mit Botengängen für ihre Herren.
Alexander wußte, die Stadt würde erst kurz vor Mittag so recht von Menschen wimmeln, wenn, wie er nach dem Ritt durch die klaren Morgenlüfte hoffte, die Sonne mit Licht und Wärme das Volk auf Straßen und Plätze lockte. Also würde es wenig Sinn haben, schon jetzt eine der Schenken aufzusuchen, da er dort außer unwissenden Fremden oder heimischen Dauertrinkern niemanden treffen würde, der ihm befriedigende Auskunft geben könnte.
Je mehr er sich der Subura[20] näherte, nahm nun doch das Getriebe zu. Die älteren Frauen, denen er begegnete, sahen zunehmend schmuddeliger aus. Er kannte diesen besonderen Typus des weiblichen Geschlechts aus allen Gegenden und Städten des Reiches, auch und besonders aus Athen, aber nirgends trat dieser so in Massen auf wie in Rom. Es konnte ihm geradezu angst und bange werden. Diese Wesen ließen sich durch nichts und niemanden einschüchtern, am wenigsten vom eigenen Gatten, der – falls er noch lebte – die Ruhe in Person war; hatte er sich doch gegenüber der Frau fast die Lebensregeln der niedersten Sklaven zu eigen gemacht, die da lauteten: Nicht auffallen! Das Maul halten! Wenig fragen! Möglichst oft außer Hauses sein!
Das seltsamste in solchen Ehegemeinschaften war indes, daß sie beide redlich aneinander hingen, mehr noch, daß der eine den anderen Dritten gegenüber als Musterbeispiel an Treue, Fleiß und Können lobte. Und besonders die Frauen taten sich dabei hervor; die höchste Form solch ehelicher Apotheose wurde freilich erst nach dem Hinscheiden des früh gealterten, gichtigen Partners erreicht, so daß man in der Tat vermuten konnte, jenes alte Wort *De mortuis nil nisi bene!*[21] müsse hier, in der Subura, seinen Ursprung gehabt haben.
So weit war es allerdings bei Gaius Loco noch nicht gekommen, würde es wohl auch in Zukunft nicht, denn er war ein Römer alten Schlages. Alexander kannte ihn noch aus dem ersten Kriegsjahr in Gallien, das zugleich Locos letztes war.
Loco war einer der wenigen, die Alexander vorbehaltlos bewunderte, denn um ihn war stets etwas von dem Wissen um alles Leid des Erdkreises. In fünfundzwanzig Dienstjahren unter römischen Adlern hatte er mit eigenen Augen Tausende von Kameraden sterben sehen, war er selbst ungezählte Male in letzter Sekunde dem Tod von der Schippe gesprungen; er hatte Kommandeure der mittleren und oberen Chargen kommen

und gehen, aufsteigen und fallen sehen, kannte die Feiglinge, Blender, Maulhelden ebenso wie die Tapferen, Treuen, Wortkargen, die sich voll und ganz einsetzten. Zuletzt hatte er den Aufstieg bis zum 2. Centurio der 1. Cohorte[22] in Caesars berühmter Zehnter geschafft, und das wollte schon etwas heißen.
So war denn die Abfindung, die ihm Caesar selbst – zunächst symbolisch in Form einer Urkunde – im Hauptquartier zu Vesontio vor angetretener Mannschaft überreichte, ein kleines Vermögen. Und Loco verstand es, mit seinen Pfunden zu wuchern. Es hätte gereicht, sich in Rom, Neapel oder Alexandrien eine Schenke an der Ecke zu kaufen; doch Loco entsann sich des Berufes, den er vor dreißig Jahren gelernt – er war Schuster –, und so nutzte er seine guten Beziehungen zu gallischen Händlern, Fallenstellern und Jägern, daß sie ihn regelmäßig mit bestem Leder belieferten. Dabei scheute er auch nicht die hohen Ausgaben für ausgefallenes, modisches, ja exotisches Material, wie Leder und Felle vom Bären, vom Wisent oder gar vom Seehund der nördlichen Meere.
Da er ein durch und durch ehrlicher Mann mit genügend Phantasie und Können war, sprach sich sein Wirken schnell herum, zumal er sich an feste Preise hielt und genau bemessene Garantien auf sein Schuhwerk ausgab. Bald hatte er Kunden aus allen Schichten.
Seine größte Tat aber – und so wurde sie denn auch von Nachbarn und Freunden bewertet – war, daß er Lavinia, seit fast zwei Jahrzehnten seine Gefährtin, noch in der gleichen Woche, da er sich in Rom niederließ, nach dem Gesetz zur Frau nahm. Sechs Kinder hatte sie ihm geboren, nur zwei überlebten das erste Jahrzehnt. Die Tochter war längst mit einem Töpfer der Subura verheiratet, der Sohn Sextus – wie konnte es anders sein – Legionär in Caesars Zehnter.
Locos Werkstatt befand sich im Erdgeschoß eines Hauses, das den mittleren Teil einer dreistöckigen *Insula*[23] bildete. Alexander fand sich nicht gleich zurecht, da sich hier in den letzten Jahren viel verändert hatte. Da standen Häuser an Stellen, wo kürzlich noch Schafe und Ziegen in verwilderten Gärten weideten. Und der kleine Bach, der damals noch zwischen Viminal und Quirinal seinen Weg suchte, war gänzlich verschwunden.
Doch seltsam: Obwohl alles erst kürzlich geplant und erbaut worden war, machte es schon den Eindruck jahrzehntelangen Verfalls. Er sah die Schäden im Ziegelwerk der Dächer, die Risse in den Wänden, die geborstenen Scheiben, den bröckelnden Putz, der sich stellenweise in großen Fladen von den Mauern löste. Und seit man den Bach auf seinem Weg zur *Cloaca maxima*[24] unterirdisch leitete, häufte sich all der kleine Unrat, den er sonst willig beförderte, auf der Straße. Da lagen alte Sandalen, Reste von Tuniken, Fetzen von allerlei Stoffen und Tüchern, Scherben von Gläsern und Krügen. Vor dem Eingang eines Hauses stapelte sich halb zerbrochenes Mobiliar; die Haustür, speckig und abgenutzt an der Kante, baumelte

schräg in den Angeln. Daneben sah er Haufen von Ziegeln und Sand, im Sand verstreute Exkremente von Hunden und Katzen, ja – als er genauer hinsah, auch solche von Menschen. Ein Stück weiter balgten sich drei Ratten um Küchenabfälle, die jemand zum Fenster hinausgeworfen hatte. Im Sommer, wenn die Luft sich zwischen den hohen Wänden staute, mußte der Gestank unerträglich sein.

Wie sauber – so schoß es ihm in plötzlicher Erinnerung durch den Kopf – waren dagegen die gallischen Dörfer!

Er fragte einen Burschen, der vorbeikam, nach der Adresse von Loco.

»Gleich um die Ecke. Er hat einen versilberten Schuh neben dem Eingang hängen.«

Es stimmte. Im übrigen war der Platz vor dem Hause blitzsauber, und Alexander sah Loco vor sich, wie er Gesellen und Sklaven auf Trab brachte und sie jeden Schnipsel vom Boden auflesen ließ. Es hing also völlig vom einzelnen ab, wie er seine Lebensverhältnisse regelte.

Freilich machte der ganze Gebäudekomplex den Eindruck, als ob er erst kürzlich fertiggestellt worden sei. Links neben dem von einem großen Bogen überwölbten Eingang lagen drei Läden nebeneinander im Schatten eines Balkons, der sich fast über die ganze Längsseite des ersten Stockwerks hinzog, sehr sauber gemauert, die Brüstung mit steinernen Diagonalkreuzen gesichert.

Die grünen Doppelläden waren noch geschlossen, der Haupteingang zu den Wohnungen der oberen Stockwerke stand jedoch offen.

Von einer Matrone, die im Hof Wäsche aufhängte, erfuhr er, daß Loco im dritten Stock wohnte.

Alexander ging in den Flur zurück, fand nun den seitlichen Aufgang und stieg nach oben. Das Treppenhaus hatte schon stark gelitten, die Wände waren schmutzig, mit Kritzeleien von Kinderhand beschmiert.

Er betätigte zweimal den Klopfer.

Sofort tönte eine ihm wohlbekannte Stimme:

»Es ist offen! Komm herein!«

Das war typisch Loco! Nur wenn es unbedingt notwendig war, pflegte er Türen zu verriegeln. Schon in Gallien hatte man zu jeder Zeit Zutritt zu ihm gehabt.

Alexander fand ihn in der Küche. Er saß mit dem Rücken zum Fenster am Tisch, brach ein Stück helles Brot, tauchte es in Milch und wollte es gerade in den Mund stecken, als er den frühen Besucher erblickte; er hielt in der Bewegung inne, behielt den Mund staunend offen – die Milch tropfte auf seine Tunika – und rief:

»Bei allen Göttern! Alexander!«

Und schon sprang er auf, kam um den Tisch herum, packte Alexander mit beiden Händen bei den Schultern, hielt ihn so wie ein Stück Ware, das er prüfen wollte, von sich und strahlte über das ganze Gesicht.

»Menschenskind, Junge! Ist das eine Überraschung! Laß dich anschaun!«
Und er tat es eine ganze Weile, von oben nach unten und wieder zurück.
»Wie lange haben wir uns nicht gesehen?«
»Fünf Jahre.«
»Was? Das ist schon wieder fünf Jahre her?... Hast du schon gefrühstückt?« Und ohne Alexanders Antwort abzuwarten, rief er: »Lavinia! Wo steckst du? Komm, wir haben Besuch!«
Lavinia trat aus einem anschließenden Zimmer, kritisch, erstaunt, doch nicht abweisend.
»Weißt du, wer das ist? Das ist Alexander! Er war in meinem letzten Jahr Bursche des Militärtribunen[25] Volcatius Tullus, du weißt doch, dem Kommandanten der Rheinbrücke.«
Lavinia, die ihn wohl aus Locos Erzählungen kannte, strahlte nun ebenfalls, und Alexander empfand auf der Stelle große Sympathie für sie – obwohl sie vom Typ her zu jenen Angehörigen des weiblichen Geschlechts zählte, denen an sich kaum seine Zuneigung galt. Artig reichte er ihr die Hand.
»Hol noch Brot, Gebäck, Milch, Wein. Er ist hungrig! Von wo kommst du denn zu so früher Stunde?«
Und nun ging's ans Erzählen. Was er in den vergangenen Jahren getrieben, was sein Herr mache, ob er noch bei ihm sei, wie es Lucius, dem Patron, gehe und dergleichen Dinge mehr. Seine genaue Kenntnis der gallischen Ereignisse zeigte, daß er sich durch Freunde auf dem laufenden hielt und mit großem Interesse das Geschehen auf dem nördlichen Kriegsschauplatz verfolgte. Dann fragte Alexander den alten Kameraden nach den Umständen, nach seinem Geschäft, nach den Kindern, und so verging eine gute Stunde wie im Fluge, während beide dabei etliche Becher leerten. Auch Lavinia kam nicht umhin, mit auf die Gesundheit, auf das Glück, auf die Zukunft anzustoßen, und sie tat es mit kräftigen Schlukken. Alexanders Achtung vor ihrer zupackenden und zugleich mütterlichen Direktheit stieg dadurch gewaltig.
Doch dann entsann sich Alexander seines Auftrags.
»Du kommst ja wohl nun mit vielen Menschen zusammen.«
»Das kann man wohl sagen. Werkstatt und Wohnung sind zu klein geworden. Ich werde bald umziehen.«
»Wohin?«
»Wahrscheinlich auf den Aventin.«
»Auf den Aventin? Unter die Fremden und Hungerleider?«
»Das war einmal, mein Junge.« Loco lachte verschmitzt. »Ich merke schon, du warst lange weg und kennst nicht den Gang der Dinge. Hier haben sich in den letzten Jahren die Verhältnisse geändert wie sonst nur in einem Jahrhundert. Es gehört heute schon zum guten Ton, auf dem

Aventin zu wohnen. Ganze Straßenzüge werden abgerissen, seit die Erben des Crassus Dives ganz nach dem Vorbild des Alten ihre Chance gewittert haben. Der Pöbel weicht in andere Viertel aus, hier in die Subura und in die Gegend jenseits des Tibers.«
Loco schenkte neu ein, und sie stießen an.
»Mein Geschäft geht gut. Es wird mir zu eng hier. Versteh mich nicht falsch! Ich habe hier in der Subura immer gerne gewohnt. Hier ist Leben. Aber ich brauche Platz für meine Werkstatt. Komm, ich zeig' sie dir!«
Wie ein Vater nahm Loco Alexanders Arm, führte ihn zur Tür. Lavinia räumte den Tisch ab und sagte:
»Du wirst doch bei uns essen – oder?«
»Tja, das ist sehr freundlich, aber ich weiß jetzt noch nicht, ob das heute...«
Loco war sichtlich enttäuscht: »Mußt du zurück nach Tusculum?«
»Nein, das nicht... Ich werd's dir gleich erzählen.«

Sie gingen nach unten, traten auf die Straße, und Alexander sah zu, wie Loco mit einem großen Schlüssel die Haupttür zu Werkstatt und Laden öffnete, als plötzlich zwei Burschen neben ihnen standen und Loco zuvorkommend grüßten.
»Ah, das sind meine beiden Gesellen.«
»Du bist spät dran heute, Meister!«
»Stimmt! Man trifft ja auch nicht jeden Tag einen alten Freund. Na, macht euch schon an die Arbeit!«
Und zu Alexander: »Ich könnte zehn Leute beschäftigen, aber in diesem Loch ist das unmöglich.«
Sie gingen hinein, und Alexander staunte über die Reinlichkeit und Ordnung, die überall herrschte. Es roch angenehm nach frisch gegerbtem Leder. Loco ließ es sich nicht nehmen, dem Besucher alle Einzelheiten der Herstellung von Schuhen und Sandalen zu erklären, und Alexanders Staunen über die vielen Formen, Farben, Größen und Qualitäten war außerordentlich.
Plötzlich meinte Loco: »Zeig mal deinen Fuß!«
Er beugte sich hinunter, legte eine Elle an, ging zu einem Regal und holte ein Paar gelbe Sandalen herunter.
»Das ist gallische Ziege!«
»Aha!«
»Ja, besonders weich und anschmiegsam. Sie gehören dir.«
Und ohne auf den energischen Protest Alexanders zu hören, band er sie mit einer Kordel zusammen und überreichte sie dem alten Kameraden.
»Ich hab' dich immer gemocht, Junge. Schade, daß du kein Römer bist! Und ganz so uneigennützig ist's ja denn auch nicht: Ich denke, ihr habt doch etwa zwanzig Leute Personal...«

Er grinste, und sie verstanden sich.
»Danke!« sagte Alexander, und er freute sich von Herzen. Solch weiches Schuhwerk hatte er in der Tat noch nie besessen. Entzückt schnupperte er den Geruch des Leders.
Vorne betraten schon die ersten Kunden den Laden, und Loco ließ sie von seinen beiden Gesellen bedienen.
»Und nun raus mit der Sprache! Du hast doch was auf dem Herzen.« Loco schob Alexander einen Hocker hin und setzte sich ebenfalls.
»Ja, das ist richtig... Also, paß auf! In letzter Zeit sind aus Rom und Ostia, aber auch aus einigen Badeorten an der See eine Anzahl Leute verschwunden. Zuletzt der dreizehnjährige Sohn des Senators Cassius Longinus.«
»Cassius Longinus!« Loco pfiff durch die Zähne. »Der hat mir noch eine Rechnung zu begleichen. Habe sein gesamtes Personal mit Schuhen versorgt. Bisher keinen Sesterz bekommen. Interessant! Interessant!«
»Ja, und da du doch hier täglichen Umgang mit Leuten aus allen Schichten hast...«
»... soll ich mich umhören, wer denn wohl dahinterstecken könnte. Gut, aber warum interessiert dich das?«
»Volcatius möchte...«
»Soso. Was hat er denn im Sinn?«
»Das weiß ich nicht, noch nicht. Aber ich wäre dir dankbar, wenn du die Ohren spitzest.«
»Kein Problem. Wie soll ich dich benachrichtigen?«
»Ich bleibe bis auf weiteres in Rom. Volcatius wird morgen nachkommen. Werde in den nächsten Tagen bei dir hereinschauen.«
Mit dem Versprechen, ihm beim bevorstehenden Umzug zu helfen, verabschiedete sich Alexander.

Er trieb sich zwar den ganzen Tag noch in allen Schenken der Subura herum, brachte es dabei auch tatsächlich fertig, nur etwa fünfzig Sesterzen auszugeben – wobei allerdings der Frühschoppen bei Loco eine besänftigende Wirkung hatte –, und erfuhr am Ende nichts, was er nicht schon von Loco erfahren hätte.
Da die Dämmerung schon um die elfte Stunde[26] einsetzte, nahm er an einer Bude in der Nähe des Forums einen Teller Erbsensuppe mit Wurst zu sich und schlenderte dann gemächlich in Richtung Palatin.
Allmählich leerten sich die Straßen und Gassen, denn jeder wollte vor Einbruch der Dunkelheit in den eigenen vier Wänden sein.
Hin und wieder sah er die Sänfte eines Senators, und ihm fiel auf, wie die tragenden Sklaven ihre Herren mehr laufend als gehend beförderten.
Hatte er erwartet, auf streunende Banden zu stoßen, so blieb es an diesem Tage allenthalben ruhig.

Beim Vestatempel blieb er stehen, blickte noch einmal zurück über die Via Sacra, die Heilige Straße, und hatte das Gefühl, als ob ihm jemand folgte. War da nicht eine Gestalt hinter einem Pfeiler der Basilica Aemilia verschwunden? Unsinn! Wer kannte ihn hier schon!
Er ging noch ein Stück die Via Sacra entlang, bog dann nach Süden ab. Täuschte er sich? Er lauschte... Deutlich hörte er die Schritte hinter sich. Es begann nun schon zu dunkeln, und er wandte sich um. Etwa hundert Schritte entfernt machte er die grauen Umrisse einer Gestalt aus, die nun ebenfalls stehengeblieben war. Einzelheiten waren nicht zu erkennen.
Alexander schritt weiter, nun hellwach. Angst kannte er nicht, nur Neugierde. Da kam die Abzweigung zum Clivus Scauri.
Ruhig, ohne sich umzublicken, bog er in die Straße ein, sprang dann aber nach links, drückte sich an die Mauer des Eckhauses und wartete. Er hörte, wie die Schritte sich beschleunigten – ohne Zweifel hatte es der Verfolger auf ihn abgesehen.
Alexander hielt die Luft an. Da trat der Fremde um die Ecke. Alexander packte ihn, hielt ihm mit schnellem Griff den Arm auf dem Rücken. Doch der andere reagierte blitzartig mit der freien Hand und schlug Alexander ins Gesicht. Er hatte das rechte Auge getroffen, und Alexander ließ den gedrehten Arm für eine Sekunde los. Das genügte, und der Fremde löste sich von ihm wie ein Schatten, sprang mit katzenartiger Gewandtheit los und rannte die Straße in Richtung des Circus Maximus weiter.
Alexander, obwohl auf einem Auge halb blind, erkannte gerade noch die seltsame Kopfbedeckung des Flüchtenden. Er trug einen Turban.
Es hatte keinen Zweck, ihm zu folgen. Der Vorsprung war zu groß, außerdem würde es schwierig sein, ihn in der Dunkelheit auszumachen, zumal der »Inder« in den Lagerhallen und Gärten am Circus leicht untertauchen konnte.
Alexander fluchte und rieb sich das geschwollene Auge. Zugleich stellte er sachlich fest, daß der Vorfall durchaus das wichtigste Ergebnis seiner heutigen Recherchen war. Jemand hatte also ein großes Interesse daran, jeden seiner Schritte in Rom zu kennen. Gaius würde sich wundern.
Nicht gerade in bester Laune ging er schnellen Schritts den Clivus Scauri aufwärts und erreichte fünf Minuten später das Haus der Volcatier. Er hielt es für das beste, den Hausmeister nicht in den Sachverhalt einzuweihen, sondern fabelte etwas von »Unfall«. Er war erleichtert, als er erfuhr, daß auch Lucius, der Patron, für einige Tage außer Hauses sei. Den Rest des Abends verbrachte er zusammen mit einigen Bekannten unter den Haussklaven und vertrieb sich die Zeit mit ihnen bei Wein und Domino. Doch war Alexander, ganz gegen seine Gewohnheit, nicht bei der Sache.

9

Die städtische *Domus*[27] der Volcatier gehörte zu den ältesten und schönsten Häusern auf dem Caelius, und dies, obwohl sie von außen einen völlig unscheinbaren Eindruck machte. Aber das besagte überhaupt nichts, da die Volcatier seit Generationen nach der Maxime »Mehr sein als scheinen!« lebten.
Lucius, der Patron, sah es mit Widerwillen, wie neuerdings einflußreiche »Fischteichbesitzer«[28] den Hügel »mit Schimmel überzogen«, wie er sich ausdrückte, darunter zahlreiche »Zugereiste« wie Vitruvius, Architekt, Ingenieur und Vertrauter Caesars in militärtechnischen Fragen. Sein Haus war denn auch das erste, das mit Marmor verkleidete Wände und Säulen aus Cipollino und Marmor von Luni besaß.
Auch diese Äußerlichkeiten steigerten Lucius' Abneigung gegen Caesar, der es allem Anschein nach nötig hatte, sich auf derlei »emporgekommene Kreaturen« zu stützen.
Gaius sah es anders: Für ihn war Vitruvius einer der fähigsten Fachleute für Fragen der militärischen Pioniertechnik in der gesamten römischen Armee, und nicht zuletzt ihm, seinen Ratschlägen und Erfahrungen war es zu verdanken, daß man innerhalb einer unglaublich kurzen Zeit eine Holzbrücke über den Rhein hatte schlagen können, deren Wirkung noch heute die Barbaren am anderen Ufer einschüchterte. Doch hütete sich Gaius, darüber mit dem Vater zu diskutieren. In moralischen Fragen ging Lucius kein Iota von seinen altrömischen Normen ab.

So war es Gaius durchaus recht, bei seiner morgendlichen Ankunft zu hören, daß Lucius nicht in Rom weile. Es hieß, er sei ins Picenische aufgebrochen, um nach den Ernteerträgen seiner dortigen Güter zu sehen. Das mochte schon so sein, aber Gaius erfuhr auch, daß Pompeius Magnus sich ebenfalls zur Zeit auf seinen dortigen großen Ländereien aufhalte, und er dachte sich seinen Teil.
Bruder Lucius war in der Stadt; man wußte nicht, wann er zurückkommen würde.
So befand sich außer Alexander und einigen Dienern lediglich Selenus, Freigelassener, Sekretär und rechte Hand seines Vaters, im Hause. Gaius kannte ihn seit frühester Kindheit, denn Selenus war es gewesen, der ihn als Elementarlehrer in den grundlegenden Schreib- und Rechenkünsten unterrichtet, der in ihm später ein ebenso breites wie tiefes Wissen in Kunst, Philosophie und Geschichte angelegt hatte. Anders als bei seinen Brüdern Titus und Lucius bildete sich zwischen ihnen von Anfang an ein enges, ja intimes Verhältnis, das weit über das normale zwischen Lehrer und Schüler hinausging, aus dem nach Abschluß der Studien eine große Freundschaft geworden war. Das äußerte sich stets darin, daß sie, selbst

wenn sie sich über Monate oder Jahre nicht gesehen hatten, so unterhielten, als seien sie gestern erst auseinandergegangen.
Dennoch war auf seiten Selenus' immer eine gewisse, schwer in Worte zu fassende Distanz – nicht die des Magisters, eher die eines starken Charakters, der darauf bedacht ist, sich einen Freiraum des Denkens und Empfindens, somit des Handelns zu behaupten. Und dies respektierte Gaius.
Stets war es denn auch Selenus, der, von Gaius dazu aufgefordert, in seiner unnachahmlich feinen, leicht umständlich professoralen Art über den derzeitigen Stand der inneren und äußeren Verhältnisse der Familie berichtete.
Sie befanden sich in der Bibliothek, wo Selenus stolz die neuesten Anschaffungen vorführte.
»Donnerwetter!« staunte Gaius und nahm einige Rollen aus dem Regal. »Wo hast du denn den Schatz bekommen?«
Es war eine sehr alte Ausgabe von Catos *De agri cultura*[29].
»Einer meiner Freunde in Alexandria hat eine Option zum Erwerb alles dessen, was die Große Bibliothek nicht aufkauft, wenn dieser oder jener Nachlaß feilgeboten wird. Es handelte sich hier um das Erbe eines kinderlos verstorbenen Rhetors und Privatgelehrten, dessen Verwandte, sämtlich als Kaufleute tätig, nichts mit den Rollen anzufangen wußten, als sie möglichst schnell zu Geld zu machen.« Gaius wechselte das Thema.
»Sag, Selenus, wie geht es meiner Tante?«
Gaius stand direkt vor dem Griechen, und es entging ihm nicht, wie gleichsam ein Schleier über dessen Gesicht niederging. Ähnliches hatte er schon früher bemerkt, wenn die Rede auf seines Vaters Schwester Claudia Marcella kam.
»Nun, es geht ihr den Umständen entsprechend. Ihr Zustand hat sich in den letzten Jahren nicht verschlimmert. Voraussetzung dafür ist und war, daß man sie nicht irgendwelchen Aufregungen aussetzt.«
»Wie alt ist sie jetzt?«
»Dreiundvierzig.«
Gaius wunderte sich, daß Selenus die Daten dieser Frau auf der Stelle parat hatte.
»Du hast mir einmal gesagt, es gebe nicht die ›Heilige Krankheit‹.«
»Das ist richtig.«
»Wie erklärst du dir dann ihren Zustand?«
Selenus blickte ihn voll an, und seine Züge drückten großen Ernst aus.
»Es sind, vor Jahren, Dinge in ihrem Leben geschehen, die die latent vorhandene Krankheit – die Epilepsie – plötzlich zum Ausbruch kommen ließen.«
»Ja, ich weiß...« Gaius blieb hartnäckig. »Das gleiche hast du mir schon einmal gesagt. Ich möchte Genaues wissen!«
Da legte ihm Selenus die Hand auf die Schulter:

»Ich glaube nicht, daß ich befugt bin, dich in die Einzelheiten dieser Ereignisse einzuweihen, die mittlerweile zwanzig Jahre zurückliegen.«
»Hat es etwas mit dem großen Sklavenkrieg zu tun, dem damals ja auch das Tusculanum zum Opfer fiel?«
Selenus zögerte.
»Nun?« beharrte Gaius.
»Ja. Aber wenn dich das alles so sehr interessiert, solltest du deinen Vater danach fragen. Er wird besser als ich beurteilen, was für dich zu wissen wichtig ist.«
Das klang sehr hart, fast aggressiv, war aber nicht so gemeint. Gaius wußte es, auch wenn Selenus abrupt den Raum verließ; verwirrt blickte Gaius ihm nach, wie er, groß, schlank, feingliedrig, zum Schreibzimmer ging, wahrscheinlich, um diese und jene Korrespondenz für Lucius zu erledigen oder alte Buchrollen zu restaurieren. Selenus langweilte sich nie, und wenn ihn, was selten war, Depression und Lebensüberdruß heimsuchten, stürzte er sich um so energischer in eine seiner zahlreichen dienstlichen oder privaten Tätigkeiten – und sei es nur das Ausbessern alter Buchrollen.
Ganz deutlich spürte Gaius, daß Selenus um ein großes Geheimnis wußte, das Claudia betraf, von dem außer ihm nur Lucius Kenntnis hatte. Die abrupte Reaktion eben auf seine direkte Frage, die deutlich sichtbare Veränderung seiner Züge, diese seltsame Scheu, all das ließ darauf schließen, daß Lucius ihm strikt verboten, wenn nicht gar einen Eid abgenommen hatte, je mit irgendeinem Familienmitglied darüber zu sprechen.
Gaius nahm sich vor, Claudia in den nächsten Tagen aufzusuchen, die in zwei Räumen des Obergeschosses, in denen früher seine Mutter wohnte, ihr stilles, abgeschirmtes Dasein führte, umsorgt von der mütterlichen Eugenia, Selenus' Frau, die im übrigen mit Tatkraft und großer Autorität dem weiblichen Gesinde des Hauses vorstand.
Unvermittelt wurde sich Gaius bewußt, daß er eigentlich sehr wenig über seinen Vater wußte. Seine Mutter war bei der Geburt seines jüngsten Bruders gestorben. Vielleicht mußte man auf die Dreißig zugehen, um mit einemmal Interesse an den Lebensumständen seines Vaters zu bekommen, da man zuvor völlig mit dem eigenen Fortkommen beschäftigt war. Ja, sein Vater barg ein Geheimnis in sich! Was war mit Eugenia? Wußte sie etwas?
Seine rückblickenden Gedanken wurden jäh gestört.
»Ach, hier bist du! Ich suche dich schon im ganzen Haus!«
Es war Alexander, der, wie üblich ohne anzuklopfen, den Raum betrat. Da Gaius nicht antwortete, faßte Alexander es als Aufforderung zu einem längeren Rapport über den gesamten Ablauf des gestrigen Tages auf. Gaius, in Gedanken noch ganz bei Selenus' Schweigsamkeit, hörte nur mit halbem Ohr hin, nickte zwar, wurde dann doch hellhörig bei der

Schilderung des letzten Aktes, den Alexander zu einer überzeugend dramatischen Szene auszugestalten wußte.
»... und ich, nicht faul, klemme mich an die Wand, warte – nun muß er kommen!... Und wie er um die Ecke biegt, springe ich vor, packe ihn mit festem Griff – er wimmert um sein Leben! – und rufe: ›Du Schuft! Du Elender! Nicht ungestraft schleichst du mir nach wie Zeus dem Amphitryon! Nun hat dein letztes Stündlein geschlagen! Gezählt sind die Tage, da du die Sonne sahest! Von nun an wirst du nur noch die Schatten des Hades erblicken!‹«
Gaius, dem dergleichen Schilderungen aus gallischen Tagen sehr bekannt waren, fragte ruhig:
»Und?«
Alexander zauderte, überlegte, wie er das Entkommen des Gegners darstellen sollte, ohne sein Gesicht zu verlieren, insonderheit angesichts seines geschwollenen Auges. Er kam ganz nahe an Gaius heran:
»Herr, ich glaube, er kann zaubern!«
»Was?« rief Gaius und spielte mit.
»Aber ja! Plötzlich war sein Gesicht nahe vor dem meinen! So wie jetzt!« Er machte es vor mit aberwitzig weit aufgerissenen Augen. »Er fixierte mich! Ich spürte die geheimnisvolle Kraft, die von ihm ausging. Ich stand wie gelähmt. Und plötzlich spürte ich einen stechenden Schmerz auf meinem Auge! Ich spürte, wie seine geheimnisvolle Kraft in mich eindrang! Und ich mußte ihn loslassen.«
»Soso... Und weiter?«
»Der Zauber konnte nicht lange wirken, und so nutzte er meine vorübergehende Ohnmacht des Gesichtssinns – ich sah Sterne, Sonnen, Monde und das ganze All offen! – und entkam mit der Schnelligkeit eines Geparden!«
Alexander hing schuldbewußt am Auge seines Herrn. Gaius fragte:
»Natürlich hast du ihn nicht verfolgt?«
»Nein, woher weißt du das?«
»Weil ich es auch nicht getan hätte. Er konnte sich in den Gärten und Hallen am Circus gut verstecken.«
»Genau! So war es! Ich danke dir!«
»Wofür?«
»Daß du ihn auch nicht verfolgt hättest!«
Gaius mußte lachen, dann: »Was ist dir an ihm aufgefallen?«
»Seine Kopfbedeckung. Er trug einen Turban!«
Nun merkte Gaius auf.
»Sehr interessant... Ich bin sehr zufrieden mit dir!«
Als Alexander erstaunt registrierte, daß das Lob keineswegs ironisch gemeint war, nahm er unverzüglich, wenn auch nur kurz, seine so seltene athletische Haltung ein und schwieg. Das Lob entschädigte ihn völlig für

die erlittene Unbill. Gaius ging in Gedanken auf und ab, sprach leise vor sich hin: »Wie die Dinge liegen, hat jemand ein großes Interesse daran, zu wissen, was du in Rom treibst...«
»Das ist zweifellos durchaus so!« pflichtete Alexander voll Eifer bei.
»... welche Wege du gehst, welche Häuser du aufsuchst, mit wem du sprichst.«
»Genau! Richtig!« rief Alexander begeistert, da er sich im Mittelpunkt einer Aktion sah, die in seinen Gedanken bereits große Kreise zog. Gaius fuhr fort:
»Wir müssen herausfinden, wer dieser ›Inder‹ ist, ob sein Habit nur eine alberne Verkleidung ist, die uns irreführen soll, ob er auf eigene Faust handelt oder in fremdem Auftrag... Wer ist nur sein Auftraggeber...«
»Wir werden ihn finden!« rief Alexander.
»Ferner ist anzunehmen, daß diese geheimnisvollen Aktivitäten mich einschließen. Denn wer dich und dein Tun zu ergründen sucht, will etwas über mich wissen!«
»Er wird es nie erfahren!«
»Also paß auf! Ich gehe heute abend, wie du weißt, zum Empfang in Autronius' Haus...«
»... und ich bleibe zu Hause...«
»Keineswegs!«
Alexander strahlte. Gaius fuhr fort:
»Du wirst dich den Abend über in der Nähe des Autronischen Hauses halten und deine Augen schweifen lassen!«
»Und dann werde ich es ihm heimzahlen!«
»Nichts wirst du! Du wirst beobachten und berichten.«
»Jawohl! Beobachten! Schweifen! Berichten!«
Alexander stand stramm, denn er sah sich in diesem Augenblick im Lager vor Vesontio.
»Bis dahin«, meinte Gaius streng, »wirst du dich aufs Ohr legen. Sag mal, was hast du denn da für gelbes Zeug an den Füßen?«
»Gallische Ziege! Sehr weich. Ich kann dir auch ein Paar besorgen.«
»Meinetwegen. Schenk sie mir zum Geburtstag!«
Das saß. Und Alexander gefror das Lächeln, da er davon ausgegangen war, Gaius werde ihm das Geld zum Kauf geben. Na, dann eben nicht.
»Ich werde vor dir aufbrechen«, schloß Gaius das Gespräch. »Sieh zu, daß dich niemand erkennt. Die Dunkelheit wird dir dabei helfen.«
Alexander hatte ein feines Gespür für die Stimmungen seines Herrn, und nun wußte er, daß dieser jetzt allein zu sein wünschte, und er zog sich wortlos zurück.

Gaius aber ging hinüber ins Schreibzimmer.
»Entschuldige die Störung...«, begann er.

»Du störst nie«, sagte Selenus und blickte auf. Beide bemühten sich, das seltsam einsilbige Ende der vorausgegangenen Unterhaltung aus der Welt zu schaffen.
»Ich habe eine Bitte.«
»Ja?«
»Könntest du einmal alles zusammenstellen, was Vater dich über den Kreis um Catilina sondieren ließ. Mich interessiert besonders die Rolle des Senators Autronius Paetus. Ich weiß, daß hier Akten über gewisse Leute vorhanden sind.«
»Das ist kein Problem. Bis wann brauchst du die Unterlagen?«
»Hm... Bis vor Einbruch der Dunkelheit. Ich weiß, das ist viel auf einmal, aber es ist mir sehr wichtig.«
»Du gehst heute abend zu ihm. Was interessiert dich besonders?«
»Seine Rolle während beiden Catilinarischen Verschwörungen.«
Sofort setzte Selenus seine Schreiber in Aktion.
»Aristion! Ancon! Laßt alles stehen und liegen! Eine eilige Sache!«
Und schon erklärte er ihnen, worum es sich handelte, nannte die Registriernummern der Rollen und schickte sie an die Arbeit, während er selbst sich an einige Cicerotexte heranmachte.
Leise verließ Gaius das Zimmer.

10

Am Nachmittag kam von Autronius die Anfrage, ob es Gaius recht sei, wenn er ihm nach Einbruch der Dunkelheit eine Sänfte schicke, um ihn, begleitet von einer Eskorte, abzuholen.
Gaius hätte zwar lieber die eigene benutzt, konnte aber die höfliche Bitte nicht abschlagen.
Er war nervös. Während er sich auf den unausweichlichen Abend vorbereitete, war er unschlüssig, welche Position er im Gespräch einnehmen sollte. Nun, das würde eben auch von der Tischordnung und den übrigen Gästen abhängen. Er hätte danach fragen sollen. Vielleicht wäre es klug, den höflichen, aber wortkargen Gast zu spielen, der die Ehre der Einladung gleichsam als eine mehr oder weniger lästige Routineangelegenheit betrachtete.
Er horchte in sich hinein, suchte nach Gründen für seine Unruhe. Lag es daran, daß er seit Jahren nicht mehr an solch offiziösen Banketten teilgenommen hatte? – Unsinn! Bei Caesars Gelagen war man ganz anders gefordert!
Es war immerhin augenscheinlich, daß Autronius sich um die Gunst des »Freundes Caesars« bemühte; und das wollte er weithin sichtbar machen: Na, da staunt ihr, was?! Ein Volcatier und noch dazu Parteigänger des gal-

lischen Proconsuls, des starken Mannes im Wartestand! – Gaius wußte nur zu gut, wie alles, was in irgendeiner Beziehung zu Caesar stand, sehr schnell in den »eingeweihten Kreisen« der Stadt die Runde machte. Nun ja, er gab zu, daß bei ihm wohl auch ein Quentchen Eitelkeit im Spiel war. Das Bein begann zu schmerzen, und er legte sich für eine Stunde auf sein Zimmer.

Als er erwachte, kam Selenus mit den Unterlagen.
»Ich habe das Wichtigste zusammengefaßt und Aristion diktiert. Am Ende findest du eine Passage aus Ciceros Rede *Pro Sulla*, die er vor neun Jahren hielt. Cicero nimmt da kein Blatt vor den Mund!«
»Woher hast du denn den Wortlaut?«
»Ach, ich bin mit seinem Sekretär Tiro befreundet. Er hat mir seinerzeit eine Abschrift gegeben.« Und nicht ohne Stolz fügte er hinzu: »Ich besitze alle Reden, die Cicero bisher gehalten oder geschrieben hat.«
»Auch die Catilinarischen?«
»Selbstverständlich!«
»Mein Kompliment! Was machten wir ohne dich, Selenus!«
Selenus nahm das Lob gelassen hin, antwortete ebenso lakonisch wie keck: »Nichts!« Dabei grinste er nicht einmal.
Er wußte sehr wohl um seinen Wert und konnte sich, zumal gegenüber seinem ehemaligen Schüler, diesen selbstbewußten Ton erlauben.
»Wenn du noch Fragen hast...«
»Nein, danke; ich sehe schon, daß es mehr ist, als ich brauche. Nochmals vielen Dank, mein Guter!«
Selenus ging, Gaius setzte sich ans Fenster und begann mit der Lektüre. Schon nach den ersten Sätzen spürte er den Atem des großen Historikers, der kompliziertes Geschehen einfach auszudrücken und klar darzustellen wußte, denn der zusammenfassende Bericht basierte auf intensiver Durchsicht zahlreicher Quellen, die über das ganze Archiv verstreut lagen. Zugleich war es die auf leichte Weise belehrende Sprache des Pädagogen, der seinen Schüler mit Geduld in das vergangene Geschehen einführt.
Der Bericht stellte die Rolle des Autronius Paetus im Zusammenhang mit den hochverräterischen Aktionen des Catilina vor über einem Jahrzehnt detailliert dar, als eine Gruppe erheblich verschuldeter Aristokraten versuchte, mit einem Staatsstreich die Macht an sich zu reißen und nur dank der Wachsamkeit Ciceros scheiterte.
Der letzte Satz lautete: »Autronius ist skrupellos, zu allem fähig, wenn es ihm und seinen Wünschen dient.«
Gaius legte die Blätter auf den Tisch. Ähnliches hatte er bereits vermutet, war aber auch erschrocken über das Taktieren Ciceros. Wenn schon ein Mann mit weithin bewunderter Integrität gezwungen war, einen politi-

schen Eiertanz aufzuführen, um seine Stellung unter den Konservativen zu behaupten, dann konnte man sich die Verkommenheit und den Opportunismus der übrigen Akteure nicht gewissenlos genug vorstellen.
Und – Gaius erschrak plötzlich bei diesem Gedanken! – irgend jemand aus diesem Kreis hatte es auf ihn abgesehen, denn es war kaum vorstellbar, daß sein Alexander in dunkle Geschäfte verwickelt war, die man heimlich beobachten ließ.
Er wurde in seinen Überlegungen gestört, denn ein Diener trat ein und meldete die Ankunft der Sänfte.
»Soll warten!« befahl er grimmig und ging in seine Räume, um sich für den Abend anzukleiden.

11

Als Gaius vors Haus trat, bemerkte er das auffallend respektierliche Betragen der prächtig ausstaffierten Eskorte. Neun Leute hatte man auf den Weg geschickt: vier Träger, vier bewaffnete Begleiter und einen Vorläufer. Alle, außer den Trägern, waren mit Fackeln ausgestattet.
Seit jeher brachte ihn das gemächliche Schaukeln und Schweben dieses so unrömischen Fortbewegungsmittels ins Memorieren, denn anders als im Wagen, der ständigen Kontakt mit dem Boden hatte und in schneller Folge vorbeihuschende Eindrücke vermittelte, saß man hier auf engstem Raum mit sich selbst beisammen, und Gaius konnte immer wieder erstaunt feststellen, wie sehr enge Behältnisse Geist und Phantasie ins gedanklich Weite führten.
Autronius Paetus ... Er war kein unbeschriebenes Blatt. Noch bis vor wenigen Monaten hatte er aus der Verbannung Makedoniens seine Geschäfte betrieben. Ein Stehaufmännchen! Wenn er ihn einlud, steckte mit Sicherheit eine schurkische Absicht dahinter. War am Ende auch Publius Sulla, der Neffe des Dictators[30], unter den Gästen? Da hieß es, auf der Hut zu sein. Und was war mit Clodius? Er wohl kaum, denn er verachtete Autronius, hatte dessen schleimige Freundschaft nicht nötig. Clodius konnte mit Millionen spielen, während die »Ausgesperrten« mit jedem Tausender rechnen mußten.
Mit Clodius kam er nicht ins reine; er wußte zu wenig von ihm. Er fand auch keine Erklärung für das seltsam schillernde Verhältnis, das ihn an Caesar band. War das Abhängigkeit, Taktik, Loyalität? Konnte Caesar ihn erpressen, das zu tun, was seinen, Caesars, Zielen diente?
Gaius dachte an Lucius' scharfe Worte über den Proconsul. War er denn undurchschaubar? Stimmte es denn, daß er sogar mit Freunden wie mit Figuren auf dem Brett spielte?
Gaius vermochte ihn sich so nicht vorzustellen; zu groß war seine Be-

wunderung für den genialen, pragmatischen Verstand. All die kleinen und großen Szenen der letzten Jahre fielen ihm ein: Wie er vor dem Waffengang gegen Ariovist die aus Angst vor den germanischen Riesen meuternde Truppe zur Räson brachte! Wie er im Kampf das Letzte wagte, er selbst in vorderster Front! Wie er mit narbenbedeckten Haudegen umsprang, als hätte er Knaben vor sich! Caesars Einfluß auf Menschen, gleich welchen Alters, Geschlechts oder Standes, war unbestritten. Und man konnte sich sehr wohl vorstellen, wie dieser Mann intellektuellen Köpfen wie Cicero unheimlich sein mußte.

Per deos![31] Was waren das denn für kleinkarierte Maßstäbe, mit denen diese Spießer den größten Pragmatiker des Jahrhunderts zu messen wagten! Sie alle konnten ihm doch nicht das Wasser reichen, weder als Stratege noch als Organisator oder Politiker, ganz zu schweigen von seinen ästhetischen Begabungen, die ihn mit Problemen aus Kunst, Literatur, Philosophie spielerisch leicht umgehen ließen.

Wer vermochte denn wie er, fünf und mehr Dinge auf einmal zu erledigen, wovon jedes einzelne den ganzen Mann forderte! Wer hatte wie er, obwohl er doch alles in seiner Hand bündelte und unbedingte Loyalität forderte, die Langmut gegenüber Fehlern seiner Untergebenen, wenn sie, bei bestem Vorsatz, aufgrund ihrer Unzulänglichkeiten falsche Folgerungen zogen und Fehlentscheidungen trafen. War er nicht geradezu unfähig zum Haß!? Gründeten nicht all diese gehässigen Schmähschriften – und darunter sogar solche aus der Feder eines Catull – einzig in der Unfähigkeit, seinem rasanten Tempo in Gedanke, Wort und Tat zu folgen?! – Bei allem Respekt vor seinem Vater: Gaius empfand auch dessen Wertung als selbstgerecht, weil er nie den stadtrömischen Klüngel verlassen, weil er nach Art der Altvorderen alles mit einer Elle maß, die längst nicht mehr paßte. War es am Ende eine Generationsfrage?

Er wurde in seinen zornigen Gedanken unterbrochen, denn das Schaukeln hielt inne, man war am Ort. Kaum stand die Sänfte, drang flackernde Helle durch die Seidenvorhänge.

Und schon näherte sich ein mehr albern als prächtig herausgeputzter Haushofmeister und nahm ihn unter zahlreichen Verbeugungen und gemurmelten Grüßen in Empfang. In solchen Augenblicken wünschte er sich seinen respektlosen Alexander zur Seite.

Nun denn! Er stieg vorsichtig aus der Kabine, griff seinen Stock und ging – jede Hilfe ablehnend – über mehrere flache Stufen ins *Vestibulum*, gelangte dann in die große Halle hinter dem Atrium.

Stimmen, verhaltenes Gelächter, einzelne Rufe hallten ihm entgegen, und im ersten Augenblick verschlug es ihm die Sprache, denn es herrschte eine ähnliche Atmosphäre wie bei den großen Empfängen Caesars. Er würde sich nicht wundern, den schlanken, flink sich bewegenden Proconsul unter den Anwesenden zu erblicken: Wie er sich umwandte, ihn er-

kannte und mit seinem unnachahmlichen Charme eine Begrüßung zelebrierte – wie stets gewürzt mit kleinen geistreichen Anzüglichkeiten.
Gaius blieb in der Nähe einer schwarzen Säule stehen, um sich einen Überblick zu verschaffen: Viele unbekannte Gesichter, Männchen und Weibchen aus dem Künstlervolk, und – welche Überraschung! – Publilius Syrus, der große Mime. Also würde es wenigstens nicht langweilig werden. Aber auch allerlei Gelichter! Er kannte diese aufgeblasenen, dreißigjährigen Greisengesichter von anderen Gelegenheiten. Und viel Militär! Durchweg Offiziere aus Pompeius' Spanienarmee.
Rechts hatte sich eine Gruppe junger Leute um einen kleinen, hageren Mann versammelt, der seine Rede mit aberwitzigen Bewegungen beider Hände untermalte, dabei den Blick oft versonnen zur Decke richtete: Ateius Philologus der Rhetor und seine »Schüler«! Seinen greisenhaften Hund hatte er nicht dabei. Ateius war zur Zeit gefragt. Und er genoß es, von Autroniern, Munatiern, Corneliern und anderen eingeladen zu werden, zumal dabei stets einige Brosamen vom Tisch fielen, von denen er, der sehr bescheiden lebte, sich monatelang über Wasser halten konnte.
Während Gaius noch unschlüssig war, unter welche Gruppe er sich mischen sollte, kam eine große weiße Frauengestalt auf ihn zu, sehr selbstsicher, mit einem gekonnt strahlenden Lächeln auf den sehr sinnlichen Lippen: Fulvia, des Autronius Gattin. Gaius sah, wie ihr die Blicke folgten.
»Wie schön, daß du gekommen bist!«
Sie hielt ihm lässig die manikürte Hand hin, ihr Parfum stieg ihm aufdringlich in die Nase. Er verbeugte sich, sagte ihr einige Artigkeiten, stellte unter anderem fest, daß sie sich kaum verändert habe, außer daß ihr Blick sicherer, noch wissender geworden sei. Mit halb offenem Munde, die Lippen leicht geschürzt, lauschte sie der Laudatio.
»Wenigstens etwas, das nicht gelogen ist. Ich hasse diese jungenhaften Übertreibungen. Wie geht es dir? Ich hoffe, es wird dir gefallen. Publilius wird nachher mit seiner Truppe einiges zum besten geben.«
Sie war sechsunddreißig, wollte aber als Zwanzigjährige durchgehen. (In ähnlichem Fall spottete Publilius: »Muß was dran sein! Das erzählt sie schon seit zwanzig Jahren!«)
Sie lachte ihn an, schnatterte weiter:
»Wie schön, daß Marcus nun nach Gallien geht! Er wollte sich schon immer unter den Adlern Caesars bewähren!«
»Ja, das ist doch auch...«
»Stimmt es, daß die Germanen so riesig sind?«
»Och, nicht mehr als...«
»Ich möchte so gerne einen oder zwei als Sänftenträger!«
»Tja, das wird wohl...«
»Und Marcus hat mir versprochen, ein Bärenfell mitzubringen. Ich friere

ja so leicht. Stimmt es, daß der Proconsul einer bestimmten Dame eine riesige Perle aus Gallien geschickt hat?«
»Nun, wenn man es so erzählt, dann...«
»Marcus muß mir auch eine mitbringen... Bis nachher, mein guter Gaius! Ich darf dich doch so nennen?«
»Aber bitte!«
Er setzte ein verkrampftes Lächeln auf, das mehr einem Grinsen glich. Dumme Gans! Gaius stieß die angehaltene Luft aus, mit der er nicht zu Wort gekommen war. Und schon war sie weiter, um diesen und jenen Gast mit ihrer Aufgeregtheit mundtot zu reden.
Am Eingang entstand Bewegung. Fulvia eilte hin und führte Gaius Antonius Hybrida, Ciceros ehemaligen Mitconsul, herein, und die zahlreichen Speichellecker in der Nähe schickten sich zu Verbeugungen an. Auch einer der »Ausgesperrten«! Antonius ging am Stock und ließ es sich gerne gefallen, von der Hausherrin gestützt zu werden. Der »Fürst von Cephallenia«, so benannt nach seinem unfreiwilligen Aufenthalt auf der griechischen Insel, ging es Gaius durch den Kopf! Die Verbannung auf der Insel schien ihm doch nicht so gut bekommen zu sein. Antonius war ein Todfeind seines Vaters. Fulvia flanierte mit dem heimgekehrten Exconsul an ihm vorbei, blieb plötzlich stehen:
»Darf ich dir Gaius Volcatius Tullus vorstellen...«
Antonius, dem die Gicht einen gebeugten Gang aufzwang, so daß er wie ein Siebzigjähriger wirkte, drehte, ohne die Schultern zu bewegen, den tief sitzenden Kopf zur Seite und blinzelte ihn aus wäßrigen Augen an:
»Du bist groß geworden, mein Junge!«
»Oh, es kommt ganz auf den Blickwinkel an!« gab Gaius zurück und registrierte den Treffer, denn Antonius' Pupillen zogen sich zusammen und musterten ihn kalt. Doch reichte er ihm seine zittrige Greisenhand hin, ohne den Stock loszulassen, Gaius meinte, einen Toten zu berühren.
»Man muß vor diesen jungen Leuten auf der Hut sein, sie führen eine lockere Rede«, murmelte Antonius mit hoher Stimme zu seiner Begleiterin, hob den Stock und fuchtelte Gaius damit vor der Nase herum: »Hoffen wir, daß sie nicht über ihre eigenen Worte stolpern.«
»Das ist richtig, und darum sollte man mehr wie im Theater zur Seite sprechen. Das Publikum ist dann besser informiert.«
Auch das saß! Gaius behielt die lächelnde Pose bei, zumal er spürte, wie Antonius nicht mit sich ins reine kam, nicht wußte, was er denn von dem Volcatier, dazu einem Freund des gallischen Proconsuls, zu halten hatte, der so aggressive Reden führte.
Gaius konterte heiter den starren Blick des früh Gealterten, der nun leise sagte: »Ich bitte dich, im Laufe des Abends an meinen Tisch zu kommen.« Er beugte sich vor: »Es ist wichtig!«
Dann hüstelte er mehrmals, hob den Stock und ließ sich von Fulvia, die

ihr maskenhaftes Lächeln nicht unterbrochen hatte, weiterführen. Gaius sah aber, wie sie sich zu ihm niederbeugte und ihm etwas zuflüsterte.

Aus dem großen Saal klang nun Musik herüber, und die Gesellschaft setzte sich in Bewegung. Gaius wurde ununterbrochen von allen möglichen Leuten gegrüßt, die er nicht, nicht mehr oder kaum kannte. Das alte Spiel rotierte immer noch, und damit hatte für die meisten Anwesenden das wichtigste Ereignis des Abends bereits stattgefunden: Man hatte gesehen und darauf geachtet, daß man gesehen wurde! Und man hatte registriert, wer nicht anwesend war. Cicero fehlte ebenso wie Atticus, Milo und Clodius, auch die amtierenden Consuln Domitius Calvinus und Messalla Rufus. Was nun folgte, war übliche Konversation, Causerie, Unterhaltung, leichthin und doch wichtig, um alte Bündnisse zu stärken oder neue zu knüpfen.

Gaius ging in die Halle, die mit Girlanden, Blumen, duftenden Zweigen überschwenglich ausgestattet war. Ein Sklave wies ihm seine Liege. Er lag am gleichen Tisch mit Cornelius Nepos und jüngeren Gesichtern, die er nicht kannte. Ein Platz war noch frei.

»Wer fehlt denn noch?«

»Ich glaube, Cornificius«, meinte Nepos.

»Oh!« rief Gaius überrascht, denn der Dichter Cornificius zählte zu seinen engeren Freunden. Er hatte ihn zuletzt vor drei Jahren bei Catull in Verona gesehen, wo er einige seiner stimmungsvollen Gedichte nach Art der Neoteriker, der »Neutöner«, wie Cicero sie nannte, vorgetragen hatte.

Nepos suchte mit seinen Nachbarn das Gespräch, und Gaius ließ den Blick schweifen. Die Tischgruppen waren sehr geschickt aufeinander abgestimmt; handelte es sich doch durchweg um Leute, die Caesar zeitweise kritisch gegenüberstanden und zugleich Pompeius fürchteten. Er sah eine Reihe jüngerer Nobiles, die noch nicht das senatorische Alter erreicht hatten. Abschließend konstatierte er, daß es Autronius nicht gelungen war, Angehörige des alten Adels anzulocken. Er selbst war durchaus Ausnahme. Keine Meteller, Licinier, Iunier, Cassier oder Calpurnier waren unter den Anwesenden. Dafür viele Nichtlatiner, verbündete Italer und einige aus der alten Partei des Marius und Cinna. *Homines novi*[32], wohin man sah!

Obwohl sich der biedere Nepos von der angenehmsten Seite gab und leichte Themen aus Literatur und Kunst berührte, kam Gaius sich in diesem Kreis isoliert vor; schon zu weit hatte er sich von ihren vordergründigen Interessen und kleinen Kabalen entfernt. Er hoffte auf das baldige Erscheinen von Cornificius. Als Nepos spürte, daß Gaius keine große Lust zu belangloser Konversation zeigte, schwieg er.

Die Gäste hatten sich in mehreren Räumen verteilt, nahmen aber doch Anteil am zentralen Geschehen in der Halle, da alle Flügeltüren weit offenstanden. Die anfänglich steife Akkuratesse verlor allmählich ihre kühle Zurückhaltung, besonders als nun Publilius Syrus mit seiner Truppe die neuesten Späße zum besten gab, wie immer gewürzt mit heiter-besinnlichen Wortspielen und Sentenzen:

DER ERBEN WEINEN IST VERKAPPTES LACHEN ...
EIN SCHLECHTER RAT, DER SICH NICHT ÄNDERN LÄSST ...
ES WIRD GEFAHR NUR IMMER DURCH GEFAHR BESIEGT ...
WER ZWEIMAL SCHIFFBRUCH LITT, GEB' NICHT DIE SCHULD NEPTUN ...
BEHANDLE SO DEN FREUND, ALS KÖNNT DRAUS WERDEN LEICHT EIN FEIND ...
DIE BITT' IST HALB GEWÄHRT, WENN DU SIE FREUNDLICH ABSCHLÄGST ...

Nach solchen Zwischenbemerkungen, die, halb lächelnd, halb ernst, zur erbaulichen Kenntnis genommen und brav beklatscht wurden, traten Spaßmacher, Tölpel, Feuerschlucker und Harlekine auf und lockten das Interesse wieder auf leichtere Gefilde.
Damit war zugleich auch der erste Akt des kulinarischen Stückes beendet, der mit Backwerk und leichten Getränken begonnen hatte; Wein wurde aufgetragen, Falerner aus der guten Ernte vor acht Jahren, und nachdem der zentrale Platz der Halle, der bislang als Bühne gedient hatte, frei war, kehrte so weit Ruhe ein, daß sich Autronius Paetus zu voller Größe und Breite erheben konnte. Die Umgebung seines Tisches klatschte Beifall, der Saal schloß sich an.
Autronius wartete, bis völlige Ruhe eingetreten war. In der Begrüßung nannte er eine Reihe von Namen anwesender »Ehrengäste«, darunter auch »Volcatius Tullus, der sich so tapfer fürs Vaterland geschlagen hat ...« Man blickte herüber, Gaius verzog keine Miene, während Nepos sichtlich schmollte, weil er nicht unter den Genannten war.
Es folgte ein längerer Abschnitt mit Phrasen über die »wiederzugewinnende Ruhe und Ordnung im Staate«; man müsse nun endlich »den zerstörerischen Kräften das Wasser abgraben«. Die Worte waren geschickt so gewählt, daß keiner der Anwesenden einen Affront in diese oder jene Richtung heraushören konnte.
Dann kam die Rede auf Marcus, seinen Sohn, »der es für seine selbstverständliche vaterländische Pflicht hält, in Gallien seinen Dienst für die Ehre, das Wohlergehen und die Größe des römischen Volkes abzuleisten«.
Hier setzte langer Beifall unter den anwesenden Caesarianern ein, dem

sich einige Opportunisten schleunigst anschlossen. Marcus mußte sich erheben und nahm, sichtlich verlegen, die Ovation hin.
Am Ende kam Autronius nicht umhin, »Worte des Dankes« zu sagen, »besonders an jene, nicht wahr, die das Schicksal arg gebeutelt hat, die ohne eigene Schuld Verdächtigungen ausgesetzt waren der Art, mit denen man ansonsten nur übelste Verbrecher in Verbindung bringt, nicht wahr!«
»Bravo!« rief jemand, und Gaius meinte, Antonius Hybridas Stimme zu erkennen.
Gaius erwog im stillen, was denn Caesar zu all dem verlogenen reaktionären Kaschieren und Zurechtbiegen der Verhältnisse zu sagen hätte – als er merkte, daß er die ganze Zeit über in Antonius' Gesicht nach irgend etwas suchte; doch wonach, wußte er nicht.

Der zweite, gelockerte Teil des Abends war eröffnet. Die unterbrochenen Gespräche fanden in gelösterer Form ihren Fortgang. Wieder wurde Gaius an Abende mit Caesar als Gastgeber erinnert. Der große Rahmen war dort stimmiger, der Umgangston intelligenter, charmanter, das Künstlervölkchen nicht so ordinär, die Bedienung wohlerzogen, die Frauen – schöner?
Hier sah man nicht jene Schönheit, die von innen strahlte; denn nichts war Caesar unerträglicher als aufgeblasene Eitelkeit – gepaart mit Dummheit und Gier –, wie sie hier reichlich vertreten war: All diese »Gattinnen« von Provinzlern, deren Männer den Machthabern unentbehrlich geworden waren, all diese Phrasen faselnden Püppchen oder Trampel, die eines reinen ciceronischen Lateins nicht mächtig waren, die noch nicht einmal das Raffinement weiblicher Schminktechnik beherrschten und mit allen möglichen Farben – Rouge, Grün oder Silber – die erstrebte Wirkung ordinär überzogen, die die Kunst des Flirtens allzu offenherzig betrieben, die den Reichtum, den ihre Männer unter hohem Einsatz ergattert hatten, mit plump protzendem Geschmeide zur Schau stellten – all diese in die Lücken der Republik nachrückenden Gestalten hätte Caesar prompt vor die Tür setzen lassen!
Er sah die jungen Burschen, die Blitzkarrieren vom Centurio zum Praefecten[33] oder Tribunen hinter sich hatten, wie sie sich gegenseitig und vor diesen Frauen ihre Männlichkeit zu beweisen suchten, was sich vor allem im schnellen Leeren der Becher kundtat, und ein großer Ekel kam Gaius an.
Gaius' Blick wanderte weiter und traf wieder Antonius' Tisch. Erschrokken stellte er fest, daß der Alte ihn die ganze Zeit über beobachtet hatte, nun aber den Becher hob und ihm lächelnd zutrank. Er antwortete mit gleicher Geste, nickte ihm zu, wandte sich dann zu Nepos und redete Belangloses.

Antonius war ihm nicht geheuer: Er tat nichts, er beobachtete, zog seine Schlüsse, konnte warten! Die Verbannung hatte es ihn gelehrt. Wie gut mochte ihn Caesar kennen?

Da trat ein Sklave an seine Liege und bat ihn zum Tisch des Exconsuls. Gaius erhob sich lässig, ging widerwillig und doch neugierig hinüber, reichte ihm die Hand, und Antonius gab sich von der angenehmen Seite: Er bäte wegen der Störung um Verzeihung wie auch um Verständnis dafür, daß er sich nicht selbst zu ihm bemühe, es sei eben die Gicht, die ihm das Gehen arg schwermache.
Da man Antonius auf einen bequemen Lehnsessel gebettet hatte, setzte Gaius sich auf die Kante der *Cline*[34] ihm schräg zur Seite. Die Tischnachbarn nahmen nicht weiter Notiz von ihm, da sie in familiären Dingen herumstocherten. Antonius blickte ihn schräg von unten an.
»Laß uns offen reden! Ich halte es für eine gute Sache, daß du dich auf Caesars Seite geschlagen hast.«
Er hüstelte, doch war es mehr Angewohnheit als Bedürfnis. Was wollte er?
»Wir leben ja in einer Zeit, die das Unterste nach oben kehrt. Und da kann man den Nachgeborenen nicht genug erzählen von den alten Zuständen. Und das waren nicht immer die besten. Wenn ich daran denke, was in meiner Jugend so alles umgemodelt wurde, wie man meinem Vater übel mitgespielt hat... Gut, daß er das Spätere nicht erleben mußte.«
Was sollte diese sentimentale Reminiszenz?
»Na, du kannst dich doch, alles in allem, nicht beklagen!«
»Mein Junge«, sagte Antonius düster und legte Gaius seine zittrige Knochenhand auf den Arm. »Du hast wohl schon von Briefen gehört, die von Verbannten an ihre Lieben zu Hause geschrieben worden sind; dann weißt du trotzdem noch wenig darüber, wie Leuten zumute sein kann, die ein, zwei, drei Jahre aus Rom verbannt waren. Und ein Jahr hat dreihundertfünfundsechzig Tage!«
Gaius wußte sehr wohl, daß dies eine Zurechtbiegung des wahren Sachverhalts war, daß Antonius es sich während der Jahre auf Cephallenia hatte sehr gut gehen lassen. Aber er ging darauf nicht ein, sondern fragte, auf Antonius' Consulat zielend:
»Wie war eigentlich die Rechtslage, als Cicero gegen Catilina vorging?«
Da schossen Antonius' Augen Blitze, entrüstet richtete er sich auf:
»Ich höre immer ›Cicero! Cicero!‹ Dabei habe *ich* die entscheidende Schlacht bei Pistoria geschlagen! *Ich* war es, der Catilina zur Strecke brachte! Mit seinem ewigen ›Ich habe in Erfahrung gebracht‹ fiel er ja selbst seinen Freunden auf die Nerven!«
Er hüstelte, fuhr dann fort:
»Habe da einige, nun, sehr freche Briefe von ihm. Würdest dich wun-

dern! Kann sie dir schicken, damit du auch den anderen Cicero kennenlernst! Spielt ja immer den Ästheten! Darin beweihräuchert er sich mit dem geschmacklosesten Selbstlob, das man je gehört hat auf Erden!«
Er äffte Ciceros hohe Stimme nach:
»›Wie überaus gefällig ich dir gewesen bin, kann sowohl der Senat als das Volk von Rom bezeugen.‹ Als ob ich je von ihm abhängig gewesen wäre! Pah!«
So polterte das eine Weile fort, und Gaius begann zu rätseln, was er denn eigentlich von ihm wolle. Ging es dem Exconsul nur darum, das positive Bild, das er von sich selbst zeichnete, dem Gesprächspartner aufzuzwingen?
Unvermittelt aber hielt Antonius inne und flüsterte:
»Hör zu, mein Junge! Nimm dich in acht! Laß die Finger aus einem gewissen Vorfall!«
Gaius fuhr ihn an:
»Soll das eine Drohung sein?«
Aber Antonius lächelte ganz unbefangen, hüstelte vor sich hin und sagte:
»Besuch mich bei Gelegenheit!«
Erstaunt wollte Gaius nachhaken, kam aber nicht dazu, denn plötzlich stand Cornificius neben ihm und rief:
»Gaius, alter Junge!« Und schon umarmte er ihn, zog ihn einfach mit sich fort zu ihrer Tischgruppe. Gaius hörte nur noch, wie Antonius mit hoher Stimme vor sich hin lachte, unterbrochen von diesem albernen Hüsteln.
Als sie ihren Tisch erreichten, meinte Cornificius:
»Du machst ein Gesicht wie Vulcan, nachdem Iupiter ihn auf die Erde geschleudert hat.«
»Falsch! Ehe er ihn...«
»Wie? Ach ja, welch ein Unterschied!« grinste der Freund, skandierte:
»Und es staunten die Himmlischen all auf ihren goldenen Sitzen!«
Gerade wollten sie sich auf ihren Plätzen niederlassen, als ein Knabe vor Cornificius trat, sich verbeugte und sagte:
»Die Herrin bittet dich an ihren Tisch.«
Cornificius blickte bedauernd zu Gaius, hob entschuldigend die Hände:
»Na, dann bis gleich, mein Guter!«
»Moment!« rief Gaius. »So laß uns wenigstens miteinander anstoßen!«
Er griff nach seinem Becher, als ihm einfiel, daß der Freund mit leeren Händen dastand.
»Hier, nimm meinen!« Er reichte ihn Cornificius, griff sich selbst einen andern von dem Tablett, das gerade gereicht wurde.
»Auf die Musen!«
»Vornehmlich Erato[35]!« präzisierte Cornificius und zwinkerte Gaius zu.
Sie tranken und schütteten die letzten Tropfen als Opfer auf den Boden.
Cornificius ging, den Becher in der Hand, zum Ende des Saales, wo er au-

genblicklich von Fulvia in Beschlag genommen wurde, die es sich wohl in den Kopf gesetzt hatte, vor ihrer Umgebung mit Kenntnissen in der neuesten Lyrik der Neoteriker zu glänzen.
Gaius' Stirn verfinsterte sich: Warum läßt er sich so ausnutzen? Hat er das nötig? – Er griff zum Becher und trank. Was wollte Antonius von ihm? In welchem Zusammenhang stand die warnende Anspielung? Antonius war auch einer der Ausgesperrten, wie Autronius, wie Sulla, wie Cassius Longinus! Und sie alle gehörten einst zum Kreis um Catilina. Bestanden da immer noch Verbindungen, oder spielte man nun gegeneinander?
Gaius wurde abgelenkt. Der starre Rahmen des Anfangs war längst in Einzelgruppen zerbröckelt. Die fremden Gesichter, Hirne und Leiber kamen auf ihre Kosten, die lüsternen vor allem, denn es ergab sich nun reichlich Gelegenheit zum Anknüpfen intimer Beziehungen. Und Eros wirkte blind, schob hemmende Skrupel beiseite, Jugend fand sich zu Jugend, betörte manch älteren Verstand, betörte auch Nepos, der einem jungen Ding aus des Syrus Truppe schöne Augen machte, obwohl er doch wissen mußte, welche Anstrengung an List und Lüge auf ihn zukam, wollte er einen Seitensprung vor dem kritischen Auge der Gattin im eigenen Hause vertuschen.
Schon zeigten sich Symptome geistiger Lähmung bei vielen, die dem Wein zu reichlich und schnell zugesprochen hatten; sie begannen in jenen unsinnig kindlichen Lallton zu fallen, sprachen die Sätze nur halb oder manche Silben verdoppelt und suchten es wettzumachen mit lauterer Stimme.
Syrus ging von Tisch zu Tisch, um die Trunkenen mit seinen Weisheiten zu beglücken; und er fand stets den richtigen Ton, wußte, wann die Grenze seines Spottes erreicht war, beobachtete trotz eigener Trunkenheit jede Reaktion im Gesicht des Gegenüber, las in seinen Augen, wie weit er gehen konnte, ohne sich selbst zu gefährden: Es war die Weisheit des Narren. So streiften seine Späße alle Stufen der Komik vom herzhaft Derben bis zum unflätig Dreisten und Frechen, seine Sprache wandelte auf steilen Graten zwischen Gassenjargon und philosophischer Höhe – und war doch gebettet im Mimus, der ihm zur zweiten Natur geworden. Seine Spottlust und Neigung zum beißenden Hohn, gepaart mit scharfer Beobachtung der Schwächen und Verderbtheiten des Menschen, lebte er ungezügelt aus bei seinem Umzug von Tisch zu Tisch – begleitet von einigen Typen der Truppe, sie alle im Flickenkleid ihrer stereotypen Rolle, barfuß oder in flachen Sandalen, mittendrin ein Weibsbild in lockerer, halb nur deckender Gewandung. So zogen sie durch den Saal und reizten, neckten, äfften die Paare, besonders die älteren, mit ihrem obszönen Gebaren.
Die Ironie dieser gespielten Lüsternheit zündete denn auch im Umkreis,

und spornende Rufe brachten manchen Alten in größte Bedrängnis, denn er mußte ja standhaft bleiben unter dem Auge der zürnenden Ehegefährtin, wurde so aber erst recht zum teilnehmenden Spieler, und Gaius brach in lautes Gelächter aus.
Doch die Maenade selbst weckte sein Interesse; er forschte lange in ihren Zügen und sah, was die andern nicht sahen: Hetze und Angst vor dem Alter. Er rief einen der bedienenden Knaben, gab ihm einen Beutel mit Münzen: Er solle dies ihr überreichen, heimlich, ohne den Spender zu nennen.
Mittlerweile tollte die Truppe an entfernteren Tischen, und er konnte in Ruhe verfolgen, wie sie reagierte: Sie hielt nicht ein einziges Mal in der Bewegung inne, griff den Beutel mit flinker Geste, und doch sah Gaius, wie sie blitzschnell aus den Augenwinkeln die Gesichter abtastete, dabei nach dem Rhythmus der Schellentrommel in großen Schwüngen zum äußeren Rande der freien Mitte des Saales wirbelte und so seinen Tisch erreichte. Dort sprang sie zur Seite, verließ den magischen Zirkel des Tanzes und fiel neben Gaius auf die Liege.
Er reichte ihr einen gefüllten Becher, beobachtete, wie sie mit vollen Lippen nur kurz daran nippte, ihn dabei kritisch über den Rand des Gefäßes ansah.
»Was willst du von mir?«
Laut stieß sie die Luft aus.
»Ich? Nichts. Wie kommst du darauf?«
»Warum gibst du mir Geld?«
»Wer sagt, daß ich dir Geld gebe?«
»Schweig!« Sie versuchte zu schmollen, doch er übersah die künstliche Regung.
»Wie heißt du?«
Gaius musterte sie wie eine Ware, sah den Schweiß auf Stirn, Nacken und Hals, die schon sichtlich verfallende Frische der Augen, selbst von der Schminke auf diese Nähe nicht mehr zu vertuschen, die energischen kurzen Falten zu seiten des Mundes, wie sie bei jüngeren Frauen so reizvoll den weicheren Partien kontrastieren. Ihr Atem ging schwer, und er sah die mächtig pulsierenden Adern am Halse.
»Was willst du von mir? Wer mir Geld gibt, will etwas ...«
Sie versuchte ein letztes Mal, die Erschöpfung mit einem reizenden Aufschlag der grün umrandeten Augen zu verscheuchen.
»Wie heißt du?« wiederholte Gaius.
»Sie nennen mich Nausikaa.«
»Und wie ist dein richtiger Name?«
»Ich hab' keinen andern.«
»Wie alt bist du?«
»Wer will das wissen? Du stellst seltsame Fragen!«

»Du gibst seltsame Antwort!«
»Es fragt mich niemand nach dem Namen, schon gar nicht nach den Jahren. Wenn du nichts von mir willst, so laß mich in Frieden.«
Gaius aber war in der seltsamen Verfassung eines Knaben, der mit einem am Fliegen gehinderten Insekt spielt und zwischen Erbarmen und der Lust am Töten schwankt. So stellte er Fragen, die sie nicht verstand, nach ihrer Herkunft, ob sie Kinder habe – »Ja, zwei« –, warum sie das mimische Spiel betreibe. Als sie spürte, daß er kein Interesse an ihren sonstigen Reizen zeigte, bedeckte sie die bis dahin halb entblößte Brust, ließ für eine Weile die hetärische Maske fallen, und Gaius sah ihr altes Gesicht, sah, wie sie in Wahrheit mit anderen Dingen befaßt war als dem vordergründigen Spiel in Syrus' Truppe. Sie sprach nicht von sich, sie lag nur da, müde, leer, schlaff, und Gaius ahnte etwas vom mörderischen Druck ihres Berufes. In jüngeren Jahren war es ihr nicht gelungen, einen reichen Bewunderer ihrer Talente so zu umgarnen, daß sie nun von den Zinsen seiner Geschenke hätte zehren können.
Und während er sich nach allen Einzelheiten ihres Tuns auf der Bühne, die fast täglich wechselte, erkundigte, kam es ihn an, wie verworren auch dieses Leben war, welch falschen, flitternden Eindruck das Völkchen von diesen Wesen sich machte, die nur so kurze Zeit im Glanz ihres plebejischen Ruhmes sich sonnten, danach so schnell in die grauen, erbarmungslosen Zonen des rein vegetativen, des darbenden, häßlichen Alterns vor der Zeit versanken, wo sie namen- und freudlos endeten. Und er sah, es waren die Frauen, die doppelt zahlten.
Obwohl sie noch gerne bei ihm gelegen hätte, nur so, entspannt, wie ein Tier, kam einer von Syrus' Leuten und mahnte, sie müsse sich zum nächsten Spiel umkleiden.
»Wenn du einmal Hilfe brauchst, laß von dir hören.«
Gaius streichelte ihren Arm, entließ sie, und sie lächelte beim Gehen; tief rührte es ihn an, dieses Lächeln, das immer die Menschen verbindet, wenn der eine den andern achtet.
Doch im gleichen Augenblick, da sie den unsichtbaren magischen Kreis betrat, glitt die Maske wieder herunter, die zu sehen man gekommen war, und standhaft spielte sie ihre Rolle im neuen Stück: Es ging um die ewigen Variationen menschlicher Schwächen, um Gaukelei, Kampf und Betrug, Gericht und Diebstahl, Lüsternheit und Prüderie, Leichtsinn und Geiz, um Schrullen und Abwegigkeiten, und die Menge kam wie auf dem Forum auf ihre Kosten, denn man verzichtete nicht auf aktuelle Bezüge und doppelbödige Anspielungen.
Gaius aber hatte das trunkene Empfinden, als ob sie nun besonders für ihn spiele, und die Blicke, die sie ihm an anzüglichen Stellen zuwarf, glichen einem entschuldigenden Achselzucken, und er antwortete ihr auf gleiche Weise, sparte nicht mit Beifall. Er wußte, sie würde mit ihm gehen, und es

kam ihm die Erinnerung hoch an eine andere Nausikaa seiner frühen Jahre; nur waren die Rollen jetzt vertauscht: Sie würde ihn als Stütze brauchen, und er war nicht mehr neugierig. Erstaunt stellte er fest, daß er gleichsam väterlicher Gefühle fähig war, wenn er auch zugleich um die Illusion seiner Selbsteinschätzung wußte. Er würde sie wiedersehen!

Die Truppe hatte den glänzenden Marmor in der Mitte der Halle noch nicht lange verlassen, als Autronius sich erhob und mit Stentorstimme in den ausklingenden Beifall rief:
»Liebe Freunde!«
Er mußte es wiederholen, und allmählich kehrte Ruhe ein.
»Ein glücklicher Zufall hat es gefügt, daß in unsrer Mitte ein Dichter weilt, nicht wahr, der zu den größten der Epoche gezählt wird.«
»Ich denke, Caesar schreibt in Gallien!« rief ein Witzbold, und man lachte. Autronius fuhr lächelnd fort:
»Ich spreche von Quintus Cornificius, nicht wahr! Hier ist er!«
Cornificius trat vor, schon sichtlich angetrunken, doch hielt er sich wakker.
»Was wirst du uns bringen?« fragte Autronius, ihn ermunternd.
»Ich... bringe euch... zunächst... nichts...«
»Oh!« maulte das Publikum gutgelaunt.
»...nichts Eigenes..., sondern möchte das Andenken meines Freundes Catull ehren... mit einigen Zeilen von ihm...«
»Bravo!« rief es hier und da, und es bezog sich sowohl auf Catull als auch auf die Bescheidenheit des anwesenden Autors. Gaius war gespannt, was er wählen würde.
Cornificius hob die Rechte, blickte über die Tische, lächelnd:

> LASS UNS, LESBIA, LEBEN...[36]

Weiter kam er nicht, denn spontan setzte Beifall ein, der zeigte, daß dieses Gedicht Catulls bereits Allgemeingut geworden war.

> LASS UNS, LESBIA, LEBEN, LASS UNS LIEBEN
> UND FÜR ALLES GEZETER STRENGER GREISE
> LASS UNS NICHT EINEN EINZIGEN HELLER GEBEN!
> SONNEN SINKEN UND KÖNNEN WIEDERKEHREN:
> DOCH WENN UNSRES LEBENS KURZES LICHT ERLOSCH,
> DECKT DIE EWIGE, EINE NACHT UNS SCHLÄFER...

Cornificius schwankte, hatte Mühe, sich auf den Beinen zu halten. Gaius beobachtete ihn genau: Konnte er denn in der kurzen Zeit seiner Anwesenheit so viel getrunken haben?

Cornificius fing sich wieder:

GIB MIR TAUSEND UND ABER TAUSEND KÜSSE...

Er schien sich nicht mehr in der Gewalt zu haben. Er griff nach seinem Unterleib, quälte die nächsten Worte hervor, fast lallend:

...DANN NOCH TAUSEND...

Das Lächeln war längst verschwunden, sein Gesicht verkrampfte sich, er hielt sich am nächsten Tisch fest:

...UND NOCHMALS HUNDERT KÜSSE...

Da griff er mit beiden Händen ins Leere, stürzte mit einem furchtbaren Aufschrei wie ein gefällter Baum der Länge nach zu Boden. Der Becher rollte dahin.

Gaius war aufgesprungen. Während er von benachbarten Tischen Rufe wie »Das kommt davon!« oder »Wenn er nichts vertragen kann, sollte er das Saufen lassen!« oder »Diese Dichter!« hörte, lief er, sein Bein vergessend, zu ihm hin und beugte sich nieder. Cornificius' Gesicht war um Auge und Mund grünlich verfärbt, sein Leib zuckte, die Hände suchten sich im Marmor des Bodens festzukrallen. Neugierige hatten sich dazugesellt. Blödes Staunen stand ihnen im Gesicht. Auch Autronius kam.

Gaius war schlagartig nüchtern. In scharfem Kommandoton gab er seine Anweisungen: »Ein Brechmittel!«

Autronius, selbst bleich vor Schreck, stammelte:

»Was hat er denn?«

Gaius schob ihn beiseite: »Ein Brechmittel! Schnell! Nun mach doch schon!«

Und während Autronius davoneilte, winkte Gaius einen der Türsteher herbei; sie packten Cornificius an Schulter und Beinen und trugen ihn aus dem Saal.

»Das kommt davon!« hörte man wieder im Vorbeigehen.

»Wo ist hier ein Raum mit einer Liege?« fragte Gaius.

»Am Ende des Ganges«, keuchte der Sklave. Ein anderer lief schon voraus, öffnete die Tür, und sie legten Cornificius vorsichtig nieder.

Autronius war wieder da: »Aber er hat doch kaum etwas getrunken, nicht wahr?« flüsterte er entsetzt.

»Eben!« sagte Gaius grimmig. »Kümmere dich um das Mittel!«

»Ja, natürlich.«

Autronius verließ den kleinen Raum, flüsterte noch in der Tür zu Fulvia, die aufgelöst eintrat.

»Bleib im Saal! Beruhige die Gäste!«
Sie ging.
Cornificius lag zuckend und stöhnend auf der *Cline*. Kalter Schweiß perlte von seiner Stirn. Da trat Autronius mit einem Fläschchen ein.
»Was ist das?« fragte Gaius.
»Öl. Rizinusöl!«
»Gut. Einen Behälter! Er muß sich übergeben! Und Wasser! Tücher! Nun macht schon!«
Autronius schickte den Türhüter, alles zu holen.
»Komm, halt ihn fest!«
Gemeinsam setzten sie Cornificius aufrecht. Gaius entfernte mit fliegenden Fingern den gläsernen Stöpsel, roch an der öligen Flüssigkeit, nickte und preßte Cornificius die Flasche an den Mund, zwang den halb Ohnmächtigen, zu trinken.
»Es wird alles wieder gut, Junge! Du mußt das schlucken!«
Er schüttete ihm den halben Inhalt in den Mund, preßte ihm die Zähne zusammen, klopfte seinen Rücken.
»Trink! Wenn dir dein Leben lieb ist, trink!«
Das Öl floß zum Teil wieder aus den Mundwinkeln heraus, beschmierte Hals und Toga, tropfte klebrig von Gaius' Fingern. Aber er schluckte.
»Gut so! Noch einmal!«
So gelang es, Cornificius etwa die Hälfte des Öles einzuflößen. Der Türhüter kam mit dem hölzernen Bottich und stellte ihn vor die Liege.
Während sie Cornificius noch hielten, fragte Gaius:
»Habt ihr Holzkohle?«
»Ja.«
»Zerstampfen! Im Mörser! Zu Pulver! Schnell!«
Der Sklave eilte davon.
»Und Milch! Bring Milch mit!« rief Gaius ihm nach. Dann wandte er sich wieder dem Freund zu, suchte den Puls. Er schlug ganz schwach.
»Gleich muß es wirken.«
Er blickte auf seinen Leib, wartete auf die Zuckungen des Magens.
»Bitte, Autronius, laß eine Doppelsänfte holen!«
»Wie, du willst ihn...?«
»Ja! Was sonst? Beeil dich!«
Gaius' Ton war von der Art, die keine Widerrede zuließ. Autronius eilte davon.
In diesem Augenblick bäumte sich Cornificius auf.
»Faß mit an!«
Der Sklave packte zu, und sie hielten ihn über den Bottich. Zweimal krampfte der Magen sich zusammen, und eine ölige, grünlich gefärbte, übelriechende Flüssigkeit schoß aus dem Schlund in den Behälter. Der Gestank war widerlich, und der Sklave mußte zur Seite blicken.

Einer vom Küchenpersonal kam mit Kohle und Milch.
»Schütte beides zusammen! Umrühren! Nimm den Finger!«
Er tat es, und sie setzten Cornificius die Schale an den Mund.
»Trink, mein Junge! Trink!«
Cornificius stierte mit irrem Blick um sich. Gaius gab ihm eine Ohrfeige: »Du sollst trinken! Sofort!«
Willenlos ließ der Kranke alles mit sich machen. Wieder rann die nun schwarz-weiß gemischte Flüssigkeit aus den Mundwinkeln.
»Mehr! Trinken! Trinken!«
Er tat es. Verschluckte sich. Hustete. Gaius klopfte seinen Rücken, putzte ihm mit einem Tuch Mund, Wangen und Hals sauber. Dann legten sie ihn vorsichtig zurück.
Autronius kam, meldete, daß die Sänfte warte.
»Wo?«
»Am Seitenausgang!«
»Gut so, faß mit an!«
Gemeinsam trugen sie ihn durch die Gänge zum Küchenausgang und in den hinteren Hof, legten ihn sehr vorsichtig in die Sänfte. Der Türhüter reichte Gaius dessen Stock. Gaius nickte nur.
»Soll ich noch irgend etwas...«, fragte Autronius.
»Nein, danke. Ich danke dir.«
Gaius stieg in die Sänfte, gab den Trägern das Zeichen, und sie eilten davon.
Autronius aber blickte verwirrt dem Zuge nach, bis der Schein der Fackeln verschwunden war. Langsam trat er ins Haus und überlegte, was er auf neugierige Fragen antworten sollte.

12

Gaius spornte die Träger zur schnellsten Gangart an, und in relativ kurzer Zeit erreichten sie das Volcatische Haus. Es lag im Dunkeln. Außer dem Pförtner waren alle Bewohner längst schlafen gegangen. Schon als er die Schritte hörte, trat der brave Mann ans Tor:
»Wer da?«
»Gaius! Öffne!«
Er tat es.
»Ist Alexander schon da?«
»Nein, Herr.«
»Doch, Herr!«
Geräuschlos trat Alexander aus dem Schatten und ins Licht des Flures.
»Ich bin nebenhergelaufen.«
»Komm, hilf mir!«

Sie traten zur Sänfte, die Träger legten mit Hand an, und so brachte man Cornificius, der nur halb bei Bewußtsein war, in eins der Gästezimmer des oberen Stocks, wobei sie alle bemüht waren, möglichst wenig Lärm zu machen.

»Hör zu.« Gaius nahm Alexander beiseite. »Du läufst jetzt zum Haus des Athenodoros, läßt ihn wecken und ihm mitteilen, er müsse auf der Stelle ins Haus der Volcatier kommen. Es handele sich um einen akuten Fall von Vergiftung!«

»Und wenn er nicht da ist?«

»Dann weiß man, wohin er gerufen wurde. Du wirst ihn dort aufsuchen. Hier! Gib den Trägern das Geld!«

Alexander eilte davon. Die Träger waren erstaunt über die Höhe des Trinkgeldes, kannten sie doch solche Großzügigkeit vom eigenen Herrn nicht.

Als alle gegangen waren, griff sich Gaius einen Stuhl und setzte sich so, daß er den Kranken gut im Auge behalten konnte. Cornificius schien zu schlafen; dennoch blieb Gaius in großer Unruhe, weil er sich nicht sicher war, was besser sei: den Kranken zu wecken und wach zu halten oder ihn ruhen zu lassen. Aber das mußte der Arzt entscheiden.

Gaius stand auf, löschte alle Lampen bis auf eine, setzte sich wieder, weit vorgebeugt, den Kopf in beide Hände gestützt. Er ließ den gesamten Abend in seiner Erinnerung vorbeiziehen. Wer konnte ein Interesse daran haben, Cornificius zu beseitigen? Er sah alle Szenen und Gestalten noch einmal, konzentrierte sich auf Einzelheiten. Da war Antonius, zwielichtig, undurchsichtig, skrupellos... Und Fulvia, vielleicht war ihr albernes Gehabe nur Maske... Dann Autronius. Alles traute er ihm zu, aber nicht einen Mord im eigenen Hause... Aber warum eigentlich nicht? Je unwahrscheinlicher der Tatort, desto sicherer konnte er sich fühlen... Und Nepos? Er hatte die ganze Zeit am gleichen Tisch gelegen. Nein, auf keinen Fall Nepos! Er gehörte zum engsten Freundeskreis der »Neutöner«, hatte Catull und auch Cornificius gefördert... Dann war da noch – Nausikaa! Er erschrak. Sollte es möglich sein, daß sie... Aber warum? Und wann? Sie kam ja erst, als Cornificius ging. Sollte am Ende doch Fulvia... Als sie Cornificius einen Becher reichte? Aber Cornificius hatte doch seinen eigenen... Plötzlich erfaßte er den wahren Sachverhalt: Der Anschlag hatte ihm selbst gegolten! Denn Cornificius war mit seinem, Gaius' Becher zu Fulvia gegangen! Als er fiel, rollte dieser Becher zu Boden!

Er versuchte, ruhig zu bleiben, sachlich zu sondieren. Es gab zwei Möglichkeiten: Entweder hatte jemand in der Zeit, als er bei Antonius saß, das Gift in den Becher getan – oder es war bereits seit Beginn des Abends darin vorhanden, löste sich erst nach einer gewissen Zeit im Wein auf, so daß er keine Wirkung verspürte, zumal er kaum davon getrunken hatte. Und anschließend hatte er aus dem zweiten Becher, den er vom Tablett des bedienenden Knaben nahm, fünf- oder sechsmal getrunken. Dadurch wurden die geringen Mengen des tödlichen Stoffes gleich wieder ausgeschwemmt. Cornificius dagegen hatte die völlig aufgelöste Dosis ganz bekommen.

Gaius blickte zu ihm hin. Er lag nun ganz ruhig, der Atem ging regelmäßig. Der Schlaf würde auf keinen Fall schaden, würde die Säfte beruhigen und das Gift, das schon im Körper war, allmählich ausscheiden. Verzweifelt hoffte er es!

Er lehnte sich zurück. Vielleicht war der Täter gar nicht unter den Anwesenden in Autronius' Hause zu suchen? Es war denkbar, daß jemand von außen... Aber wie? Vielleicht hatte Alexander etwas beobachtet.

Gaius fiel in einen Halbschlaf, war aber sogleich hellwach, als Alexander mit Athenodoros den Raum betrat. Sofort stand er auf:

»Es tut mir leid, dich mitten in der Nacht holen zu müssen.«

Athenodoros winkte ab: »Das ist unser Beruf!«

Der Arzt ging direkt zum Bett und betrachtete den Schlafenden.

»Was ist geschehen?«

Gaius berichtete in Kürze das, was vorgefallen, schilderte dann seine Maßnahmen. Athenodoros hörte sich alles schweigend an, ohne den Blick vom Liegenden zu lassen.

»Wie war die Beschaffenheit und Farbe des Auswurfs?«

»Schleimig, grünlich, von widerlichem Aroma.«

»War Blut dabei?«

»Nein.«

»Geruch, bitte genauer!«

»Sehr scharf, doch zugleich sauer und süßlich.«

Athenodoros nickte. Dann setzte er sich auf die Bettkante, hob die Augenlider an und betrachtete genau die Iris. Nickte wieder, fühlte den Puls.

»Mach ihn bitte frei!«

Gaius schob die Tunika nach oben.

»Hat er schon Wasser gelassen?«

»Nein.«

Der Arzt bedeckte die Blöße mit der Decke, tastete, vorsichtig knetend, den Leib ab, nickte abermals, zog dann die Tunika nach unten und deckte den Kranken zu.

»Laß ihn schlafen!«

Er erhob sich und zog Gaius auf die andere Seite des Zimmers.

»Du hast richtig gehandelt. Wenn eine Krankheit – und diese Vergiftung muß ja als solche gesehen werden – ganz akut ist, und das ist, bedingt durch die auslösenden Fremdstoffe, der Fall, so stellen sich alsbald auch die äußersten Beschwerden ein und man muß – wie es ebenfalls schon geschehen ist – die allerstrengste Diät anwenden. Im vorliegenden Fall ge-

schah dies auf dem Höhepunkt der Krankheit durch äußeren Zwang zum Erbrechen.«
Er blickte zum Kranken, fuhr, weit ausholend, fort:
»Nach Hippokrates ist beim Kranken zu prüfen, ob er die Diät bis zum Höhepunkt der Krankheit aushalten, ob er früher versagen und die Diät nicht ertragen oder ob die Krankheit vorher ermatten und erlöschen wird...«
Gaius wurde ungeduldig.
»Und?« fragte er, doch der Arzt fuhr ruhig fort:
»Nun, der Höhepunkt war erreicht, als er zusammenbrach. Was man heraustreiben muß, soll man auf der Stelle heraustreiben, und zwar wohin es am meisten drängt – und auf den passenden Wegen. Das ist geschehen. Mit anderen Worten: Du hast ihm das Leben gerettet!«
Gaius atmete auf. Athenodoros, groß, schlank, mit hageren Zügen und wissenden Augen, lächelte leicht Gaius an, blickte dann zum Schlafenden:
»Was Licht ist dem Zeus, ist Finsternis dem Hades. Was die Menschen tun, das wissen sie nicht, was sie aber nicht tun, das glauben sie zu wissen. Und trotzdem geschieht ihnen alles durch göttliche Notwendigkeit, was sie wollen und was sie nicht wollen...
Der Körper, der schläft, hat keine Wahrnehmung, aber die Seele ist wach und verwaltet ihr eigenes Haus, sie erkennt alles, empfindet Leid und Zorn; und obwohl sie nur kleinen Raum einnimmt, führt sie im Schlaf alles das aus, was sonst Dienstleistungen des Körpers sind.
Mit anderen Worten: Die Grenze zwischen Nutzen und Schaden ist hier zu erkennen; denn das Nützliche nützte durch die richtige Anwendung. Der rechte Augenblick geht schnell vorüber. Wenn durch spontanes Erbrechen das abgeführt wird, was abgeführt werden muß, so ist es nützlich, und der Kranke fühlt sich besser, wenn aber nicht, ist das Gegenteil der Fall. So ist es auch bei der künstlichen Entleerung. Wenn sie richtig vor sich geht, ist sie nützlich, und der Kranke fühlt sich besser, wenn nicht, ist ebenfalls das Gegenteil der Fall.
Er wird wohl noch einige Tage schwach, müde und kraftlos sein. Er muß viel Flüssigkeit zu sich nehmen, vornehmlich Milch, und viel schlafen. Ich werde morgen nach ihm schauen.«
Athenodoros schickte sich an, zu gehen.
»Was macht dein Bein?«
»Ach, es geht mir zu langsam!«
»Es wird gut werden. Du bist jung. Geduld, mein Lieber, Geduld! Eine Tugend, die nicht zu den schlechtesten gehört; und wer zu ihr gezwungen wird, hat nur Gewinn davon. Bis morgen.«
»Soll ich dir eine Sänfte holen?«
»Nein, danke, ich gehe lieber zu Fuß. Wer erschlägt schon einen Arzt?!«

Gaius begleitete ihn nach draußen, wo es bereits zu dämmern begann. Beim Abschied sagte Athenodoros:
»Du kannst dich ruhig schlafen legen. Er ist über den Berg!«
Sein Diener, der beim Pförtner gewartet hatte, griff die große lederne Tasche, und sie machten sich auf den Heimweg.
Plötzlich, nachdem die ungewisse Spannung von ihm genommen, kam bleierne Müdigkeit über Gaius.
»Gab's was Besonderes?« fragte er Alexander und gähnte laut und lange.
»Und ob!« meinte dieser und schickte sich schon zu einem längeren Bericht an.
»Erzähl's mir später!«
Gaius gähnte noch einmal und ging in sein Zimmer, warf sich angekleidet aufs Bett und schlief sofort ein.
»Na, dann eben nicht«, maulte Alexander und verkroch sich dann ebenfalls in seine Kammer.

13

Gaius erwachte nach vier Stunden, so wie er es sich vorgenommen hatte, und schaute sogleich nach Cornificius, der ruhig schlief, als sei in der Nacht nichts vorgefallen. Danach ließ Gaius Alexander wecken.
»Na, du Nachtfalter!« begrüßte ihn Bruder Lucius auf dem Gang.
Sie umarmten sich; über ein Jahr hatten sie sich nicht gesehen.
»Du siehst schlecht aus«, stellte Lucius besorgt fest.
»So? Na, du um so besser!« Gaius nahm den Bruder am Arm. Lucius blickte ihn besorgt an.
»Ich hab's schon gehört.«
»Von wem?«
»Vom Pförtner. Gut, daß Vater nicht hier war!«
»Warum?«
»Er regt sich in letzter Zeit leicht auf. Sein Herz. Athenodoros behandelt ihn seit Monaten.«
»Und?«
»Na, du kennst doch Vater! Kein Arzt taugt was. Aber erzähl doch, was gestern eigentlich passiert ist!«
»Später, Bruderherz. Ich hab' auch eine Menge Fragen an dich.«
Lucius zeigte offen seine Freude über die Heimkehr des älteren Bruders.
»Willst du was essen?«
»Hm... das Übliche!«
Lucius grinste, denn das »Übliche« bestand aus trockenem Brot, Feigen und Wasser. Im Hause galt die strenge Anweisung des Patrons, daß kein Familienmitglied anders als nach altrömischer Art zu beköstigen sei.

Gaius nahm vorsichtig Stufe für Stufe der Treppe nach unten. Lucius folgte langsam.
»Was hast du vor?«
»Ich weiß es noch nicht. Das hängt unter anderem von Alexanders Beobachtungen ab. Und du?«
»Ich warte, bis du gefrühstückt hast.«
»Viel Spaß dabei!«
»Du mußt mir alles genau erzählen; ich meine Caesar, Gallien, die Kämpfe.«
Gaius ging ins Speisezimmer, wo ein verschlafener, gähnender Alexander mürrisch am Tisch saß.
»Fein, daß du auf mich gewartet hast.«
»Ich habe schon gefrühstückt.«
»Hätt's mir denken können.« Gaius setzte sich. »Dann erzähl mal!«
Alexander, der die ganze Zeit darauf gewartet hatte, lebte sofort auf und begann ohne Umschweife:
»Zunächst hielt ich mich auf der Straße, pendelte mehrmals vor dem Hause des Autronius auf und ab.«
»Und?« Gaius kaute langsam auf dem harten Brot herum.
»Nichts. Nur die Sänften der ankommenden Gäste. Danach blieb es ruhig.«
»Du hättest doch...«
Alexander riß die Augen auf:
»Hab' ich, Herr! Hab' ich! Ich fing mit einem der Sänftenträger einen Schwatz an. Ich könnte ihm billig gallische Sandalen beschaffen...«
»Aber nur, falls du deine Provision beiseite läßt, du Gauner!«
Alexander überhörte das.
»So gelangte ich in den Innenhof, bat um die Erlaubnis, dort auf dich warten zu können. Ich ließ eine Viertelstunde verstreichen, schlich mich dann zum Garten, um festzustellen, ob man von hinten über die Mauer steigen kann.«
»Kann man natürlich – oder?« Gaius trank einen Schluck Wasser.
»Für einen gewandten Burschen kein Problem; zumal direkt an der Mauer alte Ölbäume stehen. Während ich noch darüber nachdachte, hörte ich in einem der Sträucher ein Geräusch. Ich schlich hin und sah gerade noch, wie ein Schatten über die Mauer setzte. Er bewegte sich wie eine Katze. Ich hangelte ebenso schnell hoch und erkannte gerade noch...«
»...einen Turban!«
»Woher weißt du das?«
»Ich habe das Zweite Gesicht!«
»Aha! Das hättest du gleich sagen können, und ich hätte mir einen schönen Abend gemacht.«

»Bist du ihm nach?«
»Nein, sein Vorsprung war zu groß.«
»Gut so. Wir müssen herausfinden, wo er wohnt. Das dürfte nicht allzu schwer sein.«
»Es sei denn, die Zahl der Inder hat in den letzten Jahren zugenommen.«
»Dann wirst du sie dir der Reihe nach vornehmen!«
»Ich weiß was Besseres!«
»Nämlich?«
»Loco fragen!«
»Tu das!«
»Gleich?«
»Ja. Wir müssen so schnell wie möglich die Identität dieses seltsamen Zeitgenossen feststellen. Er wird uns auf die Spur der Hintermänner bringen.«
»Das ist durchaus anzunehmen. Und was machst du?«
»In Ruhe zu Ende frühstücken. Unsere weiteren Schritte werden von den Ergebnissen deiner Recherchen abhängen. Ich hoffe, du bist dir der Würde und Bedeutung der Aufgabe bewußt! Man hat einen Mordanschlag auf mich verübt!«
»Jawohl!« Alexander baute sich machtvoll auf. »Er wird kein zweites Mal die Chance bekommen!«
»Gut. Du darfst gehen.«
Alexander verbeugte sich leicht, machte zackig kehrt und schritt so aufrecht und hoch erhobenen Hauptes aus dem Raum, daß er beinahe mit Lucius zusammengestoßen wäre.
»Paß doch auf, Mann!«
Aber Alexander kümmerte sich nicht weiter um das erstaunte Gesicht des jüngsten Volcatiers, da er sich angewöhnt hatte, nur von Gaius Befehle, Bitten, Verweise oder Strafen entgegenzunehmen.
»Sag mal, spinnt der?« fragte Lucius und wies mit dem Kopf nach draußen.
»Laß ihn!« schmunzelte Gaius. »Du würdest keinen treueren und wachsameren Menschen finden als ihn.«
Lucius setzte sich. »Es gefällt Vater nicht, wie er sich aufführt.«
Gaius sagte ruhig: »Er hat Vater auch nicht das Leben gerettet. Ich mag ihn so, wie er ist. Du mußt sehr behutsam mit ihm umgehen. Er hat eine empfindsame Seele.«
Dabei grinste er.
»Beim Iupiter! Wo kommen wir denn hin, wenn die Sklaven den Ton angeben?«
»Er ist höflich zu dir – was willst du mehr? Und ich bestimme, was er macht oder sein läßt. Er ist selbst dem Proconsul positiv aufgefallen. Er wird die Grenzen seines Daseins nie überschreiten.«

Lucius spürte deutlich die indirekte Zurechtweisung des älteren Bruders, nahm sie hin, weil er ihn und seinen Umgang mit den Menschen bewunderte. Und Alexander hatte ihm schließlich das Leben gerettet.
Unvermittelt wechselte er das Thema.
»Meinst du, Vater läßt mich gehen?«
»Wohin?«
»Nach Gallien.«
»Junge, das ist kein Honiglecken, wie du an mir siehst. Selbst wenn du mit dem hochtrabenden Rang und Titel eines Militärtribunen dort erscheinst – bei Caesar mußt du dir Autorität und Respekt durch Denken und Handeln erst verdienen! Man wird dich einem Haudegen von Legaten zuteilen, Labienus etwa, der dich von morgens bis abends auf Trab hält. Im übrigen hält Caesar mehr von einem gestandenen Centurio als von einem patrizischen Gernegroß!«
Lucius blickte ihn leicht enttäuscht an; da legte ihm Gaius die Hand auf die Schulter. »Ich werde mit Vater darüber reden.«
»Ich hab's bereits getan.«
»Er hat wahrscheinlich nein gesagt.«
»Nicht so direkt.«
»Du mußt das verstehen; Vaters politische Ansichten sind denen Caesars absolut konträr. Aber laß mich nur machen! – Was hast du heute vor?«
»Nichts Besonderes.«
»Hm... Hinterlasse mir auf jeden Fall, wo ich dich erreichen kann, falls ich dich brauche.« Gaius stand auf. »Wann kommt Vater zurück?«
»Ich denke, übermorgen.«
Gaius verließ den Raum und ging nach oben. Als er ins Gästezimmer trat, fand er Cornificius auf der Bettkante sitzend. Er sah sehr blaß aus, hatte graue Ränder um die Augen.
»Na, mein Alter! Wie geht es uns denn so?«
Cornificius rieb sich die Augen und gähnte dann tief und lange.
»So müßten dich deine hochadligen Leserinnen zwischen siebzehn und siebzig sehen! Mensch, nimm doch die Hand vor den Mund, es zieht!«
»Mir ist, als ob ich ein Messer verschluckt hätte.«
»Vielleicht hast du's!«
Cornificius blickte den Freund an.
»Sag mal, was ist eigentlich gestern passiert mit mir? Ich kann mich an gewisse Dinge nicht erinnern.«
Gaius setzte sich neben ihn.
»Konzentriere dich! Du mußt mir jetzt genau sagen, was du der Reihe nach gestern abend getan hast, wer in deiner Nähe war, vor allem, wer dir zu trinken gegeben hat!«
Cornificius blickte vor sich; man sah, wie es ihm schwerfiel, seine Gedanken zu ordnen.

»Da ist nicht viel zu sagen.«
»Wer gab dir zu trinken!?«
»Na, du!«
»Und dann?«
»... ging ich zu Fulvia!«
»Bot sie dir etwas an?«
»Nein. Ich hatte ja deinen Becher in der Hand. Man füllte nach.«
»Wer?«
»Was weiß ich! Ist das denn so wichtig?«
»Ja. Man hat versucht, dich umzubringen, das heißt: eigentlich mich.«
»Was?«
Und Gaius gab ihm kurzen Bericht über alles, was er wußte. Allmählich begriff Cornificius, daß er mit knapper Not dem Tode entgangen war.
»Hör zu, Corni!« sagte Gaius. »Du wirst mich in den nächsten Tagen auf dem laufenden halten, wer an dich mit dieser und jener Sache herantritt. Du wirst auf alles, was in deiner Nähe geschieht, achtgeben. Und du wirst dich von niemandem bewirten lassen!«
»Außer von dir, wie? Reicht der doch seinem besten Freund den Schierlingsbecher! Schäm dich!«
»Du kannst einen Trauergesang darüber schreiben. Aber vorher wirst du Milch trinken, komm!«
»Milch? Bist du verrückt?«
»Anweisung des Arztes!«
»Auch das noch! Wie lange?«
»Drei Monate! Milch, trockenes Brot, Feigen! Kein Wein!«
Cornificius wollte hart entgegnen, aber Gaius war schon in der Tür. Auf der Treppe kam ihnen der Pförtner entgegen.
»Verzeih, Herr!«
»Was gibt's?«
»Der ehrenwerte Senator Autronius Paetus möchte dir seine Aufwartung machen.«
Gaius' Gesicht verfinsterte sich. Schon wollte er eine zynische Bemerkung machen, als der Angekündigte bereits am Fuß der Treppe mit ausgebreiteten Armen rief:
»Den Göttern sei Dank! Er lebt! Ich werde Aesculap zehn Hähne opfern, nicht wahr! Welch eine Freude! Laß dich umarmen, mein lieber Cornificius! Freude über Freude! Er lebt!«
In plötzlicher, listiger Eingebung griff Gaius den Faden auf: »Du hast recht. Und ohne deine tatkräftige Hilfe müßten wir ja nun wohl die Klageweiber bestellen!«
Autronius starrte ihn mit offenem Munde an.
»Du bist also überzeugt, daß man auf Cornificius einen Anschlag verübt hat?«

»Aber ja! Alles spricht dafür.«

»Das ist mir sozusagen unsagbar peinlich, nicht wahr! Warum ausgerechnet in meinem Hause? Warum Cornificius?«

»Der Mörder pflegt auf die Empfindung der Betroffenen im allgemeinen wenig Rücksicht zu nehmen.«

»Das ist leider wahr. Wie weit ist es gekommen, nicht wahr! Wie tief ist Rom gesunken! Nun schreckt man schon nicht vor Anschlägen auf unsere Dichter zurück!«

Gaius reichte ihm die Hand, bemerkte die übernächtigten Augen.

»Wir sollten ihn erst einmal in Ruhe sein frugales Frühstück zu sich nehmen lassen. Er braucht Schonung, Ruhe, viel Schlaf!«

»Und Milch!« grinste Cornificius.

»Aber selbstverständlich!« Autronius ließ es sich nicht nehmen, den von den Toten Wiederauferstandenen am Arm bis zur Tür des Speisezimmers zu geleiten. Während Cornificius hineinging, rief Autronius:

»Ich werde ihm täglich Milch von meinen Gütern schicken! Ziegen-, Schafs- und Kuhmilch, nicht wahr!«

»Das ist nett von dir«, bemerkte Gaius, und zu Cornificius:

»Iß und trink langsam, mein Junge! Guten Appetit!«

Dann schloß er die Tür.

Augenblicklich veränderte sich Autronius' Miene, die Augen flackerten nervös, die Hände blieben in zielloser Bewegung.

»Kann ich dich sprechen? Allein?«

Statt einer Antwort wies Gaius zu einer der gegenüberliegenden Türen, ging voraus, öffnete und ließ Autronius eintreten.

»Ich will nicht lange um den heißen Brei herumreden, nicht wahr... Ich... eh... ich bin gekommen, um mich für den gestrigen Vorfall in meinem Hause zu entschuldigen. Die Sache ist mir ausgesprochen peinlich, nicht wahr...«

Gaius verbiß sich einen sarkastischen Kommentar bezüglich des »peinlich«, meinte gelassen:

»Nun, die Zeiten sind gefährlich! Was willst du machen? Man muß damit leben!«

Er lächelte Autronius freundlich an, denn er wollte ihn unbedingt dazu bringen, seine geheimen Wünsche aus dem Sack zu lassen

»Ich habe eine kleine Bitte«, fuhr Gaius freundlich fort. »Ich möchte, daß dein Sohn einen Brief an den Proconsul mit nach Norden nimmt.«

»Aber selbstverständlich! Er bricht ja morgen auf.«

»Ein netter Junge!« lockte Gaius weiter mit schmeichelnder Leimrute. »Wenn er sich gut führt, wird er seinen Weg machen.«

»Das hoffe ich auch, ja, ich bin eigentlich davon überzeugt, nicht wahr. Diese jungen Leute schwärmen ja geradezu für den Proconsul.«

»Man kann es ihnen nicht verdenken. Bei ihm finden sie alles, was uns

hier längst abhanden gekommen ist: Ziele, unbekannte, reizvolle Gefahren, den ungewissen Ausgang des Risikos, Disziplin, Kameradschaft, Freundschaft, die sich angesichts des Todes bewähren muß.«
»Sehr wahr, sehr wahr! Und das alles, nicht wahr, im Dienst des römischen Volkes!«
Autronius' Auge lauerte in Gaius' Gesicht, als er fortfuhr:
»Caesar ist ein großer Mann! Nichts gegen Pompeius, aber er vermag die Jugend nicht zu begeistern, nicht zu fesseln. Man hat bei ihm stets das Gefühl, er sei bereits so, wie er jetzt ist, auf die Welt gekommen.«
Gaius staunte über diese so ungemein treffende Charakterisierung, hütete sich aber beizupflichten.
»Caesar«, fuhr Autronius fort, »Caesar weiß besser die Gunst der Stunde zu nutzen und sich Freunde zu machen.«
Gaius nickte ermunternd.
»Ja, so ist es.«
»Die Freunde aber...«, Autronius zwinkerte nervös mit seinen übernächtigten Augen, »die Freunde aber sollten stets den Vorteil des Freundes im Auge behalten. Kurz: Ich möchte dir ein Angebot machen.«
Na endlich! Gaius tat höflich erstaunt:
»Wie meinst du das?«
»Meine Manufakturen sind zur Zeit nicht ganz ausgelastet.«
»Aha...«
»Ja, ich könnte den Proconsul mit Schwertern, Lanzen, Dolchen aus bestem spanischen Stahl versorgen. Zu einem sehr günstigen Preis! Selbstverständlich wirst du dabei auf deine Kosten kommen.«
»Du meinst, ich solle bei Caesar einmal vorfühlen?«
»Vorfühlen, ja! Ich bin jederzeit bereit zu liefern. Ganz gleich, ob tausend, fünftausend, zehntausend.«
»Nun, ich werde sehen, was sich machen läßt.«
»Fein. Sage ihm, daß ich auch besondere Wünsche hinsichtlich der Länge, Breite, Härte berücksichtigen werde. Wann wirst du ihn sehen?«
Gaius zwang sich, gelassen zu bleiben, obwohl ihn die materielle Gier dieses Menschen zunehmend anwiderte.
»Tja, das kann ich noch nicht genau sagen. Es wird sich irgendwann in den nächsten Wochen ergeben.«
Autronius nickte befriedigt, schien es auf einmal sehr eilig zu haben.
»Ich möchte deine kostbare Zeit nicht länger in Anspruch nehmen, zumal ich unangemeldet sozusagen mit der Tür ins Haus gefallen bin, nicht wahr. Es freut mich, daß es Cornificius sichtlich besser geht. Richte ihm meine Grüße und besten Genesungswünsche aus!«
Und schon trippelte er durch die Flure zum Ausgang. Gaius hielt ihm korrekt die Tür auf und wartete, bis Autronius seine Sänfte bestiegen hatte.
»Ach, der Brief!« rief Autronius.

»Halunke!« murmelte Gaius und ging ins Haus, die Rolle zu holen. »Ich werde dir schon noch auf die Schliche kommen!«
Doch mit gewinnendem Lächeln reichte er Autronius das Schreiben und winkte zum Abschied. Er war sich vollkommen sicher, daß Autronius die Rolle öffnen würde, und freute sich diebisch über das verdutzte Gesicht des Lesers.

14

Als Alexander das Haus verließ, war er grimmig entschlossen, den Urheber des Anschlags heute ausfindig zu machen – koste es, was es wolle. Ein sonniger Morgen wölbte sich über Rom, mit heiterem Himmel, die Lüfte warm, bewegt von einem trockenen südlichen Winde, und prompt wimmelte es auf Gassen und Plätzen von geschäftig eilenden Leuten. Er ließ das Forum links liegen, schritt über namenlose Straßen nach Norden, erreichte ungeschoren die Carinae und gleich darauf die Subura.
Sollte ihm jemand folgen, so war es heute nicht möglich, ihn ausfindig zu machen. Zu dicht war das Gedränge. Zwar blieb er manchmal unvermittelt stehen, band sich zum Schein die Sandalen neu und blickte dabei aus den Augenwinkeln zurück, doch fiel ihm niemand durch verdächtige Bewegungen oder Blicke auf. Dennoch ging er davon aus, daß er beobachtet wurde. Und dieses Gefühl hielt ihn, ob er wollte oder nicht, in halb neugieriger, halb aggressiver Spannung.
Loco fand er natürlich in der Werkstatt. Nach einer nun schon prosaischen Begrüßung musterte dieser mit Kennerblick als erstes Alexanders Füße.
»Na, wie geht sich's darin?«
»Ausgezeichnet. Man meint, nichts am Fuß zu haben.«
Loco nickte zufrieden, fragte gleich nach:
»Und wie sieht's mit Winterschuhen aus?«
»Ja, doch, da wäre wohl auch ein Paar fällig.«
»Zeig mal deinen Fuß!«
Loco nahm Maß und notierte sich die Daten auf einem Brett.
»Willst du gefütterte?«
»Moment! Was kosten die denn?«
Loco lächelte gewinnend.
»Keine Sorge, Junge, du bekommst sie zum halben Preis. Also, was ist?«
»Doch, doch. Mach mir ein Paar! Und dann noch ein Paar dieser gelben Sandalen. Ich möchte sie Gaius schenken.«
»Dann brauch' ich die Maße. Bring mal einen alten Schuh von ihm mit!«
»In Ordnung. Kannst du sie besonders hübsch machen, so mit aufgesetzten Steppnähten? Es darf natürlich nicht zu viel kosten. Wenn sie ihm ge-

fallen, wird er sicherlich die gesamte Dienerschaft damit ausstatten. Die Saturnalien[37] stehen ja ins Haus.«
»Sicher. Ich mach' dir beides, Sandalen und Schuhe!«
Alexander zog die Brauen zusammen.
»Ich bin kein Croesus!«
Loco lachte.
»Keine Angst. Wir werden uns schon einig werden.«
Er zog einen Hocker heran, und Alexander setzte sich. In diesem Augenblick wurde das Gespräch einer Kundin mit einem der Gesellen vorne im Laden lauter.
»... und ich sage dir, das alles wird bald ein böses Ende nehmen. Gestern sind sieben Geier übers Capitol geflogen! Und heute morgen lag ein toter Rabe vor dem Tempel des Iupiter Stator! Aber das ist noch nicht alles...«
Nun wurde es leiser, sie hatte wohl noch tote Spatzen, Ratten und Mäuse vor ihrem Haus gefunden und flüsterte aus Scheu vor bösen Dämonen.
»Weibergewäsch«, höhnte Loco.
Alexander blickte skeptisch: »Du glaubst nicht an Vorzeichen?«
»Doch, aber diese Frauen spinnen sich selbst was zurecht, und wenn dann nichts passiert, schreiben sie es ihren Gebeten zu Kybele[38] oder wer weiß wem zu.«
»Was könnte denn passieren?«
»Allerhand, mein Lieber! Es liegt was in der Luft, ich spür's ganz deutlich!«
Er legte die Stirn in Falten, hob die Hand und rieb den Daumen am Zeigefinger, als ob er unsichtbares Leder prüfe. Alexander mußte nun doch lächeln, denn diesen Satz und die Geste kannte jeder aus der Zehnten in Vesontio.
»Was meinst du?« fragte er.
»Die Bande des Milo streicht seit Tagen umher. Dann ist die des Clodius nicht weit.«
»Na und? Was geht das uns an? Sollen sie sich doch die Köpfe einschlagen! Auf einen Verrückten mehr oder weniger von der Sorte kommt's doch nicht an.«
Loco hob den Blick: »So kannst nur du reden, weil du noch nie gesehen hast, wie eine Stunde später die Leichen weggeräumt werden.«
»Ich hab' schon viele Tote gesehen und Sterbliche in den Hades geschickt.«
Alexander blickte ihm mannhaft ins Auge.
»Ja, solche von Männern, die in ehrlichem, offenem Kampf fielen. Aber hier... Ich möchte dein Gesicht sehen, wenn du Greise, Ritter, Senatoren, Sklaven, ja Frauen siehst, die ihre Seele auf dem Pflaster aushauchen, und das nur, weil sie zufällig zwischen die Fronten dieser Wahnsinnigen

gerieten. Würde mich nicht wundern, wenn demnächst nicht auch Kinder mit ihrem unschuldigen Blut die Straßen Roms rot färben!«
»Beim Zeus! Was sind das für Leute, die so was tun!« rief Alexander zornig.
»Gladiatoren!«
»Gladi... Gladiatoren? Du machst komische Scherze, Loco!«
»Keineswegs. Ihr alle, die ihr so lange außer Landes wart, ihr ahnt ja nicht, was sich hier abspielt!«
»Seit wann ist es Gladiatoren erlaubt...«
»Erlaubt? Ha, man richtet sie dazu ab!«
»Wer ist ›man‹?«
»Zum Beispiel Clodius! Zum Beispiel Milo!«
»In den Hades mit ihnen! Und der Senat? Die Consuln? Die Praetoren[39]?«
Loco wurde sehr ernst. In ihm regte sich eine versteckte metaphorische Ader: »Sieh's einmal so: Zwei Bauern streiten sich um eine Kuh. Beide wollen sie melken. Aber sie möchten sich nicht die Finger im Stall schmutzig machen. Also schicken sie ihre Knechte.«
»Ich verstehe...« Alexander setzte ein kluges Gesicht auf.
»Du verstehst gar nichts! Denn beide Bauern handeln wiederum mit schweigender Dispenz ihrer Patrone, die das alles von ihren schönen Landsitzen aus verfolgen, ohne einen Finger zu rühren. Bei dem Handgemenge bekommen sie aber nicht nur nicht die Milch...«
»... nicht nur nicht die Milch...«, versuchte Alexander zu folgen, und Loco nickte, fuhr dann fort:
»... die Kuh selbst nimmt Schaden, denn die Burschen schneiden sich nun Fleisch vom lebenden Tier ab.«
»Das ist ja widerlich! Sie wird's nicht überleben!« rief Alexander empört.
»Ganz recht! Die Kuh aber, das sind wir alle: Rom, sein Volk, die alte Ordnung. Du und ich.«
»Du und ich!« – Alexander sah erschauernd, wie jemand ein Stück Fleisch aus seinem Leib herausschnitt; ihm ging ein Licht auf: »Und die beiden Patrone...«
»... sind eben nicht Clodius und Milo!«
»... sondern Caesar und Pompeius!«
»Ja, und ihre Hintermänner, die sie heimlich oder offen unterstützen. Und weil alles den Anschein eines rechtmäßigen Programms haben muß, erfanden sie sich hochtrabende Namen: Optimates, die Besten, nennen sich die, die Pompeius vor ihren Karren spannen wollen, Populares, Volksfreunde, die andern, die Caesar auf den Schild heben möchten. Aber das alles ist Stroh dreschen!«
»He?« Alexander war nun doch leicht verwirrt.

»Na, lassen wir's damit bewenden. Aber es liegt was in der Luft, ich spür's!«
Wieder rieb der Daumen prüfend den Zeigefinger.
Alexander sah plötzlich Loco in der Uniform des 2. Centurio vor sich, wenige Tage vor der Offensive gegen die Sueben, und er nickte; und ein ähnliches Gefühl, eine Mischung aus Neugier und Grauen, befiel ihn – wie damals, als die Kameraden ihre Testamente machten.
»Aber noch ist Rom nicht verloren! Caesar hat da ein gewaltiges Wort mitzureden!« schloß Loco seinen pessimistischen Exkurs.
Alexander reckte sich: »Dem ist zweifellos durchaus so!«
Und unvermittelt kam er zum Anlaß seines Kommens.
»Sag mal, kennst du in der Stadt den einen oder andern Inder?«
Loco blickte, erstaunt über den abrupten Themenwechsel, in Alexanders offenes Gesicht.
»Inder? Wie kommst du denn darauf?«
Da stand Alexander auf und berichtete in dramatischen Worten, was sich in den letzten beiden Tagen ereignet hatte.
»... und wenn ich bis zu den Ufern des Styx wandern muß«, schloß er und drohte mit der Faust. »Ich werde ihn kriegen!«
»Inder...?« überlegte Loco. »Du meinst wohl Araber!«
»Was weiß ich? Inder, Araber, Syrer – es sind alles die gleichen Halunken. Stecken ihre krummen Nasen in Sachen, die sie nichts angehen.«
»Die Nase!« rief Loco.
»Was?«
»War sie gekrümmt?«
»Ja.«
»Dann war's kein Inder. Inder haben gerade, schöne Nasen.«
»Ich wußte schon immer, daß Inder aufrechte Burschen sind. Natürlich war's ein Araber! Inder machen das nicht.«
Loco verbiß sich ein Grinsen.
»Aber Araber tragen keinen Turban. Vielleicht war es aber auch nur Tarnung?!«
»Selbstverständlich! Kenne doch Inder!«
»War der Mann groß?«
»Normal.«
»Alt?«
»Mittel.«
»Hatte er eine Narbe auf der rechten Wange?«
»Möglich. Es war zu dunkel. Warum?«
»Hm... Kenne da einen Burschen, dem ich allerhand zutraue. Kleidet sich merkwürdig. Man munkelt vieles über ihn. Sonderbarer Mensch. Handelt mit Mittelchen gegen Hexerei, kann den bösen Blick bannen, treibt nächtens Zauberei, hat großen Zulauf.«

»Werde es ihm austreiben, Leute auf der Straße anzuzaubern! Wo wohnt er?«
Loco beschrieb es ihm genau; es war ganz in der Nähe.
»Willst du gleich zu ihm? Sei vorsichtig!«
»Nein, werde mich mit Gaius absprechen.«
Entschlossen sprang Alexander auf.
»Werde dich auf dem laufenden halten. Und sag Bescheid, wenn du umziehst!«
»In Ordnung. Und danke!«
»Ich hab' zu danken.«
Loco begleitete ihn bis zur Tür, hielt ihn noch einmal am Arm fest: »Junge, sei vorsichtig! Diese Brüder halten zusammen wie die Kletten. Ich sag' dir nur eins...«
»Nämlich?«
»Blutrache!«
Alexander schluckte.
»Soll'n sie haben! Kenne das aus Gallien. Werde ihn aber lebend fangen!«
Und schon schritt er davon.
»Ein hübscher Bursche!«
»He?« Loco wandte den Kopf; Lavinia stand neben ihm und blickte Alexander nach.
»Man müßte ihm eine Frau besorgen!«
»Manchmal hat er eine Mutter nötiger – was, Muttchen?«
Und er tätschelte ihre Wange, gab ihr einen schmatzenden Kuß.
»Laß das doch! Was sollen die Leute denken?«
Verschämt strich sie sich über Gesicht und Haar.
»Die Leute? Die freuen sich, wenn sie zwei sehen, die sich gern haben.«
Und Loco gab ihr noch einen Klaps auf ihr pralles Hinterteil. Der Geselle in der Nähe grinste.

Alexander nahm den Heimweg über das Argiletum zum Forum, wollte sich diesen und jenen Laden ansehen und, wenn sich's ergab, ein Schwätzchen halten.
Er war noch keine hundert Schritte gegangen, als er durch Lärm, Rufe, ja Schreie aufgeschreckt wurde. Es kam von vorne. Da stoben etwa fünfzig, sechzig, hundert Menschen auf ihn zu, drückten ihn zur Seite, stürmten Hals über Kopf vorbei; seltsamerweise Angehörige aller Klassen, wie er mit einem Blick erkannte. Im Eilschritt näherten sich Sänftenträger, der Kasten schlingerte gefährlich auf und ab und nach den Seiten; ein Kopf fuhr aus dem Fensterchen:
»Lauft, ihr braven Burschen, lauft! Es soll nicht euer Schaden sein, nicht wahr!«

Und eine Hand suchte, wie der Chorleiter bei einer Probe zu Sophokles, das Tempo durch beschleunigendes Auf und Ab zu steigern.
»Lauft, ihr Braven! Jedem zehn Denare[40] extra! Aber lauft, nicht wahr!«
Rechts, links und hinter der Sänfte drängte, nein wälzte es sich voran – Frauen, Kinder, Greise. Alexander erkannte bei einigen den schmalen Purpurstreifen des Ritters an der Toga; und es wirkte höchst lächerlich, ehrenwerte Männer in diesem ansonsten so pathetisch schwelgenden Gewande, das seinem Träger einen beschaulich erhabenen Gang aufnötigte, wie aufgescheuchte Hühner vor dem Bussard flüchten zu sehen.
Die Träger taten ihr Bestes, doch die Verfolger, jeder hindernden Fracht ledig, holten sie ein, einer stellte dem letzten rechts ein Bein, und dieser fiel, während er noch die Tragestange wie einen rettenden Ast umklammerte, der Länge nach hin. Der nächste aus der nachstürmenden Meute schwang schon sein Schwert und traf, mitten im Lauf, den entblößten Hals des Gestrauchelten. Ein gellender Todesschrei durchbrach den allgemeinen Lärm, dann sank er hin, sein helles Blut färbte in einer schnell sich ausbreitenden Lache das Pflaster.
Das war Alexander zu viel! Er sprang vor, packte den Mörder von hinten mit seiner mächtigen Hand am Hals, stellte ihn aufrecht, drehte seinen Kopf, nahm kurz Maß, schlug zu – und zertrümmerte ihm mit einem einzigen Schlag seine Schläfe! Noch während er fiel, kündete sein Auge großes Erstaunen vor seinem Abgang in den Hades.
Die Sänfte lag längst am Boden – halb gekentert wie ein gestrandetes Boot. Mit gewaltigen Sprüngen suchten die Träger das Weite, als Autronius zitternd und mit weit aufgerissenen Augen aus der Kabine kletterte, sich mit den Füßen verhedderte, stolperte, sich fing und unter Aufbietung aller Kräfte seinen vorausgeeilten Sklaven in größter Hast folgte.
Alexander hatte wenig Zeit, dieses seltene Bild zu genießen, denn schon sprangen zwei andere auf ihn zu, die seinen vorausgegangenen Angriff wohl gesehen und einer Revanche für würdig befunden hatten.
Auch sie traten mit blanker Waffe gegen ihn an, blutunterlaufen den Blick, Schweiß in ihren Gesichtern – schon etliche hundert Schritt waren sie gelaufen und hatten manchen Streich geführt. So war ihr Angriff, wenn auch mit gezielter Absicht, geschwächt, ihr Reaktionsvermögen zu langsam. Sie kamen heran wie zwei wütende Büffel, den Gegner aufzuspießen.
Alexander, hellwach, kontrollierte ihr Auge, sah das Stiere im Blick, ließ sie kommen, duckte sich unter ihren zum Schlag ausholenden Armen hinweg – der Hieb ging bei beiden ins Leere – und griff sich während des Bückens das Schwert des Entseelten; und ehe sie begriffen, was geschah, zerfetzte er mit zwei kurzen Hieben ihre Unterarme: Die Waffen fielen, und heulend krümmten sie sich am Boden.

Alexander blickte um sich. Allenthalben sah er nun kämpfende Gruppen, traute seinen Augen nicht: Es glich den Szenen in der Arena während der Römischen Spiele, wo besoldete Gladiatoren ihren oft kurzen Ruhm durch Hinschlachten der Gegner zu steigern suchten – hier nur mit dem Unterschied, daß das Publikum selbst zum Objekt seiner Mordlust wurde.
Alexander suchte sich zu orientieren; die ganze Straße war Arena, wüste Knäuel Kämpfender, die vorgingen, zurückgingen, wie Wölfe sich festbissen, einkreisten, Schläge parierten, aufs neue attackierten – ihrer Wunden nicht achtend, solange Sehnen und Muskeln der mörderischen Gier noch gehorchten.
Allmählich begriff Alexander die Fronten. Diese Wölfe unterschieden sich in der Farbe ihrer Röcke und Helmbüsche: Grüne kämpften gegen Blaue. Der Ausgang des tödlichen Spektakels war noch völlig offen. Und Alexander sah sich wieder inmitten der Schlacht gegen die Sueben, wo die Parteien erst nach stundenlangem Gefecht schieden.
Worum es hier ging, war nicht erkennbar; zu wüst war das Wirbeln, Torkeln, Brüllen, Geifern, Hantieren der Leiber, Mäuler und Fäuste. Hart hallten die Schläge, wenn Metall von Metall getroffen wurde, an den hohen glatten Wänden der Häuser wider. Das Gemenge war ohne jedes System, jeder schien jeden als Feind zu betrachten, gönnte sich keine Verschnaufpause und ging den Gegner frontal, seitlich oder von hinten an – wie sich's ergab. Alexander glaubte sich von Irren umgeben.
Da sah er, wie einige Grüne sich abseits hielten und sich durch Zeichen zu verstehen gaben, sich gemeinsam von hinten auf einen Blauen zu stürzen, einen hünenhaften Mann, der sich mit drei Gegnern tapfer beschäftigte. Doppelt und dreifach gab er ihnen Bescheid; er war ein Könner seines grausigen Handwerks, und keine Ermüdung schien ihn zu hemmen. Schweiß perlte ihm von Nase und Kinn, Blut färbte Teile des Kollers und tropfte von der Klinge. Zwei seiner Gegner hatte er schon erledigt, hielt nun den dritten in Atem, war vollauf beschäftigt, dessen Schläge und Finten zu parieren, sah darum nicht, wie die andern meuchlings von hinten sich heranschlichen, um ihm den Garaus zu machen.
»Halunken!« schrie Alexander, und schon sprang er vor, trat hinter den Rücken des arg Bedrängten und lehrte die heimtückischen Recken in einem schnellen Exkurs die Künste der dreifachen Abwehr: Als ob es selbständig geworden, tanzte ihnen plötzlich sein Schwert vor der Nase, zuckte wie Blitze aus heiterem Himmel auf unvorhersehbaren Bahnen, stach, wirbelte, kreiste, tanzte, beherrschte ganz den Raum und traf, ehe sie begriffen, ihre empfindlichsten Teile, schlug dem einen den Helm vom Kopf, daß er scheppernd zu Boden fiel, zerschlitzte dem zweiten den Koller von oben bis unten, fuhr dem dritten ins Handgelenk, daß ihm die Waffe entglitt und er mit offen staunendem Munde verfolgte, wie ihm die

Spitze des furchtbar wütenden Schwertes links zwischen die Rippen fuhr – und langsam glitt er, weich in den Knien, für immer zu Boden.
Da wandte der Blaue sich um, sah seinen Retter, wie er gekonnt, ohne Rüstung, nur so in einfacher schutzloser Tunika, hantierte, packte mit an, und nach kurzem Gefecht waren sie Herren der Szene. Röchelnd, heulend, wimmernd oder auch stumm, in Erwartung des Endes, krümmten die Gegner sich im Umkreis weniger Schritte am Boden. Auch andernorts war die Entscheidung gefallen: Die Grünen hatten die größeren Verluste. Man hörte, wie ein schlanker großer Mann mit markiger Stimme »Sammeln! Kämpfend zurückziehen!« rief, und die Bande gehorchte ihm gerne.
Alexander betrachtete nun das Schwert in seiner Rechten, fuhr mit dem Finger über die Schneide:
»Schlechte Arbeit!«
»Wer bist du?« fragte der Gladiator und staunte ihn an. Ein zweiter trat hinzu, meinte eifrig:
»Ich hab's gesehen. Er hat dir das Leben gerettet, Birria!«
Und Alexander reckte den Kopf, Hals und Kinn strafften, die Schultern dehnten sich, und die Wölbung des Brustkorbs wuchs mächtig:
»Ich bin Alexandros, Sohn des Alexandros aus Theben! Und ich sage euch: Das hier war eine ganz elende Schurkerei! Konnte sie nicht länger mit ansehen. Hasse Angriffe von hinten!«
»Menschenskind, du bist richtig!« dröhnte Birria mit tiefer Baßstimme, ging zu Alexander, umarmte ihn zweimal, drückte ihm mit leuchtenden Augen beide Hände und rief:
»Beim Hercules! Du hast mir das Leben gerettet, ich werd's dir nie vergessen!«
Und beide waren sich auf Anhieb sympathisch.
Birria wollte mehr wissen:
»Mann, warum trittst du nicht diesem Verein bei? Ich schätze, Milo wäre begeistert!«
Da begriff Alexander, er erinnerte sich an Locos Rede.
»Geht nicht.«
»Warum?«
»Mein Herr ist Gaius Volcatius Tullus.«
»Donnerwetter! Ein Volcatier! Wer hätte das gedacht! Schätze, Milo wird sich noch mehr freuen!«
Alexander überschlug, daß er allem Anschein nach durch Zufall die richtige Partei ergriffen, wenn er auch aus Unkenntnis zunächst zwei der Blauen außer Gefecht gesetzt hatte. Nun erkannte er: Milos Truppe hatte der des Clodius eine empfindliche Niederlage beigebracht.
»Der Lange eben, der das Kommando über die Grünen führte, war das Clodius?«

»Ja«, rief Birria. »Beinahe hätte ich das Bürschchen heute erwischt. Na, dann ein andermal!«
»Der Patron kommt! Achtung!« rief jemand. Ein großer, schwerer Mann mit breitem Gesicht näherte sich.
»Laßt den Unsinn! Steht bequem! Habt euch tapfer geschlagen!«
Milo, in schwerer Rüstung, fast wie ein Imperator, trat herzu und besah sich seine Männer und die blutige Szenerie.
»Ist Autronius entkommen?« fragte er leise.
»Ja, Herr.«
Milo nickte nur kurz und blickte finster die Straße entlang.
»Wer ist das?« Er wies auf Alexander.
»Das ist Alexandros«, rief der zweite Gladiator, »Sohn des Alexandros aus Theben. Und er hielt den Angriff der Grünen für eine elende Schurkerei!«
Alexander nahm Haltung an: »Hasse Angriffe von hinten.«
»Er hat mich hier rausgehauen.« Birria wies auf die Leichen der vier Grünen.
»Respekt! Respekt!« Milo nahm Alexander in Augenschein.
»Schon gedient?«
»Jawohl! Als Bursche bei Gaius Volcatius Tullus.«
»Aha!«
»War mit ihm in Caesars Zehnter in Gallien. Gehörte zum Kommando der Rheinbrücke.«
»Sehr gut«, lobte Milo, wenngleich sich sein Blick bei der Erwähnung Caesars verdunkelte.
»Keine Lust, bei uns mitzumachen?« Milo lächelte gewinnend.
»Darüber steht mir die Antwort nicht zu, Herr«, wich Alexander aus.
»Nun gut. Meine beste Empfehlung an deinen Herrn! Kenne und schätze ihn.«
Milo betrachtete die Toten. »Maximus!«
»Herr?«
»Sorge für den Abtransport unserer Gefallenen!«
»Wird gemacht, Herr!«
»Birria!«
»Herr?«
»Übernimm das Kommando! Abmarsch in fünf Minuten!«
Milo ging, wohl um sich die Toten der Gegenseite anzusehen. Birria nahm Alexander beim Arm.
»Ich muß jetzt weg. Du findest mich abends bei Carrinas am Viehmarkt; kennt jeder. Bin dir einiges schuldig, Junge!«
Und noch einmal griff seine Pranke nach Alexanders Hand und schüttelte sie. Dann trommelte er seine Kameraden zusammen, ließ sie im Gleichschritt abrücken.

Nun erst wagten sich die zivilen Anwohner aus ihren Häusern, verfolgten den Abtransport der gefallenen Blauen, umstanden dann lange die toten Grünen, und ein endloses Palaver über das neueste makabre Ergebnis des Bandenkrieges setzte sich bis in den Abend fort. Dann erst wagten sich die Träger der Grünen herbei, luden die Leichen nach Einbruch der Dunkelheit auf offene Wagen, um sie außerhalb der Mauern zu bestatten.

15

Etwa zur gleichen Zeit, als Alexander sich in selten aufrechter Haltung auf den Heimweg machte, trat Gaius in warmer Kleidung aus dem caelischen Hause und gab dem immer noch blassen Cornificius strikte Anweisung, bis zu seiner Rückkehr zu warten.
»Was sollen die Meinen denken?« versuchte der Rekonvaleszent es ein letztes Mal.
»Keine Sorge, ich habe deiner Mutter und Schwester Nachricht zukommen lassen, daß du vielleicht erst morgen eintriffst. Deinen Freundinnen kannst du gefälligst selbst deine Enthaltsamkeit erklären.«
Cornificius wollte hart entgegnen, hob dann aber resignierend die Hand: *»Per aspera ad astra.«*[41]
»Und bitte, halte dich an meine Anweisung: nur Milch und Brot! Ich brauche nachher deinen Rat. Schreib meinetwegen eine erbauliche Szene in Hexametern: ›Traurige Gedanken des einsamen Dichters angesichts trockenen Brotes nach einer wild durchzechten Nacht im Hause des Freundes gefangen‹ oder so ähnlich. Wie sagte doch Catull: Ertrag's und sei fest!«
Und schon zog er ihm die Tür vor der Nase zu. Da öffnete Cornificius flink das kleine Fenster und rief:
»Und du solltest nicht ungestraft zu Fuß gehen. Wie sagt der Dichter: Die der Gott verderben will, schlägt er zuvor mit Wahnsinn.«
Gaius überhörte das. Er hatte sich vorgenommen, die wenigen Schritte bis zur Porta Querquetulana, wo sein Wagen wartete, zu Fuß zu gehen. Bei jedem Schritt schienen sich Brennesseln und Quallen im Hüftgelenk zu regen, aber er biß die Zähne zusammen und schritt langsam voran. Er redete sich ein, daß die Bewegungen schon erträglicher wurden.

Cassius' Anwesen lag an einer Abzweigung der Via Appia, idyllisch versteckt in einem uralten Eichenhain. Gaius überlegte, wie er Cassius gegenübertreten sollte. Er kannte ihn kaum, wußte nur aus kargen kritischen Äußerungen von Lucius einiges um die bewegte Vergangenheit des Mannes. Mit Cicero hatte er sich um das Consulat beworben, blieb jedoch erfolglos. Die »Fischteichbesitzer« hatten Cicero vorgezogen, da ein integrer *Homo novus* vor dem Volk die bessere Reputation besaß und wohl auch leichter zu dirigieren war, zumal Ciceros Gesinnung sich an altrömischen Normen orientierte. Trotz des älteren Namens boten Köpfe wie Cassius nicht die Gewähr dafür. Wer im politischen Kampf bestehen wollte, mußte von Hause aus entweder über Macht oder über einen einflußreichen Freundeskreis oder über bewaffnete Banden verfügen, die er ins Feld führen konnte. Am besten war es, wenn er alle drei Voraussetzungen mitbrachte – aber daran haperte es bei Cassius, bei Cicero zwar ebenso, doch der besaß die Stärke und das Renommee des rhetorischen Genies, das die Massen ebenso knetete wie die wankelmütige Gesinnung von Juroren und Schöffen bei politischen Prozessen.

Als der Wagen hielt, kam aus einem verfallenden Wirtschaftsgebäude eine greisenhafte Gestalt ohne Zähne und mit schütterem Haar. Sie schlurfte über den Hof und nahm keine Notiz von Gefährt und Fahrer.
»He, Alter!« rief Gaius und kletterte vorsichtig vom Wagen. »Ist dein Herr zu Hause?«
Der Alte zockelte herbei, hielt die Hand hinters Ohr und sperrte den zahnlosen Mund auf.
»Wo ist dein Herr?« wiederholte Gaius.
»Der Herr? Der Herr ist im Hause«, murmelte er leise mit dünner Stimme, und sein Kopf zitterte zum Hauptgebäude hin.
»Na, dann melde mich ihm!«
Erst nachträglich hob der Zahnlose die Hand zum Ohr, als ob er nun erst die Worte verstehe, nickte mehrmals und ging, im Selbstgespräch vor sich hin redend, ins Haus. Gaius folgte ihm langsam, blickte dabei um sich und sah allenthalben dekadenten Verfall: bröckelnden Putz, feuchte, fleckige Wände, zerfressenen Marmor und Travertin. Selbst der an sich schön proportionierte Hof bot einen höchst verkommenen Anblick; abgebrochenes Geäst lag unter den vier herrlichen Platanen, Hühner- und Gänsekot bedeckte den harten Lehmboden; verrottetes Ackergerät, Walze, Pflug, Ketten, zerbrochene Räder und Deichseln lagen oder lehnten planlos an den Wänden, von mächtig wucherndem Unkraut und Gras umgeben.
Der Alte kam zurück, blieb leicht außer Atem mit hängenden Armen vor Gaius stehen.
»Mein... mein Herr fragt, wer du... wer du bist.«
Seiber lief ihm aus dem Munde. Gaius sah die von Gicht geschwollenen Gelenke an den großen Händen. Graue Stoppeln überwucherten das eingefallene, knochige Gesicht wie Schimmel. Der Mann tat ihm leid.
»Hier!« Er gab ihm einige Münzen, und als er die harte trockene Hand des Alten berührte, war es ihm nicht widerlich: Sein Großvater hatte ähnliche Bauernhände gehabt.

Der Alte, erstaunt über die freundliche Geste, besah sich mit zitterndem Haupt die Münzen, und Gaius schloß, daß es lange her sein mußte, daß sein Gegenüber so etwas in Händen gehalten hatte.
»Nun geh und melde deinem Herrn Gaius Volcatius Tullus.«
»Du bist ein guter Mensch«, murmelte der Alte, schloß die Münzen in der Hand ein und schlurfte voraus, Gaius dabei mit der anderen Hand hinter sich herwinkend.
Das Haus mußte sehr alt sein. Die Türschwellen, in Sandstein gelegt, waren tief ausgetreten, die Balken der Decke hingen durch, breite Altersrisse klafften im Holz. Es war kalt. Die gekalkten Wände strahlten feuchte Kühle ab. Ein seltsam aufdringliches Gemisch aus Essig, Küchendünsten und jahrzehntealtem Mief lag in der Luft; er kannte ähnliches aus alten gallischen Bauernhöfen. Verwitterte Malereien hier und da, gemalte Scheinarchitektur, das ehemals leuchtende Rot war längst in den traurigen Ton getrockneten Ochsenblutes übergegangen, trotzdem – oder gerade deshalb – wirkte das Lächeln eines pausbäckigen Eros inmitten bukolischen Rankenwerks um so heiterer. Durch einen Flur, der fast alles Licht absorbierte, gingen sie weiter. Das Atrium erschien unversehens sehr hell, sein Dach noch getragen von uralten Eichenpfosten.
Der Alte schlurfte zu einer seitlichen Tür, klopfte an und wartete. Da sich drinnen nichts regte, klopfte er nochmals, öffnete und sprach in den Raum:
»Besuch, Herr! Gaius Volcatius Tullus aus Rom!«
»Bitte ihn herein!«
Mit einer ebenso freundlichen wie ungelenken Armbewegung hieß der Greis Gaius eintreten und schloß behutsam hinter ihm die Tür.
Cassius saß in einem Korbsessel, dessen Flechtwerk oben und unten zersplitterte, inmitten mehrerer schmuddeliger Kissen, Beine und Leib mehrfach umhüllt von Decken und Fellen.
Ein kurzer Blick genügte, und Gaius wußte: Dieser Mann war vor der Welt tot – zu alt zum Leben und zu jung zum Sterben. Die dunklen Augen lagen tief in den Höhlen, wie auf dem Boden eines dunklen Wassers. Die Wangen waren blaß, unterbrochen von unnatürlich roten Flecken; scharfe und tiefe Falten waren zu beiden Seiten des schmalen, einst wohl energischen Mundes eingegraben, die Haut hing schlaff an dem hageren Hals. Cassius hob die Rechte; sie war sehr schön, mit gepflegten großen Nägeln an langen, schmalen, sensiblen Fingern.
»Bitte, verzeih mir, daß ich mich nicht erhebe; die Beine versagen mir den Dienst.«
Dabei versuchte er ein Lächeln, und Gaius machte das Schicksal dieses Mannes zutiefst betroffen, auf den sein Geschlecht einmal große Hoffnungen gesetzt hatte. Er ergriff die Hand mit beiden eigenen Händen und drückte sie fest. Cassius wies auf einen seitlich stehenden Stuhl; Gaius

zog ihn heran und setzte sich. Er blickte auf seine Hände und begann sehr vorsichtig:
»Du wirst dich wundern, daß ich so ohne Anmeldung deine Tage störe...«
»Aber ich bitte dich! Mir ist jeder lieb, der ins Haus kommt.«
Gaius blickte ihn an, und ihm war, als habe er noch nie solche Trauer in den Augen eines Sterblichen gesehen. Sein Leben war gelebt; er hatte für eine politische Dummheit bezahlt und weilte nun als Fremder unter Fremden. Dabei hatte alles so vielversprechend begonnen: zwei Jahre nach Sullas Tod Münzmeister, zwei Jahre später Praetor; doch dann stagnierte es. Nach erfolgloser Kandidatur zum Consulat schloß er sich Catilina an, führte die hochverräterischen Verhandlungen mit den gallischen Allobrogern, verließ jedoch – in Erwartung ihres Verrats – noch vor diesem Rom. Später wurde er in Abwesenheit zum Tode verurteilt, große Teile seines Besitzes wurden verstaatlicht. Nach der Erneuerung des Triumvirats, des Geheimbundes von Caesar, Pompeius und Crassus, vor drei Jahren zu Luca duldete man stillschweigend seine Heimkehr, denn er war nicht mehr gefährlich. Und nun also die Krankheit, allem Anschein nach eine von unten an wuchernde Sklerose, die ihn an das Lager fesselte.
»Du mußt wissen, daß, wenn man wie ich lebendig begraben ist, an die Lebenden keine Ansprüche mehr stellt, da nichts den eigenen Zustand verändert, weder zum Guten noch zum Bösen. Gestern und morgen werden eins. Man nimmt alles als unabänderlich zur Kenntnis, und man behauptet sich nur noch durch die Erkenntnis, daß das hektische Treiben da draußen einem aufgeblasenen Ziegenbalg gleicht: Du trittst darauf – und er platzt... Ich habe Zeit im Überfluß, und ich weiß heute eines: Die Stadt, Italien, das Reich werden nicht eher zum inneren Frieden finden, ehe nicht das Elend der Bedürftigen auf ein annehmbares Maß verringert wird. Ja, ich tröste mich damit, daß mein Leben nicht elender ist als das so vieler, die von der Hand in den Mund leben. Und ich wüßte nicht zu sagen, wer von beiden menschenunwürdiger lebt.«
Gaius blickte in das fahle Gesicht des früh gealterten Mannes. Sollte er auf die Entführung zu sprechen kommen? Er wagte es. Vorsichtig begann er:
»Ich... ich bin gekommen, um dich über einen gewissen Vorfall zu... nun, zu fragen; es kann sein, daß das, was du mir in der Sache zu sagen hast, dir selbst nützlich sein kann.«
Gaius bemerkte, wie Cassius' Züge sich strafften.
»Du kannst offen reden. Du sprichst doch von der Entführung?«
»Ja.«
Sie schwiegen eine Weile, denn Cassius mußte sichtlich den inneren Schmerz niederzwingen. Auch zwischen den folgenden Ausführungen legte er längere Pausen ein, und Gaius unterbrach ihn nicht.

»Ich habe sehr spät geheiratet... Metella ist zwanzig Jahre jünger als ich... Damals sah noch alles gut aus. Ich hatte gerade die Praetur erreicht. Man sagte mir eine große Zukunft voraus. Aber dann kam die Niederlage gegen Cicero und Antonius. Ich hatte Unsummen in den Wahlkampf gesteckt, hatte glänzende Spiele, Feste und all diese trügerischen Unternehmungen veranstaltet, mit denen man meint, sich die Gunst des Stimmtiers kaufen zu können... Ich war verblendet, machte Schulden in Millionenhöhe bei Crassus und Konsorten. Dann kam die Niederlage... Mein Vater, statt mir zu helfen, überhäufte mich mit Vorwürfen. So stürzte ich mich in letzter Verzweiflung in die Verschwörung. Den andern ging's ja ähnlich. Wir wußten: Es war gefährlich, was wir spielten! Aber wir redeten uns ein, das Schicksal zwingen zu können.
Von meinem Vater hatte ich gute Beziehungen zu den Allobrogern. Und so schickte man mich vor, mit ihnen Verbindung aufzunehmen, sie dazu zu bringen, Rom den Krieg zu erklären, während wir gleichzeitig die Stadt in Brand stecken und den Senat samt Consuln außer Gefecht setzen wollten. Catilina sollte zu gleicher Zeit mit seinem Heer aus Etrurien vor die Stadt rücken... Aber du kennst das ja alles...«
Gaius nickte.
»Schon nach den ersten Gesprächen mit den Häuptern der gallischen Gesandtschaft erkannte ich, daß sie gewaltige Skrupel hatten, weil sie nicht an den Erfolg der Aktion glaubten. Zwar überreichte ich ihnen die vorgesehenen Geheimbriefe an ihre Führer in der Heimat, aber dies alles fiel ja kurz darauf in Ciceros Hände. Sie hatten uns verraten. Damit hatte Cicero endlich die Mittel in der Hand, mit dictatorischen Vollmachten gegen uns vorzugehen... Ich hatte es geahnt und mich schon vorher mit Metella – sie war damals im siebten Monat schwanger – nach Norden abgesetzt. Den Rest kennst du... Ohne Metella hätte ich die folgenden Jahre nicht überlebt. Du kennst ihre Sippe! Man sucht wohl in ganz Rom vergebens nach größerem Hochmut! Sie ließen Metella fallen, stießen sie aus der Familie.«
Er schwieg, während Gaius beipflichtend nickte.
»So lebten wir an verschiedenen Plätzen auf Kosten alter Freunde. Mittlerweile war Quintus geboren... der einzige Lichtblick in unserem Schattendasein...«
Nun konnte er nicht mehr an sich halten, es begann in seinem Gesicht zu zucken, er schluchzte, und es ergriff seinen ganzen Körper. Gaius sprang auf, griff seine Hände, versuchte, ihn zu beruhigen.
»Es ist ja noch alles offen! Ich bin gekommen, dir zu helfen, Cassius! Beruhige dich! Wir müssen nüchtern über die schreckliche Sache reden... So schwer es dir fällt... Es gibt keinen anderen Weg!«
Cassius wischte seine Tränen fort, seufzte tief auf und sagte, sich fassend:

»Ja, du hast natürlich recht. Verzeih. Wie kann ich dir je danken?!«
Und verzweifelt griff er nach Gaius' Hand. Gaius aber setzte sich wieder und begann sachlich:
»Ist man in den letzten Wochen von irgendeiner Seite mit Geldforderungen an dich herangetreten?«
Er forschte in Cassius' Gesicht; seine Antwort kam ihm etwas zu zögernd.
»Nein.«
»Das habe ich mir beinahe gedacht... Somit können wir Piraten und Menschenräuber ausstreichen!«
Cassius nickte.
»Ist sonst jemand mit Forderungen an dich herangetreten?«
Der Leidende blickte hoch, und Gaius sah, wie es um Cassius' Augen flakkerte.
»Du mußt mir die Wahrheit sagen! Wie kann ich dir sonst helfen?«
»Man... man hat mir verboten, mit irgend jemand...«
»Wer ist ›man‹?«
»Ich weiß es nicht.«
»Natürlich weißt du's!« rief Gaius wütend, besann sich aber sogleich, als er sah, wie Cassius zusammenzuckte. »Bitte, ich verstehe durchaus deine Sorge um das Leben des Jungen! Aber so kommen wir nicht weiter!«
Cassius beugte sich vor, wies zu einem Schränkchen an der Wand.
»Dort, im obersten Fach, liegt ein Zettel...«
Gaius ging hin, fand ihn, las:

> *Wenn dir das Leben deines Sohnes lieb ist, verhalte dich still! Sprich mit niemandem darüber! Genaue Anweisungen folgen.*

Gaius nickte mehrmals:
»Wann kam das?«
»Vor drei Tagen. In einer Kapsel lag eine Locke des Jungen.«
»Wo ist die Kapsel?«
»Im Schrank.«
Gaius untersuchte sie genau: ein Allerweltsstück ohne besondere Merkmale, die auf ihre Herkunft schließen ließen.
»Wer brachte die Dinge?«
»Keine Ahnung. Sie lagen morgens vor der Tür.«
Gaius hielt die Hand vor den Mund, überlegte.
»Wo ist deine Frau?«
»Wahrscheinlich oben auf ihrem Zimmer.«
»Weiß sie davon?«
Gaius hielt das Schreiben hoch.
»Nein.«

»Das ist gut so, ja, das ist sehr gut! Du darfst mit niemandem darüber reden! Halte dich von nun an genau an meine Anweisungen! Sie werden dir brieflich oder mündlich zukommen! Ich lasse bald von mir hören. Sollte sich der Entführer wieder melden, dann benachrichtige mich unverzüglich!«
Cassius nickte. Gaius reichte dem schwer geprüften Mann die Hand. Da fiel ihm etwas ein:
»Wie stehst du übrigens zu Caesar?«
»So wie derjenige, der bereits am Galgen hängt, zu dem, der ihn im letzten Moment abgeschnitten hat. Er ermöglichte mir meine Rückkehr. Ich werde es ihm nie vergessen!«
Befriedigt nickte Gaius.
»Bis bald! Und Kopf hoch! Wir werden sie finden!«
»Wen?«
»Beide. Deinen Jungen und seinen Entführer!«

Als er ging, zeigte sein Gesicht einen bitteren Zug, den selbst Alexander noch nie an ihm gesehen hatte. Und er hatte schon den halben Weg auf der Via Appia zurückgelegt, als ihm einfiel, daß Cassius noch nicht einmal danach gefragt hatte, warum er sich denn so sehr für den Fall interessierte.

16

Hatte Alexander erwartet, Gaius werde nach der Schilderung seines heldenhaften Kampfes im Argiletum in spontanes Lob ausbrechen, so wurde er, wie schon so oft, enttäuscht. Er merkte bald, daß sein Herr nur mit halbem Ohr zuhörte.
»Na, dann eben nicht...« Traurig setzte er sich auf den nächsten Stuhl und ließ den Kopf hängen. Saß da wie ein schmollender Knabe, dem die Mutter das Lob vorenthält, nachdem er freiwillig – und mit Liebe – den Garten umgegraben hat. Doch war dabei ein listiges Quentchen Taktik im Spiel: Der Filou wußte zu genau, wie sehr sein Herr ihn schätzte und stets auf sein seelisches Gleichgewicht bedacht war. Gaius hingegen durchschaute das aufgesetzt kindliche Gehabe stets grundsätzlich, mimte den Teilnahmslosen, und so spielten sie sich eine Weile gegenseitig Theater vor, bis Gaius wohlwollend den Bann brach.
»Ich weiß gar nicht, was du hast!«
»Na hör mal!« begehrte Alexander auf und hob beide Hände. »Ich habe deinem Namen Ehre gemacht! ›Bestelle deinem Herrn meine beste Empfehlung!‹ lobte Milo... ›Kenne und schätze ihn!‹... Immerhin hätte ich ein Auge verlieren können!«

»Oder ein Ohr!«
»Oder beides! Von meinem Leben gar nicht zu reden! Aber das ist dir ja, wie ich sehe, völlig gleichgültig!«
»Keineswegs, mein Guter! Ich bin stolz auf dich!«
Dieses höchste Lob kam sehr selten vor, und wenn, pflegte Alexander es ganz auszukosten.
»Ehrlich?« Er sprang auf.
»Aber ja!«
Alexander strahlte. »Ich habe auch auf Milo einen guten Eindruck gemacht!«
»Fein.«
»Am liebsten hätte er mich gleich dabehalten!«
»Und was hast du darauf gesagt?«
»Ich sagte: ›Eine Antwort steht mir nicht zu, mein Herr ist Gaius Volcatius Tullus!‹«
»Korrekt... Und wenn ich dich an ihn verkaufe?«
Alexander fuhr der Schreck in die Glieder.
»Beim Zeus!« rief er. »Warum solltest du mich verkaufen?«
»Hm... Ich würde ein gutes Geschäft dabei machen. ›Das ist Alexandros‹, würde ich sagen, ›Sohn des Alexandros aus Theben. Und ich sage dir: Er ist ein fähiger, fleißiger, stets gehorsamer, nie aufmuckender, die Wahrheit liebender Mann ohne das geringste Laster. Sein Wert ist in den vergangenen fünf Jahren auf das Doppelte gestiegen.‹«
»Auch das noch!« entfuhr es Alexander, der plötzlich eine unerreichbar hohe Säule aus Sesterzen vor sich sah und betroffen ihre Höhe maß.
»Keine Sorge, du bleibst hier«, beendete Gaius das grausame Spiel, da er spürte, wie unangenehm es Alexander wurde. »Nun aber im Ernst. Ein Glück, daß du die richtige Partei ergriffen hast! Es wäre mir nicht recht, wenn du Clodius mit dem Namen der Volcatier Ehre gemacht hättest.«
Alexander horchte auf, wollte die Gelegenheit nutzen.
»Herr, erlaube mir eine Frage: Warum ist dir Milo sympathischer als Clodius? Sind sie nicht beide gewissenlose...«
»Sprich's nur aus.«
»...Mörder?!«
Gaius blickte ihn ernst an. »Obwohl die Dinge nicht so einfach liegen, wie du dir das vorstellst, hast du im Grunde recht. Ja, du hast recht.«
»Und warum unterstützt du dann den einen?«
»Ich unterstütze ihn nicht. Ich ahne nur etwas, was mit den seltsamen Vorfällen zu tun hat, die sich ereignen, seit wir in Rom sind.«
Alexander hielt den Kopf schief: »Wir« hatte er gesagt!
»Dem ist zweifellos durchaus so!«
»Du brauchst im Augenblick die Hintergründe gar nicht zu kennen, mein Guter. Das ist besser so, damit du unvoreingenommen deine Aufgaben

erledigst. Zu gegebener Zeit wirst du ganz von selbst dahinterkommen.«
Alexander nickte in Gedanken. Großartig! Er würde selbst dahinterkommen! So viel hatte er bereits verstanden, daß bei all dem, was sich seit vorgestern ereignet hatte, Clodius eine überaus wichtige Rolle spielen mußte.
»Wir werden ihm schon auf die Schliche kommen!« rief er zornig.
»Ganz sicherlich«, lächelte Gaius ihn an. »Heute abend schon.«
Alexander spitzte die Ohren. »Was hast du vor?«
»Ich sage nur ein Wort: ›Inder‹.«
»Du meinst ›Araber‹!«
»Wir werden sehen. Leg dich jetzt aufs Ohr! Du hast wenig geschlafen. Es kann spät werden.«
»Jawohl! Hinlegen! Schlafen! Spät werden!«
Er streckte sich, machte Männchen und schritt in der bekannten, sehr senkrechten Haltung eines Elitesoldaten aus Caesars Zehnter aus dem Raum, so daß Cornificius erstaunt zur Seite trat, um den kühnen Recken vorbeizulassen.
»Sag mal, spinnt der?« fragte er, als er die Tür geschlossen hatte.
»Nur manchmal, aber das legt sich wieder. Komm, setz dich.«
Cornificius aber blieb stehen, betrachtete kritisch den Freund. »Ich finde, du übertreibst etwas.«
»Wieso?«
»Du schläfst nur vier Stunden, ißt kaum etwas, und reden kann man schon gar nicht mit dir.« Nun setzte er sich. »Willst du mir nicht endlich klaren Wein einschenken über das, was hier gespielt wird?«
»Gerne, hör zu ... Vor drei Wochen wurde der einzige Sohn des Lucius Cassius Longinus entführt. Zufällig war der Sohn seines Verwalters in der Nähe. Also nahm man ihn dazu, um Zeugen zu beseitigen. Man brachte beide an einen geheimen Ort ...«
»Nun gut, das heißt: furchtbar! Aber erstens ist das kein Einzelfall, und zweitens sehe ich keine Verbindung zwischen diesem Verbrechen und deinen Aktivitäten.«
»Ich bis gestern auch nicht. Mein Alexander wird auf Schritt und Tritt in der Stadt verfolgt und beobachtet. Das aber heißt, daß man *mir* nachstellt und meine Absichten erkunden will. Man scheint anzunehmen, daß Alexander in meinem Auftrag geheime Geschäfte erledigt.
Dann der gestrige Abend ... Antonius Hybrida machte die seltsame Bemerkung, ich solle die Finger aus einem gewissen Fall lassen.«
»Was meinte er damit?«
»Das kann sich sowohl auf die Entführung als auf andere, mir nicht bekannte Dinge beziehen.«
»Aber du warst doch gestern noch gar nicht bei Cassius!«

»Eben. Das ist rätselhaft und verwirrend... Dann folgte der Anschlag auf dich, das heißt auf mich.«
Cornificius wurde sehr ernst. »Du bist dir doch wohl klar darüber, daß über deinem Haupt ein Damoklesschwert hängt.«
»Gewiß, aber was nützt das? Ich kann die Gefahr nur bannen, wenn ich ihren Ursprung finde. Eins steht für mich fest: Alles steht in ursächlicher Beziehung zu Cassius Longinus. Ich werde das Gefühl nicht los, daß er mehr weiß, als er mir sagte.«
»Was hat er denn gesagt?«
In Kürze schilderte Gaius seine Eindrücke, das Gespräch und den Inhalt des Zettels, den Cassius erhalten hatte. Cornificius überlegte, erhob sich und ging im Raum auf und ab.
»Und du meinst, dieser sogenannte ›Inder‹ könnte der Schlüssel zu dem Geheimnis sein?«
»Ja. Ich werde ihn mir heute abend vornehmen.«
»Meinst du nicht, eine handfeste Einvernahme des gerissenen Autronius führt uns weiter?«
»Nein. Falls er, was nach dem derzeitigen Stand der Kenntnisse möglich ist, etwas weiß oder an der Affäre beteiligt ist, wird er uns irreführen, sich noch vorsichtiger verhalten und aus meinen Fragen Nutzen für weitere Aktionen ziehen. Ich habe ihn durchaus in dem Glauben gelassen, ich hielte ihn für absolut unbeteiligt. Ist er aber wirklich nicht beteiligt, haben wir nur die Last mit einem schwatzhaften Mitwisser.«
»Und was meinst du wirklich?«
»Nichts, außer daß er mit Caesar Waffengeschäfte machen will.«
»Kann er sich das leisten? Ich meine, verfügt er über das Kapital, ein solches Geschäft vorzufinanzieren?«
»Allem Anschein nach ja. Es sei denn, Cassius – und nun ich – könnten ihm einen Strich durch die Rechnung machen.«
»Ich habe eine Idee...« Cornificius trat neben Gaius. »Was hältst du davon, wenn wir den Proconsul informieren? Sein Arm reicht weit. Und du bist einer seiner engeren Freunde.«
»Ich habe auch schon mit dem Gedanken gespielt; vor allem, weil mir Cassius in der Seele leid tut. Aber das würde keine Lösung bringen.«
»Warum nicht?«
»Du vergißt die beiden Jungen. Derjenige, der die Entführung geplant hat, geht über Leichen. Er will etwas ganz Bestimmtes von Cassius haben.«
»Was könnte der schon bieten außer Schulden?!«
»Das ist richtig. Es könnte ja auch etwas Immaterielles sein.«
»Hm... Aber was? Vielleicht weiß er etwas, besitzt irgendwelche belastende Papiere, Briefe...«
»Möglich. Ich werde es finden.«

»Wir werden es finden.«
Gaius stand auf.
»Kommt nicht in Frage! Es genügt, wenn einer vergiftet wird.«
»Irrtum! Zwei sehen, hören, denken mehr. Im übrigen habe ich jemandem die Rechnung für einen verdorbenen Magen vorzulegen.«
Gaius seufzte: »Was für Zeiten! Was für Sitten! Wenn schon die Dichter zu Untersuchungsrichtern werden!«
»Besser als umgekehrt.«
»Davor sei Apollon!«
Sie gingen etwas essen. Von seinem Bruder Lucius erfuhr Gaius, daß der Patron vielleicht morgen zurückkommen werde. Den Selenus aber bat er, einiges über Publius Clodius aus dem Archiv zusammenzustellen.
Ganz beiläufig fragte Gaius ihn: »Sag mal, hast du je etwas von einem ›Inder‹ gehört?«
Selenus überlegte, und prompt kam seine Antwort: »Wenn du Verethnaga-Chwarenah meinst – ja, wer kennt ihn nicht?«
Überrascht blickten Gaius und Cornificius sich an.
»Beim Iupiter!« rief Gaius. »Woher kennst du ihn? Erzähl!«
»Ach, das ist lange her, vielleicht dreizehn Jahre... ja, es war vor dreizehn Jahren. Der Patron war damals in einer heiklen Sache unterwegs.«
Plötzlich schoß es Gaius durch den Kopf: »War das während des Consulats meines Vaters?«
»Ja«, sagte Selenus, überrascht von Gaius' temperamentvollem Interesse.
»Ging es damals nicht um die Beschwerden der Provinz Africa gegen die skrupellose Ausbeutung ihres Landes durch den Propraetor Catilina?«
»Das ist richtig. Lucius wollte die Beschwerden an Ort und Stelle prüfen.«
»Und damals hast du diesen Vereth... Chwa..., na, den ›Inder‹ kennengelernt?«
»Ja, ich kann mich noch genau daran erinnern. Ein seltsam beeindruckender Mensch.«
Die überraschende Wendung des Gesprächs hatte die Freunde aufhorchen lassen. Selenus sah sich plötzlich von einem Kreis erwartungsvoller Zuhörer umgeben: Gaius und Cornificius saßen ihm gegenüber, Bruder Lucius und Alexander waren dazugekommen und lauschten erwartungsvoll.
»Es war in Utica[42]«, fuhr Selenus fort. »Lucius hatte die Honoratioren der Stadt zu einem Abschiedsessen geladen. Ich weiß nicht warum, aber dieser ›Inder‹, der in Wahrheit ein Araber ist, war unter den Anwesenden. Als die Stimmung sich lockerte, legten wir ihm, mehr scherzhaft als ernst, allerlei verfängliche Fragen vor, etwa: ›Sind der Lebenden oder der Toten mehr?‹ Er antwortete: ›Der Lebenden, denn die Toten sind ja nicht mehr.‹

›Welches ist das schlaueste Tier?‹ Und er: ›Dasjenige, welches der Mensch noch nicht kennengelernt hat.‹ ›Was ist von beiden stärker: das Leben oder der Tod?‹ ›Das Leben, welches so viel Übel erträgt.‹ Schließlich fragten wir: ›Wie lange ist es für den Menschen ratsam, zu leben?‹ Seine Antwort lautete: ›Solange er nicht das Sterben für besser hält als das Leben.‹ «

»Eine weise Antwort«, lobte Cornificius.

»Weiter. Erzähl weiter«, spornte Gaius Selenus an.

»Damals wurde mit diesem Mann weinseliger Schabernack getrieben, aber seine Antworten sind mir nie aus dem Sinn gekommen. Und besonders die letzte scheint mir auch heute noch des Überdenkens wert.«

Selenus bemerkte die Ungeduld von Gaius und fuhr fort: »Nun, irgend jemand hat damals diesen seltsamen Menschen, der sich bei jedem Wetter nur mit einem Lendenschurz bekleidete, mit nach Rom genommen. Ich habe ihn hin und wieder noch einmal gesehen. Er muß in der Gegend der Subura wohnen, zwischen den Ärmsten. Er hat gewaltigen Zulauf unter den ewig Bedürftigen, denn er gilt als großer Magier, geht mit Schlangen um, und es heißt, er könne die Zukunft offenbaren.«

»Hat er eine Narbe auf der Wange?« Es war Alexander, der dies fragte.

»Ja, auf der rechten.«

»Das ist er! Werde ihm die linke auch noch kennzeichnen!«

Alexander hieb mit der Faust durch die Luft.

»Dies könnte noch wichtig für dich sein...« Selenus wandte sich an Gaius. »Er vertritt und predigt eine geheimnisvolle Lehre des Ostens, redet von einem Buddha, dessen Lehrsatz lautet: Alles Leben ist Leiden. Man könne dem Elend der Welt nur entgehen, wenn man alle Wünsche in sich einschläfert. Nur so könne man den Kreislauf der Wiedergeburten vermeiden.«

»Werde ihm durchaus dabei helfen, sich einzuschläfern!« rief Alexander.

»Seltsam.« Gaius sann über das Gehörte nach. »Entweder ist er ein Heiliger oder ein gerissener Betrüger.«

»Dem ist zweifellos durchaus so!« rief Alexander, der die zweite Möglichkeit in die engere Wahl zog, da er sich seines geschwollenen Auges erinnerte.

»Wir werden es bald wissen«, schloß Cornificius, erhob sich, und damit war die Runde aufgelöst. Selenus ging ins Archiv, um die Daten über Clodius zusammenzustellen. Lucius, durch Cornificius' Bemerkung neugierig geworden, fragte:

»Was habt ihr vor?«

Cornificius rieb sich die Hände.

»Wir möchten vielleicht in die Geheimnisse des Ostens eingeweiht werden. Habe allerdings keine Lust, als Hund wiedergeboren zu werden.«

»Kann ich mit?« fragte Lucius, doch Gaius sagte streng:
»Drei sind genug, Bruderherz. Halte du hier die Stellung. Vielleicht kannst du Selenus helfen. Außerdem kann es durchaus sein, daß uns heute abend noch eine Überraschung ins Haus steht. Ich rechne mit allem.«
»Schade«, sagte Lucius, beugte sich aber der Anweisung des Bruders.

17

Man verbrachte den Rest des Nachmittags mit Tätigkeiten, die keinen Aufschub duldeten. Cornificius sandte einen Diener nach Hause – er wohnte am Quirinal –, daß er sicher erst morgen käme. Gaius ließ Alexander in der Rumpelkammer unter ausgesonderten Kleidungsstücken der Haussklaven ältere Exemplare heraussuchen. Lucius wurde angehalten, die Reinigungsarbeiten im Hause zu beaufsichtigen. Cornificius, als einziger ausgeruht, wenn auch hungrig, leistete Selenus Gesellschaft oder las in der Bibliothek. Gaius ging auf sein Zimmer und legte sich nieder – mit der Anweisung, eine Stunde vor Sonnenuntergang geweckt zu werden.
Doch nach langer Gewohnheit in Gallien erwachte er selbst zur festgesetzten Zeit und ließ Alexander wachrütteln, was erst nach drei Versuchen gelang.
Cornificius kam schon mit den Kleidungsstücken, und man zog sich in Gaius' Zimmer um.
Als sie sich kurz darauf vor dem großen Spiegel der unteren Halle betrachteten, kamen sie nicht umhin, einer über den andern und sich selbst zu schmunzeln.
»Dieser Mummenschanz wäre doch was für die Saturnalien«, meinte Cornificius.
»Falls man euch Gesindel nicht schon vorher vor die Tür setzt«, lästerte Selenus, der mit Lucius dazugetreten war.
»Du machst natürlich den Bettlerkönig«, grinste Gaius. »Corni müßte ein Stück schreiben: ›Vorzeitige Heimkehr des Odysseus und die Suche nach dem verlorenen Bogen angesichts der prassenden Freier‹.«
»Und wer spielt den Bogen?« flachste Lucius.
»Scherz beiseite!« Gaius begutachtete die Gefährten. »Es dient nur unserer Sicherheit. Hier – schwärzt eure Gesichter!«
Er reichte ihnen Kohlestückchen. Dann verteilte er drei alte, schadhafte Mäntel mit Mottenlöchern. Er sah, wie Alexander seinen Dolch in den Gürtel steckte. »Hoffentlich brauchen wir ihn nicht.«
»Ich kann's auch anders«, reckte sich Alexander, nahm die drohende Position eines Boxers ein und schlug zu, tanzte plötzlich auf den Zehen, fe-

derte vor und zurück, ließ eine Serie fürchterlicher Schläge auf einen unsichtbaren Gegner niedergehen, von denen jeder einzelne für eine halbstündige Ohnmacht genügt hätte – dies alles begleitet von schrecklichen Urlauten, die selbst einen Sueben vor Vesontio hätten erschauern lassen.

»Sehr schön«, sagte Gaius ungerührt. »Aber nun hilf mir in den Mantel!«

»Na, dann eben nicht.«

»Doch, mein zarter Junge, aber später.«

Lucius grinste fröhlich, zwinkerte Selenus zu.

»Was ist mit Fackeln?« fragte der.

»Auf gar keinen Fall!« rief Gaius. »Niemand stellt sein Licht unter den Scheffel – das dürfte dann völlig ausreichen.«

Eine Viertelstunde später befanden sich die drei Akteure bereits auf dem Weg. Sie gingen hintereinander – im Abstand von einigen Schritten; und wäre ihnen ein Autronius, Cicero oder Nepos begegnet, so hätte er sie nicht nur nicht erkannt, sondern schleunigst das Weite gesucht, um nicht unter die Räuber zu fallen.

Beim Eintritt der Via Sacra ins Forum war es bereits so dunkel, daß der Schein des heiligen Feuers, der aus der Dachöffnung des Vestatempels stieg, die Mauern der umliegenden Gebäude, der Regia und des Atrium Vestae, in geheimnisvoll flackernde Helle tauchte. Um nicht aufzufallen, vergrößerten sie ihre Abstände voneinander, und tatsächlich machten einige ehrenwerte Bürger auf ihrem Heimweg einen großen Bogen um die zerlumpten, schmutzigen, grimmig dreinschauenden Gestalten.

Der nächste, kürzeste Weg führte durch das Argiletum, doch bogen sie vorher schon in den Clivus Oppius ein; das war zwar ein Umweg, doch eingedenk Alexanders Schilderung wollte Gaius nicht unerwartet einem Kommando von Clodius' Grünen begegnen, die jetzt wohl dabei waren, ihre Toten zu bergen.

Schweigend gingen sie hintereinander weiter. Alle paar Schritte kamen sie an einer Schenke vorbei. Scharfe Dünste von billigem Wein, Essig, *Liquamen*[43] und Fisch, gebrannten Mandeln und Röstkastanien lagen in der Luft – dazwischen der penetrante Gestank aus irgendwelchen Latrinen.

Eine Gruppe betrunkener Halbwüchsiger kreuzte johlend ihren Weg. Man musterte sie herausfordernd, klopfte ihnen, als man ihr heruntergekommenes Äußeres wahrnahm, kumpelhaft auf die Schultern, wobei Gaius – hellwach – bemerkte, wie sein übelriechendes Gegenüber ihn zugleich blitzschnell nach einem versteckten Geldbeutel abtastete. Doch es war ja nichts zu finden. Alexander mußte sich gewaltig am Riemen reißen, um die Gestalten nicht kurzerhand zu Boden zu strecken. Aber es

würde nur unnötigen Auflauf, Lärm und Ärger geben. Na, dann eben nicht. Endlich torkelten sie weiter.
Kurz vor der Abzweigung zum Tempel der Iuno Lucinae wartete Alexander, der als kundiger Führer vorausging, auf Gaius und Cornificius. Er gab mit der Hand ein Zeichen. Sie nickten. Inzwischen trat der Mond aus dem Dunst hervor, der den Tag über auf der Stadt gelegen hatte.
Alexander bog zwischen zwei Häuserblocks in einen schmalen Pfad ein, der rechts und links von Werkstätten und Schuppen der hier ansässigen Händler und Handwerker gesäumt war. Es folgten arg verwilderte Nutzgärten mit kahlen Obstbäumen und Sträuchern am Rande. Irgendwo meckerte eine Ziege, ein Hund schlug in der Nähe an. Nachtgetier huschte durchs Laub.
Der Weg folgte nun der sanft ansteigenden Linie des Cispius. Gaius hatte hier nicht eine so verwilderte Idylle erwartet. Soweit man im fahlen Mondlicht Einzelheiten erkennen konnte, machte alles einen durchaus ländlichen Eindruck. Der Pfad verlor sich zwischen Dornengestrüpp. Sie stolperten über moosbewachsene Mauerreste und Gestein.
Plötzlich blieb Alexander stehen. »Hier muß es sein!« flüsterte er und wies mit der Hand nach vorn auf eine Art Lichtung. Der Mond legte beinerne Blässe auf Mauerreste, Steine und Gehölz.
Nun erst bemerkten sie zwanzig Schritt voraus ein seltsames Gebäude, wenn es denn diesen Namen verdiente. Eine halb noch stehende Wand aus urtümlich gefügten Bruchsteinen diente einem willkürlich zusammengebastelten Bretterverschlag als rückwärtige Stütze. Ritzen waren mit Moos, Stroh, Lumpen und Lehm dilettantisch abgedichtet. An der Seite ein aus losen Steinen geschichteter Kamin; spröder Lehm hielt die Quader notdürftig zusammen. Eine dünne Rauchfahne stieg aus der oberen Öffnung hervor und kräuselte sich. Ungewöhnlich auch das Dach, fremdartig geschwungen, trotz der Ärmlichkeit des Materials anmutig gebogen, mit hölzernen Wasserrinnen an den Ecken, die in Köpfen unbekannter Fabelwesen endeten.
»Hier ist es«, wiederholte Alexander leise und riß Gaius und Cornificius aus der Betrachtung des idyllischen Bildes.
»Gut«, sagte Gaius. »Wir wollen zunächst die Umgebung untersuchen, ich möchte keine unangenehme Überraschung erleben.«
Sie teilten sich und huschten so lautlos wie möglich von Baum zu Baum, gingen das ganze Areal ab, blieben stehen, lauschten, trafen an der alten Stelle wieder zusammen.
Dann näherten sie sich vorsichtig der Hütte. Hielten an. Lauschten. Nichts regte sich.
Alexander schlich zur Tür, legte das Ohr ans Holz. Alles blieb ruhig. Er hob die Schultern. Mit angehaltenem Atem traten Gaius und Cornificius dazu. Nichts war zu hören.

Gaius drückte leicht mit der Hand gegen die Tür. Sie gab nach. Er griff nach seinem Dolch; die anderen zückten ebenfalls ihre Waffe.
»Jetzt!« Gaius stieß mit dem Fuß die Tür auf und stürmte in den Raum. Die zwei folgten, wurden aber augenblicklich von Gaius, der beide Arme wie Schranken seitlich ausstreckte, angehalten.
»Wir sind zu spät gekommen!«
Allmählich gewöhnte sich ihr Auge an das schummrige Licht, das eine Öllampe an der Wand verbreitete, und sie verstanden, was er meinte. Vor ihnen lag, halb auf der linken Seite, halb auf dem Bauch, eine Gestalt auf dem Lehmboden. Und als sie genauer hinsahen, erkannten sie den Griff eines Dolches, der zwischen den Schulterblättern im Rücken steckte. Der rechte Arm lag, halb ausgestreckt, auf dem Boden.
»Nichts anrühren!« mahnte Gaius. »Sucht Lampen!«
Sie stiegen vorsichtig über die Beine und den Leib in den Raum, fanden zwei weitere Lampen und zündeten sie an, leuchteten die Gestalt ab.
»Ist er's?« fragte Gaius.
Alexander beugte sich nieder, hielt seine Lampe vor das Gesicht des Liegenden, sah die Narbe.
»Ja, er ist es.«
Cornificius nahm sein Messer und hielt die Klinge unter die Nase des ›Inders‹. Sie behielt ihren Glanz.
»Er ist tot.«
Gaius nickte, leuchtete die ganze Gestalt ab und stutzte. Cornificius schickte sich gerade an, das rechte Handgelenk zu ergreifen, um nach dem Puls zu fühlen.
»Nicht anfassen!« herrschte Gaius ihn an.
Cornificius stutzte: »Warum? Was soll das?«
Gaius sagte: »Leuchtet mal!« Sie taten es.
»Nein, tiefer, zur Hand hin!... Na, fällt euch nichts auf?«
Sie betrachteten aufmerksam die Hand.
»Was meinst du, Herr?« fragte Alexander.
»Den Boden! Schaut euch den Lehm an!«
»Hm, er hat im Todeskampf wohl versucht, sich festzukrallen.«
Gaius schüttelte den Kopf.
»Schaut genauer hin! Na?«
Cornificius beugte sich ganz hinunter.
»Tja, sieht beinahe so aus wie ein Schriftzeichen. Aber es wird eher eine unkontrollierte Bewegung des Armes im Todeskampf gewesen sein.«
Gaius beugte sich tief herab, folgte mit dem Zeigefinger der Rundung, ohne den Boden zu berühren.
»Dann müßte der Bogen dem Radius des Unterarmes folgen. Aber er ist genau entgegengesetzt. Es ist deutlich ein C! Er hat sogar den kleinen Strich, den die Steinmetzen am Ende der oberen Rundung einmeißeln,

mit dem Fingernagel eingeritzt. Das ist ohne Zweifel ein C! Er hat mit letzter Kraft versucht, ein Wort zu schreiben.«
Sie begutachteten das Zeichen genau, waren sich schließlich einig.
»Dem ist zweifellos durchaus so!« kommentierte Alexander, denn das C war eines der wenigen latinischen Zeichen, die er als Kürzel des Vornamens seines Herrn kannte. Und in diesem Augenblick war er sehr stolz darauf: »Zweifellos ein C!« Es klang wie die Enthüllung eines Auguren bei der Leberschau.
Nun erst sahen sie die Blutlache, die sich unter dem Toten gebildet hatte. Gaius faßte nun doch nach dem Arm.
»Er ist noch warm. Die Totenstarre ist noch nicht eingetreten. Der Mörder hat nicht lange vor unserer Ankunft zugestoßen.«
Sie stellten die Lampen auf den Tisch und nahmen nun erst das Gesicht des Toten in Augenschein. Es war hager, asketisch; scharf konturierte Backenknochen beschatteten die nach innen geneigten Wangen. Der Schädel glänzte kahl, während ein prächtiger Kinnbart die untere Partie versteckte. Ausgerechnet jetzt fiel Cornificius Catulls Spott ein: »Jeder Vollbärtige hat etwas zu verbergen.«
Er hatte es zwar nur halblaut ausgesprochen, doch Gaius meinte ernst: »Das könnte sogar zutreffen.«
Er zog an dem Bart und hatte ihn in Händen. Erstaunen bei allen.
Gaius blickte sich um. Die Einrichtung des Raumes war erbärmlich.
»Wie wenig doch ein Mensch zum Leben braucht«, sagte er.
»Es war wohl zu wenig«, fügte Cornificius hinzu.
»Oder zu viel«, meinte Gaius zweideutig.
Sie sahen einen primitiven, wohl selbstgemauerten Herd, auf dem noch ein kleines Flämmchen an halbverbrannten Holzscheiten leckte. Darüber hing ein kupferner Kessel. Daneben, in einem selbstgezimmerten Regal, standen irdene Töpfe mit Mehl, Schmalz, trockenen Erbsen, Bohnen; auch Käse und ein Stück altes Brot lagen da. Auf der anderen Seite einige irdene Teller, zwei Becher, ein Holzlöffel. In einer Ecke war ein Strohlager auf den Boden geschüttet mit einer rauhen Wolldecke darüber.
»Wenn es ein C ist«, überlegte Cornificius, »dann muß es natürlich einen Sinn haben. Ein Sterbender, der angesichts des Todes einen Buchstaben in den Boden ritzt, tut das nicht ohne Absicht.«
Gaius nickte und nahm den Gedanken auf: »Zwei Fragen ergeben sich: Was wollte er schreiben? Wem wollte er schreiben? Ich bin mir absolut sicher, daß wir hier die Lösung des Rätsels vor uns haben.«
»Wenn wir es lösen!« mahnte Cornificius. »Gehen wir davon aus, daß er von Geburt, Herkunft und Erziehung Araber, bestimmt aber Afrikaner oder Asiate war, dann wäre anzunehmen, daß er – wem auch immer er eine Botschaft hinterlassen wollte – sie doch wohl in seiner eigenen Schrift geschrieben haben würde.«

»Das ist richtig«, sagte Gaius. »Also können wir schließen: Die Nachricht ist an jemanden gerichtet, der der latinischen Sprache mächtig ist.«
»Nicht unbedingt«, warf Cornificius ein und betrachtete das Gesicht des Toten. »Aus der Tatsache, daß das Wort, das er zu schreiben begann, mit C beginnt, leite ich ab, daß es sich nur um einen römischen Namen handeln kann.«
Da fiel Gaius ein Schränkchen auf, das in der Ecke an der Wand hing. Er öffnete es, ertastete zwei Rollen, die dort hinter einer Leiste steckten. Er legte sie auf den Tisch und öffnete sie vorsichtig. Fremdartige Schriftzeichen kamen zum Vorschein. Auch Cornificius beugte sich darüber und rief dann aus:
»Das ist Karthagisch! Das stützt meine Vermutung, daß er einen römischen Namen schreiben wollte.«
»Falls er dies geschrieben hat.« Gaius wies auf die Rollen, packte sie wieder zusammen. »Das ist etwas für Selenus. Er arbeitet, soviel ich weiß, an einem karthagisch-latinischen Wörterbuch.«
»Nun gut«, fuhr Cornificius fort. »Damit wäre untermauert, daß dieses C der Anfang eines Namens sein könnte. Aber wessen?«
»Vielleicht werden uns die Texte dabei helfen. Es gibt eine Unzahl von Namen, die mit C beginnen: Cassius, Cornificius...«
»Du vergißt, C ist die Abkürzung von Gaius!« rügte Cornificius.
Doch Gaius war mit seinen Rekonstruktionsversuchen schon weiter: »Clodius! Warum nicht Clodius?!«
»Warum nicht Caesar?« sagte Cornificius, und sie waren beide überrascht.
»So kommen wir nicht weiter«, meinte Gaius. »Wir müssen das zu Hause in Ruhe sondieren, wenn wir den Inhalt des Textes kennen.«
Cornificius warf einen langen Blick auf den Toten: »Und wenn es kein Name, sondern eine Örtlichkeit wäre?«
»Wir werden sehen...«
»Sollen wir ihn so liegen lassen?« fragte Alexander.
Gaius sagte: »Ja. Seine Freunde oder Kunden werden sich morgen um ihn kümmern. Helfen kann ihm sowieso niemand mehr. Außerdem ist es klüger, wenn wir offiziell nichts von der Sache wissen. So können wir besser das Verhalten gewisser Leute studieren.«
Cornificius war skeptisch: »Und wenn man uns beobachtet hat?«
»Dagegen sind wir nicht gefeit. Aber das ändert nichts an unsrer Position.«
Sie löschten die Lampen und traten ins Freie. Finsternis überfiel sie und umhüllte sie gänzlich. Die plötzliche Kälte ließ sie erschauern. Sie gingen, vorsichtig den Rückweg aus der Erinnerung ertastend, stolperten über lose herumliegendes Gestein, bemerkten, wie sie allerlei Getier aufscheuchten, verhielten den Schritt und lauschten. Doch alles blieb ruhig.

Allmählich erkannten sie die Konturen von Büschen, Bäumen und Gemäuer. Gaius zog sich den Mantel enger um die Schultern und schritt voran. Die beiden anderen folgten stumm, und jeder grübelte während des Gehens über die Bedeutung dieses geheimnisvollen C.

18

Kaum wieder im caelischen Hause, suchte Gaius unverzüglich Selenus auf, denn er wußte, daß dieser meist bis gegen Mitternacht allein in seinem stillen Kämmerlein neben der Bibliothek las, schrieb oder an den Konzepten zu seinen verschiedenen wissenschaftlichen Arbeiten saß. Alexander, nun doch sehr müde, war zu Bett geschickt worden, während der immer noch erstaunlich muntere Cornificius den Freund begleitete. Selenus kam ihnen schon in der Bibliothek mit ebenso neugierigem wie besorgtem Gesicht entgegen und fragte direkt:
»Nun? Was sagt dieser Mann?«
»Nichts. Er war bereits tot, als wir die Hütte betraten. Man hat ihn erstochen. Das hier fand ich bei ihm. Es ist doch Karthagisch – oder?«
Gaius reichte Selenus die Rollen. Alle gingen ins Arbeitszimmer des Griechen, zogen Stühle und Hocker heran, setzten sich um den großen eichenen Tisch und beobachteten, wie Selenus die Rollen öffnete, las, nickte und sagte: »Ja, das ist Karthagisch – mit starken phönizischen Einschlägen. Aber der Text wird euch nicht weiterhelfen.«
»Warum nicht?« fragte Cornificius.
»Soweit ich das nach kurzem Überfliegen beurteilen kann, handelt es sich um einen Bericht, der – na, sagen wir – zur Zeit des großen Alexander oder kurz nach seinem Tode niedergeschrieben sein könnte. Ich kenne die Art der alexandrinischen Katalogisierung; diese Rollen stammen aus den ersten Jahren der großen Bibliothek. Nur damals hat man solche Art Geheimzeichen benutzt... Hier!«
Er zeigte es ihnen auf dem heraushängenden Band.
»Und der Inhalt?«
»Es ist da umständlich die Rede von einem Prinzen Siddharta, der allem üppigen Leben entsagt. Ich habe euch schon am Nachmittag Andeutungen darüber gemacht.«
Gaius nickte. »Trotzdem bitte ich dich, bei Gelegenheit beide Rollen genau durchzusehen, ob sie nicht doch noch andere Informationen enthalten.«
»Gerne. Im übrigen ist diese Schrift sehr wertvoll. Willst du sie behalten?«
»Wie?« Gaius, dessen Sinn augenblicklich nicht nach philologischen Dingen stand, antwortete mechanisch: »Wenn sie dir gefällt, behalt sie!«

»Danke«, sagte Selenus, und Cornificius war angenehm berührt von der unaufdringlich-vornehmen Höflichkeit des Griechen.
Selenus griff aus einem Regal mehrere lose Papyrosblätter und sagte, zu Gaius gewandt: »Wenn ihr nicht zu müde seid?«
Gaius war es allerdings, aber sein Geist hatte nach dem grausigen Ergebnis ihrer Exkursion jene überhelle Wachheit, die ihn sicher keinen Schlaf finden ließ. Morgen würde bleierne Müdigkeit über ihn kommen.
»Ja, natürlich, Clodius!« ermunterte er Selenus. »Was hast du über ihn gefunden?«
Selenus legte die Notizen vor sich auf den Tisch.
»Ich habe in großen Zügen seinen bisherigen Lebenslauf skizziert. Vieles wird euch bekannt sein.«
»Das macht nichts«, sagte Gaius. »Bekannte Dinge stehen plötzlich in einem anderen Licht, wenn man das Frühere am Späteren mißt.«
Gaius und Cornificius lehnten sich zurück, und Selenus begann:
»Ich will mich so kurz wie möglich fassen. Nun, Clodius ist zwar nur acht Jahre jünger als Caesar, wirkt aber älter – nicht zuletzt durch seinen ebenso ausschweifenden wie sprunghaften Lebenswandel. Dabei ist er in vielerlei Hinsicht begabt, schreibt geschmackvolle Gedichte, schätzt und sammelt Kunst jeder Art, doch ist er, wie so viele seiner Generation, ohne jeden Respekt vor den stolzen Senatshäuptern und den Werten der Republik.
Schon als junger Mann zeigte er während seines Kriegsdienstes unter seinem Schwager Lucullus im Osten frühe Neigung zu Aufruhr und Quertreibereien, was schließlich dort zu einer Meuterei des Heeres führte. Seltsame Dinge gibt es da. Ausgerechnet er war es, der damals Catilina zwei Jahre vor Ciceros Consulat anklagte; noch seltsamer, daß er damals fast zum Freundeskreis um Cicero zählte. Aber das sollte sich bald ändern. Zunächst folgte der Skandal, der ja noch heute unter seinem Namen kursiert, als er sich verkleidet beim Fest der Bona Dea[44] in Caesars Haus schlich, um mit dessen Gattin zu schäkern. Er wurde entdeckt, und man verklagte ihn, doch das von Crassus bestochene Gericht sprach ihn frei. Hier beginnt seine Feindschaft mit Cicero.«
»Wieso?« fragte Cornificius. »Mir ist das nie ganz plausibel geworden.«
»Nun, Cicero, wie immer Zünglein an der Waage der öffentlichen Moral, trat in diesem Prozeß als Hauptbelastungszeuge gegen ihn auf. Als Clodius spürte, daß er sich im konservativen Lager durch seine geschmacklosen Eskapaden nur Feinde machte, wechselte er zu den Popularen über, ließ sich mit Caesars Hilfe von einem Plebejer adoptieren, und das Volk, dem er Honig ums Maul schmierte, wählte ihn prompt zum Volkstribun[45]. Von dieser unanfechtbaren Basis aus brachte er dann ja vor fünf Jahren vier revolutionäre Gesetze durch. Unter dem Schutz Caesars gewann er das Volk durch ein Getreidegesetz, organisierte auf Grund eines

Vereinsgesetzes bewaffnete Banden und beschränkte die Möglichkeiten zur Obstruktion der Gesetzgebung. Danach führte er als Gefolgsmann Caesars den Schlag gegen Cicero wegen der Tötung von römischen Bürgern in Zusammenhang mit Catilinas Verschwörung, weil Cicero ohne ergangenes Gerichtsurteil gehandelt habe.«
»Formal war er ja im Recht!« rief Cornificius.
»Lassen wir das!« winkte Gaius ab. »Darüber werden sich gewisse Autoren noch in zweitausend Jahren streiten. Fahr bitte fort, Selenus!«
»Cicero mußte, wie ihr wißt, Rom verlassen. Nach ihm kam Cato an die Reihe, und dieser Schachzug Clodius' war genial, denn er setzte es durch, daß der Unbestechliche im Auftrage des Volkes mit magistraler Aufgabe im Osten kaltgestellt wurde.«
»Weiter!«
»Na, den Rest kennt ihr. Nachdem er anfangs Caesar gedeckt hatte, ließ er sich bald zu Affronts gegen Pompeius hinreißen. Mehr und mehr beherrschte er mit seinen Terrorbanden die Straßen Roms und trat vor vier Jahren im Streit um Ciceros Rückberufung gewalttätig gegen Milo auf. Es folgen bis heute diese schrecklichen Bandenkämpfe, denn seit damals zahlt ihm Milo, unter stillschweigender Dispens der Optimaten, alles mit gleicher Münze heim.«
»Nun gut«, sagte Gaius, »aber eins verstehe ich nicht.«
»Eins?« rief Cornificius. »Mir ist da einiges unbegreiflich. Warum greift Pompeius nicht ein? Warum rafft der Senat sich nicht auf? Warum läßt Caesar die Dinge treiben?«
Bedächtig hob Selenus die Hand und sagte:
»Eure Fragen sind natürlich berechtigt, liebe Freunde. Und wenn man, wie ihr, lange abwesend war, schaut man hier nicht mehr durch. Nun, ich selbst beobachte diese fürchterliche Entwicklung, diese Verrohung der politischen Sitten, diese grassierende Anarchie der öffentlichen Ordnung, dieses Dahinsiechen der Verfassung seit Jahren, und ich kann euch schon die Erklärung geben.«
Er lehnte sich zurück, und sie saßen ihm gegenüber wie gelehrige Schüler.
»Diese negative Entwicklung der staatlichen Dinge, deren dekadenten Höhepunkt wir derzeit erleben, beginnt ja nicht erst mit Clodius!«
Selenus legte seine Notizen beiseite, stand auf und ging langsam auf und ab. Sein Blick schien durch die Jahrzehnte zu wandern:
»Der altrömische Staat gründete sich vor allem auf die wirtschaftliche, militärische und moralische Kraft des Bauerntums. Aber durch die Verwüstungen im Zweiten Punischen Kriege, durch die lang andauernden Kämpfe im Osten und in Spanien und durch die billige Getreideeinfuhr aus den eroberten Provinzen wurde die Existenzgrundlage dieser Bevölkerungsschicht ruiniert.

Patrizische Großgrundbesitzer kauften die Höfe der verarmten Kleinbauern auf, pachteten erobertes Staatsland und gewannen so riesige Latifundien, die sie zunehmend mit Hilfe von Sklaven bebauten.
Die heruntergekommenen, verschuldeten Bauern drängten zu Tausenden in die Städte, vor allem nach Rom. Sie mußten versorgt werden, denn es handelte sich ja immer noch um freie römische Bürger. Soziale Spannungen waren die Folge, und sie drängten auf eine politische Lösung.
Es entstehen zwei Lager: Vornehme Patrizier- und Plebejerfamilien wollen weiterhin die Staatsführung ausschließlich dem optimatischen Senat vorbehalten. Die Popularen dagegen, geführt von jungen kritischen Adligen, die unter dem Einfluß griechischer Philosophen ein neues Staatsdenken entwickeln, sind von der Notwendigkeit sozialer und politischer Reformen überzeugt: so Tiberius und sein Bruder Gaius Sempronius Gracchus.
Beide scheitern am Widerstand der Optimaten. Ebenso Marius wenige Jahrzehnte später, der, wie viele sagen, die populare Sache verraten habe. Sulla dann versucht das Senatsregiment im alten Glanz wiederherzustellen, aber seine mehrjährige Alleinherrschaft bleibt lediglich ein monarchisches Zwischenspiel. Für soziale Probleme hat er, der aus dem Uradel stammt, kein Verständnis.
Zur gleichen Zeit wird Rom vom Bundesgenossenkrieg erschüttert. Ergebnis: Bürgerrecht allen italischen Verbündeten. Aus dem römischen Stadtstaat wird der italische Gesamtstaat. – Aber damit werden die Dinge nicht einfacher.«
Aufmerksam waren Cornificius und Gaius diesem knappen Bericht gefolgt, nun fragte Gaius – und man spürte den Respekt vor seinem ehemaligen Lehrer:
»Und wie... wie ordnest du nun Pompeius und Caesar ein?«
Selenus lächelte überlegen.
»Pompeius wußte als junger Mann die Gunst der Stunde zu nutzen, als er drei eigenmächtig ausgehobene Legionen aufstellte und sie Sulla zuführte. Er ist der geborene Organisator und Feldherr. In Blitzaktionen säuberte er das Mittelmeer von Piraten, schlug er im Osten Mithridates von Pontos endgültig, rang er in Spanien den aufständischen Sertorius nieder. Dann aber machte er den Fehler, nach seiner Rückkehr seine Truppen zu entlassen.«
»Fehler?« rief Cornificius.
»Ja, damals hatte er die Macht und die Mittel, eine neue republikanische Ordnung zu schaffen, die den neuen Gegebenheiten der Welt gerecht würde. Aber er hat die Gelegenheit verschenkt.«
»An wen?« fragte Gaius.
Selenus blickte ihn ernst an:
»Das wird die Zukunft zeigen. Vielleicht ist Caesar der Beschenkte. Vor

sieben Jahren zeigte sich ja schon, daß sich Pompeius ohne des Iuliers Hilfe nicht halten konnte; das, was man heute das Triumvirat nennt, war doch in Wahrheit eine Bankrotterklärung des Pompeius. Umgekehrt hätte Caesar ohne ihn damals nicht den großen Sprung nach vorn machen können. Ja, und dann stieß noch Crassus dazu, auch mit Hilfe Caesars. In diesem Dreierbündnis kamen die entscheidenden Kräfte zusammen: Pompeius' militärische Gewalt, Crassus' Geld, Caesars Verstand. Da Crassus mittlerweile durch seinen Tod ausgeschieden ist, fehlt nun keineswegs das Finanzgenie, da Caesar sich in Gallien von Grund auf saniert. So läuft denn alles über kurz oder lang auf die Konfrontation zwischen Pompeius und Caesar hin. Auf militärischem Feld hat der Iulier bereits gleichgezogen.«

Gaius ließ alle diese Gedanken auf sich wirken und meinte dann: »Nun gut, das alles leuchtet ein, aber welche Rolle spielt Clodius in diesem Stück?«

»Ich muß dir gestehen: Ich weiß es nicht. Wichtiger scheint mir allerdings, was Pompeius und Caesar von ihm halten... Aber bis dahin solltet ihr euch erst einmal ausschlafen.«

Nach einigen freundlichen Bemerkungen zogen sich Gaius und Cornificius auf ihre Zimmer zurück. Selenus aber, schon immer leidenschaftlicher Nachtarbeiter, machte sich unverzüglich an die Lektüre der Rollen.

19

Das erste, was Gaius am nächsten Morgen in den Sinn kam, war ein großes, rotes C. Er beobachtete, wie es nach den Seiten quoll und eine dickflüssige Lache bildete. Unwillig rieb er sich die Augen, um das grausige Bild zu verscheuchen. Er mußte mit Cornificius noch einmal alle Namen durchgehen und feststellen, ob sie in irgendeiner Weise mit der Entführung, mit dem Giftanschlag und der Ermordung des »Inders« in Verbindung zu bringen waren.

Vielleicht kam der Patron heute zurück? Ferner war mit einer Nachricht von Cassius zu rechnen, denn es war durchaus möglich, daß hinter den bisher begangenen Verbrechen verschiedene Urheber standen; ja, wenn heute Nachricht von Cassius kam, war das eine Stütze für diese Annahme. Jemand hatte die Kreise des hinter der Entführung stehenden Unbekannten gestört; nun sah dieser seine Pläne gefährdet, mußte dem durch eine neue Offensive zuvorkommen. Gaius lächelte: Genauso ging Caesar vor.

Er streckte sich bis in die Zehen und stieß jaulend die angehaltene Luft aus. Er könnte natürlich auch in die Höhle des Löwen gehen und Clodius aufsuchen. Oder Milo. Warum nicht? Beides konnte nicht schaden. Ihre

Reaktion würde sicherlich mehr Licht in die dunkle Angelegenheit bringen.
Draußen mußte es schon hell werden. Es mochte gegen die zweite Stunde sein. Er stand auf, zog die Vorhänge zurück und öffnete den Laden. Es würde schön werden.
Die Wasseruhr zeigte die zweite Stunde. Er setzte sich vor den Toilettentisch, benetzte Gesicht, Hals und Oberkörper. Als er in den Spiegel blickte, erschrak er: Ein schwarz geflecktes, verwahrlostes Gesicht stierte ihn an. Es war noch die Kohle der gestrigen Maskerade. Sorgsam reinigte er sich und begann mit der Rasur. Sollte er nicht doch Caesar aufsuchen? Es konnte hilfreich sein. Aber Caesar brauchte Fakten. Auf jeden Fall mußte er ihn brieflich informieren. Vielleicht war er schon in Ravenna.
Es klopfte.
»Herein.«
Der Hausmeister kam, wie immer übel gelaunt, ins Zimmer.
»Das wurde eben für dich abgegeben, Herr.«
Er hielt eine Rolle und ein gefaltetes Papier in Händen.
»Danke. Leg's auf den Tisch. Und dann geh Alexander und Cornificius wecken.«
Der Alte brummte etwas wie »Sehr wohl« und wollte gehen.
»Halt! Wer hat das gebracht?«
»Die Rolle kam mit einem Boten. Das andere steckte unter der Tür.«
Er ging.
Gaius konnte es kaum erwarten, die Mitteilungen zu öffnen.
»Verdammt!« Schon hatte er sich in der Hast geschnitten. Das Blut lief zum Kinn hin. Er wischte den blutigen Schaum mit einem kleinen Tuch aus dem Gesicht und tupfte die kleine Wunde mit dem Salzstift ab. Es brannte, aber nach einigen Wiederholungen hörte die Blutung auf.
Er griff nach der Rolle, entfaltete den Papyros und las:

> *Guten Morgen, mein Lieber! Ein schöner Morgen heute.*
> *Was hältst du von einem Frühstück zu zweit?*
> *Ich erwarte dich!* *Clodius*

»Sehr witzig!« Doch ihm war nicht danach, zu scherzen. Er griff nach der zweiten Botschaft:

> *Dies ist die letzte Warnung! Laß die Finger aus einem gewissen Vorfall!*

Gaius spürte, wie ihm das Blut in den Kopf schoß. Ruhig. Ganz ruhig bleiben! Er legte beide Schreiben nebeneinander, versuchte, klaren Kopf zu behalten und einen Zusammenhang zu erkennen.

Er wurde in seinen Überlegungen unterbrochen, es klopfte. Cornificius kam herein.
»Es wird Zeit, daß du wieder zur Zehnten kommst. Verschläft dieser Mensch doch glatt den Morgenappell. Wo ist da die Disziplin?«
»Und ich glaube, statt Gift hat man dir vorgestern Ambrosia als Aufputschmittel in den Becher getan. Hier, lies das!«
Cornificius tat es, blieb aber völlig gelassen. »Das macht die Dinge nicht gerade durchsichtiger.«
»In der Tat! Eine sehr elegante Umschreibung der Verhältnisse. Hast du schon gegessen?«
»Nein.«
»Dann komm!«
Sie gingen nach unten. Alexander war noch nicht soweit. Obwohl sich draußen ein herrlicher Sonnentag vorbereitete, waren beide nicht in der aufgeräumten Stimmung von gestern.
Selenus kam herein, wollte, als er die Freunde bei Tisch sah, sich höflich zurückziehen, doch Gaius bat ihn, zu bleiben. Außerdem sah er, wie der Grieche die beiden Rollen in Händen hielt.
»Aller guten Dinge sind drei. Berichte, während wir uns an das herrliche Frühstück nach Art des Hauses machen.«
Und Gaius schlug seine Zähne in das harte Roggenbrot.
»Deine Vermutung war richtig«, begann Selenus, und die Freunde blickten sich erst gegenseitig, dann ihn an. »Die zweite Rolle ist nur etwa zu zwei Dritteln mit dem erwähnten religiösen Text beschriftet, das heißt, eigentlich ganz, aber man hat das Stück einer fremden Papyrosrolle eingesetzt.«
»Zeig mal her!« Gaius war aufgesprungen und verfolgte, wie Selenus, der bereits die zweite Rolle bis an die entsprechende Stelle gedreht hatte, den Papyrosstreifen auf dem Tisch ausbreitete, zwei Äpfel aus der Schale nahm und sie ans obere und untere Ende des widerspenstigen Bogens legte. Das dazwischen geklebte Stück war etwa eine Hand breit.
»Das ist ja toll!« rief nun auch Cornificius, stellte sich dazu und versuchte, die Schrift zu entziffern. »Ist wohl auch Punisch – oder?«
»Ja, aber das von heute. Der Text enthält eine unglaubliche Menge Rechtschreibfehler. Er macht außerdem den Eindruck, als ob er in großer Hast geschrieben worden sei. Der Schreiber dieser Zeilen hat sich einer Sprache bedient, die er wohl mündlich einigermaßen beherrscht, die aber mit Sicherheit nicht seine Muttersprache ist.«
»Das ist ja phantastisch! Sag, Selenus, hältst du es für möglich, daß diese Aufzeichnungen von unserem ›Inder‹ gemacht worden sind? Du hast ihn gekannt. Sprach er fließend Punisch?« wollte Gaius wissen.
»Fließend? Es ist dreizehn Jahre her... Mir fiel damals auf, daß er seine Antworten hin und wieder mit syrischen Wörtern durchsetzte. Nun, wo

du fragst: Auch diese Sätze enthalten das eine und andere nichtkarthagische Wort; es könnte Syrisch oder auch Hebräisch sein, allerdings in punischer Lautung notiert.«

»Sehr gut. So kommen wir der Sache schon näher. Wir können davon ausgehen, daß der ›Inder‹ der Autor dieser Zeilen ist.«

»Sagen wir besser: der Schreiber.«

Gaius und Cornificius blickten ihn verwirrt an.

»Ja, denn der Text hört sich so an, als ob er diktiert worden sei.«

»Na, dann lies doch mal eine Passage vor, übersetzt natürlich!« forderte Gaius ihn auf.

»Meinetwegen. Aber ich glaube kaum, daß ihr daraus schlau werdet. Der Text beginnt ohne jede Einleitung so:

Du gehst bis zum Rande der Halde. Dort findest du einen Stein in Form einer Pyramide. Zur neunten Stunde trifft die Verlängerung seines Schattens den Stamm einer Pinie. Steige bis zum vierten Ast. Von dort blicke im rechten Winkel…

Das kann ich nicht entziffern, die Stelle ist verwaschen. Dann heißt es:

… genau auf halber Höhe findest du…

Danach folgt ein Gebet.«

»Nicht möglich! Ein Gebet?« Gaius und Cornificius riefen es wie aus einem Munde.

»Ja, hört!

Wenn ich des Feindes wegen Geduld übe, so werden viele meiner Sünden getilgt. Ich bin es, der ihnen Böses tat. Sie sind es, die mir Gutes tun…

Aber das gehört schon wieder zum Schlußteil der eigentlichen Rolle.«

Gaius trank einen Schluck Wasser, stand auf und ging unruhig auf und ab. »Was meint ihr, was diese exakte Ortsbestimmung bedeutet?«

»Ohne Zweifel ein geheimer Platz, an dem etwas sehr Wertvolles versteckt ist«, sagte Cornificius.

»Die beiden Kinder!« rief Selenus.

»Richtig. Wir müssen nur herausfinden, wo! Hm… C… C… C… Vielleicht wollte uns der ›Inder‹ mit diesem C den Ort und nicht den Namen angeben«, überlegte Gaius.

»Das ist möglich. Wir müssen uns beeilen, es herauszufinden, bevor der Täter erneut zuschlägt.« Cornificius blickte besorgt zu Gaius, fügte dann, zu Selenus gewandt, hinzu: »Er hat eine neue Drohung bekommen.«

Selenus nickte ernst. »Es dürfte nicht schwerfallen, den Platz ausfindig zu machen, zumal er so exakt beschrieben wird und die Rede von einer Halde ist.«
Gaius überlegte: »Halde... Halde... das kann eigentlich nur etwas mit Bergbau zu tun haben.«
»Oder mit Bauarbeiten großen Ausmaßes«, meinte Cornificius.
»Das glaube ich kaum«, entgegnete Gaius. »An einer Baustelle herrscht stets reges Kommen und Gehen. Ich glaube, daß es etwas mit Bergbau...«
Und plötzlich kam ihm ein Gedanke, er schlug sich in die Hand: »Ich hab's! Autronius!«
»Warum Autronius?« fragte Cornificius. »Er ist einer der Hauptverdächtigen, gut – aber genausogut könntest du Clodius nennen oder einen Unbekannten.«
»Autronius besitzt doch in Ostia und an anderen Orten Eisenwerkstätten und Manufakturen.«
»Ja, und?«
»Und woher bekommt er das Metall?«
»Was weiß ich! Von irgendwelchen Hütten und Gießereien.«
»Richtig, und woher bekommen die das Erz?«
»Na, aus Erzgruben, denke ich, denn es wächst bekanntlich nicht auf Bäumen.«
»Und wem gehören die?«
Gaius sah, wie Erleuchtung über Cornificius kam. Dieser stieß einen leisen Pfiff aus.
»Aber«, schränkte der Freund sogleich ein, »die Erzgruben liegen doch in Spanien!«
»Wir müssen herausfinden, wie die Orte heißen und ob er sich noch anderer Provinzen bedient«, überlegte Gaius. »Selenus, haben wir davon Unterlagen?«
»Mit Sicherheit nicht. Im übrigen möchte ich anmerken, daß der ›Inder‹ – wenn er's denn war, der das hier geschrieben hat – wohl kaum im Sinn hatte, mit seinem C einen uns völlig unbekannten Ort in Spanien zu nennen, zumal er überhaupt nicht damit rechnen konnte, daß jemand seinen geheimen Text, den er aus noch unbekannten Gründen versteckt hielt, finden oder gar entziffern würde. Wenn es denn der Name eines Ortes sein soll, der mit C beginnt, dann muß es sich um eine größere, weithin bekannte Stadt oder etwas Ähnliches handeln, das sich nicht in allzu großer Entfernung von Rom befindet. Er will ja offensichtlich, daß die beiden Knaben gerettet werden. Anders gäbe sein Verhalten keinen Sinn. Ferner gebe ich zu bedenken, daß die Knaben zu Schiff entführt worden sind, wie aus den Akten der lokalen Behörde zweifelsfrei hervorgeht. Man hat damals diesen Fischer brutal beseitigt, um einen gefährlichen

Zeugen vom Halse zu haben. Also meine ich, wir sollten von folgenden Fakten ausgehen: Die Kinder wurden per Schiff an einen nicht allzu fernen Platz verschleppt, wo sie sich jetzt noch befinden – sonst hätten wir nicht die Botschaft des ›Inders‹. Der Name des Platzes beginnt mit einem C, womit allerdings nicht gesagt ist, daß es sich unbedingt um eine Stadt handelt. Es könnte ebensogut eine Region oder Provinz sein.«

»Großartige Beweiskette!« rief Cornificius. »Warum bist du nicht Advokat geworden?«

»Ich bin's ja«, lächelte der Grieche.

Währenddessen war Gaius die ganze Zeit über in tiefes Grübeln verfallen, murmelte alle ihm bekannten Gegenden, Landschaften, Flüsse, Berge, Städte vor sich hin, die mit einem C begannen – und rief plötzlich: »Corsica!«

Sie starrten ihn an.

»Corsica! Natürlich!« sagte Cornificius. Er lachte lautlos.

»Beim Hercules!« fuhr Gaius fort. »Es kann nur Corsica sein! Jetzt müssen wir nur noch feststellen, ob Autronius dort Gruben besitzt.«

Er blickte Selenus fragend an, und der meinte: »Gruben wohl kaum, aber vielleicht Verhüttungseinrichtungen. Das festzustellen dürfte nicht allzu schwer sein.«

»Gut«, sagte Gaius. »Selenus kümmert sich um Corsica. Und du, mein Lieber, gehst erst einmal nach Hause und tröstest deine weinende Mutter und deine Schwester.«

Cornificius nickte. Da fragte Gaius ihn: »Wie lange hast du eigentlich noch Urlaub?«

»Bis Mitte Januar. Es sei denn, die Gallier proben vorher den Aufstand.«

In diesem Augenblick kam ein äußerst mürrischer Alexander durch die Tür.

»Morgen!« knurrte er. Alles an ihm hing hinunter: Kopf, Arme, Schultern.

»Was ist dir denn für eine Laus über die Leber gelaufen?« fragte ihn Gaius.

Alle blickten Alexander an.

»Der ›Inder‹ ist mir im Traum erschienen!«

»Ach! Und?«

»Er hat mich wieder angezaubert.«

Nun erst sahen sie die Beule an Alexanders Stirn.

»Ist das wahr?«

»Ja. Aber ich hab's ihm gegeben!«

»Sehr brav! Aber nächstens trinkst du keine ganze Flasche vor dem Schlafen. Du bist aus dem Bett gefallen.«

»Nein, es war der ›Inder‹! Ich hab' ihn vor dem Bett zusammengeschlagen.«

»Na, wunderbar. Nun aber stärke dich für den Tag. Große Dinge harren deiner!«
Alexander war sich wieder einmal nicht sicher, ob dahinter Ironie steckte, zumal Cornificius und Selenus unverschämt grinsten.
»Na, dann eben nicht.« Er setzte sich an den Tisch.
»Doch, mein Junge, aber nun iß und trink, damit du groß und stark bleibst!«
Alexander brummelte etwas vor sich hin, langte dann aber kräftig zu, und seine starken Backenzähne zermalmten mit Leichtigkeit die harten Roggenkörner.
Die anderen verließen das Zimmer, und jeder von ihnen war von einer großen, neugierigen Spannung erfüllt.
»Wann treffen wir uns wieder?« fragte Cornificius.
»Zur zehnten Stunde. Hier«, entgegnete Gaius. »Und grüße herzlich die Deinen!«
Während Selenus sich warm ankleidete, um bei Tullius Tiro, Ciceros Sekretär, mit dem er seit Jahren eng befreundet war, Erkundigungen über Autronius' Erzgruben einzuholen, ging Gaius in Gedanken verloren durch das Haus – gefolgt von Alexander, der auf seinen angekündigten Auftrag wartete.
Gaius blieb plötzlich stehen, fixierte Alexander, ohne ihn eigentlich zu sehen: Sollte er ihn mit dringender Botschaft nach Ravenna schicken? Gaius nahm unterbewußt wahr, wie Alexander gespannt seinen Bewegungen und Blicken folgte... wie ein Hund – auf dem Sprung, einen geworfenen Stein zu apportieren.
Der Hund! Warum war er nicht früher darauf gekommen? Gaius erwachte aus seiner Versenkung. Seine Stimme war scharf, sie klang nach Gallien:
»Alexander!«
Entzückt horchte Alexander auf, nahm schlagartig Haltung an.
»Hier, Herr! Zu Diensten, Herr!«
Er überschlug sich fast vor Eifer.
»Du wirst heute zwei Dinge erledigen. Erstens: Ab nach Tusculum!«
»Jawohl! Ab nach Tusculum!«
»Hector holen!«
»Jawohl! Hector holen!«
»Zweitens: Cassius aufsuchen und ihn um ein Kleidungsstück seines Sohnes bitten; eine Tunika oder eine Sandale!«
»Jawohl! Cassius! Sohn! Sandale! Tunika!« brüllte Alexander und stand stramm, fragte dann:
»Wozu braucht Hector eine Sandale, Herr?«
»Damit er sich die Zehen nicht wundläuft, du Nachtwächter!«
»Jawohl! Zehen wund! Nachtwächter!«

»So ist es. Und nun beeil dich! Du bist heute nachmittag wieder zur zehnten Stunde hier!«
»Jawohl! Hier sein!«
Ein Gruß. Kehrtwendung. Marsch. Und schon ging er an die Ausführung seines Auftrags, hatte aber wieder das Pech, in der Tür mit jemandem zusammenzustoßen.
»Paß doch auf, Mann! Das ist jetzt schon das zweite Mal!«
»Jawohl! Aufpassen! Zweites Mal!«
Alexander grüßte militärisch und verschwand. Lucius schüttelte den Kopf: »Also, ich glaube wirklich, der hat 'ne Macke.«
»Jeder hat eine«, grinste Gaius. »Ich möchte dich bitten, im Hause zu bleiben. Es könnte eine Nachricht von Cassius kommen. Halte die Außentüren verschlossen!«
»Warum?«
»Eine Vorsichtsmaßnahme. Im übrigen sollte jemand von uns im Hause sein, wenn Vater zurückkommt. Falls er kommt, berichte ihm in Kürze, was sich hier in den letzten Tagen ereignet hat. Aber beunruhige ihn nicht. Ich gehe jetzt zu Clodius.«
»Was?« Lucius öffnete staunend den Mund.
»Ja. Später mehr. Bis nachher.«

20

Als die Sänfte hielt, wurde Gaius sich bewußt, daß er ohne Konzept zu Clodius ging. Vor Jahren hatte er ihn einmal bei irgendeinem Freunde Caesars kennengelernt. An Einzelheiten konnte er sich nicht mehr erinnern, außer daß dieser Mann damals sehr nervös war.
Gaius blieb ruhig sitzen und wartete, bis einer seiner Leute seine Ankunft gemeldet hatte. Und schon kam jemand vom Gesinde, verbeugte sich tief, öffnete die Sänfte, half Gaius aus der Kabine und geleitete ihn ins Haus.
Hatte er neureichen, ebenso teuren wie geschmacklosen Luxus erwartet, so wurde Gaius überrascht von dezenten Farben, grazilen Formen und ausgesuchten Plastiken, meist griechische Originale. Die ebenso kostbaren Möbel, Türen und Gerätschaften des täglichen Gebrauchs waren durchweg aus edlen exotischen Hölzern, aber auch heimischer Nußbaum und Eiche waren darunter. Sehr sparsam war die Verwendung des Marmors in den Türfassungen, als Rahmen des *Impluviums*[46] oder als Fenstersims. Grün in den verschiedensten Brechungen und Kombinationen war allenthalben die vorherrschende Farbe.
Gaius stand in der Halle und wartete. Es war kalt. Die Statuen rundum hatten etwas Bedrohliches; da hörte er aus einem der seitlichen Räume eine kräftige Stimme deklamieren:

GEGRÜSSET SEIST DU MIR, ROMA, TOCHTER DES ARES,
MIT GOLDENEM GÜRTEL GESCHMÜCKT, KAMPFGEMUT, HERRIN,
DIE DU AUF ERDEN BEWOHNST DEN HEHREN OLYMPOS
UNZERSTÖRBAR FÜR IMMER.

Der hymnische Sprechgesang kam näher; Clodius, in der einen Hand ein Blatt, die andere im Rhythmus der Verse hebend und senkend, betrat die Halle:

DIR ALLEIN, EHRWÜRDIGSTE, HAT GEWÄHRT DAS GESCHICK
DEN RUHM – UNVERGÄNGLICH, KÖNIGLICH – DER HERRSCHAFT,
AUF DASS DU MIT GEBIETENDER MACHT
FÜHRERIN SEIST!

Nun war er in der Mitte der Halle, blieb einige Schritte vor Gaius stehen, fuhr, ihm dabei offen und gewinnend zulächelnd, fort:

UNTER DEINEM JOCH MIT DEN MÄCHTIGEN ZÜGELN
IST DIE BRUST DER ERDE UND DES GRAUEN MEERES
FESTGESCHIRRT – DU ABER LENKST OHNE WAFFEN
DIE STÄDTE DER VÖLKER.
DENN WAHRLICH, DU ALLEIN VON ALLEN GEBIERST
DIE HEHRSTEN HELDEN, GEWALTIGE KRIEGER,
WOHLGERATEN GLEICH WIE VON DEMETER AUFSPRIESSEN LASSEND
DIE FURCHT DER MÄNNER...

Immer noch lächelnd, den Mund leicht geöffnet, hielt er inne; er stand nun nahe vor Gaius, und unvermittelt brach ein herrisches Lachen aus ihm hervor, das ebenso plötzlich abbrach. Gaius war leicht irritiert.
»Wie gefällt dir das?« fragte Clodius.
»Von dir?« wich Gaius aus.
Wieder lachte Clodius lauthals und wiederholte:
»... du allein gebierst die hehrsten Helden! – Hah! Lang ist's her!«
Er lauschte dem Klang der eigenen Stimme, die in dem riesigen Raum verhallte, schien sich zu besinnen, war mit zwei schnellen Schritten bei Gaius und reichte ihm die Hand.
»Bitte, entschuldige, du mußt an meinem Verstand zweifeln! – Von mir? Nein, das heißt halb! Ich hab's übersetzt.«
»Von wem stammt es denn?«
»Wenn ich das wüßte! Ateius Philologus hat's irgendwo aufgestöbert. Er meint, es sei von Melinno, einer griechischen Dichterin aus dem vorigen Jahrhundert. Seltsamerweise fand er den Hymnos in einer Sammlung erbaulicher Schriften. Interessant die Begründung: Der Herausgeber dieser

Anthologie ordnete das Gedicht unter dem Titel ›Tapferkeit‹. Ateius fand den Grund: griechisch ›Romē‹, die Stadt Rom, sei mit griechisch ›rhōmē‹, die Kraft, verwechselt worden. Ich nehme an, daß es aus der Zeit stammt, als die Rhomaia – griechische Kultfeste zu Ehren der Roma – gestiftet und gefeiert wurden, in deren Rahmen der Hymnos wahrscheinlich als Auftragskomposition an verschiedenen Stellen des Festzuges in getrennten Einzelstrophen vorgetragen wurde.«

»Aha«, sagte Gaius, um irgendeine Reaktion zu zeigen, überrascht von den augenscheinlich großen philologischen Kenntnissen des von allen Optimaten für verrückt erklärten Mannes. Er warf einen schnellen, prüfenden Blick in sein Gesicht. Man konnte es durchaus männlich schön, ja harmonisch nennen, da die für sich schon anmutigen Formen von Stirn, Nase, Mund und den Bögen der Brauen sich zu einem edlen Gleichklang im Ganzen vereinten; und dieses Gesicht hätte einen oberflächlichen Betrachter in seiner so ungemein einnehmenden Mischung aus Feinheit, Anmut und Kraft täuschen können, wären da nicht diese Augen gewesen. Sie hielten die Mitte zwischen Grün, Blau und Grau, waren in dauernder, punktuell fixierender Aktion und in Wahrheit das Spiegelbild des rastlos umgetriebenen Geistes dieses Menschen. Gaius erschrak: Manchmal war da für Sekunden jenes unkontrollierte Flackern, das er vom Wahnblick der Schwester seines Vaters kannte.

»Aber was belästige ich dich mit solchen Dingen. Ich sehe, du gehst – wenn auch am Stock –, aber du gehst! Irgendwann trifft's uns alle! Wir leben in gefährlichen Zeiten!«

Dieser Satz aus Clodius' Munde! Gaius fühlte sich an eine Szene bei Menander erinnert.

»Du sagst es«, gab er lächelnd zurück.

»Und wie geht es dem Proconsul?« fragte jener, und Gaius wußte, daß es nur eine höfliche Floskel war, daß er vielmehr bestens über alle gallischen und Caesarischen Dinge unterrichtet war.

Gaius antwortete höflich mit der gleichen rhetorisch unverbindlichen Freundlichkeit, wartete im übrigen, daß Clodius zum eigentlichen Thema, seiner Einladung, käme. Aber Clodius ließ sich Zeit. Gaius betrachtete mit Interesse einen Hercules, der in einer Wandnische auf seiner Keule ausruhte.

»Ein Original?« fragte er.

»Ja, aus Pergamon. Ein Geschenk der Stadt dafür, daß wir sie von der Schreckensherrschaft des Mithridates befreit haben.«

Von »Befreiung« und »Geschenk« konnte wohl kaum die Rede sein, das Stück war von ihm sicherlich konfisziert worden, als er unter seinem Schwager Lucullus in Asien tätig war.

»Wenn dich die Dinge interessieren, schicke ich dir gerne einen ›Wagenlenker‹ oder einen ›Dornauszieher‹ aus der Werkstatt des Phidias. Ich

habe die meisten Statuen noch im Magazin stehen, das Haus hat nicht Platz für alle, noch nicht.«
Gaius spürte, wie Clodius sich um eine angenehme Atmosphäre bemühte, und er blieb dabei: »Es macht mir wirklich keine Mühe. Wenn du willst, zeige ich sie dir.«
Wohl oder übel, aber auch aus Neugier, sagte Gaius: »Gern!«
Clodius klatschte zweimal in die Hände, und schon erschien ein Diener, der stumm auf Befehle wartete.
»Bring eine Fackel!«
Sie verließen das Hauptgebäude, schritten durch den großen, langgestreckten Garten, an dessen Ende hinter Taxushecken ein sehr altes, aus Bruchsteinen gemauertes Gebäude stand, das vor Zeiten wohl einmal handwerklichen Zwecken gedient hatte. Die vergitterten Fenster ließen kaum Licht hinein.
Es war kalt.
Der Sklave leuchtete voraus, und Clodius sagte: »Vieles liegt hier nur auf Abruf; es ist sozusagen meine Halde.«
Es durchzuckte Gaius wie ein Blitz: Halde! Ein ideales Versteck! Mitten in der Stadt, völlig unverdächtig. Vielleicht waren die Kinder hier eine Zeitlang gefangengehalten worden.
Clodius erklärte ihm mit Geduld und Kennermiene die Statuen, und Gaius tat sehr interessiert, hatte aber kaum ein Auge für die herrlichen Gestalten, die da in einem wirren steinernen Symposion aller Mythen versammelt waren.
Gaius suchte im Vorbeigehen jeden Winkel nach etwa noch vorhandenen Spuren der Entführten ab; doch zeigte sich nirgends Verdächtiges, kein Schuh, keine Decke, kein Stroh, das als Lager gedient haben konnte.
Da Clodius nun doch allzu gerne seine Generosität beweisen wollte, wählte Gaius am Ende eine Statue der Athene der klassischen Zeit, die er, dem Odysseus gleich, als seine ganz private Gottheit verehrte; außerdem war es eine herrliche Arbeit, und er konnte es nicht fassen, daß sich Clodius so ohne weiteres von ihr trennte. Auf eine Bemerkung in diesem Sinne meinte er:
»Ich habe keinen geeigneten Platz für sie, und in dir hat sie wohl den besseren Verehrer. Sie gehört dir! Man wird sie dir in den nächsten Tagen bringen. Ich nehme an, du willst sie im Tusculanum aufstellen.«
»Ja. Du bist sehr großzügig. Ich danke dir.«
Mit der Hand strich Gaius über den kühlen Faltenwurf der keuschen Göttin, sprach dabei leise:

> ... UND BAND SICH UNTER DIE FÜSSE DIE SCHÖNEN GOLDNEN AMBROSISCHEN SOHLEN, WOMIT SIE ÜBER DIE WASSER UND DAS UNENDLICHE LAND IM HAUCH DES WINDES EINHERSCHWEBT ...

Und Clodius ergänzte:

> ...FASSTE DIE MÄCHTIGE LANZE MIT SCHARFER EHERNER SPITZE, SCHWER UND GROSS UND STARK, WOMIT SIE DIE SCHAREN DER HELDEN STÜRZT, WENN IM ZORN SICH ERHEBT DIE TOCHTER DES SCHRECKLICHEN VATERS.

Hätte ein Fremder die beiden reden und hantieren sehen, er hätte sie für zwei gute Freunde gehalten, die sich die neuesten Objekte ihrer Sammelleidenschaft vor Augen führten. Und genau diese Vorstellung irritierte Gaius. War das nun Gerissenheit, Kaltblütigkeit, Taktik – oder wirklich Anzeichen von Wahnsinn, was diesen Menschen zeitweise Realität und Traum ineinander verweben ließ?

Sie gingen wieder langsam zurück durch den Garten. Clodius nahm leicht Gaius' Arm:

»Ich bin sehr froh, daß du gekommen bist. Caesars Freunde sind meine Freunde!« Er ließ den Arm los. »Ich kann mir denken, daß du im eigenen Hause große Schwierigkeiten hast.«

Das klang mitfühlend interessiert, und Gaius blieb auf der Hut:

»Nun, Väter und Söhne sind nicht immer in den politischen Dingen gleicher Meinung. Aber das hast du ja selbst erfahren.«

Da blieb Clodius stehen.

»Die Väter!« rief er. »Ja, dieses ganze Rom ist eine schreckliche Stadt der Väter. Wo du hinschaust: Väter! Väter! Väter! Sie lassen den begabteren Söhnen keinen Spielraum. Und wenn du dich diesem Joch nicht beugst, hast du alle Väter zu Todfeinden!«

Das Wortspiel war hübsch, und Gaius lächelte fein, wurde sich im übrigen über diesen widerspenstigsten aller Söhne nicht schlüssig, der schon fortfuhr:

»Caesar hatte das Glück, seinen Vater in jungen Jahren zu verlieren. So hatte er die Möglichkeit, all seine Anlagen ohne den Druck der väterlichen Sippe zu entfalten. Bei Sulla war es ähnlich. Bei den Gracchen genauso. Es sind doch die Frauen, die einen Mann machen.«

Gaius schwieg dazu, nickte aber, ohne daß er es merkte.

»Freilich kann auch das Gegenteil eintreten, wie Cicero, unser großer ›Retter des Vaterlandes‹, belegt: Sein Haß auf mich ist ihm ja von der holden Terentia aufgezwungen, anerzogen, diktiert worden! Und weißt du, warum? Weil meine Schwester ihm den Kopf, die Sinne, das Herz verwirrte! Zum erstenmal in seinem Leben spürte er die Wärme und Leidenschaft einer Frau! Aber Eifersucht kann einen Mann ruinieren! Und Cicero ist ruiniert! Hätte er eine andere Frau, wäre er heute der einflußreichste Mann Roms!«

Gaius konnte diesem Gedankengang eine gewisse Berechtigung nicht ab-

sprechen. Begonnen hatte die Feindschaft zwischen beiden während des Prozesses, als Clodius des Sakrilegs angeklagt war, während des Festes der Bona Dea, bei dem nur Frauen anwesend sein durften, verkleidet in Caesars Haus eingedrungen zu sein. Bei diesen Händeln hatte Cicero den bislang größten Fehler seines Lebens begangen, für den er schwer büßen mußte. Zu Anfang hatte er den Vorfall als eine amüsante Skandalaffäre betrachtet, ohne sich weiter darüber aufzuregen. Aber seine Frau Terentia war eifersüchtig auf des Clodius Schwester, die den geistvollen Redner durch ihre ausgelegten Netze zu fangen suchte. Das ging so weit, daß Terentia fürchtete, Cicero wolle sich von ihr trennen. Um den Hausfrieden wiederherzustellen, redete sich Cicero während der Verhandlung in eine heftige Entrüstung hinein und machte vor Gericht eine entscheidende Aussage als Zeuge, die Clodius' Versuch, ein Alibi nachzuweisen, verhinderte; auch danach ließ er, von der sensationslüsternen Nobilität unterstützt, keine Gelegenheit zu neuen Angriffen und Zänkereien vorübergehen. So hatte er sich seinen größten Gegner selbst großgezogen: Statt den Vorfall als eine pikante Skandalaffäre zu behandeln, machte er eine politische Aktion daraus, und Clodius hatte es ihm nie verziehen.
Nun aber sagte Clodius, fast gelangweilt:
»Ach, was rede ich, seine intimen Dinge interessieren mich nicht das Schwarze unterm Nagel. Aber er beging den Fehler, seine privaten Querelen auf meine Kosten zu lösen, um Ruhe vor diesem Weib zu bekommen. Das konnte ich nicht hinnehmen.«
Die Sonne trat aus dem Schatten einer Wolke und tauchte den Garten mit seinen hellen Kieswegen und immergrünen Sträuchern in gleißendes Licht, das den Augen schmerzte.
»Komm, gehen wir hinein!«
In einem behaglichen kleinen Raum war gedeckt. Es gab Obst, Gebäck, Wein – alles von auserlesener Qualität. Wie ein Schatten huschte ein Knabe zwischen Tisch und Sesseln hin und her und bediente sie stumm. Sie aßen und tranken mäßig, Gaius machte nur belanglos unverfängliche Bemerkungen, wartete, daß der andere endlich zum Thema käme.
»Ich wollte schon längst mit dir gesprochen haben.« – Na, endlich! – »Der Anlaß ist freilich auf den ersten Blick ein unerfreulicher, aber das will nichts besagen, da Unangenehmes sich nur zum Besseren wenden kann.«
»Was meinst du?«
Clodius lächelte.
»Nun, dein Alexander hat da gestern vier meiner besten Männer in den Hades geschickt. Aber das muß nichts besagen, da er zuvor schon zwei von Milos Leuten erledigte. Ein toller Bursche, dein Alexander! Macht seinem Namen alle Ehre!«
Clodius knabberte ein Plätzchen und sah Gaius dabei an; nun war des

Gastgebers Blick kalt, lauernd, berechnend. Gaius behielt seine Ruhe bei.
»Er haßt Angriffe von hinten, mein Alexander.«
»Soso. Dann hat man mir wohl falsch berichtet. Man kann eben nicht durch Rom gehen, ohne belästigt zu werden. Was für Zeiten! Was für Sitten!«
Der Spott war so offensichtlich und aberwitzig komisch, daß Gaius laut auflachte und sich beinahe verschluckte. Doch unvermittelt wurden seine Züge ernst, er ging zum Angriff über:
»Ich will und kann dir nicht verhehlen, daß das, was sich zur Zeit auf den Straßen der Stadt abspielt, der pure Wahnsinn ist!«
Clodius blieb völlig ruhig: »Ein wahres Wort! Aber es läßt sich nicht ändern.«
»Doch! Wenn einer den Anfang macht. Bei allen Göttern, was könntest du mit deinen Gaben nicht erreichen, wenn du die Massen in vernünftige Bahnen lenktest!«
Clodius stand auf, legte kurz die Hand auf Gaius' Schulter: »Ich schätze dich, weil Caesar dich schätzt, und ich liebe ein offenes Wort unter Männern.«
Er ging auf und ab.
»Ich weiß, welche Ungeheuerlichkeiten über mich in allen Lagern verbreitet werden. Den Optimaten fällt in Ermangelung sachlicher Argumente nichts Besseres ein, als mich für verrückt zu erklären; oder sie sagen, ich sei das willige Werkzeug Caesars. Die Popularen behaupten, es ginge mir nur darum, planlos Unordnung und Chaos zu stiften, um am Ende nach der Alleinherrschaft zu streben.«
»Und wer hat recht?«
Clodius blieb vor Gaius stehen.
»Ich kann dir nicht meinen Abscheu vor den Häuptern beider Seiten verhehlen. Fechten doch beide Seiten mit List, Lüge und Betrug auf Kosten der Massen! Was ist denn mit dem großen Zauderer?«
»Du meinst Pompeius?«
»Ja. Wenn Caesar als Consul gezeigt hatte, daß er vor keiner Gewalttat zurückschreckte, wenn sie zum Wohle der Massen war, und daß die bestehende Staatsordnung ihm dabei völlig gleichgültig war, so hatte er bewiesen, daß mehr in ihm steckte als ein ehrgeiziger Demagoge. Seine Gesetze über die Landzuweisungen und die Ordnung der Provinzverwaltungen waren große, staatsmännische Schöpfungen, die eine große, verheißungsvolle Zukunft in sich trugen, unendlich überlegen nicht nur der völlig stagnierenden Wurstelei des Senats, sondern auch den hinhaltenden Plänkeleien des Pompeius. Denn Pompeius hat sich wohl als ein tüchtiger Organisator bewiesen – aber ein Staatsmann? Nein, da fehlt es an schöpferischer Phantasie. Im Grunde ist er doch auch nur ein Mitglied

dieses altväterlichen Vereins, der sich Senat nennt, lebt von der Hand in den Mund, nur daß er in eitler Selbstüberschätzung meint, er allein könne eine neue Ordnung schaffen. Und wenn Pompeius jetzt dem Volk als der eigentliche Regent und wenn darüber hinaus Caesar eben diesem Volk als des ›großen Organisators‹ fähigstes Werkzeug erscheint, so muß der, der tiefer blickt, erkennen, wie unendlich dumm diese Einschätzung der Lage ist.«

Mit großem Interesse war Gaius diesem überraschend offenen Gedankengang gefolgt.

»Langsam!« warf er ein. »Trägst du nicht selbst einen Hauptteil der Schuld, daß Rom unregierbar geworden ist?«

Da irrlichterte es in diesen schönen grün-blau-grauen Augen, sie blickten Gaius an und sahen ihn doch nicht.

»Schuld?« Er schrie es! »Die Geschichte kennt keine Schuld! Sie mißt nur nach Erfolg und Mißerfolg. Und dazwischen gibt es keine Übergänge, nur den Untergang! Ich habe es doch nicht nötig, vor diesen Emporkömmlingen zu katzbuckeln! Ich bin unabhängig! Niemand darf mir vorschreiben, was ich zu tun habe! Kein Pompeius! Kein Caesar! Und warum? Weil ich mich als Teil der Massen empfinde! Ich denke, plane, handle, lebe durch das Volk! Alle meine Gesetzesanträge zielen auf das Wohl des Volkes! All diese Gernegroße haben doch vergessen, daß ihre Väter einst Bauern, Handwerker, einfache Leute – eben Volk – waren! Ich bin das Volk! Und das Volk liebt mich, weil es sich selbst in mir erkennt!«

Gaius, dessen geordnetes Staatsdenken im Innersten von diesem fehlgeleiteten Fanatismus getroffen war, brauste auf:

»Und wie willst du es rechtfertigen, daß Angehörige eben dieses von dir geliebten Volkes von deinen Mordbuben niedergemacht werden? Bewirkst du doch genau das Gegenteil dessen, was du anstrebst: Du arbeitest den Optimaten in die Hände, und am Ende fällt Pompeius die monarchische Macht wie ein reifer Apfel in den Schoß. Und all diese gewissenlosen Opportunisten und Mitläufer bringen ihre Schäfchen ins trockene. Ich nenne nur Typen wie Antonius Hybrida und Autronius Paetus!«

Nun hatte er ihn da, wo er wollte. Gespannt erwartete er die Reaktion. Und schon schossen Clodius' Augen Blitze, seine Stimme überschlug sich:

»Wo gehobelt wird, fallen Späne! Und wo Unkraut gejätet wird, fällt auch manch gute Pflanze zum Opfer. Bei jedem Schritt auf dem Wege zertrittst du eine Ameise. Das ist nun einmal so von der göttlichen Vorsehung eingerichtet. Woran die Gracchen, Saturninus, Catilina scheiterten – mir wird es gelingen, denn das Volk liebt mich! Hybrida? Autronius? Pah!« Er schnippte mit Zeigefinger und Daumen durch die Luft. »Nicht der Rede wert!«

Mit dem letzten Satz war er unvermittelt wieder in den ruhigen Ton des

Anfangs zurückgekehrt. Er saß mit dem Rücken zur Tür, bemerkte darum nicht, wie eine weibliche Gestalt leise hereinkam, stehen blieb und die Szene kritisch beobachtete: Clodia, jüngste der drei Schwestern, verheiratet mit Lucius Lucullus, bis er sich vor acht Jahren wegen erwiesener Untreue von ihr trennte. Ihre Züge glichen denen des Bruders bis ins Detail, nur wirkte alles graziler, zerbrechlicher, feiner, ja esoterischer, zumal tiefbraune, fast schwarze große Augen den Eindruck kindlicher Unschuld verbreiteten, hinter der sich freilich nur größtes Raffinement versteckte, das jeden Mann und seine Empfindungen ihr gegenüber augenblicklich abtastete und einordnete.
Gaius spürte ihre dionysische Ausstrahlung fast körperlich, um so mehr, als sie eine listig aufgesetzte Keuschheit, die doch nur fordernde Koketterie war, zur Schau trug. Gaius konnte sich sehr wohl vorstellen, daß ein Dichter wie Catull ihrer gleichartigen, nur noch gerisseneren Schwester zum willenlosen Opfer wurde:

LASS UNS, LESBIA, LEBEN...

Es elektrisierte ihn, als sie im Vorbeigehen mit der Hand leicht seinen Hals berührte, ihn noch ansah, als sie schon mit Clodius redete: »Aber Brüderchen, worüber erregst du dich so?«
Sie streichelte über sein Haar, den Blick immer noch auf Gaius gerichtet. »Er darf sich nicht aufregen. Er hat eine schlechte Nacht hinter sich.«
Gaius sah ihre schlanken, feinnervigen Finger mit den schönen, gepflegten Nägeln.
Clodius aber saß da, als habe er plötzlich alles um sich herum vergessen; er sprach nun sehr leise:
»Nächstes Jahr kommt der große Umschwung. Zuvor werde ich ihn vernichten.«
»Aber ja, Brüderchen.«
Immer noch strich sie ihm durchs Haar, den Blick auf Gaius gerichtet. Gaius wurde unbehaglich. Er erhob sich.
»Tja, es war sehr schön, mit dir zu plaudern. Und vielen Dank für...«
Aber weiter kam er nicht, denn Clodia stand neben ihm und legte ihm ihren Finger auf den Mund – länger als notwendig; dann wies sie stumm mit dem Kopf zur Tür. Sie ging voraus, und er folgte, wandte sich noch einmal um und sah Clodius, wie er stieren Blicks vor sich hin murmelte.
»Ich werde sie alle in den Hades schicken. Ich bin das Volk. Das Volk liebt mich.«
»Komm!« sagte sie, schloß leise die Tür und führte ihn am Arm durch die Halle. »Es muß etwas an dir sein, das ihn fasziniert. Noch nie wagte es jemand, ihm so zu widersprechen. Er mag dich.«
»Hast du denn gelauscht?«

»Ja«, gestand sie offen. »Ich muß auf ihn aufpassen.«
»Hat er solche... solche Augenblicke öfters?«
»Man kann es nie voraussehen. Aber er mag dich. Du mußt wiederkommen.«
Gaius spürte, wie ihr Griff fester wurde, plötzlich nachließ. Sie blieb stehen, blickte ihn an.
»Alle sagen, er ist wahnsinnig. Aber er ist es nicht. Er braucht nur eine Stütze. Einen Freund. Du könntest es sein.«
Ihr Gesicht näherte sich dem seinen.
»Du hättest großen, mäßigenden Einfluß auf ihn. Ich ahne, es wird ein böses Ende nehmen... Kommst du wieder?«
Er spürte ihren Atem auf seinem Gesicht. Er sah die unergründliche Tiefe ihrer tiefbraunen Augen, mußte sich mit Gewalt losreißen.
»Ja, ich komme wieder.«
Er verbeugte sich steif vor ihr, ging dann schnellen Schritts zum Ausgang.

21

Wieder im caelischen Hause, war Gaius froh, daß Alexander und Selenus noch nicht von ihren Gängen und Erkundigungen zurückgekehrt waren.
»Beim Hercules! Du machst ein Gesicht, als kämest du von einer Beerdigung«, empfing ihn Bruder Lucius im Atrium.
»So etwa ist mir auch. Ich habe meine Hoffnungen begraben, herauszufinden, wer die beiden Jungen entführt und versteckt hält.«
»Er denn nicht?«
»Ich bin mir nicht sicher. Bitte, Lucius, laß mich eine Weile allein, ich habe zu arbeiten. Wenn Selenus, Alexander oder Cornificius kommen, ruf mich! Wirst dann ja hören, was es Neues gibt.«
»Athenodoros war hier. Ich habe ihn zum Hause des Cornificius geschickt.«
»Gut.«
Besorgt blickte Lucius dem Bruder nach, wie er die Treppe hinaufging. Wenigstens sein Bein machte Fortschritte.
Gaius ging in sein Zimmer, setzte sich an den Arbeitstisch, betrachtete die Kritzeleien und Kerben in der alten Tischplatte, die noch aus Kindertagen stammten, wenn er diese oder jene Übung für den unbestechlichen Selenus zu machen hatte.
Er griff sich einen Stift, bewegte ihn spielerisch zwischen den Fingern. Kein Zweifel: Clodius' Geist entsprach nicht dem, was man normal nennen konnte. Wie anders waren seine Aktionen zu erklären? Im Grunde entbehrte sein Denken und Tun eines jeden Planes, lief der Vernunft zu-

wider. Vor der Menge spielte er Theater, vor sich selbst ebenso, aber beides mit Überzeugung, und darin lag das Gefährliche: Er hielt sich für den Nabel Roms und der Welt!
Dabei ging eine genialische Ausstrahlung von ihm aus, die empfängliche Gemüter schnell für ihn einnahm. Keine Frage, daß er sich über moralische Werte lächelnd hinwegsetzte, und Gaius hielt es nach seinen eigenen Beobachtungen durchaus für möglich, daß Caesar ihn ebenso sah. Es hieß, die Ehe mit Fulvia sei glücklich. Nun, wer wollte das wissen. Der einzig Normale in der Familie war der älteste Bruder Appius Claudius – vor einem Jahr Consul, nun als Statthalter im Osten tätig.
Hatte Clodius die Knaben entführen lassen? Er traute es ihm ohne weiteres zu, sah aber keinen Sinn darin. Wenn ja – kamen die Warnungen von ihm? Oder hatte noch ein weiterer Unbekannter seine Finger in dem verbrecherischen Spiel? Man mußte abwarten.
Gaius fand es an der Zeit, Caesar kurz über das Geschehen der vergangenen Tage zu berichten. Entschlossen griff er einen Bogen Papyros, hielt sich nicht lange mit höflichen Floskeln und Vorreden auf – Caesar verabscheute solches bei Freunden und Untergebenen –, schilderte sehr gerafft alle Ereignisse und sparte nicht mit Verdächtigungen gegen Clodius, Autronius und Antonius Hybrida, um den Proconsul zu einer Stellungnahme zu veranlassen. Gegen Ende schrieb er:

> *...Zwar kann ich Dir, wie Du siehst, erst wenig über die große politische Tendenz darlegen – da wirst Du bessere Quellen haben –, doch wirst Du auch aus diesen Mosaiksteinchen das eine oder andere erkennen und Deinen Plänen nutzbar machen. Mir geht es diesmal vor allem um die Wiederauffindung der beiden Knaben, zumal Cassius Longinus ein schwerkranker Mann ist, an Liege und Sessel gefesselt, der darum nicht selbst tätig werden kann. Allein unter diesen Umständen ist die Entführung der Kinder das wohl schamloseste Verbrechen, das mir je bekanntgeworden ist. Darum bitte ich Dich, mir ganz offen diesen oder jenen dienlichen Hinweis zu geben. Interessant dürfte in diesem Zusammenhang sein, daß Autronius mit Dir in ein großes Waffengeschäft eintreten will. Dies ist denn auch der eigentliche Grund, warum ich von ihm so hofiert wurde und werde. Es kann sein, ja ich hoffe es, daß uns meine Recherchen in den nächsten Tagen einen großen Schritt weiterbringen.*
>
> *Leb wohl!*

Gaius legte das Blatt zur Seite und begann mit der Verschlüsselung, die ihn etwa eine Stunde in Anspruch nahm. Den Code kannte er auswendig. Er war gerade damit fertig, als ungestümes Bellen erscholl – dazwischen

die Stimme Alexanders: »Ja, mein Braver, aber langsam! Du weißt durchaus gar nicht, ob der Herr schläft. Willst du wohl das Maul halten, verdammt noch mal! Ein Hund müßte man sein, da kann man sich zweifellos alles erlauben.«
Und schon wurde die Türklinke von einem Tatzenschlag nach unten gefegt, die Tür sprang auf, eine feuchte, schwarze Nase schob sich durch den Spalt, und Hector tollte herein: wild vor Freude, springend, bellend, jaulend, stürmte zum Tisch, warf einen Hocker um, sprang winselnd und bellend an Gaius hoch und nieste als Ausdruck höchster Verzückung, wie sie nur Hunden eigen. Und Gaius, beschäftigt, dem wüsten Ansturm standzuhalten, tätschelte Hectors Flanken, kraulte ihn hinter den Ohren und strich ihm das Haar von der Nase ab nach hinten.
»Jaja, mein Guter. Fein, daß du da bist. Ja, ich bin auch noch da.«
Und Hector lauschte entzückt der lange entbehrten Stimme, wedelte wild, der Schweif trommelte gegen das Tischbein, und seine Augen strahlten. Doch ebenso plötzlich hatte der Tumult ein Ende. Er ging neben dem Stuhl abrupt zu Boden, um sich selbst von der Aufwallung der Gefühle zu erholen, und lag da wie eine Sphinx. Er hächelte und ließ keinen Blick von seinem Herrn, während die Ohren jeder Bewegung Gaius' aufmerksam folgten.
»Nichts wird ordentlich gemacht, wenn ich nicht da bin«, entrüstete sich Alexander. »Der Hund ist drei Tage nicht gebürstet worden. Überall macht sich Schlamperei breit!«
»Na, dann hast du ja nachher einiges zu tun, du kannst ihn waschen und bürsten.«
»Dann bin ich hinterher selbst ganz naß.«
»Ein guter Grund, selbst ein Bad zu nehmen. Wasser wirkt Wunder. – Warst du bei Cassius?«
»Ja, er hat mir eine Sandale gegeben.«
»Gut. Hat er eine neue Nachricht?«
»Nein. Der Entführer hat sich nicht wieder gemeldet.«
»Hat er auch nicht nötig, denn von jetzt an hält er sich an uns.«
Lucius kam ins Zimmer.
»Selenus ist eben gekommen.«
»Na, dann woll'n wir mal!«
Sie gingen alle nach unten, Hector folgte und wich Gaius nicht von der Seite. Selenus hatte gerade seinen Mantel abgelegt. Und da kam auch Cornificius und rief:
»Beim Iupiter! Dieser Athenodoros wird noch Mitglied der Athener Akademie werden! Ich wäre schon längst hier, aber er hielt mir eine Privatvorlesung über die Zusammenhänge von ungekocht eingenommenem Wasser, Blutarmut und den Fehlentscheidungen des Athener Scherbengerichts gegen Sokrates.«

Gaius grinste: »Nicht die schlechteste Art, einen Justizmord zu erklären. Kommt!«
Man nahm in der Bibliothek um den großen mittleren Tisch Platz. Cornificius blickte in die Runde: »Fast wie bei Catilina!«
»Zur Sache!« begann Gaius und berichtete in Kürze von seinen Eindrükken im Hause des Clodius. Cornificius meinte dazu:
»Bei ihm muß man mit allem rechnen. Ist er vielleicht auch wahnsinnig, so ist diese Spielart der Geistesverwirrung von der gefährlichsten Art, weil der Verstand in allen taktischen Zügen klar seine Entscheidungen trifft. Ja: Dadurch ist er gefährlicher als alle andern, da nichts vorausberechenbar ist. Wir müssen, was ihn betrifft, sehr vorsichtig vorgehen.«
Selenus nickte und meinte dann zu Gaius:
»Du solltest ihn auf jeden Fall wieder aufsuchen, allein um ihn in Sicherheit zu wiegen.«
»Dem ist zweifellos durchaus so!« steuerte Alexander bei, sagte dann:
»Ein Vorschlag, Herr...«
Alle blickten Alexander an.
»Wenn du wieder zu ihm gehst, nimm doch Hector mit.«
»Warum das?«
»Unter dem Vorwand, du möchtest noch einmal die Statuen sehen, gehst du mit dem Hund ins Magazin und läßt Hector rundum schnuppern. Dann werden wir zweifellos durchaus wissen, ob die Knaben vorübergehend dort versteckt waren.«
»Gute Idee!« lobte Cornificius, und alle pflichteten bei. Alexander aber richtete sich sehr gerade auf und strahlte.
»Gut«, sagte Gaius, »hören wir nun Selenus!«
»Nun, ich habe bestätigt bekommen, was wir bereits erwogen hatten. Autronius Paetus besitzt bei Aleria auf Corsica einige Manufakturen und Werkstätten, in denen er Erze aus Sardinien verhüttet und bearbeitet.«
»Warum macht er das nicht gleich auf Sardinien?« fragte Cornificius.
»Das habe ich Tiro auch gefragt. Er sagt, die Anlagen stammten noch aus etruskischer Zeit. Man habe die Betriebe nach dort verlegt, um vor Überraschungsangriffen der Karthager sicher zu sein. Im übrigen werfen die Anlagen heute nichts ab, weil sie völlig veraltet sind. Tiro hält es für möglich, daß alle Betriebe längst stillgelegt worden sind, weil es heute unrentabel sei, die Erzlager von den weiterverarbeitenden Stätten zu trennen. Das meiste, was Autronius und andere einführen, komme aus Spanien.«
»Das paßt gut zusammen«, sagte Cornificius. »Ein stillgelegter Betrieb, abseits gelegen, wäre das beste Versteck.«
»Nun gut«, schloß Gaius die Beratung. »Alexanders Vorschlag durchzuführen wird nicht schwierig sein. Aber das eilt nicht. Zunächst muß ein wichtiger Brief nach Norden befördert werden. Alexander ist nicht abkömmlich, da er in Corsica gebraucht wird.«

Wieder strahlte der Angesprochene wie ein reifer Kürbis.
»Kein Problem«, sagte Cornificius. »Mein Philoktet geht nach Norden, um Catulls Eltern einige Abschriften von frühen Gedichten ihres Sohnes zu bringen. Er wird das Schreiben mitnehmen. Für Caesar?«
Gaius nickte, und Cornificius fügte noch hinzu:
»Keine Sorge, auf Philoktet kannst du dich verlassen.«
»Wann brechen wir auf?« fragte Alexander.
»Morgen früh. Bereite alles vor!« antwortete Gaius – und zu Selenus:
»Fertige bitte eine Abschrift der Ortsbeschreibung an.«
Alle erhoben sich. Cornificius erhielt das verschlüsselte Schreiben an den Proconsul und ging – mit dem Versprechen, bei Sonnenaufgang am Tor zu stehen. Alexander kümmerte sich um Bekleidung, Waffen, Verpflegung und die Pferde. Selenus zog sich in sein Arbeitszimmer zurück.
Lucius maulte: »Schade, daß ich nicht mitkann.«
»Ein andermal. Du könntest auf dem Tusculanum nach dem Rechten sehen. Der gute Kreon ist doch etwas schwerfällig geworden.«

22

Gaius wollte sich gerade an seinem Arbeitstisch niederlassen, um die Dinge noch einmal zu überdenken, als er von unten die aufgeregte Stimme Eugenias, des Selenus Frau, hörte.
»Herr! Herr! Bei allen Göttern!«
Dazwischen aufgeregtes Gekläff von Hector.
Er sprang auf, eilte, so schnell es sein Bein erlaubte, zur Treppe und sah Eugenia, wie sie kreidebleich, die Hände wie zum Gebet erhoben, dastand, während Selenus sie zu beruhigen suchte.
»Was hat sie denn?« fragte Gaius den Selenus, der sie zu einem Stuhl führte, wo sie sich erschöpft niederließ und zu schluchzen begann. Selenus winkte eine Magd herbei.
»Kümmere dich um sie! Gib ihr einen Becher Wein und mach ihr kalte Umschläge!«
Dann winkte er Gaius, ihm zu folgen, und ging durch den Flur zum rückwärtigen Teil des Hauses in den Garten. Lautlos folgte Hector, überholte sie, lief in den hinteren, verwilderten Teil des Gartens und verschwand zwischen den Büschen. Kurz darauf hörte man sein wütendes Bellen.
Als sie die Stelle erreichten, sprang er wie rasend an der Mauer hoch, blieb dann mit gesträubtem Fell am Boden und knurrte grollend nach oben.
Als sie sich umwandten, sahen sie ihn. Lucius lag bewegungslos halb auf der Seite; rechts hinten, unterhalb der Rippen, steckte ein Pfeil.
Gaius beugte sich zu seinem Bruder hinunter, sah sein Auge auf sich gerichtet: Er lebte!

Gaius wandte sich zur Seite.
»Schnell, Selenus! Nimm den Rappen! Hol Athenodoros!«
Selenus hastete davon.
Gaius beugte sich wieder nieder, legte dem Bruder die Hand auf die schweißnasse Stirn.
»Bleib so liegen! Du darfst dich nicht bewegen! Der Arzt wird dir helfen.«
Einige vom Gesinde kamen in den Garten, blickten – starr vor Entsetzen – mit offenen Mündern herüber.
»Steht nicht herum und gafft! Holt Decken und Kissen!«
Er hockte sich ganz nieder, hob den Kopf von Lucius, bettete ihn vorsichtig auf seinen Knien und strich ihm über sein Haar.
»Schmerzen?«
Lucius nickte stumm, das ganze Elend der Kreatur im Auge.
»Beweg dich nicht! Keine Angst, ich bleibe bei dir.«
Nun erst sah Gaius das helle Röllchen am Ende des Pfeils, und er wurde bleich. Er überlegte, ob er die Spitze des Geschosses mit einem Ruck herausziehen sollte, fürchtete aber, lebenswichtige Organe zu verletzen. Das mußte Athenodoros entscheiden.
Er spürte, wie er in Panik geriet. Er nahm sich zusammen. Die Verletzung mußte nicht tödlich sein. Es sei denn, die Pfeilspitze war vergiftet. Gaius besah sich die Einschußstelle, sie blutete kaum, aber das besagte wenig. Wenn die Lunge oder die Leber oder der Darm getroffen war... Gaius trat kalter Schweiß auf die Stirn. Er schloß die Augen, betete zu Athene, gelobte ihr große Opfer... Und plötzlich sah er ihr herrliches Standbild bei Clodius vor sich. In die Mitte des Tusculanums würde er es stellen!
Lucius' Körper wurde von Schüttelfrost gequält. Nun kam der Schock! Er kannte das von Kameraden aus Gallien.
»Nicht bewegen, Bruderherz! Ganz ruhig, ich bleibe bei dir.«
Man brachte die Decken und Kissen. Mit unendlicher Vorsicht bettete man Lucius auf den Decken so, daß er den Kopf auf die Kissen legen konnte.
Gaius hob den Blick, sah in weinende Gesichter.
»Geht und betet!«
Und sie gingen, bereits auf dem Wege mit Litaneien ihren ganz privaten Gott anrufend, daß er helfe, rette, heile, die Schmerzen lindere, den Täter strafe; und allmählich ging es in einen Chor über, spontan bildete sich gemeinsamer, heiliger Rhythmus. Einer sprach es vor, und die übrigen wiederholten es in inbrünstiger Steigerung.
»Ich werde ihn finden und dich rächen!« murmelte Gaius, der sah, wie Ohnmacht den Bruder von seinen Schmerzen erlöste. Und wieder begann er zu beten, die Zeit und sich selbst vergessend.
»Hilf mir!«

Die Stimme des Arztes war ihm Erlösung.
»Halte ihn bei den Schultern, und du an den Beinen!«
Gaius und Selenus packten ihn vorsichtig.
»Ihr müßt fester halten!«
Mit ruhigen, erfahrenen Griffen zerschnitt und entfernte der Arzt die Tunika, betrachtete dann lange die Beschaffenheit des Pfeils, die Länge des herausragenden Schaftes und die Richtung, in der er im Körper steckte. Dann näherte sich sein Auge der Einschußstelle. Vorsichtig zog er die Haut zur Seite; sie zeigte keine Risse. Befriedigt nickte er.
»Die Tasche!«
Wortlos reichte ihm sein Faktotum den schwarzen Behälter.
»Haltet ihn ganz ruhig!«
Atemlos verfolgten Gaius und Selenus jeden Handgriff. Athenodoros formte um ein sauber ausgekochtes Hölzchen, das etwa die halbe Stärke des Pfeiles hatte, einen Verband, bestrich ihn mit einer scharf riechenden Paste und reichte das hölzerne Ende seinem Gehilfen. Und zu Gaius:
»Halte du nun gut seine Schultern!«
Gaius nickte. Athenodoros stellte sich mit gespreizten Beinen über den Liegenden, griff, vorsichtig tastend und zugleich saugend, mit den Fingern beider Hände den Pfeil ganz in der Nähe des Einschusses.
»Halten!« flüsterte er, holte Luft – und zog mit einem einzigen Ruck die Spitze des Geschosses aus der Wunde. Lucius schrie auf, und die Umgebung zuckte zusammen.
Und nun quoll helles Blut aus der Wunde. Athenodoros betrachtete es genau, nickte und reichte den Pfeil seinem Gehilfen.
»Es muß ausbluten, damit der Schmutz aus der Wunde gespült wird.«
Dann griff er zu dem mit der Binde umwickelten und gesalbten Hölzchen.
»Halten!« befahl er, und mit gekonntem Griff drückte er die Binde mit dem Hölzchen zwei Finger breit in die Wunde. Lucius stöhnte auf. Nach kurzer Zeit hörte die Blutung auf. Er entfernte den Hochstab.
»Laßt eine Trage holen!«
Ein Sklave in der Nähe hatte verstanden und verschwand. Nun erst nahm Athenodoros den Pfeil, beroch und betastete die Spitze.
»Er hat Glück gehabt. Der Darm wurde nicht verletzt, auch nicht die Lunge. Die Pfeilspitze ist nicht vergiftet. Er ist gesund und jung und wird durchkommen. Absolute Bettruhe! Keine Bewegung während der nächsten beiden Tage!«
Die Bahre kam, man bettete Lucius um und trug ihn ins Haus.
Nun erst griff Gaius nach dem Röllchen, das immer noch am Ende des Pfeiles haftete, nahm es auseinander und las:

Ich glaube, nun haben wir uns verstanden!

Wortlos reichte er den Zettel Selenus. Der las ihn und blickte Gaius lange an.
Während der Arzt seine Sachen zusammenpackte, sagte er:
»Übrigens, ein guter Schütze!«
Verwundert sah Gaius ihn an.
»Es wäre eine Kleinigkeit gewesen, deinen Bruder tödlich zu treffen!«
»Du meinst, es war...«
»Ja. Der Schuß kam aus nächster Nähe. Der Schütze wollte ihn nicht töten. Ich werde noch heute abend nach ihm sehen. Bis dann! Ihr lebt sehr gefährlich hier! Ich würde eine Weile aufs Land ziehen.«
Still verließ Athenodoros den Garten.

Gaius ging zur Mauer, suchte genau den Boden ab. Es fand sich nichts. Fußabdrücke waren auf dem vergilbten, kurzen Gras nicht zu entdecken. Als er die Mauer betrachtete, sah er abgerissene, trockene Zweige des dort wuchernden wilden Weins.
Gaius winkte Selenus herbei, ließ ihn sich bücken, stieg auf seinen Rükken und zog sich im Geäst der Ranken bis zur Mauerkrone hoch. Auf der anderen Seite führte ein schmaler, mit Buschwerk umwachsener Pfad vorbei. Der Boden war am Fuße der Mauer zertreten. Gaius ließ sich wieder herunter.
»Eine Kleinigkeit für einen gewandten Kletterer, die Mauer zu überwinden.«
Sie gingen langsam ins Haus. Gaius schickte einen Sklaven zu Cornificius mit der Nachricht, daß die morgige Exkursion bis auf weiteres verschoben werden müsse.
»Jetzt wünschte ich, der Patron käme! Mir sind die Hände gebunden, da ich nicht außer Hauses kann.«
Als sie noch einmal nach Lucius schauten, schlief er. Athenodoros hatte ihm noch ein starkes Schlafmittel verabreicht.
Selenus und Gaius gingen in die Bibliothek, analysierten noch einmal alle verdächtigen Personen und ihre möglichen Motive, fanden aber keine neuen Aspekte.
»Du solltest bald noch einmal Clodius aufsuchen.«
Gaius nickte.

23

Am Abend kam Athenodoros, untersuchte die Wunde und den Zustand von Lucius.
»Wenn der Pfeil vergiftet gewesen wäre, lebte dein Bruder nicht mehr. In zwei Tagen kann er aufstehen.«

Im übrigen verzichtete er heute auf einen medizinisch-philosophischen Vortrag. Er werde morgen noch einmal hereinschauen. Trotz der Erleichterung über den glimpflichen Ausgang des Anschlags und den zufriedenstellenden Zustand des Bruders lastete eine große Spannung auf Gaius. Plötzlich wurde ihm bewußt, daß er alle vorherigen Ereignisse beinahe unter sportlichen Gesichtspunkten bewertet hatte. Es war tödlicher Leichtsinn gewesen.

Ich glaube, nun haben wir uns verstanden.

Er nickte vor sich hin.
In der Tat! Der Unbekannte hatte sein Ziel erreicht. Gaius wußte, daß er über alle seine Maßnahmen unterrichtet war, daß er jeden seiner Schritte beobachtete. Hatte er am Ende Spione hier im engsten Kreise des Hauses?
Der Klopfer am Haupttor schlug an. Gaius ging selbst hin, da er in der Nähe war. Autronius stand draußen, er strahlte!
»Muß doch mal kurz hereinschauen und mich nach dem Befinden unseres Dichters erkundigen, nicht wahr.«
»Er ist nicht mehr hier«, sagte Gaius unfreundlich, spürte aber zugleich, daß er es bei dem abweisenden Satz nicht belassen konnte.
»Aber so komm doch herein!«
Autronius folgte der Einladung und trippelte durch den Flur.
»Schade. Habe ihm Käse, Milch, Trauben und herrliches Wasser aus einer Apenninquelle mitgebracht.«
»Du kannst es ruhig hierlassen. Er wird wohl noch heute kommen.«
»Na, ausgezeichnet, nicht wahr! Kommt nur.« Er winkte den Trägern. »Bringt die Sachen herein!«
Sie schleppten schwer an Körben, Krügen und Paketen.
»Das reicht ja, eine Hundertschaft zu verpflegen!« bemühte sich Gaius um einen lockeren Ton.
»Wirst dich wundern, mein Lieber«, rief Autronius, »wie schnell so ein Käse verschwunden ist, nicht wahr. Werde ihm auch täglich Milch schikken.«
Man brachte die Köstlichkeiten in die Küche. Einer der Sklaven blieb mit einem versiegelten Krug in der Nähe seines Herrn stehen. Autronius zeigte sich ganz als der besorgte Freund:
»Das ist für dich, mein Lieber, damit du dich gelegentlich von der Aufregung erholst. Ein Gläschen wirkt schon Wunder. Aber mäßig, nicht wahr!«
Es war Wein.
»Eine Spätlese aus Chios. Hm.« Autronius leckte sich die Lippen. »War leider die letzte Amphore, nicht wahr, werde aber Nachschub bestellen.«

Bist und bleibst ein Halunke! dachte Gaius, aber er sagte: »Bleibst du noch auf ein Gläschen?«
»Nein, habe eine Menge zu erledigen. Der Wein ist übrigens ein kleiner Dank, nicht wahr!«
»Wofür?«
»Für gestern. Dein Alexander hat mir ja sozusagen, na ja, er hat mir das Leben verlängert, nicht wahr. Prächtiger Bursche! Das hier ist für ihn!«
Er holte noch ein Päckchen hervor, kostbar in Seide verpackt und mit Goldfäden geknotet.
»Denke, es wird ihm gefallen, nicht wahr.«
Er reichte es Gaius, kam dann ganz nahe heran:
»Pompeius ist wieder da! Ist in seinem Haus vor der Mauer abgestiegen.«
Er nickte sich selbst wichtig zu.
»Wann?«
»Gestern abend. Und prompt haben wir Ruhe in der Stadt! Wird Caesar wohl nicht passen. So, ich muß weiter.«
Und er trippelte davon. Schon in der Tür, rief er zurück:
»Fulvia würde sich freuen, wenn du und Cornificius mal zum Abendessen kämet.«
Er winkte und ging.

Alexander kam aus dem Garten.
»Das habe ich gefunden, Herr. Lag unter der Mauer im Laub.«
Es war ein Stück gelbes Leder.
»Könnte von einer Sandale sein.«
»Aber von welcher?« überlegte Gaius.
»Wird sich feststellen lassen! Was hast du da, Herr?«
»Für dich. Von Autronius.«
Alexander nahm das Päckchen, öffnete umständlich und langsam die Schnur, dann die Verpackung und fand innen in einem Lederbeutel mehrere große Goldstücke.
Alexander, der noch nie so viel Geld in Händen hatte, fragte:
»Wieviel ist das denn in Sesterzen?«
Gaius zählte, rechnete: »Na, so etwa tausend.«
»Waaas?« Alexander war außer sich, wurde aber plötzlich sehr traurig.
»Darf ich sie behalten, Herr?«
»Aber natürlich, mein Braver!«
»Aber ich habe Angst.«
»Wovor?«
»Daß ich sie ausgebe. Nimm du sie in Gewahrsam.«
»Kommt überhaupt nicht in Frage! Ein Mann muß mit Geld umgehen können!«

»Na, dann eben nicht.« Alexander nahm das Päckchen und brachte es auf der Stelle in sein Zimmer, wo er den Rest des Abends immer neue Pläne über finanzielle Transaktionen schmiedete.
Kurze Zeit später kam Cornificius ins Haus gestürmt.
»Wo ist er?« Und schon wollte er die Treppe nach oben nehmen.
»Bleib unten! Er schläft«, erklärte Gaius. »Im übrigen wirst du ja nun wohl helfen müssen, einige fünfzig Pfund Käse zu vertilgen.«
Cornificius verstand nichts.
»Hier gibt es ab sofort bei allen Mahlzeiten Käse. Autronius ist sehr besorgt um dein leibliches Wohl. Also, fangen wir an. Nur Mut, nicht wahr!«
Eugenia hatte den Tisch reizvoll gedeckt mit den verschiedenen Käsesorten, verziert mit allerlei Kräutern aus ihrem Garten.
Dazu gab es reichlich Milch und Apenninwasser, allerdings nur für Cornificius.
»Er wird dir nun täglich Milch und Wasser ins Haus schicken, nicht wahr!« frohlockte Gaius und trank Cornificius mit einem Becher Chios zu. »Ausgezeichnet!« Er schnalzte mit der Zunge.
»Die Götter mögen mich beschützen!« rief Cornificius und nahm einen Schluck Wasser. »Hm. Doch! Nicht schlecht!« Er trank noch einmal, wurde dann aber ernst: »Ich glaube, wir haben die Dinge nicht ernst genug genommen.«
Gaius nickte.
»Solltest vielleicht doch nach Ravenna reisen«, meinte Cornificius.
»Noch nicht. Erst muß Lucius wieder auf den Beinen sein. Und zuvor suche ich noch einmal Clodius auf.«
Sie aßen und tranken, jeder hing seinen Gedanken nach. Dann murmelte Gaius:
»Das einzige, was wir wissen, ist, daß der Täter gelbe Sandalen trägt und ein guter Schütze und Kletterer ist!«
»Dann kommt ja wohl Autronius nicht in Frage.«
»Warum nicht? Er könnte der Auftraggeber sein. Außerdem hätte er die Geldmittel, Hauspersonal zu bestechen.«
»Das könnte Clodius ebensogut. Ich weiß nicht...«
»Was?«
»... ob es gut ist, wenn wir hier sitzen bleiben und die Zeit vertun – verzeih! Ich meine, wo doch Lucius über den Berg ist...«
»Habe auch schon daran gedacht. Wenn der Täter von unserem geplanten corsischen Abstecher weiß, wird er unverzüglich aufbrechen und die Knaben an einen anderen Ort bringen.«
»Das kann er nur, wenn er über Komplizen verfügt.«
»Daß er die hat, beweist schon die Entführung.«
»Piraten?«

»Wahrscheinlich.«
Sie aßen weiter. Plötzlich hielt Cornificius inne und rief:
»Dann kenne ich nur einen, der helfen kann!«
»Wen meinst du?«
»Pompeius! Er hat damals mit dem Gesindel kurzen Prozeß gemacht und die Einsichtigen unter ihnen an verschiedenen Orten angesiedelt. Mit seinem Einfluß müßte es möglich sein, auf die einstigen Führer Druck auszuüben, uns zu helfen.«
Cornificius sah, wie der Freund mit sich rang:
»Er wird sich über meinen Besuch nicht gerade freuen.«
»Im Gegenteil! Ein Volcatier, der ihn um etwas bittet, wird ihm schmeicheln.«
»Und genau das möchte ich vermeiden. Das gefällt mir gar nicht.«
»Mach dich nicht lächerlich mit deinem künstlichen Gehabe! Du suchst ihn ja nicht als Caesarianer, sondern als Privatmann, als Anwalt im Sinne der Menschlichkeit auf. Alle alten Freibeuter bekommen das große Zittern beim Klang seines Namens!«
»Na gut. Dann komm, hilf mir, ein Schreiben an ihn aufzusetzen. Solange er Imperiumsträger ist, darf er das *Pomerium*[47] nicht überschreiten.«
Sie gingen hinüber in die Bibliothek und machten sich unverzüglich an die Arbeit. Nach einer Viertelstunde stand der Text.
Selenus wurde gerufen, in den neuen Stand der Dinge eingeweiht und um Kritik gebeten. Cornificius las den Briefentwurf vor:

> *C. Volcatius Tullus grüßt den Imperator Pompeius!*
> *Wie ich erfahren habe, weilst Du seit heute vor der Stadt. Ich bitte Dich im Laufe des morgigen Tages um eine Aussprache. Es geht um das Leben zweier Menschen. Du könntest helfen!*

Selenus sagte streng:
»Streicht das *seit heute* und schreibt *seit kurzem*. Und den letzten Satz steigert zu: *Nur du kannst helfen!*«
Zornig rief Gaius: »Ich habe nicht vor, ihm in den Hintern zu kriechen.«
Selenus lächelte: »Das weiß er doch sowieso. Durch das *Nur du* legst du ihn bereits fest!«
Cornificius pflichtete bei: »Vergiß nicht, es geht nicht nur um dein Leben, sondern das zweier unschuldiger Kinder!«
»Na gut. Bitte, Selenus, schreib das ins reine und mach dich unverzüglich auf den Weg. Nimm meine Sänfte!«
Selenus verschwand in seinem Zimmer, fertigte die Reinschrift an, fand noch die Zeit, den Entwurf in seinem Archiv abzulegen und verließ eine Viertelstunde später das Haus.

In der Zeit bis zu Selenus' Rückkehr leisteten Gaius und Cornificius dem Verwundeten Gesellschaft, den sie mit Unmengen von Käse, Milch und Trauben fütterten. Und Lucius ließ es sich gerne gefallen.
Schon nach einer Stunde kam Selenus zurück. Gaius und Cornificius fingen ihn im Flur ab.
»Und?«
Selenus lächelte.
»Die Antwort hat er eigenhändig geschrieben. Hier!«
Er reichte Gaius die kleine Rolle. Gaius las:

> *Cn. Pompeius grüßt C. Volcatius Tullus.*
> *Wenn es Dir recht ist und nicht zu zeitig, suche mich morgen um die zweite Stunde auf. Ich freue mich.*

»Na also!« rief Cornificius. »Was habe ich gesagt!«
Den Rest des Abends verbrachten sie mit Plaudern, bis Cornificius zur Kithara griff und verschiedene seiner neueren Gedichte und Lieder vortrug. Selbst einige vom Gesinde lauschten und sparten nicht mit Beifall. Nur Hector verkroch sich jaulend in den entferntesten Winkel des Hauses.

24

Gaius hatte es so eingerichtet, daß er zehn Minuten nach Eintritt der zweiten Stunde das vor der Stadtmauer gelegene Haus des Pompeius betrat. War es Eitelkeit? War es Familienehre? Wohl beides.
Es war, wie alle in und bei Rom gelegenen Häuser des Feldherrn, von betonter Schlichtheit, ganz auf Nutzen und Funktionalität eingerichtet. Protziger Marmor fehlte ebenso wie vergoldete Leuchter, die Wände waren geschmackvoll mit Scheinarchitektur ausgemalt; dunkles Rot herrschte vor. Einzig eine lebensgroße Statue des Dictators Sulla fiel im Atrium ins Auge, und Gaius überlegte, ob das Taktik oder Ehrerbietung gegenüber dem Mann war, der ihn auf seine steile Bahn gebracht hatte.
Man geleitete ihn auf der Stelle in Pompeius' Arbeitszimmer.
»Gaius Volcatius Tullus!« meldete der Sekretär und verbeugte sich leicht vor dem Gast. Pompeius' Dienerschaft war bekannt für ihre Höflichkeit.
Er saß an seinem Arbeitstisch zwischen einer Unmenge von Papieren, die sich links und rechts auf der Platte stapelten. Sofort fiel Gaius das volle Haar ins Auge, sorgsam geschnitten, in der Tat den Locken Alexanders des Großen nicht unähnlich, wie man allenthalben erzählte.
Pompeius blickte auf, der ernste Zug seines Gesichts ging sehr schnell in ein gewinnendes Lächeln über. Doch die tief eingeschnittenen Falten, die

die Breite der Stirn betonten, blieben. Das nach unten volle, ja fast weiche Gesicht hatte einen knabenhaften Zug beibehalten; er sah jünger aus als dreiundfünfzig. Leicht erhob er sich und kam um den Tisch herum.
»Ich freue mich, daß du einmal den Weg zu mir findest, Gaius!«
Er reichte ihm die Hand, sie war fleischig, fest und warm. Eine Hand, die zupacken konnte.
»Ich darf dich doch so nennen?« fügte er hinzu und lächelte; es war eine Anspielung auf Gaius' jüngeres Alter. Er hätte sein Vater sein können.
»Noch vor drei Tagen habe ich mit deinem Vater gesprochen. Ich schätze ihn sehr. Leider bringt Rom ja nur noch selten Männer dieser aufrechten Art hervor.«
Gaius spürte, wie sich Pompeius von Anfang an um eine entspannte Atmosphäre bemühte, aber auch, wie diese herzliche Einleitung nicht gekünstelt war. Caesar blieb auch in solchen Situationen – wenn es ihm opportun schien – der Spötter und Taktiker und zeigte nicht gleich offen seine Gefühle. Vielleicht war Pompeius darum leichter verletzlich?
»Dies Lob aus deinem Munde ehrt ihn – und mich.«
Was hatte sein Vater mit ihm besprochen? Gaius wies auf den Tisch:
»Wie ich sehe, überhäuft man dich mit Arbeit. Ich will dich daher nicht lange ...«
»Ach«, fiel Pompeius ihm ins Wort. »Das ist der Alltag dessen, dem man ans Herz gelegt hat, zweihunderttausend Darbende mit Brot zu versorgen. Und da reden gewisse Leute, Macht mache frei und unabhängig. Was ist Macht? – Arbeit! Papierkrieg! Dauerndes Kontrollieren der Säumigen, Trägen, der Egoisten. Ich habe mich nie um diese Aufgabe gerissen. Die Verhältnisse! Die Verhältnisse! – Aber du hast in deinem kurzen Brief eine Andeutung gemacht, daß du meine Hilfe brauchst. Bitte nimm doch Platz!«
Sie gingen zu den Sesseln in der Ecke am Fenster und setzten sich.
»In den letzten Monaten«, begann Gaius, »sind in Rom und an anderen Orten einige Bürger entführt worden.«
Pompeius nickte.
»Unter anderen auch zwei Knaben, der einzige Sohn des Cassius Longinus und der seines Verwalters.«
»Ich habe davon gehört. Diese Verbrechen zeigen, wie tief Rom gesunken ist. Es ist an der Zeit, Sicherheit und Ordnung durch strikte Anwendung der Gesetze wiederherzustellen. Es bedarf dazu keiner neuen.«
»Ich bin ganz deiner Meinung«, sagte Gaius, hütete sich aber, diese zweideutige Feststellung durch Bezugnahme auf diesen oder jenen, der diese Ordnung zu schaffen imstande wäre, zu präzisieren. Um einer darauf zielenden Äußerung zuvorzukommen, fuhr er schnell fort:
»Ich glaube allerdings, Beweise dafür zu haben, daß es sich im Fall der entführten Kinder nicht um – nun, ein normales Verbrechen handelt.«

»Interessant! Sondern?«
Vorsichtig wählte Gaius die Worte:
»Nach allem, was mir – unter anderm durch eigene Recherchen – in der Sache bekannt ist, haben einflußreiche Männer der Stadt ihre Hände im Spiel.«
»Interessant! Du sprichst von Senatoren?«
Gaius zögerte: »Ja.«
»Wer?« grollte Pompeius, und Gaius wußte, daß nun vor seinem inneren Auge eine Reihe von Gesichtern erschien. »Wer benutzt nun schon unschuldige Kinder als Mittel seiner schmutzigen Machenschaften?«
Gaius blickte ihn direkt an.
»Da das Leben der Knaben in Gefahr, ja in größter Gefahr ist, bitte ich dich, die Namen derer, die ich verdächtige, nicht – noch nicht – nennen zu müssen.«
Pompeius sah ihn lange und kritisch an.
»Du spielst nicht mit offenen Karten. Du bittest um meine Hilfe in einer diffizilen Angelegenheit, ohne mir Einblick zu geben.«
»Mir sind die Hände gebunden. Es wurden bereits Anschläge gegen mich geführt. Es gibt bereits zwei Tote. Gestern ist mein Bruder mit knapper Not einem Meuchelmord entgangen. Er wurde im Garten unsres Hauses von hinten mit einem Pfeil angeschossen. Jeder meiner Schritte wird beobachtet.«
»Woher weißt du das?«
»Ich erhalte Drohbriefe.«
»Von wem?«
»Keine Ahnung. Aber es geht mir weniger um meine Sicherheit als um die der Kinder. Der Täter, der auch jetzt wohl weiß, daß ich hier in deinem Arbeitszimmer sitze, wird unverzüglich seine Folgerungen ziehen, seine Taktik ändern, um mir einen Zug voraus zu sein.«
Pompeius stand auf und ging einige Schritte durch den Raum.
»Solange man dir droht, sind die Kinder noch am Leben!«
Gaius bewunderte die schnelle logische Reaktion des Feldherrn. Er nickte.
»Aber nun mußt du doch die Katze bis zu den Ohren aus dem Sack lassen, wenn ich dir helfen soll!«
Gaius war erleichtert. Er berichtete, soweit er es für notwendig hielt, über die Anschläge der letzten Tage, ohne jedoch Clodius, Autronius oder andere als Verdächtige zu nennen.
»Der oder die Täter«, schloß er, »müssen über beste Seeverbindungen verfügen, wie die Entführungsaktion bei Baiae beweist, wo man am hellichten Tag operierte.«
Nun kam der schwierigste Teil seines Vorhabens: Er mußte auf das zunehmende Treiben der Piraten zu sprechen kommen, ohne Pompeius, der

ja vor Jahren reinen Tisch mit den Banden gemacht hatte, zu desavouieren. Sachlich begann er: »Vor vierzehn Jahren hast du in drei Monaten das Meer von Ost nach West von Piraten leergefegt.«
»Du brauchst nichts beschönigen, Gaius. Es gibt immer Löcher im Netz, und wer sie sucht, findet sie. Du gehst also davon aus, daß einige dieser Burschen wieder aktiv wurden – besser: daß sie von unserem Unbekannten gezwungen wurden, ihre Dienste dem schmutzigen Zweck zur Verfügung zu stellen.«
»Ja. Nun hast du damals viele von ihnen, nämlich jene, die guten Willen zeigten, an festen Plätzen angesiedelt...«
»Richtig, und sie sind voll und ganz von der ansässigen Bevölkerung in diesen Städten integriert worden. Ich habe sie wohlwollend im Auge behalten.«
Gaius nickte und nahm den Faden auf.
»Nun ist es aber denkbar, daß einige von ihnen auch heute noch gute Kontakte zu jenen pflegen, die wieder auf den Meeren aktiv geworden sind. Kurz, ich meine, du könntest den einen oder anderen jener, die nun ein durchaus bürgerliches Leben führen, um Mitarbeit in der Affäre bitten, zumal dir viele von ihnen zu Dank verpflichtet sind.«
»Nichts leichter als das«, sagte Pompeius, ging zum Arbeitstisch, setzte sich und läutete. Sein Sekretär erschien. »Diktat. Zwei Briefe.«
Der Schreiber griff sich Stift und Tafel, trat seitlich vor ein Stehpult und wartete auf die ersten Sätze. Pompeius schlug die Beine übereinander und begann:

> *Der Imperator Cn. Pompeius an Karkinos den Alten, Getreidehändler in Ostia!*
> *Du wirst dem Überbringer dieser Zeilen, dem Tribunen Gaius Volcatius Tullus, auf alle seine Fragen gewissenhaft und ehrlich Antwort geben. Du wirst ihn mit Rat und Tat unterstützen und ihn, wenn er es für notwendig hält, persönlich begleiten und alle seine Befehle ausführen. Worum es sich handelt, wirst Du von Volcatius Tullus erfahren. Sei meiner Gnade eingedenk und suche sie zu erhalten!«*

Pompeius spielte mit einem Stift, überlegte kurz und fuhr dann fort: »Zweites Schreiben. Kopf wie oben, unter Hinzufügung von *Curator annonae*[48]. Hast du?«
Der Schreiber nickte.

> *An den Flottenkommandanten von Ostia, Qu. Geminius Orato!*
> *Befehl: Du wirst dem Überbringer dieses Schreibens, dem Tribunen Gaius Volcatius Tullus, den schnellsten Kuriersegler zur Ver-*

fügung stellen. Volcatius wird nach eigener Anschauung eine Begleittruppe unter dem Kommando eines Centurio zusammenstellen und mit an Bord nehmen. Die Dauer des Unternehmens liegt ganz im Ermessen des Tribunen. Für diese Zeit hat er an Bord und auch an Land völlige Kommando- und Disziplinargewalt. Seinen Befehlen ist Folge zu leisten. Alle Kosten des Unternehmens gehen zu Lasten der Staatskasse. Nach Abschluß der Aktion wirst du mir Bericht und Abrechnung schicken. Sollte es notwendig werden, haben alle in der Nähe liegenden oder kreuzenden Kriegsschiffe die Aktion ohne Verzug zu unterstützen.

Pompeius erhob sich und fügte hinzu: »Von beiden Schreiben zwei Abschriften. Die gesiegelten Originale gehen in einer halben Stunde in das Haus des Senators Lucius Volcatius Tullus auf dem Caelius.«
Und zu Gaius: »Zufrieden?«
Gaius sprang auf, er strahlte.
»Das ist mehr, als ich erwarten konnte. Ich danke dir!«
Sie reichten sich die Hand. Pompeius aber meinte lächelnd:
»Schade, daß wir uns nicht früher kennengelernt haben. Mein Haus steht dir jederzeit offen.«
Und noch einmal schüttelte er ihm die Hand. Erst als sie zur Tür gingen, bemerkte er, daß Gaius leicht hinkte:
»Gallien?« fragte er.
»Ja.«
»Das Leben soll dort sehr gefährlich sein.« Er ginste, doch überwog die Herzlichkeit des Händedrucks.
»Grüße deinen Vater und deinen Bruder!«
Er begleitete ihn bis zur Tür, und Gaius verbeugte sich leicht. Mit sehr gemischten Gefühlen verließ er das Haus des derzeit mächtigsten Mannes in Rom.

25

Wieder im Hause, kam ihm im Atrium ein völlig aufgelöster Cornificius entgegen.
»Was hast du? Was ist denn mit dir?«
»Philoktet...«, stotterte Cornificius. »Philoktet ist tot! Erstochen! Man fand ihn an der Via Flaminia, keine Meile vor der Mauer.«
»Wer fand ihn?«
»Ein Bauer, der auf dem Wege zum Markt war. Er informierte einen vorbeikommenden Soldaten, der machte seinem Vorgesetzten Meldung.«
»Einer von Pompeius' Truppe?«

»Ja. Und der informierte einen der Aedilen[49], der Philoktet als meinen Sekretär erkannte und mich benachrichtigen ließ.«
Gaius ging in die Bibliothek, warf sich auf einen Stuhl und starrte zu Boden.
»Nun wird es blutiger Ernst. Dahinter steht eine perfekte Organisation. Sag mal...« – er blickte auf – »der Brief!«
»Beim Hercules! Der Brief!«
»Was ist damit?«
»Verschwunden!«
Gaius nickte düster.
»Es ging ihnen nur um den Brief. Aber sie werden den Code nicht knacken können. Dieser Mord war sinnlos.«
Da trat der Hausmeister ein mit zwei Rollen. Er tat sehr wichtig.
»Das wurde soeben im Auftrag des Imperators Pompeius abgegeben.«
»Danke.«
Gaius nahm die Schreiben und reichte sie Cornificius, der sie mit größtem Interesse las und rief:
»Das ist sehr gut! Das ist phantastisch! Mehr als ich erwartet habe.«
»Ich auch.«
»Er will dich offensichtlich mit dieser Gefälligkeit auf seine Seite ziehen. Wie hast du dich verhalten?«
»Sehr privat. Und er wiederum vermied jedes Wort über Gallien und den Proconsul. Lobte die Tugendhaftigkeit meines Vaters. Na, und mit diesem Papier...« – er wies auf das Schreiben an den Flottenkommandanten –, »haben wir die Mittel, die ganze Bande auszuheben!«
»Aber sag mal, überschreitet er damit nicht seine Kompetenzen?«
»In keiner Weise. Als *Curator annonae* unterstehen ihm alle Flotteneinheiten des Imperiums von Pontos bis zu den Säulen des Hercules. Er könnte die Aktion jederzeit rechtfertigen mit der Begründung, das neu aufflammende Piratenunwesen im Keim zu ersticken, weil es, wenn nicht den Anfängen gewehrt wird, die Getreideversorgung der Hauptstadt gefährdet.«
»Es zeigt im übrigen aber auch, wie leicht es für ihn wäre, in der Stadt mit eisernem Besen zu kehren, wenn er nur wollte.«
In diesem Augenblick polterte Alexander in den Raum, wandte sich in der Tür um und rief:
»Warte einen Augenblick!«
Dann trat er mit großer Geste, die Rechte zum militärischen Gruß erhoben, in voller Größe vor die Freunde und brüllte:
»Alexandros bittet, Meldung machen zu dürfen!«
Zack! Die Hand flog nach unten, aber er blieb in Habtachtstellung stehen.
Erstaunt fragte Cornificius: »Wie bitte?«

Aber Gaius sagte nur trocken: »Na, dann schieß los!«
Und Alexander tat es:
»Das Haus ist umstellt. Sämtliche Ein- und Ausgänge werden bewacht. Schlage vor, zwei Mann im Garten an der Mauer postieren zu lassen.«
Seine athletische Haltung kündete, daß es ihm todernst war.
»Haus umstellt? Posten im Garten? Willst du uns das bitte genauer erklären?« rief Gaius.
»Jawohl. Genauer erklären. Habe Birria getroffen und informiert. Stellte sich spontan mit vier Kameraden, die sich abwechseln, als Garde zur Verfügung. Das wohlwollende Einverständnis Milos ist gegeben!«
»Ich werd' verrückt!« rief Cornificius und schlug sich aufs Knie.
Alexander aber: »Darf er hereinkommen?«
»Wer?«
»Birria! Da ist er!«
Ein Kyklop von Mensch füllte plötzlich den Türrahmen, kam hindurch, und auf der Stelle verbreitete sich der Duft frischer Seife im Raum. Gekleidet war er mit einer phantastisch bestickten Tunika. An beiden kleinen Fingern trug er einen goldenen Ring. Mit dem Charme eines Kampfstiers baute er seine muskelstrotzende Gestalt vor ihnen auf, hob mit einer ruckartigen Bewegung die Rechte zum Gruß und tönte mit rauchiger Baßstimme: »Wenn der Tribun nichts dagegen einzuwenden hat, wird Birria mit einigen seiner Schüler die Bewachung des Hauses übernehmen. Schätze, keine Maus kommt mehr raus oder rein.«
Zack! Wie ein Blitz schlug die Hand nach unten. Cornificius stieß Gaius an und zwinkerte ihm zu. Birria war noch nicht fertig.
»Habe einiges gutzumachen, schätze ich. Habe von Burschen gehört, die aus dem Hinterhalt zuschlagen. Werde es zu verhindern wissen. Wäre mir eine große Ehre.«
Dieses spontane Hilfsangebot kam einer Offensive gleich, und Gaius fühlte sich auch überrumpelt; doch war ihm der Hüne auf Anhieb sympathisch.
»Weiß dein Herr davon?«
»Schätze, er billigt es nicht nur, es ist sein ausdrücklicher Wunsch.«
»Nun, ich habe nichts dagegen einzuwenden. Wie habt ihr euch das denn gedacht?«
»Werde mich mit den andern alle zwei Stunden ablösen. Niemand betritt dieses Haus oder den Garten, wenn du es nicht wünschst, oder er verläßt beides nicht als Lebender.«
»Gut, einverstanden. Alexander!«
»Herr!«
Er baute sich neben Birria auf.
»Sorge für das leibliche Wohl unsrer Beschützer. Sie mögen doch Käse – oder?«

»Selbstverständlich!« dröhnte Birria. »Schätze, Käse hält Leib und Seele prächtig beieinander.«
Und nun spielte Gaius mit.
»Birria!«
»Herr!« Die Gestalt bebte, als er strammstand.
»Positionen einnehmen! Alle zwei Stunden Wechsel! Besonders Gartenmauer im Auge behalten!«
»Jawohl!«
Alexander und sein neuer Freund polterten aus dem Raum. Cornificius grinste:
»Mit den Burschen könntest du den Hades erobern. Du kannst nun ohne Skrupel nach Corsica aufbrechen. Ist doch nett von Milo.«
»Auch ein Milo macht nichts umsonst. Er spekuliert auf Vaters Unterstützung bei seiner Kandidatur.«
Gaius erhob sich. »Mir wäre lieb, der Patron käme noch vor unserem Aufbruch zurück.«
»Du kannst doch Selenus das Haus in Obhut geben.«
Gaius nickte.
Sie trennten sich. Cornificius ging nach Hause, um die traurige Obliegenheit zu regeln, seinen Philoktet zu bestatten. Hatte er auch keine Angehörigen, so war es doch für alle im Cornificischen Hause ein großer Verlust.

26

Gaius wußte nicht, ob Clodius in seinem Hause am Palatin weilte, doch war ihm dies gleichgültig, da es ihm nur darauf ankam, unter einem Vorwand zusammen mit Hector das Magazin zu betreten, den Hund dort nach Spuren suchen zu lassen und ihn dabei genau zu beobachten.
Zu diesem Zweck hatte er einen Riemen aus der Sandale von Cassius' Sohn Quintus gelöst, um ihn Hector in einem geeigneten Augenblick als Stimulans unter die Nase zu halten.
Der Hund hielt sich brav neben der Sänfte, und seine respektheischende Größe ließ die Passanten einen Bogen machen.
Nach einer Viertelstunde war man da. Gaius ging langsam zum Eingang. Es dauerte eine ganze Weile, bis auf sein Klopfen hin jemand öffnete.
»Clodius ist nicht im Hause«, murmelte der Diener.
»Oh, das ist schade. Wann kommt er zurück?«
»Das ist ungewiß, Herr. Soll ich ihm etwas ausrichten?«
»Nein, nicht nötig.«
»Was gibt's denn?« näherte sich eine weibliche Stimme. Clodia hatte die Stirn in hübsche Falten gelegt.

»Ach, Gaius! Warum bittest du ihn nicht herein, Philotas? Bitte, entschuldige.« Sie nahm Gaius leicht beim Arm und führte ihn ins Atrium. Hector folgte interessiert und nahm sogleich alle Ecken, Wände und Nischen in Augenschein.
»Ein herrliches Tier! Woher hast du ihn?«
»Er ist ein Molosser aus Epeiros. Sein Stammbaum ist bis auf die Zeit von Alexanders Mutter Olympias zurückzuverfolgen.«
Sie beugte sich vor, betrachtete das Tier, lockte:
»Na komm, mein Braver! Komm!«
Aber Hector trat nur mißtrauisch neben seinen Herrn, blickte ihn kurz an und überhörte alle Schmeicheleien Clodias. Gaius sagte lächelnd:
»Du mühst dich umsonst, er ist unbestechlich.«
»Schade. Ich liebe Hunde, aber mein Bruder kann sie nicht ausstehen. Kommst du mit in den Garten?«
»Gerne.«
Er und Hector folgten ihr. Gaius bewunderte den grazilen Hals, sah, wie sie leichtfüßig und fast schwebend in diesem weiten weißen Gewand vor ihm herging, in den Garten trat, an einer der Säulen unter der umlaufenden *Pergula*[50] stehenblieb und sich gegen den Marmor lehnte. Er trat neben sie, blickte in ihr schönes, raffiniert keusches Gesicht, spürte, wie sich ihre Augen aneinander festsogen.
»Ich wußte, daß du wiederkommen würdest.«
Sie war über das Alter hinweg, mit gezierten Künstlichkeiten neckisches Spiel zu treiben. Er ließ den Blick nicht von ihr, als er fragte:
»Warum?«
»Weil du mich magst.« Ihre Offenheit war entwaffnend. »Und weil ich dir leid tue.«
Ihre Pupillen weiteten sich.
»Woher willst du das wissen?« fragte er.
»Weil du ihn gestern durchschaut hast. Komm, gehen wir etwas auf und ab. Ich bin so unruhig. Ich spüre, daß schreckliche Dinge geschehen werden.«
Sie hängte sich bei ihm ein, und er führte sie den ausgedehnten Laubengang entlang. Hector trottete brav hinterdrein.
»Du hast gestern gesehen, wie es in Wahrheit um ihn bestellt ist. Wenn er dies wüßte, wärst du jetzt bereits im Hades.«
Ihre Finger verkrampften sich. Er blieb stehen, griff mit beiden Händen nach ihr, sah, wie eine Träne aus den feuchten Augen quoll und langsam die Wange hinabrann. Da faßte er ihren kleinen Kopf, zog ihn zu sich heran und küßte sie. Und sie drängte sich wie schutzsuchend an ihn.
»Er ist wahnsinnig«, hauchte sie, und ihre Tränen netzten sein Gesicht. Und wieder kam es ihn an, wie vor Tagen auf dem Fest bei Autronius, daß er nur herrisches Spiel treibe, zugleich ihre Schönheit genießend, den

Duft ihrer Haut und des Haars, die Berührung der sanften Finger, und er strich ihr übers Haar.
»Verachtest du mich?« fragte sie.
»Warum sollte ich?«
»Du wirst wiederkommen?«
»Ja. Aber es wird einige Zeit dauern.«
»Du mußt ihm helfen. Auf dich würde er hören. Du bist anders als seine Kumpane, die ihn und seine Macht über den Pöbel nur ausnutzen.«
»Ich will es versuchen.«
Sie gingen weiter, erreichten den verwilderten Teil des Gartens. Gaius, hellwach, bemerkte, wie Hector, die Nase am Boden, unruhig wurde. Belanglos meinte er: »Er wittert Kaninchen.«
»Ja«, bestätigte Clodia, »sie kommen unter der Mauer her.«
Da blieb Gaius stehen.
»Würde es dir etwas ausmachen, wenn ich noch einmal die ›Athene‹ in Augenschein nehme? Er will sie mir schenken.«
Sie sah ihn seltsam an. Dann:
»Gern, aber es ist nicht sehr hell im Magazin.«
»Sie steht gleich vorne.«
Clodia ging zur Tür und öffnete sie. Und als ob er ein Wild verfolge, schoß Hector hinein, man hörte sein aufgeregtes Schnaufen am Boden. Gaius folgte langsam und suchte im Dämmer des Raumes die Statue. Aber der Platz war leer.
»Hier stand sie gestern.«
»Ach, dann hat er sie heute morgen schon wegschaffen lassen. Ich war nicht im Hause. Was er Freunden verspricht, hält er strikt ein!«
Man hörte den Hund rumoren.
»Was hat er denn?« fragte Clodia.
Gaius ging tiefer in den Raum, folgte dem Geräusch des Hundes, der offensichtlich an etwas zerrte und knurrte, weil er es nicht lösen konnte. Es war hinter großen Brettern, die schräg an der Wand lehnten, hinter einigen alten Säulen und beschädigten Statuen. Gaius hatte sie gestern nicht beachtet. Er beugte sich hinunter, kämpfte gegen die Dunkelheit an und sah, wie Hector an einer Decke schnüffelte und versuchte, sie aus der Nische zu ziehen.
»Du Dummer! Das Kaninchen ist längst über alle Berge!«
Nach einem scharfen Befehl kam der Hund wedelnd zurück, und Gaius streichelte ihn lange, lobte ihn, ohne daß sichtbarer Anlaß dafür bestand.
Clodia betrachtete die Szene.
»Ich glaube fast, du liebst ihn mehr als die Menschen.«
»Es kommt ganz auf den Menschen an.«
Er nahm ihren Arm, und sie traten nach draußen, gingen den Weg unter der *Pergula* zurück.

»Wann kommst du wieder? Du kommst doch wieder?«
»Wenn eine bestimmte Sache geklärt ist. Ich kann nicht sagen, wann.«
»Hat die Sache mit ihm zu tun?«
»Vielleicht. Ich wünschte, es wäre nicht so.«
»Ihm oder mir zuliebe?«
Statt einer Antwort strich er über ihre Hand.
»Es wird kühl. Gehen wir hinein.«
Beiden war, als ob sie sich seit Jahren kannten; aber sie blieb stehen und sagte fast streng: »Nein, Fulvia ist im Hause.«
»Du magst sie nicht?«
»Nein. Sie schürt sein cholerisches Temperament. Sie ist besessen von der Idee, ihn an die Macht zu bringen.«
»Liebt sie ihn?«
Sie machten kehrt und gingen den Weg langsam zurück.
»Ja, aber zugleich will sie ihn beherrschen.«
»Will das nicht jede Frau?«
»Nein.« Sie streichelte seine Hand.
Er blieb stehen, sah sie lange an: »Warum sind wir uns nicht früher begegnet?«
Doch sie wich aus: »Es ist besser, du gehst jetzt. Wenn du wieder zurück bist, schreib mir!«
Sie brachte ihn bis zur Tür.

Als er, wieder zu Hause angekommen, aus der Sänfte stieg, sah er, wie einer von Milos Leuten langsam vor dem Hause auf und ab ging und ihn, als er näherkam, grüßte.
»Gut so!« sagte Gaius mechanisch und trat ins Haus.
Cornificius war wieder da; die Neugier hatte ihn nicht im Hause am Quirinal gehalten. Auf seine Frage berichtete Gaius ihm von Hectors Verhalten im Garten und im Magazin und meinte: »Es spricht vieles dafür, daß die Kinder dort eine Zeitlang versteckt waren.«
Cornificius überlegte und meinte:
»Das ist entweder gleich zu Anfang oder vor kurzer Zeit gewesen.«
»Wie meinst du das?«
»Es war nur eine Zwischenstation. Vielleicht stand das schmutzige Geschäft kurz vor dem Abschluß, aber dem Erpresser ist irgend etwas dazwischengekommen.«
»Wir werden es herausfinden. Im übrigen sollten wir heute zeitig schlafen gehen; morgen steht uns ein anstrengender Tag bevor.«
Cornificius fiel auf, daß der Freund keine Lust zu weiterer Unterhaltung zeigte, und ließ ihn in Ruhe. Sie trennten sich denn auch bald.
Das letzte, was Gaius vor dem Einschlafen sah, war Clodias schönes Gesicht, und er hörte ihre Frage: »Du kommst doch wieder?«

27

Entgegen seiner behäbigen Lässigkeit an friedlichen Tagen war Alexander am nächsten Morgen als erster auf den Beinen, hantierte, kramte, stapelte, suchte und packte schließlich alle möglichen Dinge in die alten, abgewetzten Reisetaschen, die schon in Gallien ihren wichtigen Dienst getan hatten. Sie waren verschossen, abgenutzt und speckig wie alte Kochlöffel und teilweise derb geflickt, aber Alexander hing an ihnen, weil sie einen Teil seines Lebens ausmachten. Jeder Kratzer und Flicken erinnerte an einen bestimmten Vorfall, an bestimmte Tage, an diese oder jene Person, und er hätte einem interessierten Zuhörer stundenlang zu jeder Ecke und Kante der Bagagebehälter ausführlich Bericht erstatten können, gewürzt mit ungeheuren Bildern, dramatischen Szenen, deren Fazit am Ende darauf hinausgelaufen wäre, daß ohne ihn, Alexandros, Sohn des Alexandros aus Theben, der bisherige Verlauf des gallischen Krieges ein böses Ende genommen hätte.

Als Gaius und Cornificius dann verschlafen zum Frühstück erschienen, nutzte er den empfänglichen Zustand seines Herrn für einige lange entbehrte Ermahnungen, Ratschläge und Reminiszenzen.

»Du bist seit Wochen nicht mehr im Sattel gesessen, Herr, darum solltest du dir von mir dein Bein täglich massieren und salben lassen.«

Gaius rührte keine Miene und kaute gelassen weiter.

»Für alle Fälle habe ich auch deinen zweiten Stock mit eingepackt, falls du den anderen irgendwo liegenläßt.«

»Ich habe ihn noch nie liegenlassen«, brummte Gaius.

»Aber es könnte durchaus sein, daß du ihn liegenläßt. Und abends solltest du stets einen Umschlag mit feuchtwarmen Kamilleblüten machen, damit die Sehnen, Muskeln und Knöchlein sich für die Anstrengungen des folgenden Tages erholen. Du weißt, welchen Wert Athenodoros – und er ist ein gewissenhafter Arzt – auf diese Dinge legt. Ich habe dir fünf Beutel eingepackt. Da du einen fünfmal benutzen darfst, reicht das für fünfundzwanzig Tage.«

»Beim Hades! Ich habe nicht vor, fünfundzwanzig Tage im Sattel zu sitzen.«

»Wie willst du das wissen? Bei Vesontio haben wir länger im Sattel zugebracht.«

»Wir sind hier nicht in Gallien. Die meiste Zeit werden wir an Bord sein.«

»Gut, daß du das sagst. Ich habe auch Fenchel- und Pfefferminztee mit eingepackt, zur Beruhigung der Eingeweide. Und für Cornificius eine ausreichende Menge Käse. Auf das Apenninwasser muß er ja leider verzichten, die Amphoren sind zweifellos durchaus zu schwer und unhandlich.«

Da rief Cornificius: »Gesegnet seist du, Alexandros, Sohn des Alexandros aus Theben, der du uns hegst und pflegst mit Sorgfalt, wie sie sonst Müttern nur eigen!«
Alexander hielt den Kopf schief, glaubte Spott zu erkennen und schloß: »Na, dann eben nicht.« Und mit diesen Worten schickte er sich an, völlig in sich zusammengesunken zu gehen. Aber Gaius rief:
»Doch, doch, mein Junge! Nimm den Käse mit, Cornificius kann ohne ihn nicht mehr leben.«
Er trank seinen Becher leer, erhob sich, klopfte Alexander auf die Schulter.
»Das ist schon alles recht, wie du's anstellst. Ohne dich wäre das Unternehmen nicht zu machen.«
Alexander schielte zu Cornificius, ob er grinste, aber auch der stand auf, klopfte auf die andere Schulter und sagte:
»Ich wünschte, ich hätte so einen treuen Burschen wie dich! Hier!«
Er kramte in einem Lederbeutel und schenkte ihm zwanzig Sesterzen. Gerührt nahm der Brave die Gabe, ging zu seiner eigenen Tasche, holte ein verknotetes Tuch hervor, öffnete es umständlich und steckte das Geld zu dem übrigen. Das bemerkte Gaius, und er runzelte die Stirn.
»Sag mal, hast du etwa die Goldstücke, die du von Autronius bekommen hast, da drin?«
»Selbstverständlich, Herr! Hier im Hause sind sie mir nicht sicher genug. Es ist zweifellos durchaus möglich, daß diese Brüder...«
»Ach was!« rief Gaius. »Du wirst sie unterwegs verlieren! Gib sie Selenus, da sind sie in besten Händen.«
»Meinst du?« Sein Gesicht drückte größtes Mißtrauen aus.
»Aber ja! Wenn das hier alles zu Ende ist, lege ich noch was drauf.«
Noch während er das sagte, überschlug Alexander, ob das wohl hundert oder fünfhundert sein könnten, nahm sein »Erspartes« und brachte es unverzüglich zu Selenus.
»Dessen Gemüt möchte ich haben!« sagte Cornificius.
»Laß ihn! Ich mag ihn so, wie er ist.«
»Gut, aber wer soll denn den ganzen Kram tragen?«
Cornificius wies auf die zahlreichen Taschen, Beutel und die große Kiste, die Alexander herangeschleppt und aufeinandergetürmt hatte.
»Die Dinge bleiben auf dem Schiff. Bis Ostia fahren wir mit dem Wagen. Und auf der Insel mieten wir Reittiere.«
Cornificius nickte erleichtert.
Da kam Selenus händeringend herein, gefolgt von Alexander, der ihn beim Gehen besorgt musterte.
»Du kannst ganz beruhigt sein«, erklärte Selenus, »das Geheimfach kennt außer mir niemand. Dort ist das Geld so sicher wie in Plutos Schoß!«
Und zu Gaius: »Ihr könnt unbesorgt aufbrechen. Eugenia und ich, wir

werden uns um das Wohl deines Bruders kümmern. Hier ist die Abschrift des Lageplans.«
»Danke«, sagte Gaius. »Sollte der Patron heute oder morgen zurückkommen, berichte ihm alles über den derzeitigen Stand der Dinge. Vor allem teile ihm mit«, fuhr er lächelnd fort, »daß wir unter dem besonderen Schutz des Pompeius reisen.«
»Und was ist mit Milos Schutztruppe?«
Da rief Alexander: »Ich habe mit Birria schon gesprochen. Sollten sie durchaus anderwärts gebraucht werden, wird er zweifellos Ersatz besorgen.«
»Gut, na dann woll'n wir mal!«
Gaius ging zur Tür. Alle Bediensteten, die sich, gerührt wegen des Abschieds, in der Nähe aufhielten, halfen mit, das Gepäck vor die Porta Querquetulana zu tragen, wo der große Reisewagen bereitstand. Und eine halbe Stunde später ruckelte das Gefährt über eine Abzweigung von der Via Appia zur Via Ostiensis dem Meere entgegen. Hector saß stolz neben dem Kutscher und genoß das für ihn seltene Vergnügen, Landschaft, Bäume, Menschen an sich vorbeiziehen zu sehen.

Ostia war in den Wirren des Bürgerkriegs vor fünfunddreißig Jahren von Marius bedenkenlos zerstört, aber von Sulla wieder schöner und größer aufgebaut worden. Auf der nicht vom Tiber geschützten Seite hatte er die Stadt mit einem zwei Meilen langen Mauergürtel, unterbrochen von Türmen und drei Toren, versehen. Aus dem Achsenkreuz des alten militärischen *Castrums*[51] heraus hatten sich in der Mitte und im Osten der Stadt die Straßenzüge rechtwinklig zu der parallel zum Tiber verlaufenden Lagerstraße entwickelt. Im Westen und Süden lagen die Häuserblocks annähernd rechtwinklig zu einer in spitzem Winkel dazu verlaufenden uralten vorrömischen Landstraße.
Ostia war nicht nur Roms Hafen zur Welt, sondern Zentrum des merkantilen Lebens, darum auch ausgestattet mit Tempeln für Iupiter, Venus, Ceres, Fortuna, Spes, Magna Mater, Isis und Mithras – Götter, die alle ihre hegende und schützende Hand über die großen und kleinen Handelsleute hielten.
Hier war es natürlich nicht verboten, tagsüber mit Wagen durch die Stadt zu fahren, und so gerieten unsere drei Reisenden denn auch prompt in jenes chaotische Durcheinander von Wagen, Kutschen und Karren, das zum geschäftigen Hin und Her der Bürger noch hinzukam. Je mehr sie sich dem Hafenviertel näherten, um so zahlreicher wechselten rechts und links die Getreidespeicher, die Wein- und Ölmagazine, die Handelshöfe, Geschäftshäuser und handwerklichen Betriebe.
Das *Macellum*, der von Säulenhallen umgebene Marktplatz mit seinen Lebensmittel- und Fischläden, Garküchen, Schenken und Gasthäusern,

sorgte für das leibliche Wohl der achtzigtausend Einwohner und der Tausende von Fremden, die hier ihre Geschäfte betrieben oder nur Zwischenstation auf dem Wege nach Rom oder in die Weiten des Imperiums machten.
Vor dem Haus einer Handelsgesellschaft ließ Gaius halten und nach dem Gebäude des *Praefectus annonae* fragen, des für die Getreideversorgung Roms aus den Provinzen zuständigen Beamten. Es sei gleich um die Ecke beim Hafen, hieß es. Die *Statio mensorum*, die zentrale Geschäftsstelle der »Bemessungsbeamten«, war ein prächtiger, mehrstöckiger Bau, der die gesamte Straße beherrschte. Er war noch von Sulla in der ihm eigenen Monumentalität errichtet, die auch das römische *Tabularium*[52] am Forum kennzeichnete.
Hier war ein stetes Kommen und Gehen von Beamten, Händlern, Agenten, Schiffseignern und Kapitänen, deren Begleitpersonen, meist Sekretäre und Schreiber, Bündel von Akten, Rollen und Papieren unter dem Arm trugen.
Gaius ließ halten und stieg aus dem Wagen.
»Es wird nicht lange dauern.«
Aber da trat ein grimmig dreinschauender Centurio aus dem Eingang und baute sich vor Gaius auf.
»Das Halten ist hier verboten. Der Eingang muß frei bleiben!«
Gaius, der die Order des Pompeius in Händen hielt, lächelte den dienstbeflissenen Mann an, hielt ihm das Papier unter die Nase und sagte streng:
»Kannst du lesen?«
Der Offizier tat es, veränderte bereits nach Erkennen des Absenders in der Grußformel schlagartig Gesicht und Haltung, machte erschrocken Männchen und stotterte:
»Selbstverständlich! Ich... ich werde dich selbst zum Praefecten geleiten!«
Alexander und Cornificius grinsten fröhlich.
»So kann man sich zweifellos durchaus irren!« rief Alexander dem Centurio zu, und der Mann wiederholte kleinlaut sein »Selbstverständlich.«

Die Amtsräume des Praefecten lagen im ersten Stock. Der Centurio durchschritt die beiden Vorzimmer, wo Zivilisten, Soldaten und Offiziere an Stehpulten und Tischen mit der Lektüre oder dem Beschriften von Papieren beschäftigt waren oder amtliche Gespräche mit nervösen Leuten führten, die allem Anschein nach Klagen vorbrachten.
Der Centurio klopfte an die Tür seines Vorgesetzten und trat mit Gaius ein. Geminius Orato war gerade in einem ernsten Gespräch mit zwei vornehm gekleideten Ägyptern. Er blickte kurz auf und brüllte:
»Hatte ich nicht befohlen, auf keinen Fall gestört zu werden?!«

Doch der Centurio genoß bereits im voraus, wie schnell sich sein Chef eines Gesinnungswandels befleißigen würde; unbeirrt rief er:
»Der Tribun Gaius Volcatius Tullus mit persönlicher Order des Imperators Pompeius aus Rom!«
Auf der Stelle ging die erwartete Veränderung vor sich. Der Praefect straffte sich, ließ die beiden Besucher stehen, kam auf Gaius zu, grüßte militärisch und nahm das Papier in Augenschein. Dann wandte er sich um:
»Wir setzen das Gespräch später fort!« Die Ägypter verbeugten sich und gingen.
Und zu Gaius: »Bitte!«
Er geleitete ihn zuvorkommend zu einem Sessel am Fenster, von wo man einen freien Blick über den Hafen hatte, nahm in einem zweiten Platz und sagte:
»Du hast Glück! Gestern ist die ›Nausikaa‹[53] von einer Mission aus der Ägäis zurückgekommen. Sie liegt auf Reede und wartet auf meine Befehle.«
Er stand auf und ging zum Fenster.
»Dort ist sie.«
Gaius trat neben ihn. Etwa ein halbes Stadion[54] voraus lag ein schnittiger Dreiruderer vor Anker und schaukelte leicht in der Dünung. Erstaunt bemerkte Gaius:
»Vor fünf Jahren lagen Schiffe dieser Größe noch an der Kaimauer.«
»Ja«, sagte Geminius, »aber die Versandung des Hafenbeckens nimmt von Jahr zu Jahr zu. Die ›Nausikaa‹ hat zwar nur geringen Tiefgang, aber wir möchten kein Risiko eingehen.«
Gaius sah, wie noch weiter draußen schwerbeladene Handelssegler entladen wurden; zwischen ihnen und dem Kai war ein stetes Hin und Her von breiten Booten, die abwechselnd draußen und an der Mauer ihre Import- oder Exportgüter löschten.
»Man muß sich in Rom bald was einfallen lassen, so geht das nicht weiter«, sagte Geminius, musterte dabei seinen Besucher und fragte höflich:
»Du trägst keine Uniform. Bist du in geheimer Mission unterwegs?«
»So kann man es wohl nennen.«
Gaius hielt es für unangebracht, Einzelheiten zu nennen. Der Offizier nickte und gab sich damit zufrieden; die Bedeutung des Besuchers stieg in seinen Augen.
»Wieviel Leute brauchst du?«
»Fünfzehn. Es müssen erfahrene Männer sein, gut zu Fuß und im Sattel.«
Geminius nickte.
»Und Bargeld?«

»Nicht nötig. Nur das Übliche: Proviant, Waffen. Wir werden nach Beendigung der Aktion abrechnen.«
Der Praefect läutete. Ein Centurio kam und erhielt den Auftrag, die Übergabe von Schiff, Mannschaft und Soldaten vorzubereiten. Gaius stellte zufrieden fest, daß hier klare militärische Ordnung herrschte wie in Gallien, und lobte: »Seltsam, sobald man außerhalb Roms ist, läuft alles wie am Schnürchen.«
Geminius dazu: »Aber erst, seit Pompeius alle Fäden in seiner Hand hält. Die vorherige Schlamperei kannst du dir nicht vorstellen.«
So redete er sich dies und jenes von der Seele, und Gaius spürte, daß er einen Fachmann vor sich hatte, handfest, offen, ehrlich, den Politik nur insofern interessierte, als sie seinen Aufgabenbereich störte oder förderte.
»Seit Pompeius die *Cura annonae* innehat, klappt die Sache. Im Unterschied zu allen seinen Vorgängern legt er größten Wert auf den Ausbau der Flotte. In Puteoli liegen einige fünfzig Patrouillen- und Depeschenboote neu auf Kiel. Er läßt Misenum ausbauen. Vor allem aber sieht er eine große Zukunft für Großkampfschiffe. Noch nie hatte Rom einen so erfahrenen Seekriegsfachmann. Die senatorischen Landratten tun sich freilich schwer, in maritimen Dimensionen zu denken.«
Er hätte noch gern länger gegen die uneinsichtigen Landratten gewettert, aber Gaius sagte beiläufig:
»Na, den Piraten läßt er kaum noch eine Chance.«
»Das ist richtig, aber die Brüder entdecken doch immer wieder Lücken. Erst gestern haben wir so einen Schwarzsegler aufgebracht.«
Gaius horchte auf.
»Wo?«
»Auf der Route nach Corsica.«
»Aha! Wo sind die Leute?«
»Na, hier bei uns, in vorläufigem Gewahrsam, bis ihnen der Prozeß gemacht wird.«
»Kann ich sie sprechen?«
Erstaunt sah Geminius ihn an.
»Hängt das mit deiner Mission zusammen?«
»Ja, vielleicht.«
»Dann komm!«

Das Verlies befand sich in einem Nebengebäude, das sie über den hinteren Hof erreichten. Man führte Gaius den Anführer der Bande vor, einen etwa dreißigjährigen, gut aussehenden Mann. Seinem Blick sah man an, daß er mit dem Leben abgeschlossen hatte. Gaius setzte sich auf einen der Stühle der Wachstube, Geminius blieb am Fenster stehen. Zwei Legionäre hielten den Mann im Auge.

»Ich soll dir Grüße von Karkinos dem Alten bestellen!« begann Gaius. Er sah, wie es im Auge des Mannes kurz aufblitzte. Gaius fuhr fort: »Dein Leben ist verwirkt. Doch ich habe Macht, es zu verlängern. Es wird von deinen Antworten abhängen. Und ich rate dir, gründlich und ehrlich zu antworten, sonst könnte die ins Auge gefaßte Verlängerung deiner Tage sich unter Umständen vollziehen, die nicht sehr angenehm für dich wären, es sei denn, du ruderst gerne bis an dein Ende.«
Der andere blickte stumm vor sich hin, als ob ihm erst jetzt aufginge, was ihm bevorstand.
»Solltest du dich aber entschließen zu reden, und sollten mir deine Mitteilungen von einigem Nutzen sein, so hast du mein Wort, nach meiner Rückkehr in einigen Tagen auf eine bessere Zukunft zu hoffen. Ich komme in einer guten Stunde zurück. Also geh gut mit dir zu Rate! – Schließt ihn wieder ein!«
Die Legionäre führten ihn ab.
Gaius fragte Geminius: »Wie ist sein Name?«
»Keine Ahnung. Die Bande nennt ihn Odysseus, weil er seit Jahren unstet auf den Meeren lebt und nur selten einen Hafen ansteuert.«
»Nicht schlecht... Sag, wo wohnt der Getreidehändler Karkinos, den sie den Alten nennen?«
Geminius, der jetzt die vorausgegangene Finte erkannte, lächelte wissend und sagte: »Einer meiner Leute wird dich hinführen.«
»Gut. Laß einstweilen das Gepäck an Bord der ›Nausikaa‹ bringen!«
Geminius nickte. Sie traten auf die Straße. Hector sprang vom Bock und wich Gaius nicht mehr von der Seite.
»Ein herrliches Tier!« lobte Geminius. »Syrer?«
»Nein, Molosser.«
Der Praefect gab dem Centurio Anweisung, Gaius zu Karkinos zu bringen, stieg dann in den Wagen. Einer seiner Leute kletterte auf den Bock, setzte sich neben den Kutscher und wies den Weg zur Mole.
»Dein Stock, Herr!« rief Alexander aus dem Fenster.
»Danke, es muß auch ohne ihn gehen.«
Der Centurio, der brav den Wagen bewacht hatte, nahm Haltung an und meldete: »Der Centurio Aulus Hortatus mit dem Auftrag, dem Tribun Volcatius Tullus den Weg zu zeigen!«
»Gut. Rühren. Laß bitte die Matzchen, ich bin zivil hier.«
»Jawohl!«
Man sah ihm an, daß sein Respekt vor dem Besucher, der ohne Uniform seinen Vorgesetzten auf Trab brachte, noch gewaltig stieg. Aufrecht schritt er neben Gaius her.
»Schon in Gallien gedient?«
»Nein, Tribun!«
»Na, das kann ja noch werden!«

28

Karkinos der Alte, wie er von allen genannt wurde, die ihn – und wenn auch nur vom Hörensagen – kannten, machte seinem Namen alle Ehre. Ging doch schon damals, vor fünfzehn, vor zwanzig Jahren die Rede, er habe an die hundert Sommer gesehen. Diese phantastische Schätzung seiner Jahre hing mit seinem Äußeren zusammen: Seit Menschengedenken pflegte er seinen zwei Fuß[55] langen Silberbart, der ihn ohne weiteres als hebräischen oder babylonischen Propheten hätte durchgehen lassen; doch nun war dieser einmalige Bart reinstes, weißes Metall, eisig schillernd, wie ein Schiffstau sich drehend und kräuselnd, am unteren Ende in anmutige Löckchen wie Korkenzieher endend.

Aber erst das Gesicht! Er hatte die Augen eines Wissenden, Augen, die geherrscht und gelitten hatten, die durch die Zeiten blickten, immer noch scharf, hell und strahlend, so daß sie die von unendlichen Fältchen gefurchte Landschaft auf Stirn und Wangen vergessen machten. Der Mund war energisch und breit, wohl alt und gedörrt, aber nicht zynisch; jederzeit bereit, ein feines Lächeln um die Winkel spielen zu lassen, das seine Entsprechung in den fächerartig strahlenden Fältchen rechts und links der Augen fand.

Gaius hatte nie ein schöneres Greisengesicht gesehen. Dazu das über der hohen Stirn noch immer volle Haar, gepflegt, locker und kurz geschnitten. Von all diesen schönen, malerischen Details ging eine Anziehungskraft, ja ein Charisma aus, dem sich selbst Gaius nicht zu entziehen vermochte. So etwa mußte Iupiter aussehen!

Man befand sich in einem mit orientalischem Prunk ausgestatteten Raum, den Kontor zu nennen prosaisch gewesen wäre, wenngleich er diese Aufgabe durchaus erfüllte. Doch waren alle Dinge, Möbel, Utensilien des verwaltungsmäßigen Tuns mit einem preziösen Geschmack ausgewählt, verziert, vergoldet, bemalt, so daß sie ihren eigentlichen Zweck vergessen machten. Wände und Boden schmückten kostbare Teppiche aus Persien, aus Indien oder aus Arabien.

Karkinos bemerkte den erstaunt tastenden, bewundernden Blick des Besuchers und ließ ihn eine Weile gewähren, folgte ihm selbst ohne eine Regung und begann dann unvermittelt: »Im Alter kehren wir zu den Wünschen des Knaben zurück, der wir einmal waren; diese Wünsche waren die besten, da sie aus reinem Herzen kamen.«

Erstaunt blickte Gaius ihn an, betroffen von seiner Erscheinung und diesem Satz, der Jahrzehnte umspannte. Dieser Mann befehligte einmal ganze Flotten, vor denen alle Anrainer des Meeres zitterten. Dieser würdige Greis hatte einst in letzter Stunde das Landemanöver der Spartacusscharen auf Sizilien vereitelt, nachdem die Aufständischen ihn mit Kisten von Gold bestochen zu haben glaubten. Hatte er damals mit Crassus zu-

sammengearbeitet? Irgendwie war es dann Pompeius gelungen, ihn an Land seßhaft zu machen, die größte Tat, die er im Krieg gegen die Piraten vollbrachte, denn das war für viele der jahrelang gehetzten Freibeuter das Zeichen, es ihm nachzutun und im friedlichen Handel, nun unter römischem Schutz, Gewinn zu machen.
Binnen kurzem hatte denn auch Karkinos aufgrund alter Beziehungen und der Angst, die sein Name immer noch in Ost und West verbreitete, die Fäden vieler ziviler Handelsunternehmungen in seiner Hand und stand, da er sich absolut loyal verhielt, unter Pompeius' Schutz und Huld, machte großen Gewinn, der ihn schnell zu einem der vermögendsten Nichtrömer des Imperiums aufsteigen ließ.
Gaius hatte nicht vor, diesem Mann gegenüber mit Amt und Würden zu imponieren, doch reichte er ihm des Pompeius Schreiben. Karkinos las, lächelte und sagte:
»Der Imperator scheint leicht nervös zu sein. Er scheint vergessen zu haben, daß ein freundliches Wort das gleiche aus heiterem Herzen bewirkt. Erzähle, mein Sohn!«
Alle andern von sechzig Jahren an abwärts pflegte er mit »Mein Sohn« anzureden, und die so Angesprochenen nahmen es geschmeichelt zur Kenntnis, durch diese Anrede gleichsam in den Kreis seiner Gedanken als wohlbekannte und gerngesehene Personen aufgenommen zu sein.
Gaius berichtete, soweit er es für notwendig hielt, von der Entführung der Knaben, machte Andeutungen über Zusammenhänge, kam auf den Anfang zurück und schloß:
»Ich weiß, und du weißt es auch, daß es immer wieder einige gelüstet, mit Raub und Entführung auf den Meeren schnellen Gewinn zu machen.«
Karkinos lächelte:
»Jeder, der besitzt, hat es anderen genommen.«
»Nun hat man gestern einen schwarzen Renner in den Gewässern vor Corsica aufgebracht.«
»Wie ist der Name des Schiffes?«
»Das weiß ich nicht. Den Anführer nennen sie Odysseus.«
Gaius sah, wie der Name für einen Augenblick die Pupillen des Alten weitete. Und unvermittelt erhob sich Karkinos und läutete: »Den Wagen!«
Und zu Gaius: »Komm! Er wird dir helfen!«

Eine halbe Stunde später schritten sie, begleitet von Geminius Orato, der eilig vom Hafen zurückgekehrt war, um Gaius wieder zu Diensten zu sein, über den Hof der Praefectur zum Kerker und betraten den Vorraum. Geminius ließ Odysseus holen, und Gaius entging nicht, wie sich der Alte und der Junge einen seltsam langen Blick zuwarfen, bis der Jüngere, allem Anschein nach verschämt, die Augen senkte.

Da wandte sich Karkinos an Gaius:
»Ich bitte dich, laß mich eine Weile allein mit ihm!«
Gaius entging nicht das leichte Zittern in der Stimme des Alten. Er gab den andern mit einem Wink zu verstehen, den Raum zu verlassen. Draußen meinte Geminius:
»Du scheinst über einen sechsten Sinn zu verfügen.«
»Wieso?«
»Deine Finte mit Karkinos ist allem Anschein nach ein Volltreffer.«
»Warten wir's ab.«
Und sie warteten eine Viertelstunde, dann bat Karkinos sie wieder hinein.
»Nehmt ihm bitte die Fesseln ab.«
Geminius zögerte, blickte zu Gaius, und der wiederum zu Karkinos.
»Ich bürge mit meinem Leben«, sagte der Alte.
Gaius gab das Zeichen, und man entfernte die Eisen. Odysseus rieb sich die Handgelenke und blickte zu Boden; er schien nicht mehr derselbe zu sein.
»Dieser Mann«, sagte Karkinos und wies mit der Rechten auf ihn, »wird euch führen und der Lösung des Rätsels näher bringen. Er wird euch in allem gehorchen und zu Diensten sein. Und wenn ihr zurückkommt, verfahrt nach eurem Recht mit ihm.«
Karkinos schickte sich an, den Raum zu verlassen, wandte sich jedoch noch einmal zu Odysseus um:
»Mögen alle guten Götter dich beschützen!« Er ging auf ihn zu und legte ihm segnend beide Hände aufs Haupt.
Erstaunt und schweigend waren alle der unerwarteten Zeremonie gefolgt.
»Wer ist das?« fragte Gaius.
Karkinos war schon an der Tür, blickte zur Seite und sagte: »Das war einmal... mein jüngster Sohn Archelaos. Ob er es wieder sein wird, wird von ihm abhängen.«
Und er schritt langsam und aufrecht davon.

Was Karkinos im einzelnen mit seinem Sohn besprochen hatte, blieb sein Geheimnis. Archelaos aber war von Anfang an bemüht, sich das Vertrauen des mächtigen Tribunen zu erwerben, in dessen Hand sein weiteres Schicksal lag. Das zeigte sich schon, bevor sie an Bord des Seglers gingen.
»Kann ich dich unter vier Augen sprechen, Herr?«
»Bitte.«
Sie gingen in eine Ecke des Hofes. Archelaos blickte Gaius offen an.
»Ich weiß von der Entführung der beiden Knaben. Man war zunächst an mich herangetreten, die Sache durchzuführen. Ich lehnte ab.«

Gaius war plötzlich hellwach.
»Warum?«
»Weil ich noch nie mit dem Raub von Kindern Geld verdient habe. Du magst mir glauben oder nicht: Wir Kilikier gehen diesem... Geschäft nicht aus Lust an Raub und Plünderung nach.«
»Gut, du kannst mir deine Beweggründe während der Überfahrt an Bord erzählen. Wer ist an dich herangetreten?«
»Nur ein Mittelsmann.«
»Ein Römer?«
»Nein. Allem Anschein nach ein Grieche.«
»Wie hieß er?«
»Das weiß ich nicht.«
»Wo war das?«
»Auf See. Wir kreuzten zwischen Corsica und Sardinien. Er kam mit einem Handelssegler, jedenfalls machte das Schiff diesen Eindruck, setzte mit dem Beiboot über. Er sprach Griechisch.«
»Wie sah er aus?«
»Groß, schlank, er tat sehr vornehm.«
»Ist dir irgend etwas an ihm aufgefallen?«
»Hm... Er trug gelbe Sandalen.«
Gaius sah ihn lange an, aber er blickte durch ihn hindurch; er sah seinen Bruder Lucius, wie er im Garten lag.
»Gut. Ich wiederhole, was ich dir sagte: Es wird von deiner Mitarbeit abhängen, wie dein Leben nach unserer Rückkehr aussieht.«
Archelaos schwieg, verbeugte sich aber leicht. Gaius fragte weiter:
»Was wollte der Grieche im einzelnen von dir?«
»Ob ich bereit wäre, zwei Knaben für eine gewisse Zeit an Bord zu nehmen.«
»Sagte er etwas über ihre Herkunft?«
»Nein, aber ich dachte mir mein Teil.«
»Was denn?«
»Daß es sich um die Kinder vornehmer Römer handeln müßte, die entführt worden waren. Warum sonst die Geheimnistuerei und der Aufwand?«
»Wie reagierte er, als du ablehntest?«
»Ruhig. Er ging wieder von Bord und segelte davon.«
»Hast du später noch einmal von der Sache gehört?«
»Ja. In einer Kneipe von Aleria. Jemand wollte wissen, daß zwei Jungen auf der Insel versteckt gehalten würden. Ich erkundigte mich nicht weiter danach.«
»Gibt es in der Nähe von Aleria eine alte, stillgelegte Töpferei, ein Bergwerk oder ähnliches, wo sich Schutthalden befinden?«
»Ja.«

»Kennst du den Weg dorthin?«
»Ja.«
»Du wirst ihn uns zeigen. Komm jetzt!«
Zehn Minuten später befanden sie sich an Bord der »Nausikaa«. Der Wind stand gut aus Südost, und bald schoß das Schnellboot mit schnittigem Bug durch die mäßig bewegte See.
Cornificius hatte fünfzehn Legionäre ausgesucht, denen die Exkursion als angenehme Abwechslung des täglichen Dienstes in Ostia sehr gelegen kam. Der Centurio Aulus Hortatus hatte sich, aus gleichem Grund, angeboten, die Führung des Trupps zu übernehmen. Es war Gaius recht, denn die offene Art des Mannes gefiel ihm.
Archelaos hielt sich abseits von den Soldaten, und die Männer mieden ihn ebenfalls, während Alexander mitten unter ihnen saß und ihnen von seinen phantastischen Abenteuern in Gallien berichtete, wobei die Episode mit dem Bären um einige dramatische Akzente bereichert wurde. Hin und wieder hörte man die Truppe laut lachen.
Die Stimmung an Bord war gut. Der Schiffsführer tat sein Bestes, um die Landratten bei Laune zu halten, war aber gegenüber der eigenen Besatzung und den Ruderknechten von unerbittlicher Strenge, da Gaius befohlen hatte, den guten Wind zu nutzen und die ganze Nacht hindurch zu segeln. Am Abend klarte sich der Himmel auf, und der Steuermann konnte sich an den Sternen orientieren.
Jeder suchte, so gut dies in der Enge des schmalen Schiffes möglich war, ein Plätzchen und fiel in einen mehr oder weniger tiefen Schlaf.

29

Kurz nach Sonnenaufgang kam die corsische Küste in Sicht. Der Wind flaute nun ab, und der Segler wurde gerudert. Dann war auch schon Aleria mit seinen weißen Häusern zu erkennen, und mit verminderter Fahrt glitt das Schiff in den Hafen. Zahlreiche Neugierige verfolgten das Anlegemanöver, denn es war lange her, daß man ein Depeschenboot dieses schnittigen Typs gesehen hatte.
Bevor sie an Land gingen, nahm Gaius den Archelaos beiseite.
»Ich möchte dich darauf aufmerksam machen, daß ein Fluchtversuch für deine Kameraden in Ostia schlimme Folgen haben würde. Man wird sie steinigen, falls die ›Nausikaa‹ ohne dich zurückkommt.«
Stolz blickte der Kilikier dem Römer ins Auge.
»Herr, ich habe meinem Vater einen Schwur getan, der mich noch mehr bindet.«
»Na gut«, sagte Gaius, »ich vertraue dir. Du hast einiges gutzumachen.«
»Was soll ich tun?«

»Ich nehme an, du kennst dich hier aus.«
»Wie in meiner alten Kajüte!«
»Dann besorge der Truppe, dem Centurio, meiner Begleitung und mir Reittiere; ob Mulis oder Pferde, überlasse ich dir.«
»Maultiere sind in diesem Gelände trittsicherer, Herr.«
»Gut. Sage dem Besitzer, daß wir nach der Rückkehr abrechnen. Und vergiß nicht, daß du auch eines brauchst!«
Archelaos strahlte.
»Danke, Herr!«
Gaius blickte dem Kilikier nach, wie er über den weiten Platz des Fischerhafens davonschritt, aufrecht und frei, und er grübelte, wodurch diese Menschen, die nicht besser und schlechter als andere waren, zu ihrem barbarischen Tun veranlaßt wurden.
»Auf den Mann kannst du zählen.« Cornificius trat neben ihn.
»Ja, ich glaube auch. Wie hast du geschlafen?«
»Kann nicht klagen. Was ziehen wir an?«
»Leichte Ledersachen. Wir reiten.«
Cornificius nickte. Sie gingen zur kleinen Kajüte im Heck, wuschen, rasierten sich und kleideten sich um.
Als sie kurze Zeit später in der blendenden Aufmachung eines Militärtribunen und Cohortenpraefecten gehelmt und gegürtet über das Deck gingen, erregten Gaius und Cornificius unter der Mannschaft und den Legionären einiges Aufsehen. Auch Alexander hatte seinen bescheideneren militärischen Habit angelegt, machte das Fehlen von Helmbusch und Glitzerzeug jedoch wett mit einer ungeheuer aufrechten Haltung, so daß er fast einen Kopf größer wirkte als gestern.
Noch an Bord ließ Gaius die Legionäre antreten. Sie wurden ihm von Hortatus korrekt gemeldet. Dann trat er vor sie hin.
»Soldaten! Es kann sein, daß es bei dem bevorstehenden Unternehmen zu Kämpfen mit Piraten kommt. Aber an Land fehlt ihnen die Schnelligkeit ihrer Segler; der Kraft und Gewandtheit eurer Arme und Schwerter sind sie nicht gewachsen.
Wir sind hier, um das Leben zweier römischer Knaben zu retten. Der eine ist Sohn eines Senators, der andere der seines Verwalters. Sie sind vor Wochen entführt worden, und es liegen Beweise vor, daß sie noch leben. Tut also euer Bestes! Haltet euch an die Befehle! Entscheidet aber im Ernstfall auch selbst! Noch Fragen? Dann Abmarsch, sobald die Maultiere da sind. Wegtreten!«
»Sie werden sich schlagen, als ob es um ihre eigenen Kinder ginge«, sagte Hortatus, und Gaius nickte.
Da näherte sich bereits Archelaos, begleitet vom Vermieter, mit den Maultieren. Gaius ließ sie an der Kaimauer halten. Dann ging er mit dem Centurio hinüber, sie musterten die Tiere und nickten zufrieden.

»Wir rechnen nach der Rückkehr ab. Hier, die Anzahlung!«
Gaius warf dem Besitzer einen Beutel zu, und der Mann dankte mit Bücklingen. Für ihn war es das Geschäft des Jahres.
Die Sonne stand schon hoch, als sie durch das Städtchen ritten, eine Weile gefolgt von Jungen und Mädchen, während die Bürger neugierig zusahen und Vermutungen über Zweck und Ziel der militärischen Aktion anstellten.
Archelaos ritt vorne mit Gaius, Hector lief zur Seite oder voraus. Cornificius bildete mit Hortatus die Nachhut. Die Legionäre lobten die Großzügigkeit des Tribunen, hatten sie doch angenommen, sie müßten das unwegsame Gelände zu Fuß bewältigen. Dabei war es lediglich Gaius' Vorsatz, den Trupp bei einer Verfolgung geschlossen oder in verdünnter Linie auf der Fährte halten oder im Falle eines Zusammentreffens eine geballte Attacke reiten zu können.
Es ging zunächst steil bergauf, vom Meere weg, über ein Plateau und allmählich wieder zur Küste.
»Wie weit ist es noch?« fragte Gaius.
»Noch eine Stunde, Herr«, sagte Archelaos.
Die Gegend war menschenleer, der Bewuchs an den Hängen so karg, daß selbst Ziegen und Schafe hier kaum überlebt hätten. Dann folgte unvermittelt hinter einer Felskuppe ein herrlicher Ausblick über ein tiefer gelegenes Tal mit vereinzelten Bäumen und grüner Grasnarbe, das sich leicht zu einem Bach hin neigte, der unterhalb ihres Aussichtspunktes in einem Pinienwald verschwand. Nach der entgegengesetzten Seite hin lagen mehrere Schutthalden. Gaius ließ halten und die Männer absteigen. Dann winkte er Archelaos zu sich, und sie schlichen so weit nach vorne, daß sie das ganze Tal überblicken konnten.
In einigem Abstand von der Halde begann der Pinienwald. Ein auffallend großer, einzelner Baum behauptete sich am Rande des Schutts. Talaufwärts erkannte man mehrere dunkle, höhlenartige Löcher im Fels.
Sie blieben eine ganze Weile liegen, beobachteten und lauschten, doch nichts regte sich. Am oberen Ende des Tals verschwand der Bach hinter mächtigen Felsquadern.
»Warst du schon einmal hier?«
»Ja, aber es ist lange her«, sagte Archelaos.
»Ist eine Ortschaft in der Nähe?«
»Nein, von oben gibt es keinen Weg in das Tal.«
Gaius zog sich hinter den Felsen zurück und besprach sich mit Cornificius und Hortatus. Es war nicht möglich, ungesehen um die Kuppe zu kommen, da die Deckung der Pinien, Zypressen und Dornenbüsche erst fünfzig Schritt weiter unten einsetzte. Man beschloß, zwei Mann vorauszuschicken, die nach Erkundung des von oben nicht einsehbaren Terrains Zeichen geben sollten.

Zwei Freiwillige meldeten sich als Späher. Sie krochen von Quader zu Quader, bis sie das Gestrüpp erreichten, das wieder einen aufrechten Gang erlaubte.
Nach einer halben Stunde kamen sie unten aus dem Wald heraus und traten neben die einzeln stehende Pinie. Sie winkten.
Gaius ließ vier Mann als Beobachter und zur Sicherung an der Felskuppe zurück. Bei verdächtigen Geräuschen oder Bewegungen im Gelände sollten sie mit einem Tuch Zeichen geben.
So schnell, wie die Tiere es erlaubten, preschten die übrigen um die nackte Felskuppe herum, erreichten den Wald und kurz darauf das Tal.
Gaius schickte zwei Mann im Bachbett aufwärts bis zum oberen Ende des Talkessels, verteilte die anderen halbkreisförmig im Schutz der Bäume um die Halde. Dann holte er die Beschreibung hervor und ging mit Cornificius und Alexander zu der einzeln stehenden Pinie. Gaius las:

> *»Du gehst bis zum Rande der Halde. Dort findest du einen Stein in Form einer Pyramide.«*

»Siehst du einen?« Cornificius ließ den Blick schweifen.
»Es könnte sich um einen Brocken handeln, der von der Felskuppe zu Tal gerollt ist. Er müßte nicht unbedingt auf der Halde liegen.«
Gaius meinte: »Er darf aber auch nicht unter den Bäumen liegen, denn ihn muß ja die Sonne treffen!«
Sie gingen am Waldessaum entlang und sahen ihn gleichzeitig: ein vom Berge gerollter, kantiger Klotz lag, so hoch wie ein Mann, an der Grenze der Halde. Seine Spitze bildete eine Pyramide, zwar ungleichmäßig, aber als solche deutlich erkennbar.
»Lies doch mal den ganzen Text vor!« forderte Cornificius.
Gaius las langsam und laut:

> *»Du gehst bis zum Rande der Halde. Dort findest du einen Stein in Form einer Pyramide. Zur neunten Stunde trifft die Verlängerung seines Schattens den Stamm einer Pinie...«*

Es war etwa diese Zeit; sie folgten der Schattenlinie, und sie traf die große, einzeln stehende Pinie.

> *»Steige bis zum vierten Ast. Von dort blicke im rechten Winkel...«*

Sie schickten Alexander auf den Baum, gaben ihm, als er den genannten Ast erreicht hatte, zwei Richtungen an, da sie nicht wußten, welche gemeint war.
»Was siehst du?«

Alexander blickte ostwärts.
»Das Meer.«
»Was sonst?«
»Bäume.«
»Nun schau nach der anderen Seite, genau im rechten Winkel zur Schattenlinie der Pyramide!«
In abenteuerlichen Verrenkungen turnte Alexander auf dem Ast herum, nahm Augenmaß und visierte die Richtung über die ausgestreckte Hand.
»Was siehst du?«
Er schaute angestrengt hinüber.
»Ich sehe... ein Dreieck... die Spitze eines Giebels... ein Dach!«
»Gut! Komm herunter!« sagte Gaius, und zu Cornificius:
»Hab ich mir's doch gedacht!«
Er ließ die Männer zusammenholen, und in der Deckung des Waldes ging es das Tal aufwärts. Hinter dem Knick des Baches, im Schutz einiger großer Quader, lag eine Hütte, errichtet mit den natürlichen Materialien, die das Tal bot. Die Steine, ohne Mörtel geschichtet, wurden von Lehm, Moos oder Rasenstücken zusammengehalten.
Gaius ließ die Hütte umstellen, ging dann mit Hortatus und Alexander zum Eingang, nahm seinen Dolch griffbereit in die Rechte und stieß die Tür auf.
Ein grauenhafter Anblick bot sich ihnen. Drei männliche Gestalten lagen in ihrem Blut am Boden, zwei von ihnen tot, denn man hatte ihnen die Schädel zertrümmert. Der dritte schien noch zu atmen, ihn hatte der Hieb in die Seite getroffen.
»Wir sind wieder zu spät gekommen!«
»Vielleicht nicht ganz...«
Sie knieten neben dem dritten nieder. Er hauchte ein Wort, das sie nicht verstanden. Archelaos wurde gerufen.
»Er will trinken.«
Archelaos griff einen Krug von einem Regal und holte frisches Wasser vom Bach. Behutsam flößten sie es ihm ein. Hortatus untersuchte die Wunde, schüttelte den Kopf:
»Der macht nicht mehr lange.«
Man ließ ihn darum am Boden liegen, hob nur seinen Kopf und legte ein Fell darunter. Gaius sagte zu Archelaos:
»Übersetze, was ich dir sage!... Verstehst du uns?«
Der Sterbende nickte.
»Ist das heute morgen passiert?«
»Ja.«
»Hattet ihr die beiden Knaben hier in Verwahr?«
Er nickte.

»Wie heißt der Anführer der Bande?«
Er wußte es nicht.
»Waren es Piraten?«
»Ja.«
»War ein großer, schlanker Mann mit gelben Sandalen dabei?«
»Nein.«
»Wo sind sie hin?«
Er wies mit der Hand, die er kaum vom Boden heben konnte, nach Osten.
»Ankerte dort ein Schiff?«
Er nickte. Es ging sichtlich zu Ende. Mit letzter Kraft versuchte er zu sprechen, sagte einige Wörter, dann fiel sein Kopf zur Seite, er war tot. Unaufgefordert nahmen alle Uniformierten den Helm ab. Gaius beugte sich zu ihm hinunter und schloß seine entseelten Augen. Dann traten sie vor die Hütte.
Sechs Mann wurden eingeteilt, die Toten zu bestatten, indem sie sie mit Steinen bedeckten, damit nicht Geier, Füchse oder Krähen ihr grausiges Mahl nahmen. Danach sollten sie mit den übrigen an der Felsklippe zusammentreffen.
Die andern eilten zurück zu den Maultieren und folgten dem Bach talwärts auf seinem Lauf zum Meer, was keine Schwierigkeiten machte, da der Saumpfad, der ihm parallel folgte, von allen Behinderungen frei war.
»Sie scheinen hier ein festes Quartier eingerichtet zu haben«, sagte Cornificius.
»Werden es zweifellos durchaus zum letztenmal bezogen haben!« stellte Alexander fest.
Vorne hielt man an. Der Bach schoß an der letzten Schwelle des Gebirges schäumend über Stufen hinunter. Er hatte an seiner Mündung mit dem zu Tal beförderten Geröll und Sand einen schmalen Strand angehäuft, der genügte, um bequem von oder an Bord eines Schiffes gehen zu können.
Man setzte Hector auf Spuren an, und auf Anhieb folgte er den Abdrükken von Füßen im feuchten Sande bis zum Wasser des Meeres.
Gaius und Cornificius blickten über die Wasserfläche.
»Hätten wir das gewußt, wären sie uns nicht entkommen!« sagte Cornificius.
Und Gaius: »Wir werden sie finden, und wenn wir bis zum Oceanus rudern müßten!«
»Dann komm, wir dürfen keine Zeit verlieren!«
Schneller als auf dem Hinweg legten sie die Strecke nach Aleria zurück, da es nun meist abwärts ging. Hortatus rechnete mit dem Besitzer der Tiere ab, informierte einige Fischer über den Mordanschlag auf die Hirten – mit dem Hinweis, daß man sich um die herrenlosen Schafe kümmern müsse. Danach stieß die »Nausikaa« unverzüglich in See.

30

Gleich nach dem Ablegen trafen sich Gaius, Cornificius, Alexander, Hortatus und Archelaos in der Kapitänskajüte im Heck, um das weitere Vorgehen zu erörtern.

»Es gibt nach meiner Meinung drei Möglichkeiten«, begann Cornificius. »Erstens: Sie bringen die Kinder an einen geheimen Ort in Italien an Land. Zweitens: Sie suchen ein anderes Versteck auf Corsica oder Sardinien. Drittens: Sie kreuzen ununterbrochen auf See.«

Gaius nickte, nahm den Gedanken auf:

»Ich glaube kaum, daß sie unverzüglich Italien anlaufen, da sie davon ausgehen müssen, daß wir in allen größeren Häfen Verbindungsleute sitzen haben, die jedes einlaufende Schiff oder Fischerboot in Augenschein nehmen. Das ist zwar nicht der Fall, aber sie sind vorsichtig.«

Hortatus meldete sich zu Wort:

»Daß sie eine der Inseln anlaufen, glaube ich nicht, da sie auch hier damit rechnen müssen, von uns aufgestöbert zu werden.«

Gaius sagte:

»Aus dem, was der Hirte sagte, geht klar hervor, daß der Grieche mit den gelben Sandalen nicht auf der Insel war. Ich gehe davon aus, daß es sich bei diesem Mann – wenn nicht um den Initiator und Leiter des Unternehmens, dann doch um den zentralen Exekutor handelt, der die einzelnen Schritte entweder plant oder von höherer Stelle des Festlandes seine Anweisungen erhält und weitergibt. Darum spricht alles dafür, daß dieser Mensch sich in Rom aufhält und von dort aus alles steuert.

Er ist ja allem Anschein nach derjenige, der die Morde und Anschläge in der Stadt selbst durchführte und veranlaßte. Es heißt, vor ihm auf der Hut sein! Daß er skrupellos ist und bedenkenlos zuschlägt, auch nicht vor Morden an Unbeteiligten zurückscheut, haben wir nun öfters erfahren. Vor allem wird er, da er unsere Maßnahmen nicht mehr wie in Rom kennt, mit äußerster Vorsicht vorgehen. Er muß darauf bedacht sein, schnell mit den Piraten, die im Besitz der Kinder sind, Kontakt aufzunehmen.«

Er schaute zu Archelaos: »Fragen wir doch Archelaos!... Was würdest du unter solchen Umständen machen?«

Der Kilikier überlegte nicht lange: »Wenn ich keinen Kontakt mit meinem römischen Auftraggeber hätte, würde ich in gesichertem Abstand vor Ostia kreuzen und mich bei Nacht der Küste so weit nähern, daß ich mich mit vorher vereinbarten Leuchtzeichen zu erkennen geben könnte. Da ich nicht weiß, wann mein Auftraggeber sich meldet, würde ich dieses Manöver so lange durchführen, bis ich Erfolg hätte. Allerdings muß es nicht unbedingt Ostia sein. Ich würde eine weniger befahrene Route im Norden oder im Süden bevorzugen.«

»Aber der Treffpunkt darf nicht zu weit von Rom entfernt sein!« rief Cornificius. »Ich kann meine erpresserische Macht nur ausüben, wenn ich wieder im Besitz der Knaben bin, um somit durch klug lancierte Lebenszeichen der Kinder meinen Befehlen und Maßnahmen Nachdruck zu verleihen.«
Hatte Gaius zunächst an Baiae gedacht, so fiel der Ort wegen seiner zu großen Entfernung von Rom aus. Er sagte:
»Antium! Es liegt ideal, dreißig Meilen südlich von Ostia!«
»Ebensogut könnte es einer der alten etruskischen Häfen nördlich von Ostia sein«, gab Cornificius zu bedenken. »Eigentlich müßten wir beide Seiten zugleich im Auge behalten, was nur möglich wäre, wenn wir über eine Beobachtungsflotte verfügten.«
Gaius blickte den Freund an: »Wir werden sie bekommen!«
»Was denn?« fragte Cornificius. »Willst du zurück nach Ostia? Dann verlieren wir kostbare Zeit!«
»Richtig, wir segeln darum zunächst südwärts!«
Gaius stand auf, verließ den Raum und gab dem Schiffsführer seine Befehle.
Der Wind hatte zwar auf Südwest und schließlich auf West gedreht, aber es war zu wenig, den Renner auf schnelle Fahrt zu bringen. Die Ruderer gingen in Aktion, und bald schoß das schmale Schiff mit außerordentlicher Geschwindigkeit auf dem neuen Kurs, daß selbst der schnellste Schwarzsegler ihm nicht entkommen wäre. Es wurde die ganze Nacht gerudert, wobei sich die Mannschaften stündlich ablösten.
»Da Handelssegler nachts in Küstennähe vor Anker gehen, besteht keine Gefahr eines Zusammenstoßes«, beruhigte Gaius den skeptischen Freund. Gegen Morgen sahen sie Ostia am östlichen Horizont.
»Rudern einstellen!«
Lautlos glitt das Schiff in großem Abstand zur Küste nach Süden. Gaius gab Befehl, ihm jedes römische Kriegsschiff zu melden. Dann legte er sich eine Stunde in seiner engen Kajüte aufs Ohr. Im Halbschlaf sah er Clodias schönes Gesicht vor sich. Wußte sie etwas? Deckte sie den Bruder? Und urplötzlich schoß es ihm durch den Kopf, daß das C sich durchaus auf sie beziehen konnte, daß Clodius mit der ganzen Sache nichts zu tun haben mußte. Aber etwas in ihm sträubte sich gegen diese Möglichkeit. Sie lächelte ihn an. »Du kommst doch wieder?«
Da rüttelte ihn eine derbe Hand, er war auf der Stelle hellwach.
»Herr, ein römisches Schlachtschiff mit begleitenden Kreuzern voraus!«
Er sprang sofort auf.
»Ich komme...«
Er ging zum Vorderdeck, beschattete die Augen mit der Hand und staunte: In herrlich ruhiger Bewegung näherte sich etwa eine Meile voraus ein Fünfruderer. In schönem Gleichmaß hoben und senkten sich die

Riemen, und das Ganze ähnelte den Bewegungen eines Riesenvogels. Seitlich versetzt begleiteten einige Kreuzer das Flaggschiff, es mochten sechs sein. Gaius gab Befehl, Kurs auf den Verband zu nehmen und durch Wimpel zu erkennen zu geben, daß man ein Treffen wünsche. Schon nach wenigen Augenblicken verlangsamte sich der Ruderschlag, die Hölzer wurden an beiden Seiten senkrecht gestellt.

Die Ruderer der »Nausikaa« gingen nun in Aktion, das Schiff schlug einen großen Bogen, näherte sich dabei allmählich von der Seite dem Fünfruderer, bis es auf gleicher Höhe parallel segelte. Nun reckten sich die eigenen Ruder in die Höhe. Geschickt manövrierte der Steuermann das Schiff allmählich an den Riesen heran, bis es, vorsichtig gleitend, längsseits lag. Von beiden Seiten wurden Taue geworfen und die Schiffskörper verzurrt. Vom höheren Deck der »Ilion« wurde eine Leiter auf die »Nausikaa« herabgelassen.

Gaius hatte die Legionäre antreten lassen und stieg in voller Uniform eines Tribunen, mit Helm, Mantel und Schwert, an Bord des Schlachtschiffes. Sein Kommandant, ein großer, breiter Mann von etwa fünfzig, den sein Habit als Legaten[56] auszeichnete, trat ihm entgegen.

Um von vorneherein Klarheit zu schaffen, trat Gaius vor ihn hin, nahm Haltung an, grüßte und meldete:

»Der Tribun Gaius Volcatius Tullus unterwegs mit Sonderauftrag des Imperators Pompeius!«

»Aha!« sagte der Legat, grüßte lässig zurück, und Erstaunen, Neugier wie auch Respekt schwang in diesem Ausruf mit.

»Willkommen an Bord, Tribun!«

Er reichte ihm die Hand, stellte sich vor: »Postumius Tubertus, Legat unter dem Befehl des Imperators Pompeius!«

Gaius hatte den Namen in Gesprächen seines Vaters gehört: »Ein ordentlicher Mann!« – und das war beim Patron der Ausdruck höchsten Lobes. Das schien auf Gegenseitigkeit zu beruhen, denn Postumius fuhr fort:

»Ich kenne deinen Vater gut. Habe ihn lange nicht gesehen. Wie geht es ihm?«

»Gut, Legat, bis auf das Herz.«

»Ja, das Herz! Wir sind in den gefährlichen Jahren.«

Er lud Gaius mit einer knappen Handbewegung ein, zu folgen, setzte dabei das lockere Gespräch fort.

»Ich denke, du holst dir in Gallien deine Meriten...«

Er blickte ihn von der Seite an.

»Das ist Ansichtssache«, wich Gaius aus, und nun bemerkte der Admiral, daß sein Besucher das Bein leicht nachzog.

»Verstehe«, sagte er knapp. Sie traten in die geräumige Kajüte. Offiziere standen auf, grüßten, und Gaius erwiderte den Gruß. Er kannte niemanden von ihnen.

Sie nahmen am mittleren Tisch Platz. Postumius ließ Wein und Gebäck kommen, schob einige Karten beiseite und bot dem Besucher die Erfrischungen an.
»Nun aber raus mit der Sprache! Was bringt einen Tribunen Caesars dazu, am hellichten Tag ein Geschwader des Pompeius auf See anzuhalten, zum Donnerwetter!«
Er grinste, der Spott war gutartig.
»Das hier!« sagte Gaius und reichte ihm die Order des Imperators.
»Donnerwetter!«
Während Gaius noch rätselte, ob damit die pauschale Vollmacht oder der noch nicht bekannte Anlaß dieses Befehls gemeint war, stellte Postumius lachend fest:
»Damit kannst du, wenn du willst, die ganze römische Flotte für deine Zwecke requirieren!«
»Mir genügt schon, wenn ich deine Unterstützung erhalte, Legat!«
»Worum geht's denn? Schieß los!«
Postumius lehnte sich zurück und lauschte dem ausführlichen Bericht des jungen Mannes, sein Erstaunen und seinen Zorn über die Brutalität der Täter mit mehreren »Donnerwettern« kommentierend.
»Da sollte Iupiter mit seinem Blitz zwischenfahren!« rief er und schlug in Ermangelung eines solchen mit der Faust auf den Tisch. »Sehr großmütig vom Imperator! Nun, hätte es genauso gemacht. Du hast meine volle Unterstützung, mein Junge!«
Gaius neigte leicht den Kopf und sprach ein erleichtertes »Danke!« aus.
»Und wie hast du dir das Weitere denn nun gedacht?« fragte Postumius, kniff die Augen zusammen und gab sich selbst die Antwort: »Sie werden versuchen, bei Nacht südlich oder nördlich von Ostia an Land zu gehen. Oder?«
»Ja, das ist auch unsere Vermutung.«
Der Legat nickte.
»Wir werden das zu verhindern wissen. Hatte zwar vor, heute abend im eigenen Bett zu liegen, aber das hier geht vor, zum Donnerwetter noch mal! Wird mir ein Vergnügen sein, diese Halunken am Mast baumeln zu sehen!«
Er stand auf, rief seine Offiziere zusammen und erläuterte ihnen auf seine knappe, barsche Art, daß sie wohl heute noch nicht in den Armen ihrer »Bräute, Mädchen oder sonstigen Gespielinnen«, wie er sich ausdrückte, würden »ausruhen können«.
»Im übrigen«, schloß er grinsend, »wollen wir einer Landratte aus Gallien doch mal zeigen, daß des Pompeius Leute sich nicht lumpen lassen! Zum Donnerwetter noch mal!«
Waren die Gesichter der Unterführer zunächst immer länger geworden wegen der Verzögerung ihres Landurlaubs, so spürte Gaius gegen Ende,

wie sie ihren Ehrgeiz dareinsetzen würden, diesen skrupellosen Verbrechern ein Ende zu bereiten.
»Das ist genau die Aufgabe, die wir zu erfüllen haben«, rief Postumius. »Folgende Taktik: Die Kreuzer teilen sich in zwei Gruppen und beobachten Tag und Nacht die Routen und Küsten vor Antium und Caere. Ich halte mich mit der ›Ilion‹ in der Mitte auf der Höhe von Ostia. Volcatius Tullus wird mit seinem Schnellsegler Verbindung halten zwischen uns. Jedes Schiff wird angehalten und durchsucht. Bei Nacht ist auf Leuchtzeichen von der Küste wie von See zu achten. Selbst völlig ohne Licht manövrieren! Weitere Befehle überbringt die ›Nausikaa‹. Noch Fragen?«
»Was ist, wenn es zum Kampf kommt?« wollte jemand wissen.
Darauf Postumius: »Wenn möglich, nicht versenken! Aufpassen, daß sie sich nicht verpissen! Zu gegebener Zeit entern, verdammt noch mal! Werdet wohl noch mit diesen Brüdern fertig werden!«
Ein anderer fragte: »Wie lange soll das Unternehmen dauern?«
»Bis wir sie haben! Und wenn es vierzehn Tage dauern sollte! Stellt euch vor, es ginge um eure eigenen Kinder, verdammt...«
Er besann sich.
»Selbstverständlich geht das nicht auf Kosten eures Urlaubs. Werde die ›Nausikaa‹ mit Nachricht nach Ostia schicken und eure weinenden Mütter und Gespielinnen dahingehend benachrichtigen, daß ihr nicht zu den Fischen gegangen seid. Sollen die Damen einstweilen Neptun, Venus und der Magna Mater opfern! Und nun beeilt euch mit dem Briefeschreiben, die ›Nausikaa‹ legt in einer halben Stunde ab!«
Die Männer ließen sich Papyros und Stifte geben und schrieben kurze Mitteilungen an ihre Angehörigen unter genauer Angabe der Adressen.
Postumius wandte sich an Gaius:
»Hoffentlich bleibt das Wetter so! Du wirst mich in diesem Seegebiet wiederfinden. Ich halte mich zehn bis fünfzehn Meilen westlich von Ostia.«
Eine halbe Stunde später lag die »Nausikaa« gut vor dem Südwest mit Kurs auf die Tibermündung.

31

Tag für Tag verging, ohne daß verdächtige Schiffe oder Leuchtzeichen gesichtet wurden. Aber Postumius ließ sich nicht verdrießen. Er war fest davon überzeugt, daß die Piraten irgendwann Kontakt mit dem Lande aufnehmen würden. Im übrigen langweilte er sich nicht, sondern diktierte einem seiner Sekretäre weitere Kapitel zu einem »Bericht über die Taten« der letzten Monate, den er wohl irgendwann als Grundlage einer größeren zeitgeschichtlichen Darstellung der Ereignisse dieser Jahre benutzen wollte.

Am fünften Tage meinte er zu Gaius, der ihn kurz aufsuchte, um über die Lage zu berichten:
»Das Wetter ändert sich. Es kann Sturm geben. Das werden sie ausnutzen! Bisher wagten sie den Durchbruch nicht. Sie sind im Bilde über unsere Blockade, aber sie bauen darauf, daß wir den Platz räumen.«
»Und werden wir das?«
»Natürlich nicht, verdammt noch mal! Fahr zu den andern, sag ihnen, sie sollen ab heute besonders wachsam sein!«

Schon eine Stunde später frischte der Wind auf, Wolken türmten sich am westlichen Himmel, ließen die Dämmerung früher hereinbrechen. Die »Nausikaa«, noch gerade in Sichtweite des Flaggschiffs, war auf Südkurs, etwa fünf Meilen vor der Küste. Da sahen sie es! Von Land her kamen, deutlich erkennbar vor dem dunkleren östlichen Himmel, in unregelmäßigen Abständen Leuchtzeichen. Sofort gab Gaius Befehl zur Umkehr. Die steife Brise kam von Nord, erreichte gerade noch das schräg zum Winde stehende Hauptsegel.
»Volle Kraft voraus!«
Die Ruderer, die längst wußten, worum es ging, legten sich in die Riemen, der Bug hob sich bei jedem Schub aus dem Wasser, zerschnitt wie die Spitze einer Lanze die schon schäumenden Wellen und schoß nach Westen. Man hatte gestern vereinbart, daß die »Ilion« doch abgeblendete Laternen gegen Osten setzen sollte, und so ortete der Renner das ankernde Flaggschiff ohne Schwierigkeiten. Die »Nausikaa« näherte sich auf Rufweite, und Gaius griff zum Trichter:
»Sie signalisieren vom Lande!«
»Wo?«
»Etwa fünf Meilen vor Ostia!«
»Das habe ich mir gedacht, verdammt noch mal!«
Die »Nausikaa« ging bis auf zwanzig Fuß längsseits, was bei diesem starken Seegang gerade noch möglich war, ohne das Schiff zu gefährden. Gaius rief hinüber:
»Es ist zu spät, um die anderen zu benachrichtigen. Nach Norden komme ich gegen den Wind nicht mehr an, und von Antium würden sie's auch nicht schaffen.«
Postumius rief von der Reling her:
»Das macht gar nichts, mein Junge! Wir werden allein mit den Halunken fertig werden. Nehmt langsam Kurs auf die Leuchtzeichen. Ich folge. Alle Lichter löschen! Wir können uns ja an ihren orientieren. Ruder einziehen! Geräusche vermeiden!«
Die »Nausikaa« schlug einen großen Bogen um die »Ilion« und nahm Kurs auf die Stelle, an der das Signal gesehen wurde. Nach einer halben Stunde näherte man sich den Signalen. Beide Schiffe holten die Segel ein

und warfen, etwa eine Meile vor der Küste, Anker. Es war bereits so dunkel, daß man von Land aus nicht mehr gesehen werden konnte.
Cornificius trat neben den Freund.
»Solange sie das Zeichen geben, können wir davon ausgehen, daß die andern noch nicht an Land gegangen sind. Was hältst du davon: Wir räuchern in einem Handstreich das Nest aus!«
»Ich habe auch schon daran gedacht. Aber sie würden bei unserer Annäherung verabredete Warnzeichen zur See hin geben, was die Komplizen abhalten wird, an Land zu gehen. Sie werden jedes Risiko vermeiden. Außerdem kennen wir nicht die hiesigen Untiefen.«
Der Schiffsführer trat neben sie und wies zum Himmel.
»Es klart auf. Wir haben Halbmond.«
»Na, wunderbar, dann können sie uns nicht entkommen!«

Niemand an Bord beider Schiffe dachte an Schlaf. An allen vier Seiten waren Beobachter aufgestellt, die ununterbrochen die dunkle Wasserfläche absuchten. Sie wurden stündlich abgelöst, aber auch die übrigen ließen keinen Blick von der See. Manchmal schwieg das Leuchtzeichen, signalisierte aber etwa in halbstündigem Abstand aufs neue. Die Spannung wuchs.
»Was ist, wenn es zum Kampf kommt?« fragte Hortatus.
»Sie werden ihn, wenn eben möglich, zu vermeiden suchen, um das Leben ihrer Geiseln nicht zu gefährden. Sie werden fliehen – oder tolldreist zur Küste hin durchbrechen.«
So verging Stunde um Stunde. Kaum jemand sprach, aber niemand schlief. Der Halbmond zog still seine Bahn, und wenn er für Minuten hinter Wolken verschwand, war es so finster, daß man die Hand nicht vor Augen sah. Dann glaubte jeder sonderbare Geräusche zu vernehmen, doch war es nur das Plänkeln des Wassers an der Bordwand oder ein Tau, das gegen den Mast schlug.
Die See wurde unruhiger, die Schiffe hoben und senkten sich. Gaius befahl, die Ruder zu wassern und leise den Anker zu lichten.
Da trat Alexander neben seinen Herrn, wies mit der Hand nach Nordwesten und flüsterte: »Sie kommen!«
»Gut. Verständige die andern!«
Wie eine Katze schlich Alexander davon.
»Nun hilf, Athene!« stieß Gaius hervor und blickte in die angegebene Richtung. Zunächst sah er nichts. Vielleicht hatte Alexander sich getäuscht. Aber dann blitzte es über den Wassern auf. Gaius wandte sich zur Küste: Augenblicklich kam Antwort. Lautlos senkten sich die Ruder ins Wasser, um das Schiff auf der Stelle zu halten. Auf der »Ilion« geschah das gleiche.
In diesem Augenblick schob sich eine Wolke vor den Mond, absolute

Dunkelheit hüllte beide Schiffe ein. Gaius blickte zum Himmel. In drei Minuten mußte die Sichel wieder erscheinen – dann fiel die Entscheidung. Es dauerte unendlich lange, bis die zerfetzten Wolkenränder das Licht wieder freigaben. Nun sahen es alle: Etwa ein Stadion voraus glitt der Umriß eines großen, dunklen Seglers an ihnen vorbei auf die Küste zu.

Nun wurde es auf beiden Schiffen lebendig. Laut hallten die Kommandos der Schiffsführer, die Ruder schaufelten das Wasser, der Rumpf, wie von einer gigantischen Hand mit dem Bug ins Wasser gedrückt, tauchte wieder auf, gewann an Fahrt und schoß vor. Gaius stand vorne, das Auge weit offen, gespannt auf die Reaktion des Piraten. Er flog mit unveränderter Geschwindigkeit auf die Küste zu. Hatte er sie gesehen? In voller Fahrt ließ Gaius das Segel setzen, der Nordwest blähte es, alle spürten den doppelten Schub, und schon nach wenigen Schlägen erreichte die »Nausikaa« die waghalsige Geschwindigkeit des Piraten, schob sich allmählich näher. Gaius sah nicht, was auf der »Ilion« vor sich ging, sie mußte dichtauf sein. Aber er sah etwas anderes:

Der Pirat schlug unerwartet einen Bogen nach rechts. Hatte man die Nerven verloren? Der »Nausikaa«, noch fünfzehn Längen dahinter, war es ein leichtes, den Kurs zu korrigieren und sich auf zehn Längen an den Freibeuter heranzupirschen. Nun erkannte er das Beiboot am Heck des Seglers; es hockten mehrere Gestalten darin. Die Kinder! Wollte man sich ihrer entledigen, um im Falle des Enterns jeder belastenden Beweise ledig zu sein?

Er sah, wie sich das Boot von der Silhouette des Schiffes löste. Sofort rief er dem Steuermann den Kurs zu. Und die »Ilion?« Was machte Postumius? Gaius stürzte nach Steuerbord. Auch die »Ilion« hatte beigedreht, pflügte nun mit geballter Kraft aller Ruder dem Flüchtenden nach. Und in diesem Augenblick zerriß ein scharfer Knall die Stille der Nacht, noch ein Schlag, wie von einer gewaltigen Peitsche, gefolgt von einem Zischen, das sich schnell entfernte! Dann, kurz hintereinander, zwei dumpfe Geräusche, brechendes Holz, Schreie! Postumius setzte seine Schleudergeschütze in Aktion! In kurzen Abständen folgte Salve auf Salve. Nun auch Brandgeschosse darunter: das griechische Feuer! Fasziniert verfolgte Gaius ihre steigende Kometenbahn, hörte ihr Knistern. Und zwei von ihnen trafen, zerplatzten mittschiffs, sprühten ihre flüssige Glut über das Deck. Feuerspritzer trafen das Segel, und im Nu stand es in Flammen. Bald brannte das ganze Schiff.

Gaius aber sah im Licht des Infernos das Beiboot, wie es aus dem Lichtkegel zu entkommen suchte, sich der Küste näherte.

»Zur Küste!« brüllte er. »Es darf nicht entkommen!«

Erneute Wendung! Die Balken und Planken ächzten, als die »Nausikaa« sich weit nach steuerbord legte, aber sie schaffte es, gebaut für solche Ma-

növer, ohne Gefahr, und nun verdoppelten sich die Schläge zu kraftvollem Stakkato, die Männer wußten, was auf dem Spiel stand. Immer noch kamen die Signale von der Küste, nun ununterbrochen.
»Schneller!« rief Gaius. »Wir müssen ihnen den Weg abschneiden!«
Leicht, wie ein großer Vogel, flog der Renner über die dunklen Wasser, überholte das Boot.
»Alexander! Cornificius! Fertigmachen!«
Gaius warf seine Kleidung auf die Planken, die beiden folgten! Hortatus stand vorne, eine Lanze in der Hand, hinter ihm seine Männer. Das Boot war nun neben ihnen. Gaius blickte hinein, sah die ängstlichen Augen der Kinder, bemerkte ihre Fesseln. Daneben zwei dunkle Gestalten, in deren Fäusten Dolche aufblitzten. Der eine hob die Hand zum Stoß, holte aus – als ihm Hortatus' Lanze unterhalb der Kehle in den Hals fuhr. Der zweite – man sah die Todesangst im Weiß seiner Augen – packte einen der Knaben, hielt ihn deckend vor sich und ließ sich rücklings aus dem Boot ins Wasser gleiten. Der Junge schrie auf. Dann gingen beide unter.
Da sprangen Hortatus und Alexander zugleich. Der Centurio landete im Boot, das durch den Schwung abtrieb, schützend umklammerte er den zweiten Knaben. Nun folgten Cornificius und Gaius: Sie hechteten neben die Stelle, wo der Pirat mit dem Jungen verschwunden war. Als sie auftauchten, sahen sie voraus einen Arm, der sich aus dem Wasser hob. Eine Klinge spiegelte das Mondlicht. Doch ehe sie sich zum tödlichen Stoß senkte, öffneten sich die Finger, das Messer entfiel der Hand – ein Todesschrei, lang und durchdringend! Dann verschwand der Arm in die Tiefe. Gaius und Cornificius kraulten mit drei Armschlägen hin und tauchten unter. Atemlos verfolgten die Männer an Bord die Aktion.
Endlich tauchten die Köpfe wieder auf. Hortatus schob den toten Piraten zur Seite, setzte sich ans Ruder. Doch das Boot war zu schwer. Da sprang Archelaos ins Wasser, erreichte mit vier, fünf kraftvollen Zügen das Boot, kletterte hinein, und mit vereinten Kräften erreichten sie bald die Schwimmer, die den immer noch gefesselten Knaben über Wasser zu halten suchten. Das war nicht einfach, da sie immer wieder von leichteren Brechern überrollt wurden. Das Boot tanzte wie eine Nußschale auf und ab. Endlich konnten Gaius und Cornificius seinen Rand ergreifen; Hortatus und Archelaos zogen den Knaben, dann Cornificius, Gaius und Alexander ins Innere.
Die Schwimmer zitterten vor Kälte und klapperten mit den Zähnen. Der Junge war ohne Bewußtsein.
Während Archelaos und Hortatus mit höchster Kraft zur »Nausikaa« zurückruderten, begannen Gaius und Cornificius mit Wiederbelebungsversuchen, hielten den Kopf nach unten, die Beine hoch, und ein Schwall Wasser quoll aus dem Munde des Jungen. Gaius begann, vor Kälte zitternd, mit Mund-zu-Mund-Beatmung, Cornificius hob und senkte die

Arme des Kindes. Endlich schlug der Knabe die Augen auf, seine Zähne schlugen schlotternd aufeinander. Die Freunde atmeten auf.
Sie gingen längsseits der »Nausikaa«. Zehn Hände griffen von oben und holten nacheinander alle an Bord. Andere standen mit Decken und Tüchern bereit und hüllten die Durchnäßten ein. Man brachte sie in die Kajüte. Jemand hatte Wein erhitzt und mit Honig gesüßt, reichte zuerst den Knaben, dann den andern einen Becher. Gaius aber humpelte zu den Kindern, strich ihnen über den Kopf.
»Ihr seid in Sicherheit! Nun braucht ihr nie mehr Angst zu haben.«
Und obwohl er noch immer nicht Gewalt über das eigene Zittern hatte, versuchte er ein Lächeln, und die Knaben lächelten zurück. Er wußte, er würde es nie vergessen! Eine große, strahlende Freude kam über ihn.
Und während sich einige Legionäre um die Geretteten kümmerten, sie warmrieben, ihnen zu essen gaben, kam Alexander daher, bereits in frischer Kleidung, geschniegelt, eine wohlbekannte Ledertasche in der einen, einen Becher mit dampfendem Tee in der anderen Hand. Wieder einmal staunte Gaius über die fast animalische Unverwüstlichkeit dieses Mannes, ahnte im übrigen, was ihm bevorstand. Und schon begann es:
»Platz! Jungs, macht Platz!«
Er schob zwei Legionäre unsanft zur Seite, sie wollten maulen, aber da reckte sich Alexander zu voller Größe und tönte, sie alle überragend, mit Stentorstimme: »Ich bin Alexandros, Sohn des Alexandros aus Theben, und ich sage euch renitenten Burschen: Ihr werdet auf der Stelle Bekanntschaft mit den Weiten und Tiefen des unermeßlichen Okeanos machen, wenn ihr mich davon abhaltet, meine Pflicht zu tun!«
»Nein!« krähte Hortatus. »Der Junge ist richtig! So einen Burschen möchte ich auch haben!«
Groß wurde jedoch das Erstaunen der Legionäre, als sie sahen, mit welcher Geduld und Sanftmut er seinem Herrn das heiße Getränk eingab, einen Stuhl herbeizog, ein Bein von Gaius hochlegte, es prüfend betastete, massierte, tätschelte, knetete, mit einer übelriechenden Salbe einrieb und schließlich fachmännisch einen Verband anlegte.
»Wie bei Muttern!« feixte einer, und alle grinsten.
Ein anderer wollte wissen: »Was hast du eigentlich mit dem Burschen im Wasser gemacht, daß er so schnell sein Messer verlor?«
Alexander, der gerade fertig war, reckte sich und sagte bescheiden:
»Ich habe ihm das Genick gebrochen.«
Er sah maßloses Erstaunen in vielen Augen. Da griff er einen Stuhl, drehte ihn um. Seine Pranken umklammerten ein Bein – es war Buche! – und brachen es durch.
»Etwa so...« Er warf die nun dreibeinige Sitzgelegenheit in die Ecke.
»Es ist gut, mein Braver, ich habe keine Lust, hier eine neue Inneneinrichtung zu bezahlen!« sagte Gaius.

»Na, dann eben nicht...«, maulte Alexander, griff seine Tasche und verließ in gebeugter Haltung den Raum.
Noch Jahre später sollten einige Anwesende an den Lagerfeuern des Bürgerkriegs von dieser Tat zu berichten wissen – mit dem kleinen Unterschied, daß aus dem Stuhlbein ein Tischbein und schließlich ein Ruder wurde.

Nun erst hatte man Zeit, nach dem brennenden Segler zu schauen. Es war nicht mehr viel von ihm übrig, und Postumius ließ den Rest so lange mit seinen Geschützen bestreichen, bis er auseinanderbrach.
Schon dämmerte es im Osten, und man sah hier und da Überlebende, die sich an Hölzern, Kisten oder Balken klammerten. Aber der Legat gab keinen Pardon und ließ sie der Reihe nach von seinen Bogenschützen »erledigen«, wie er sich ausdrückte. Natürlich war an Land das Leuchtfeuer längst verschwunden. Doch würde es wenig Sinn haben, dort nach Spuren zu suchen.

Als man den getöteten Piraten versenken wollte, tippte Cornificius Gaius an.
»Schau mal auf seine Füße!«
Gaius tat es und stutzte. Der Mann trug gelbe Sandalen!
»Wartet!« rief er und entnahm einer Tasche einen abgerissenen Lederriemen, ging zu dem Toten zurück und hielt den Riemen neben die Sandalen. Sie waren unbeschädigt. Es war das gleiche Leder und die gleiche Farbe.
»Warum ziehst du ihm die Sandalen nicht aus? Du wirst sie noch brauchen.«
Lange sah Gaius den Freund an, allmählich begriff er: Loco!
Gaius befahl einem Legionär: »Zieh ihm die Sandalen aus! Pack sie in ein Tuch und verschnür es! Gib es Alexander zur Aufbewahrung!«
In diesem Augenblick ertönte von Norden ein Signal. Alle wandten sich um. Eines der Begleitschiffe näherte sich und ging längsseits der »Ilion«.
»Sehr gut«, meinte Gaius. »Dann kann er die übrigen zusammentrommeln. Und wir nehmen Kurs Ostia!«
Er befahl, daß auch die »Nausikaa« an der »Ilion« anlegte. Als erstes reichte er die Knaben nach oben, und Postumius nahm sie selbst in Empfang, gab jedem einen Kuß auf die Stirn und tätschelte ihre Wangen.
»Und wer von euch ist Quintus Cassius Longinus?«
»Ich!« Mit einem gewissen Schneid trat Quintus vor. Man hatte ihn in zwei Decken eingepackt, und sie wirkten beinahe wie eine Toga.
»Und du?«
»Publius Asconius, Herr!«
Postumius nickte.

»Ihr habt euch verdammt wacker geschlagen, zum Donnerwetter noch mal! Habe einen Enkel in eurem Alter. Sag deinem Vater, Quintus, er solle mich in den nächsten Tagen einmal mit euch besuchen.«
Da wurde Quintus sehr ernst.
»Das geht nicht, Legat.«
»So? Warum nicht?«
»Mein Vater ist krank.«
Er blickte zu Boden. Da trat Gaius neben Postumius und flüsterte ihm etwas ins Ohr.
»So? Das wußte ich nicht...« Dann räusperte er sich, wandte sich an Quintus:
»Na gut, dann richte ihm aus, Postumius werde ihn bald besuchen.«
Quintus nickte und schwieg. Gaius bemerkte, wie sein sensibles, schmales Gesicht von Trauer überschattet wurde. Er winkte einen von der Besatzung der »Ilion« herbei.
»Zeig den Jungs doch mal die Geschütze, mit denen ihr den Piraten erledigt habt!«
»Jawohl, Tribun!«
Und eine ganze Gruppe der Besatzung nahm an dem Rundgang teil. Einige steckten ihnen Gebäck und Feigen zu und überboten sich an Freundlichkeiten. Von allen war die Anspannung gewichen.
Quintus wandte sich an Postumius:
»Gestatte eine Frage, Legat!«
»Bitte.«
»Woher wußtest du, daß sie mit einem Boot zur Küste wollten?«
»Habe da einen verdammt guten Mann im Ausguck, der von hieraus sieht, wenn ein Spatz aufs Capitol kackt – hm, Verzeihung! – na, der Rest war eine Kleinigkeit.«
»Ich habe dir zu danken«, sagte nun Gaius. »Ohne die ›Ilion‹ wären wir nicht...«
»Laß das! Wir tun nur unsre Pflicht, du die deine, ich die meine... Aber damit ist deine Aktion ja noch nicht am Ende.«
»Richtig, nun kommt der schwierigste Teil!«
»Ich wünsche dir Glück! Und wenn es vorbei ist, erzähl mir alles!«
»Mit Sicherheit! Ich lade dich schon jetzt nach Tusculum ein.«
»Wenn das Essen gut ist, werde ich dasein, zum Donner... Übrigens brauchst du dich um die Flotte nicht mehr zu kümmern. Mein Kurierboot übernimmt das.«
Die Jungen hätten zwar noch gerne unter Deck alles kennengelernt, aber Gaius mahnte zum Aufbruch. Dann trat er vor Postumius hin, nahm Haltung an.
»Der Tribun Gaius Volcatius Tullus bittet, von Bord gehen zu dürfen!«
»Gestattet!«

Postumius kam ganz nahe heran.
»Mögen die Götter verhüten, daß wir uns je als Feinde gegenüberstehen!«
Offen, nicht ohne Sorge, blickte er Gaius an, reichte ihm die Hand.
»Grüß deinen Vater von mir!«
Eine halbe Stunde später rasselte im Hafen von Ostia die Ankerkette der »Nausikaa«.

Die Sache mit Archelaos war noch zu regeln. An Bord fragte ihn Gaius:
»Was hast du nun vor?«
Der Kilikier senkte den Blick.
»Mein Leben liegt in deiner Hand, Herr.«
Gaius stellte sachlich fest:
»Nun, du hast es dir verdient.«
»Du bist edelmütig, Herr. Aber...«
»Ja?«
»Ich möchte bei meinen Gefährten bleiben und mit ihnen ihr Schicksal teilen.«
Da lächelte Gaius vielsagend.
»Das kannst du gerne. Wieviel sind es denn?«
»Sechs. Die andern wurden beim Entern getötet.«
Gaius überlegte.
»Alexander!«
»Herr!«
»Ich übergebe dir diesen Mann in Obhut. Die sechs andern kommen dazu; ich werde sie dem Staat abkaufen.«
»Gute Idee, Herr. Aber du solltest die Katze nicht im Sack kaufen.«
»Richtig. Darum wirst du sie dir genau ansehen!«
Alexander strahlte, wandte sich sogleich an Archelaos:
»Kannst du stricken?«
Der Kilikier sperrte den Mund auf.
»Ob ich stri... nein.«
»Na, dann eben nicht. Aber ich werd's dir beibringen!«
»Aber bitte nicht jetzt und hier!« rief Gaius und schüttelte den Kopf. Aber Alexander belehrte schon den Neuen:
»Wolle ist nämlich gut gegen Kälte und Wärme. Alle Araber tragen Wolle! Und auch die Kimmerer in den nördlichen Ländern, wo es immer nur regnet und nie die Sonne scheint, tragen alles aus Wolle...«
Nun wurde es Gaius zu bunt.
»Es ist ja wohl hier nicht der Ort, einen Stricklehrgang zu beginnen!«
»Na, dann eben nicht...«
»Doch, großer Meister! Aber später! Du weißt, wie ich deine Socken schätze!«

So kam es, daß das tusculanische Personal um sieben abenteuerliche Gestalten vermehrt wurde, die eigentlich schon mit ihrem Leben abgeschlossen hatten. Alexander erhielt den Auftrag, sie mit einem gemieteten offenen Wagen in ihr neues Domizil zu bringen. Und manch argloser Reisender, der ihnen begegnete, machte einen großen Bogen um die finstere, unrasierte Besatzung des Karrens, gewärtig, ihrer Geldbörse oder Kleidung verlustig zu gehen.

32

Am späten Nachmittag näherte sich der Volcatische Reisewagen Rom. Diesmal hockte Hector im Wagen und beobachtete vom Fenster aus die vorbeiziehende Landschaft. Auf dem Bock saßen die beiden Knaben; sie durften abwechselnd die Zügel halten.
Gedankenverloren strich Gaius dem Hund über Stirn und Hals. Cornificius konnte kaum noch gegen die bleierne Müdigkeit ankämpfen und fiel für Minuten in einen Halbschlaf.
»He, mein Alter!« weckte ihn Gaius. »Schlafen kannst du noch immer!«
Cornificius rieb sich die Augen, gähnte mehrmals hintereinander, den Mund weit aufgerissen. Hector wandte den Kopf und beobachtete ihn.
»Du erschreckst den Hund!« tadelte Gaius, begann aber nun selbst zu gähnen, und schließlich schloß Hector sich an, legte sich auf den Boden und schlief auf der Stelle ein.
Cornificius reckte alle Glieder, zwang sich, wach zu bleiben.
»Sag mal, wie hast du eigentlich die sieben Mann ergattert?«
»Das war einfach. Pompeius' Order bewirkt wahre Wunder. Ich habe sozusagen in seinem Namen eine Amnestie verfügt.«
»Wenn dir das nur keinen Ärger bringt!«
»Warum? Es ist ganz im Sinne des Imperators. So hat er's im großen Stil gemacht.«
»Aber du bist nicht Pompeius!«
»Eben! Ich bin ein Volcatier!«
Cornificius, der selbst nicht dem Adel entstammte, enthielt sich daraufhin einer weiteren Äußerung. Aber ein feines Lächeln spielte um seine Lippen.
Da kam die Abzweigung zur Via Appia, und die Insassen wurden auf dem schlechten Pflaster arg durchgerüttelt. Cornificius fand allmählich die Beherrschung seiner Glieder und Säfte zurück.
»Wir sollten die Kinder auf keinen Fall bei ihren Eltern lassen. Die ›Gelbe Sandale‹ wird von nun an wieder jeden Schritt beobachten und bald erneut zuschlagen.«
»Das ist richtig«, sagte Gaius. »Aber er braucht zunächst eine gewisse

Zeit, um sich neu zu orientieren und seine Strategie zu überdenken. Von seinen Zielen wird er nicht abgehen, nun erst recht nicht!«
»Wir müssen herausfinden, was er letztlich will.«
»Ja. Aber zunächst ist die Sicherheit der Kinder wichtiger. Wenn Cassius einverstanden ist, nehmen wir sie mit aufs Tusculanum. Sie werden ausgezeichnet von unseren sieben Neuen bewacht werden!«
Da kam das Eichenwäldchen in Sicht. Zwei Minuten später rollte der Wagen über den Hof und kam direkt vor dem Eingang zum Stehen.
Gaius stieg aus, wandte sich an die Jungen.
»Wartet, bis ich euch rufe. Ich muß eure Eltern erst vorbereiten.«
Er ließ sie in den Wagen einsteigen.
»Pst! Ganz still!«
Sie nickten. Dann ging er zur Tür, betätigte den Klopfer. Nach einer Weile näherten sich die schlurfenden Schritte des Alten. Er öffnete.
»Oh! Der edle Volcatius Tullus!«
Er machte mit seinem gichtigen Rücken die Andeutung einer Verbeugung.
»Ist deine Herrin da?«
»Ja.«
»Dann hol sie und sage ihr, ich...«
Aber da kam Metella schon durch den Flur, eine etwa dreißigjährige, zarte Frau; Trauer und Sorge der letzten Wochen hatten ihr von Natur schon schmales Gesicht gezeichnet. Kritisch blickte sie Gaius an. Er war ihr fremd.
»Gaius Volcatius Tullus!« stellte der Alte ihn vor, und sein Haupt zitterte. Gaius verbeugte sich vor ihr. Ihre Augen leuchteten kurz auf.
»Willst du nicht hereinkommen?«
»Nein. Ich möchte dich bitten, vor das Haus zu treten.«
Erstaunt folgte sie.
»Wie geht es Cassius?« fragte Gaius.
»Den Umständen entsprechend. Aber warum...«
Da griff Gaius nach ihrer Hand, zog sie zur Seite.
»Wird er... wirst du eine große Aufregung ertragen können?«
Fassungslos starrte sie ihn an, aber in seinem Gesicht war keine Sorge, nur schalkhafte Vorfreude.
»Hast du...?«
Statt einer Antwort drückte er fest ihre Hand und nickte, wandte sich um.
»Kommt raus, ihr Helden!«
Die Tür des Wagens sprang auf, sie schossen heraus wie junge Hunde, stürmten auf Metella zu. Und sie griff sie beide, umarmte sie, Tränen der Freude im Auge.
»Kinder!« rief sie, hielt sie lange, schluchzte. Cornificius stieg aus dem Wagen; auch ihm und Gaius trat das Wasser in die Augen.

Flammende Röte schoß ihr ins Gesicht, zu groß war die Aufwallung der Gefühle.
»Wo ist Vater?« fragte Quintus.
Da griff Gaius ein.
»Moment, mein Junge! Deine Mutter sollte ihn zuerst vorbereiten. Plötzliche Freude kann einen Menschen um seinen Verstand bringen.«
Metella nickte, ließ die Kinder los, ging mit ausgebreiteten Armen auf Gaius zu und umschlang ihn, und ihre Tränen netzten sein Gesicht. Cornificius stand gerührt daneben.
Gaius sagte: »Das ist mein Freund Quintus Cornificius. Und er hat den gleichen Anteil wie ich am Gelingen.«
So wurde auch Cornificius Teilhaber der mütterlichen Freude, denn Metella umarmte auch ihn. Dann suchte sie sich zu fassen, wischte die Tränen fort.
»Wie können wir euch jemals danken!«
»Eure Freude ist uns Dank genug!« sagte Gaius, der ansonsten sehr selten in pathetischen Wendungen sprach.
»Aber nun geh und bereite Cassius vor. Wir haben noch einiges zu besprechen.«
Metella nickte und ging ins Haus.
Gaius wandte sich an den Alten:
»Wo ist sein Vater?« Er zeigte auf Publius Asconius.
»Unterwegs in Rom, dies und jenes einzukaufen.«
»Und seine Mutter?«
»Er hat keine Mutter. Sie starb vor vier Jahren im Kindbett.«
Da kam Metella zurück, rief schon im Flur fröhlich:
»Kommt, der Patron möchte euch sehen!«
Alle gingen hinein, und die Szene wiederholte sich, vielleicht war Cassius noch betroffener und aufgelöster vor Freude, denn er zitterte am ganzen Leibe. Sein Gesicht war naß. Darum hielt es Gaius an der Zeit, nüchtern auf die Zukunft zu sprechen zu kommen.
»Die Kinder können nicht hierbleiben!« konstatierte er. Cassius nickte, während Metella erstaunt »Warum nicht?« fragte.
»Es ist zu riskant«, sagte Gaius und sprach von den Gefahren, denen die Kinder hier, weitab von der nächsten Siedlung, ausgesetzt wären. Dann erläuterte er seinen Plan.
»Erst müssen wir den Täter zur Strecke bringen. Und das kann noch einige Zeit dauern. Bis dahin nehme ich sie mit zum Tusculanum. Das Haus wird scharf bewacht. Dort sind sie am sichersten.«
Cassius nickte.
»Ja, das ist das beste!«
»Übrigens...«, fuhr Gaius fort, »hat er noch einmal von sich hören lassen?«

»Nein.«
»Es wird bald geschehen. Vielleicht wird er sich nun an dich halten.«
Gaius blickte Cassius scharf an, wandte sich dann an Metella: »Könnte ich mit Cassius allein reden?«
Metella nahm die Kinder bei der Hand und verließ mit Cornificius den Raum; der Alte folgte schlurfend. Eindringlich fragte Gaius:
»Wenn du mir irgend etwas verschwiegen hast, Cassius, bitte ich dich, es mir zu sagen. Was will man von dir?«
Cassius blickte Gaius offen ins Auge.
»Ich weiß es nicht. Ich weiß es wirklich nicht.«
Gaius las kritisch im Gesicht des Kranken.
»Gut, ich glaube dir. Aber halte mich auf dem laufenden. Der Mensch hat zu viel investiert in der Angelegenheit, er wird nicht lockerlassen. Ich schicke euch einige bewaffnete Männer, die das Haus im Auge behalten. Du kannst dich völlig auf sie verlassen.«

Kurze Zeit später befand sich der Wagen mit Gaius und den Kindern auf dem Weg nach Tusculum. Eilig hatte Metella sie gewaschen, in frische Tuniken gesteckt und weitere Kleidungsstücke eingepackt.
»Du kannst gerne mitkommen«, hatte Gaius zu ihr gesagt.
»Es geht nicht«, sagte sie. »Ich muß mich um Cassius kümmern.«
Cornificius hatte einen eigenen Wagen bekommen. Der Alte fuhr ihn bis zur Porta Collina und half ihm von dort, die Reisetaschen nach Hause zu tragen. Morgen wollte Cornificius sich wieder mit Gaius im Volcatischen Hause treffen.

»Na...?« fragte Gaius den Quintus unterwegs. »Worüber freust du dich denn am meisten?«
»Über den Hesiod!« kam die prompte Antwort.
»Was?« fragte Gaius erstaunt.
»Ja, daß ich den ollen Griechen nicht übersetzen muß!«
Gaius lachte. Ein gutes Zeichen dafür, daß der Junge die Schrecken der Entführung ohne Schaden überstanden hatte. Aber in gespieltem Ernst sagte er: »Ich habe auch einen Hesiod in der Bibliothek!«
Schlagfertig antwortete Quintus: »Dann kannst du mir ja nächstens bei der Übersetzung helfen.«
Und sie lachten beide.

Auf dem Tusculanum war alles wie immer. Kreon hatte einen Generalputz des Hauses vornehmen lassen. Gaius bedachte ihn und das Gesinde mit dem erwarteten Lob und ließ von Alexander an jeden einhundert Sesterzen, an Kreon zweihundert verteilen. Alexander ging dabei leer aus. Sie begegneten sich im Atrium.

»Herr, womit haben sie diesen Segen verdient?« Alexander stellte sich ihm in den Weg. »Sie sind doch nur ihrem normalen Dienst nachgegangen, hatten im übrigen weniger Arbeit, da die Räume nicht benutzt, folglich nicht beschmutzt wurden!«
Gaius, der sehr wohl wußte, daß dies nur eine wie üblich gerissen verklausulierte Forderung seines großen Meisters war, hielt ihn hin.
»Du vergißt die Saturnalien! Das Fest konnte durch die Umstände nicht begangen werden.«
»... während wir unser Leben aufs Spiel setzten!«
»Wer ist ›wir‹?«
»Na, du und ich und Cornificius und Selenus und Lucius ...«
»Seit wann gibt man seinem Bruder und seinem Freund Geld an den Saturnalien?«
»Na, dann eben nicht«, maulte er und wollte gebeugt davonschleichen.
Gaius lachte:
»Doch, du Gauner! ... Hier!«
Er ging zu ihm hin, klopfte ihm auf die Schulter und reichte ihm einen prall gefüllten Lederbeutel.
»Und sei sparsam damit! ... Ich hatte es dir ja versprochen.«
»Danke!« rief der Beschenkte, und es sah eine Weile so aus, als ob er seinen Herrn umarmen wollte; doch plötzlich war er auf und davon, eilte in sein Zimmer, schloß von innen ab, hob eine Platte des Fußbodens, entnahm der Vertiefung einen Leinensack, ging zum Tisch in der Ecke und zählte das eben erhaltene Geld Stück für Stück hinein: fünfhundert Sesterzen! Dann schüttete er den ganzen Inhalt aus und zählte geduldig alles mehrmals. Aber er kam immer auf die gleiche Summe: 1620 Sesterzen, die Goldstücke des Autronius inbegriffen. Um sicherzugehen, zählte er noch einmal, war gerade damit fertig, als es klopfte.
»Befehl des Herrn! Ins Atrium kommen!«
Es war der Singsang von Kreons Stimme. In großer Eile verstaute Alexander seinen Schatz im Versteck des Fußbodens, legte die Platte auf und sagte zu sich selbst:
»Weiter so, Alexander! Du wirst es zweifellos durchaus schaffen!«
Dann holte er aus dem Schränkchen in der Nische die dickbauchige Flasche und nahm in sehr aufrechter Haltung einen großen Schluck. Seine Welt war durchaus wieder im Gleichgewicht, denn er ging davon aus – man sah es daran, wie er ununterbrochen Zahlen murmelte –, daß er sich, bei weiter anhaltendem Geldsegen, früher würde freikaufen können, als er es noch vor zehn Tagen angenommen hatte. So war er bester Laune, als er das Atrium betrat.
Kreon hatte das gesamte Personal antreten lassen. Neugierig betrachtete man die sieben Neuen, die sich scheu abseits hielten. Da kam Gaius, und Kreon meldete Alexander:

»Personal wie befohlen zur Stelle. Alle wohlauf und gesund!«
Alexander nickte, baute sich vor Gaius auf, nahm Haltung an und brüllte:
»Personal plus sieben Neue wie befohlen angetreten. Alle wohlauf und gesund. Keine besonderen Vorkommnisse.«
»Danke!« sagte Gaius, richtete die Augen auf die Gruppe, ließ sie von einem zum andern wandern.
»Hört her, Leute! Ab heute haben wir zwei Knaben zu Gast. Das Besondere an ihnen ist, daß sie bis heute morgen in den Händen von grausamen Entführern waren. Es besteht die Gefahr, daß diese Verbrecher sich erneut an sie heranmachen werden. Darum bestimme ich: Ganz gleich, wo die Knaben sich befinden – im Hause, im Garten, auf der Straße, im Felde oder wo auch immer –, sie müssen stets in Begleitung von mindestens zwei Angehörigen des Hauses sein. Ihren und euren besonderen Schutz haben die sieben Männer übernommen, die sie mit ihrem Leben verteidigen werden! Dieser Befehl gilt so lange, bis er von mir, und von niemandem sonst, wieder aufgehoben wird!... Kreon! Archelaos!«
Die beiden traten vor.
»Ihr haftet mir persönlich, daß ihnen nichts zustößt! Verstanden?«
»Ja, Herr.«
»Das heißt ›jawohl!‹« bellte Alexander.
»Jawohl!« wiederholten sie.
»Alexander!«
»Hier, Herr!«
»Mach den Wagen fertig! Nimm das Päckchen mit den gelben Sandalen mit!«
»Jawohl, Herr!« Zack! Und schon war die Rechte oben und ebenso schnell wieder unten; in einer wahnwitzig aufrechten Haltung marschierte er aus der Halle.
Unhörbar murmelte Kreon: »Der spinnt, der Sohn aus Theben.«
Gaius aber sagte zu den übrigen: »Nun geht wieder an eure Arbeit! Archelaos und seine Leute bleiben hier.«
Respektvoll und scheu näherten sie sich ihrem neuen Herrn. Leise begann Gaius:
»Ihr werdet bemerkt haben, daß ich kein Wort über eure vorherige Art und Weise, euch den Lebensunterhalt zu verdienen, verloren habe...«
»Wir wissen das zu schätzen, Herr, wir danken dir«, sagte Archelaos.
»Gut. Ihr sollt noch einmal von vorne beginnen können. Die Kinder werden Tag und Nacht nicht aus den Augen gelassen. Sollte ihnen noch einmal etwas zustoßen, ist euer Leben verwirkt. Welche Tätigkeit ihr später übernehmt, wird sich noch finden. Ich erwarte eure strikte und offene Loyalität!«
Sie verbeugten sich und sahen mit neuer Hoffnung in die Zukunft.

Draußen fuhr der Wagen vor.
Erst als sie durch den Ort rollten, fiel Gaius ein, daß er nicht nach der Statue der Athene gesehen hatte.
»Na, dann eben nicht...«, murmelte er, kuschelte sich in die Ecke und schlief auf der Stelle ein. Alexander aber hielt den Kopf schief, überlegte, ob er selbst oder ob ein anderer gesprochen hatte.

33

In Rom hatte sich nichts Neues ergeben, außer daß sich die Banden von Milo und Clodius an verschiedenen Orten erbitterte, blutige Kämpfe geliefert hatten – mit zahlreichen Toten auf beiden Seiten wie unter der Bürgerschaft.
Birria und seine Truppe war vom Hause abgezogen worden. Zum Glück noch vor der Ankunft des Patrons, wie Gaius von Bruder Lucius erfuhr, der voll und ganz wiederhergestellt war.
»Vater wünscht dich zu sprechen. Er ist in der Bibliothek... Ach, und drei Briefe wurden für dich abgegeben, einer darunter aus Ravenna.«
Caesar! Gaius eilte zur Treppe, um sie gleich auf seinem Zimmer zu lesen, aber da trat der Patron aus der Bibliothek, und Gaius hielt auf der dritten Stufe inne, wandte sich langsam um und ging auf den Vater zu. Dessen Miene kündete wenig Gutes.
»Ich möchte mit dir sprechen.«
Er wies zurück in die Bibliothek und ging voraus. Gaius folgte und schloß die Tür.
»Ich möchte keine lange Vorrede halten... Was hast du dir eigentlich dabei gedacht, Gladiatoren als Leibwächter und Bewacher des Hauses einzusetzen?«
Des Vaters Blick strahlte Zorn, sein Mund war hart geschlossen.
»Du stellst dich damit auf die Ebene eines Clodius und eines Milo!«
Gaius blieb ganz ruhig. »Du warst nicht hier, Vater. Aber man wird dir wohl berichtet haben, welch schreckliche Dinge geschehen sind.«
Lucius nickte.
»Sie rechtfertigen in keiner Weise, sich auf das Niveau von Gladiatoren zu begeben!«
Gaius begehrte auf: »Du hättest also lieber den Tod deines Sohnes in Kauf genommen!«
»Das ist doch nicht die Frage! Außerdem wurde der Anschlag auf Lucius vorher verübt, ganz abgesehen davon, daß diese lächerlichen Figuren wohl kaum mit ihren Spatzenhirnen etwas gegen die abgefeimten Methoden des Attentäters erreicht hätten, falls er erneut zugeschlagen hätte. Ich wiederhole, ich mißbillige solche Maßnahmen!... Anders die Sache mit

Pompeius. Es freut mich, daß du dich an ihn mit der Bitte um Hilfe gewandt hast. Wie geht es den Kindern?«
Gaius spürte, daß Lucius es nicht auf eine länger dauernde Verstimmung ankommen lassen wollte.
»Sie haben alles ohne Schaden überstanden, doch schweben sie nach wie vor in Lebensgefahr. Darum habe ich sie – dein Einverständnis vorausgesetzt – aufs Tusculanum bringen lassen.«
Lucius nickte.
»Gut so. Und versteh mich nicht falsch! Wie käme ich dazu, dir Vorschriften über deine Maßnahmen zu machen. Du hast edel gehandelt. Mich irritierte nur das Wie! Es gibt nun einmal ungeschriebene Normen, an die sich ein Volcatier zu halten hat. Sobald wir sie nicht mehr akzeptieren, machen wir uns zum Teilhaber des Pöbels. Das ist es, was ich an Pompeius schätze: seine vornehme innere Haltung, die sich nie von den kurzfristig zu befriedigenden Bedürfnissen der Massen beeinflussen läßt und die dennoch stets ihr Wohl im Auge hat.«
»Du hast mit ihm gesprochen?«
»Ja, im Picenischen. Er lud mich ein, da ich in der Nähe zu tun hatte.«
»Warum läßt er die Dinge treiben, dieses tägliche Chaos, die Morde, die Anarchie?«
»Weil es bisweilen besser ist, ein Feuer sich selbst verzehren zu lassen, statt es auszutreten. Andere könnten die halb gelöschte Glut sonst leicht neu entfachen.«
»Aber das neue Jahr beginnt ohne Regierung! Ist das in seinem Sinne? Das Morden wird sich fortsetzen!«
»Ja, es ist furchtbar, aber immer noch das kleinere Übel. Würde Pompeius zu diesem Zeitpunkt mit Truppen eingreifen, käme es zum Bürgerkrieg, denn Clodius verstünde es, die Massen und Sklaven zu mobilisieren. Ganz zu schweigen davon, daß Caesar von Oberitalien aus eingreifen würde, was keine Lösung, sondern nur Hekatomben von sinnlos gemordeten Menschen, römischen Bürgern, brächte!«
Leise, wie beiläufig, fuhr er fort: »Dein Bruder machte Andeutungen, daß du Kontakte zu Clodius hast.«
»Ja.«
»Hat es mit der Entführung zu tun?«
»Sehr wahrscheinlich ja.«
»Hm...« Lucius nickte gedankenvoll. »Weiß er von deinen Verdächtigungen?«
»Ich nehme es an. Jedenfalls sucht er mich mit allen Mitteln bei Laune zu halten. Er schenkte mir eine herrliche ›Athene‹.«
Da lachte Lucius laut auf: »Was sollte auch ausgerechnet er damit anfangen!... Triffst du ihn wieder?«
»Wann ich will. Aber ich spiele den Uninteressierten.«

»Sehr gut. Zugleich mußt du versuchen, ihm seine Pläne zu entlocken.«
Gaius nickte.
»Sag mal, Vater, aus welchem Grund könnte Clodius den Cassius Longinus erpressen? Was kann Cassius ihm bieten?«
»Ich weiß es nicht. Aber du wirst es schon noch erfahren. Ich muß in den Senat. Halte mich auf dem laufenden! Du hast selbstverständlich in der Affäre meine ganze Unterstützung.«
In der Tür wandte er sich noch einmal um.
»Ich bin stolz auf dich!«
Dann ging er schweren Schritts davon. Ohne es zu wissen, errötete Gaius. Solches Lob war seinem Vater noch nie über die Lippen gekommen. Und plötzlich wußte er, wie sehr er diesen großen wortkargen Mann liebte.

»Es ist zweifellos durchaus das beste, wenn ich einmal mit den Sandalen zu Loco gehe, Herr.«
»Wie?... Ja, natürlich. Und ich komme mit.«
Alexander strahlte und lief, das Beweismittel zu holen.
»Zieh dich warm an, Herr. Draußen weht ein kühles Lüftchen.«
Er hielt ihm den Mantel hin.
»Langsam, Junge. In zehn Minuten. Ich muß erst die eingegangenen Briefe durchsehen. Sag Selenus und Lucius guten Tag!«
»Sind beide nicht mehr im Hause.«
»Dann geh ein Stück Käse essen! Das Zeug muß ja nun mal alle werden.«
Aber da täuschte er sich, denn der Hausmeister kam mit zwei schweren Paketen ins Atrium.
»Wurde von Autronius' Leuten abgegeben. Käse!«
»Na, dann eben nicht...«
»Doch, aber bring das Zeug in die Küche!«
Gaius ging auf sein Zimmer, fand auf dem Schreibtisch die Briefe. Caesars Schreiben erkannte er sogleich an der Kostbarkeit des Materials. Die Kapsel war aus weichem roten Ziegenleder, der Papyros schneeweiß. Er holte die Tabelle mit dem Code und begann unverzüglich mit der Dechiffrierung.

C. Iulius Caesar grüßt den Tribun C. Volcatius Tullus

Schon die Anrede war differenziert; er hätte formulieren können: »Der Imperator« oder »Der Proconsul«, doch lag ihm an einer wohlwollenden, persönlichen Eröffnung. Daß das Schreiben dennoch einen gewissen Abstand betonte, zeigte die Anrede »Tribun«; Gaius sollte an sein nach wie vor bestehendes Dienstverhältnis erinnert werden, das durch die Verwundung und lange Abwesenheit nicht in Frage gestellt wurde.

Ich danke Dir sehr herzlich für Dein Schreiben, das mir vom Sohne des Autronius übergeben wurde. Wir werden versuchen, aus ihm einen Mann zu machen.

Gaius grinste!

Seltsamerweise traf drei Tage später ein weiterer Brief von Dir ein. Es hieß, ein unbekannter Bote, der gleich darauf wieder verschwand, habe ihn abgegeben. Ich ließ vorsichtshalber das Siegel von Fachleuten untersuchen. Ergebnis: Alles machte den Eindruck, als sei es von einem Könner nach gewaltsamem Öffnen wieder in den alten Zustand versetzt worden. Man müßte das Original Deines Siegels zum Vergleich haben, um endgültig Klarheit zu bekommen.
Ich gehe jedenfalls davon aus, daß das Schreiben geöffnet wurde. Da Du aber den höchsten Grad der Verschlüsselung anwandtest, wird sich der Leser vergeblich um die Entzifferung bemüht haben. Ferner schließe ich daraus, daß Du Dich in großer Gefahr befindest – dies erst recht, nachdem ich den Inhalt kenne. Das ist auch der Grund, warum ich Dir auf diesem Wege keine Ratschläge erteile. Wenn es Deine Zeit und Dein Befinden erlaubt, bitte ich Dich, sobald wie möglich nach Ravenna zu kommen. Hier können wir alles in Ruhe besprechen.
Weiterhin gute Fortschritte bei Deiner Genesung! Und bedenke: Ein Mensch besteht nicht nur aus Beinen! Die besten, interessantesten, wichtigsten Aufgaben übernimmt der Kopf!

Ein Zusatz, unverschlüsselt, war mit seiner eigenen Hand geschrieben:

Grüße besonders Deinen Vater, und melde ihm, daß sein Sohn gute Aussichten auf ein größeres Kommando hat.
Vale! (aus Ravenna)

Nachdenklich legte Gaius das Schreiben aus der Hand. Der Mörder Philoktets hatte den Brief auf eigene Rechnung von irgendeinem unbefangenen Reisenden nach Norden befördern lassen. Aber warum? Er mußte mit Cornificius darüber reden.
Das zweite Schreiben war eine kurze Mitteilung Clodias, die sich höflich nach seinem Befinden erkundigte. Er verstand den Wink.
Nun das dritte! Es war unversiegelt. Er kannte schon den möglichen Inhalt und den Absender. Ruhig nahm er das gefaltete Blatt auseinander:

Das war dumm von dir! Aber ich habe Zeit, viel Zeit!

»Ich auch!« sagte Gaius grimmig, legte alle drei Schreiben in eine Schublade und machte sich für den Stadtgang fertig. Alexander wartete unten bereits ungeduldig.
»Wir sollten vor dem Dunkeln wieder im Hause sein, Herr!«
Gaius nickte nur.

Loco wußte sich vor Freude kaum zu fassen, als Alexander mit Gaius den Laden betrat. Er schickte seine Gesellen nach Hause und schloß ab.
»Aber ich bitte dich«, sagte Gaius, »mach nicht solche Umstände!«
»Keineswegs, Tribun, in einer halben Stunde wäre heute sowieso Feierabend.«
»Warum so früh?«
»Wir ziehen morgen um. Ich habe Alexander davon erzählt.«
»Stimmt, Herr, und wenn du nichts dagegen hast, möchte ich ihm helfen.«
»Genehmigt«, sagte Gaius. »Bin dir immer ein gutes Andenken schuldig, Loco. Schade, daß du nicht noch zwei, drei Jahre weitergemacht hast. Wärst mit Sicherheit zum *Primuspilus*[57] befördert worden.«
Da kratzte sich Loco am Kinn.
»Tja, das sagen viele. Aber zwanzig Jahre sind genug! Habe immer meine Pflicht getan und manchen Hieb eingesteckt. Mußte auch an Frau und Kinder denken. Möchte noch als Großvater einen ruhigen Lebensabend verbringen.«
Gaius sah sich um.
»Es sieht aber ganz so aus, als ob du nun eine zweite Karriere beginnst.«
»Er beliefert schon ganz Rom und Umgebung, Herr!« rief Alexander. »Er ist zweifellos durchaus der beste Schuhmacher, den Rom je hervorgebracht hat!«
»Gewiß«, meinte Gaius trocken, »selbst die Piraten kaufen schon bei ihm ein.«
»Aber Herr, du machst Scherze!«
»Natürlich, aber so ist es doch, oder nicht?«
Loco kam näher.
»Wie meinst du das, Tribun? Wie käme ich dazu, Piraten für ihr schmutziges Geschäft auszustatten? Da soll sie doch Iupiters Blitz treffen!« Er hieb mit der Faust durch die Luft.
»Ganz recht!... Alexander, zeig ihm die Sandalen!«
Umständlich packte Alexander das Schuhwerk aus, reichte es Loco. Gespannt verfolgten beide, wie der Meister sie in den Händen drehte, sie nahe an die Augen hielt, am Leder schnupperte.
»Ja, sie stammen aus meiner Werkstatt. Es gibt keinen Zweifel. Ich bin der einzige, der diese Farbe benutzt. Ein Geheimrezept!« schloß er nicht ohne Stolz.

»Und das hier?«
Gaius reichte ihm das Stück eines Riemens.
»Ja, auch von mir. Aber warum zeigt ihr mir die Dinge? Seid ihr unzufrieden?«
»Ganz im Gegenteil. Beides sind wichtige Beweismittel in einer Sache, von der dir Alexander gewiß erzählt hat.«
»Ja, es geht wohl um die Entführung der zwei Knaben, oder? Aber was hat das damit zu tun?«
»Nun, einer der Piraten, die an der Entführung beteiligt waren, trug dieses Schuhwerk. Der Riemen stammt von einem Unbekannten, der, wie wir wissen, ebenfalls mit dem Verbrechen zu tun hat. Nun möchte ich von dir wissen: An wen hast du in den letzten Wochen und Monaten solche Sandalen verkauft?«
»Oh, das sind einige hundert gewesen!«
»Dacht' ich mir's!« sagte Gaius enttäuscht. »Du weißt natürlich nicht, wer das im einzelnen war?«
»So auf Anhieb nicht. Ist das denn wichtig?«
»Ja, davon könnte abhängen, ob wir den oder die Täter und Urheber des Komplotts finden.«
»Moment!« sagte Loco, trat zu einem Schrank und holte eine Sammlung loser Blätter, die er nach Art einer Kartei in einem Kasten geordnet hatte. Er setzte sich auf einen Hocker und ging die Karten durch.
»Ich pflege, der Ordnung und der Mahnungen wegen, alle Kunden zu notieren. Ich kann euch alle Namen vorlesen. Wenn euch das weiterbringt.«
»Ich habe Zeit«, ermunterte ihn Gaius. »Wichtig wären allerdings nur solche Kunden, die gleich einen großen Posten bestellt haben, so von fünf Stück an aufwärts.«
Loco begann zu blättern und las dabei eine Reihe von Namen vor:
»Lysimachos: sechs... Mummius: zehn... Autronius: fünfundzwanzig...«
Gaius sprang auf.
»Autronius?! Und du irrst dich nicht?«
»Auf keinen Fall. Er hat sein gesamtes Hauspersonal damit ausgestattet.«
»Weiter!«
»Mamilius: sieben... Salinator: sechs... Clodius: sieben...«
»Halt! Auch hier ist Irrtum ausgeschlossen?«
»Aber ja!«
»Weiter!«
»Ja, dann noch Tigranes der Sklavenhändler. Er ließ fünfundzwanzig Stück bestellen.«
»Sehr interessant!« sagte Gaius, und Alexander nickte:

»Zweifellos durchaus!«
Gaius fragte weiter:
»Wann haben Autronius, Clodius und Tigranes die Aufträge erteilt?«
»Augenblick... Autronius... am dreißigsten November... Clodius am fünfzehnten August... Tigranes ebenfalls am dreißigsten November.«
»Seltsamer Zufall!«
Gaius ging einige Schritte auf und ab, ganz in Gedanken versunken. Dann meinte er:
»Du hast mir sehr geholfen, Loco. Alexander wird dir morgen die genauen Maße bringen. Auch ich möchte das Personal neu ausstatten. Man soll ja sehr bequem darin gehen.«
Loco strahlte.
»Wie viele sollen's denn werden?... Damit ich mich mit Leder eindekke...«
»Na, so an die fünfundzwanzig, denke ich. Und wann soll Alexander morgen hier sein?«
»So um die zweite Stunde, Tribun, wenn's recht ist.«
»Geht in Ordnung... Es hat mich sehr gefreut, dich wiederzusehen. Sollte dir irgendeine Behörde Schwierigkeiten machen mit der Erlaubnis, am Tage mit dem Fuhrwerk durch die Stadt zu fahren, laß es mich wissen! Werde den Brüdern auf die Finger klopfen. Leb wohl!«
Er reichte Loco die Hand, und der Meister begleitete ihn zur Tür, nahm Haltung an und grüßte militärisch.
Gaius war schon einige Schritte gegangen, als er sich nach Alexander umwandte; der flüsterte Loco etwas ins Ohr.
»Geht in Ordnung...«, sagte Loco. »Nein, ich werd's nicht vergessen... mit hübschen Steppnähten... Ja, ich weiß, du bist kein Croesus... Du kannst dich darauf verlassen!«
Dann eilte Alexander in großen Schritten hinter seinem Herrn her, und sie erreichten bei zunehmender Dämmerung ungeschoren das Volcatische Haus.

Cornificius war da! Gebadet, geschniegelt, frisch rasiert und ausgeruht. Ein Hauch von Frühling war in seiner Nähe.
»Hier! Lies das!«
Gaius reichte ihm eine Abschrift von Caesars Brief und die neuerliche Drohung der »Gelben Sandale«. Cornificius las zuerst den Brief Caesars.
»Merkwürdig, sehr merkwürdig... Was will er damit erreichen?«
»Wer? Caesar?«
»Nein, der Mörder! Er will uns weismachen, er habe den Brief entziffert.«
»Aber das ist doch Unsinn! Was hat er davon zu wissen, daß wir es wissen?«

»Zunächst einmal die widerliche Freude, daß wir uns den Kopf darüber zerbrechen.«
»Aber er konnte den Brief nicht entziffern. Warum dann der Versuch, das Siegel zu restaurieren – aber so, daß Fachleute die Beschädigung erkennen?«
»Aus dem gleichen Grund. Er will uns permanent beunruhigen, will unsere Nerven ruinieren.«
Besorgt blickte Cornificius den Freund an.
»Und bei dir scheint er allmählich Erfolg damit zu haben!«
»Ach was«, rief Gaius, »ich bin nur völlig übermüdet. Ich gehe unverzüglich zu Bett... wollte aber kurz mit dir reden. Und nun höre und staune: Autronius ließ am dreißigsten November bei Loco fünfundzwanzig gelbe Sandalen in Auftrag geben, Clodius am fünfzehnten August sieben, Tigranes ebenfalls am dreißigsten November fünfundzwanzig.«
»Tigranes der Sklavenhändler?«
»Ja.«
»Seltsam.«
»Das mit Tigranes muß nichts bedeuten. Ein versierter Großhändler wie er läßt die Finger aus dem Raubgeschäft, zumal mit römischen Bürgern. Sein Ruf ist untadelig. Ich weiß das von Vater.«
»Na gut. Bleiben Autronius und Clodius. Und damit sind wir nicht klüger als zuvor.«
»Doch! Nun haben wir die Beweise, daß einer von den beiden seine Finger in der Affäre hat!«
»Ich bin da nicht so sicher. Du solltest auf alle Fälle Caesar aufsuchen. Sein Brief läßt offen erkennen, wie sehr ihn die Dinge interessieren. Wann brichst du auf?«
»Morgen früh.«
Cornificius hob die Hand.
»Was ist mit den Kindern? Willst du sie allein lassen?«
»Ungern. Aber mitnehmen kann ich sie auch nicht.«
»Dann ziehe ich um zum Tusculanum.«
»Das ist fein. Darum gebeten hätte ich dich nicht. Nimm Alexander gleich mit!«
»Auf keinen Fall. Du solltest nicht allein reisen. Der brave Junge wird dich hüten wie seinen Augapfel.«
Gaius gähnte und sank völlig erschöpft auf einen Stuhl.
»Bist du noch hier, wenn Vater zurückkommt?«
»Ja, ich suche eine bestimmte Stelle bei Aristoteles; Selenus kann mir dabei helfen.«
»Gut... Ach, und sage Alexander, er könne morgen Loco nicht helfen.«
Zehn Minuten später fiel Gaius in einen traumlosen Tiefschlaf, aus dem er erst nach zehn Stunden erwachte.

34

Ravenna!... Nach sechs strapaziösen Tagen im rumpelnden Wagen erreichten Gaius und Alexander die Stadt, von der Selenus wegen ihrer klaren Luft in gesunder Lage geschwärmt hatte. Sie sei ursprünglich von den Venetern auf einem Pfahlrost erbaut worden, wenngleich eine alte Sage von der Gründung durch Thessalier zu berichten wisse. Von Sümpfen auf der Landseite umgeben, sei sie im Kriege uneinnehmbar. Allerdings habe diese strategisch günstige Lage für die Bewohner zwei Nachteile: Im Sommer könne man es vor Mücken, die zu Myriaden aus den Sümpfen kämen, kaum aushalten. Und es mangele an gutem Wasser! In trockenen Jahren könne dies zu einem drückenden Problem für die Einwohner werden. Habe Rom mit seiner Million Menschen täglich zehn Medimmen[58] Wasser pro Kopf der Bevölkerung zur Verfügung, so reiche es in Ravenna allenfalls für fünf Modii[59], und auch das nur in feuchten Jahren. So könne man es eigentlich nur in der kalten Jahreszeit dort aushalten, und das sei auch der Grund, warum Caesar hier sein Winterquartier aufschlage, da die Verkehrsverbindung nach Süden zu Wasser und zu Lande günstig sei.

Davon hatten die beiden Reisenden allerdings wenig gespürt, als sie auf zum Teil tief verschneiten Straßen über den Apennin fuhren. Nun, wenigstens hatte man sie unterwegs ungeschoren gelassen.

Die Stadt machte einen sehr lebendigen Eindruck; überall wurde gebaut, erneuert, vergrößert, und es waren nicht nur öffentliche Gebäude, an denen man mauerte, zimmerte, verputzte. Gleich am Tor fragte Gaius einen Legionär, wo er den Proconsul finden könne. Der Posten stand stramm.

»Am Forum, Tribun! In der Magistratur!«

Gaius, der ja in ziviler Kleidung war, stutzte.

»Du kennst mich?«

»Jawohl, Tribun! Ich gehörte zum Brückenkommando!«

»Aha. Steht sie noch?«

»Nein, Tribun. Caesar ließ sie halb abreißen. So erinnert sie aber die Barbaren daran, daß wir jederzeit wieder auf die andere Seite können, wenn wir wollen.«

Sie fuhren weiter zur Magistratur.

Caesar sei nicht im Hause, hieß es beim Pförtner, er inspiziere die Arbeiten an der neuen Fechterschule. Aber der Legat Titus Labienus sei oben.

»Du bleibst hier und wartest!« befahl Gaius, und Alexander hielt sich an den Pförtner.

»Schon mal gedient?« hörte ihn Gaius noch auf der Treppe, und er lächelte: Denn jetzt folgte die bombastischste Schilderung des Bärenabenteuers, die je ein Sterblicher vernommen! Manchmal beneidete er ihn um diese naive, selbstsichere Spontaneität, mit der er auf jeden zuging.

»Herein!«
Er fand Labienus über einem Berg Akten. Der Legat blickte kurz hoch, erkannte Gaius aber nicht, versenkte sich wieder in die Papiere, sagte völlig mechanisch: »Der Proconsul ist nicht im Hause. Er kommt in etwa einer Stunde zurück.«
»Das will ich auch hoffen!« spielte Gaius den prestigebewußten Besucher, und prompt hob Labienus den Kopf.
»*Per deos!* Gaius! Welch eine Überraschung!«
Er sprang auf, kam um den Tisch herum, eilte auf den Besucher zu und umarmte ihn herzlich.
»Wenn man dich so sieht, glaubt man tatsächlich an die Auferstehung! Gut siehst du aus! Zwar müde, aber gut! Was macht dein Bein?«
»Ich kann es hin und wieder vergessen, und das ist ein gutes Zeichen.«
»Komm, setz dich!«
Labienus führte ihn zu der Sitzecke am Fenster.
»Ich habe damals nicht gedacht, daß du durchkämst. Wir vermissen dich alle sehr!... Wie war die Reise?«
»Zeitweise Hannibals Alpenübergang vergleichbar. Na ja, habe schon Schlimmeres hinter mir.«
Labienus war Gaius' direkter Vorgesetzter als Legat gewesen. Nur ein Jahr jünger als Caesar, hatte auch er bereits eine bewegte politische Vergangenheit hinter sich. Während Ciceros Consulat profilierte er sich als populärer Vorkämpfer, als er, damals Volkstribun, den C. Rabirius wegen Ermordung des einstigen Volkshelden Saturninus anklagte. Er war es auch, der damals ein neues Gesetz durchbrachte, wonach die hohen Priesterstellen durch Volkswahl besetzt werden sollten; die Folge war Caesars von den Optimaten als skandalös empfundene Wahl zum *Pontifex maximus*[60] mit achtunddreißig Jahren. Obwohl Labienus die Praetur nicht bekleidete, wurde er von Caesar zum *Legatus propraetore*[61] ernannt und war in dieser Stellung seit Anfang an in Gallien dabei. Vielfach hatte er sich in den letzten Jahren ausgezeichnet, gegen die Helvetier, Belger, Nervier, Treverer. Mehrfach hatte er Caesar in den magistralen Aufgaben vertreten. Der Proconsul schätzte ihn als persönlich tapferen und kühnen sowie taktisch und strategisch hochbegabten Offizier. Obwohl er, darin ganz seinem Vorgesetzten ähnlich, einen sechsten Sinn im Umgang mit der Truppe hatte, ging unter den patrizischen Chargen der mittleren Ränge hinter der Hand die Rede, er sei insgeheim ein Vertrauensmann des Pompeius. Das ließ sich freilich nie beweisen, und Gaius vermutete dahinter lediglich den Neid der Subalternen.
»Wie sieht's in der Provinz aus?« fragte Gaius.
»Das kann ich dir genau sagen...«
Labienus kramte auf der Tischplatte, nahm eine Rolle und las den Schluß vor:

Als auf diese Weise das Land verwüstet war, führte Caesar nach dem Verlust der zwei Cohorten das Heer nach Durocortorum[62] *in das Gebiet der Remer zurück. Dorthin berief er einen Landtag Galliens, nahm eine Untersuchung über den Aufstand der Senonen und Carnuten vor, fällte über Acco, den Anstifter des ganzen Anschlags, ein härteres Urteil und ließ ihn nach der Sitte der Vorfahren hinrichten. Einige flüchteten aus Angst vor seinem Urteilsspruch. Als er diese geächtet hatte, legte er zwei Legionen an die Grenzen der Treverer, zwei ins Gebiet der Lingonen, die übrigen sechs im Lande der Senonen ins Winterquartier, sorgte für die Verpflegung des Heeres und reiste wie alle Jahre nach Oberitalien, die Gerichtstage abzuhalten.*[63]

»Ist das aus seinem offiziellen Kriegstagebuch?«
»Ja, ich hab's hier liegen, um noch einmal Korrektur zu lesen. Aber der Schluß ist mir zu optimistisch.«
»Wieso?«
»Unsere Späher und gallischen Verbindungsleute wissen von Truppenbewegungen zu berichten. Ich habe ein ungutes Gefühl...«
»Aber wir sind doch mitten im Winter!« rief Gaius. »Kein gallischer Stamm würde es wagen, bei den argen Wetterverhältnissen großangelegte Operationen in die Wege zu leiten.«
»Warum nicht? Schon Alexander führte einen Winterfeldzug in Kilikien. Im übrigen sind ihre Führer bestens informiert über das römische Chaos! Ich weiß nicht, was er von dir will, ihm sind jedenfalls römische Nachrichten aus erster Hand zur Zeit das wichtigste. Schenke ihm unbedingt reinen Wein ein!«
»Wie meinst du das?«
»Nun, die meisten, die hier eintrudeln, wollen etwas von ihm. Sie beschönigen die Dinge. Du aber willst nichts, kein Geld, kein Prestige, keine Pöstchen – dein Wort hat, trotz deiner jungen Jahre, großes Gewicht bei ihm! Von deiner familiären Reputation ganz zu schweigen.«
Labienus stand auf. »Aber was rede ich. Du bist hundemüde! Ich werde dir ein Quartier anweisen lassen... Pullo!«
Ein Centurio betrat den Raum.
»Besorge dem Tribunen Volcatius...« Er unterbrach sich, fragte Gaius: »Hast du deinen Alexander mit?«
»Ja.«
»Also, dem Tribunen und seinem Diener im Gästehaus zwei Zimmer! Und stell zwei Legionäre als Burschen ab!«
»Jawohl, Legat!«
Pullo stand stramm und entfernte sich. Labienus begleitete Gaius zur Tür.

»Ich werde ihn von deiner Ankunft unterrichten. Man wird dich abholen. Wir sehen uns ja noch...«

Die Zimmer waren mit dem Nötigsten eingerichtet, mit Bett, Schrank, Wasserschüssel, Tisch, zwei Stühlen, einem Korbsessel, alles von gediegener Qualität ohne überflüssiges Beiwerk.
Gaius nahm unten ein Bad, kleidete sich um, war gerade damit fertig, als man ihm die Ankunft des Wagens meldete. Wenige Minuten später betrat er wieder die Praefectur. Man führte ihn in den gleichen Raum, in dem vorhin Labienus gesessen hatte, doch war der Platz hinter dem Arbeitstisch leer. Pullo, der ihn geleitete, ging zu einer Nebentür, klopfte an und öffnete.
»Der Tribun Gaius Volcatius Tullus!«
Drinnen entstand Bewegung... Schritte, unverwechselbar leicht und federnd, Caesar kam aus dem Raum, auch er in Zivil, blieb stehen, erfaßte mit einem schnellen Blick die ganze Gestalt des Besuchers, ging dann mit ausgebreiteten Armen auf ihn zu, packte ihn bei den Schultern.
»Gaius Volcatius! Wie schön, dich wiederzusehen!«
Nun griff er mit beiden Händen nach seiner Rechten und schüttelte sie, zog ihn ins Zimmer.
»Gut siehst du aus! Ich wußte, daß du durchkommst!... Bitte!«
Er geleitete ihn zum Sessel, nahm dabei das leichte Hinken wahr.
»Das da wird sich noch geben. Hephaistos wäre glücklich, er könnte dir's gleichtun!... Bitte!«
Er bestand darauf, daß Gaius sich als erster setzte, nahm erst dann ihm gegenüber Platz. Ein kleiner Bronzetisch mit dunkler Marmorplatte stand zwischen ihnen, gedeckt mit Obst, Wein und zwei herrlichen, zierlich geschliffenen Gläsern. Caesar winkte mit dem Zeigefinger, ein Sklave trat aus dem Hintergrund, verbeugte sich vor dem Gast und schenkte ein, verdünnte den Wein mit Wasser. Sie hoben die Gläser.
»Auf Athene, damit sie dir weiterhin schirmend beistehe!«
Gaius stutzte, hob das Glas, sah das verschmitzte Lächeln, sagte: »Und auf Venus! Die Stammutter Roms!«
Sie nahmen einen Schluck und setzten die Gläser ab. Leicht verwirrt fragte Gaius:
»Wie kommst du gerade auf Athene, Imperator?«
»Na, du hast doch eine herrliche Statue in einem Schuppen stehen... Zwar nicht gerade der angemessene Ort für eine Göttin der lichten Höhen, aber immerhin...« Das Lächeln blieb.
Gaius starrte ihn überrascht an.
»Woher weißt du...?«
»Oh, ich weiß vieles!... Zum Beispiel, daß die jüngste Clodia dir schöne Augen macht, während du dir noch nicht schlüssig bist, wie du dich ihr

gegenüber verhalten sollst. Sie reizt dich sehr wohl – wen reizte so ein Weibchen nicht! Denk an den frühen Cicero! Aber du liebst sie nicht!«
Gaius war sprachlos vor Staunen. Er errötete leicht.
»Sei auf der Hut, mein Junge! Sie ist zu alt für dich! Aber diese Erfahrung muß wohl jeder Mann einmal in seinem Leben machen. Im übrigen meine Gratulation für den erfolgreichen Abschluß deines Unternehmens. Ist doch mal was Neues: Pompeius erteilt einem Tribun Caesars totale Vollmachten zur See! Du hättest damit die Insel der Seligen finden und erobern können!«
Caesar, der das wachsende Staunen und die Irritation in Gaius' Gesicht sah, lachte kurz auf, hob dann beschwichtigend eine Hand.
»Wenn ich nicht schon immer über dies und jenes, was in der *Urbs* geschieht, unterrichtet wäre, wandelte ich längst unter den Schatten im Hades. Du bist einer meiner fähigsten jungen Offiziere, und nur wenigen vertraue ich so wie dir; darum darf ich mir – und dir – solchen Schabernack erlauben. Nein, du hast mein volles Vertrauen! Verzeih, wenn ich dich kränkte; es war nicht meine Absicht. Wie geht es deinem Vater?«
»Gut, bis aufs Herz.«
»Ja, wir sind in den gefährlichen Jahren. Er weiß doch, daß du hier bist?«
»Natürlich.«
Caesar nickte.
»Weißt du, ich betrachte es in vieler Hinsicht als großes Glück, ohne Vater aufgewachsen zu sein. Die Seele hat mehr Raum zur Entfaltung...«
Die Worte kamen Gaius seltsam bekannt vor.
»Ich werde dich nie zwingen, etwas zu tun, wenn dich deine Bindungen daran hindern. Denn nur das, was wir aus innerer Neigung tun, ist gerecht. Alles andere ist dummes Gerede – und gefährlich!«
Caesar lehnte sich entspannt zurück, schlug die Beine übereinander, blickte in sein Glas, und doch wußte Gaius, daß er ihn beobachtete.
»Manchmal wünschte ich, noch einmal in deinem Alter zu sein. Man ist bedenkenloser, spontaner, freier, auch skrupelloser. Je älter man wird, um so mehr Rücksichten nimmt man, weil man mehr im Blick hat und weil man einen Kometenschweif an Erinnerungen mitschleppt. Herakles war nur einmal am Scheidewege, wir sind es ununterbrochen... Wie geht es den Kindern?«
Das war einer seiner typischen Gedankensprünge, die jemanden, der ihn nicht kannte, in Verwirrung, ja zur Verzweiflung bringen konnte, da er nie die plötzlichen Wendungen voraussah. Gaius aber kannte dies aus langer Erfahrung, wußte, daß es weniger nervöse Zerfahrenheit als Zusammenschau aller ihn bewegenden Dinge und Details war.
»Erstaunlich gut«, sagte er. »Der junge Cassius antwortete mir auf meine Frage, worüber er sich denn nun am meisten freue, daß er nun längere Zeit nicht den ›Hesiod‹ übersetzen müsse.«

»Wie gut, daß wenigstens die Kinder noch normal reagieren! Im übrigen ist ein kurzer Aufenthalt bei Piraten insofern förderlich, als man lernt, die Welt aus anderen als den anerzogenen Blickwinkeln zu sehen. Es hat noch niemandem geschadet, die Gefährdung der eigenen Existenz möglichst früh kennenzulernen. Seltsamerweise halten alle Nichtbetroffenen dies stets für ein Unglück... Aber nun berichte alles der Reihe nach. Ich kenne bisher nur die Inhaltsangabe.«
Gaius begann zunächst mit dem rein Faktischen, nannte dann die Namen aller ihm Verdächtigen und schilderte in Kürze die Rettungsaktion. Caesar war ganz Ohr, nickte manchmal ermunternd oder schüttelte mißbilligend den Kopf.
»So liegen also die Dinge«, schloß Gaius, »und ich tappe völlig im dunkeln bei der Frage, wer von den Genannten dahintersteckt.«
»Es ist möglich, daß ein Unbekannter, den du bisher noch nicht in Betracht gezogen hast, an den Fäden zieht. Ob es sich um Autronius, Clodius oder wen auch immer handelt, wirst du herausfinden. Aber das alles sieht mehr nach einer privaten Aktion aus, nach Rache, Erpressung aus Habgier oder ähnlichem mehr. Einem Autronius traue ich solches eigentlich nicht zu, wenngleich es nicht unwahrscheinlich ist, wenn die Gier einen Menschen beherrscht.«
Caesar stand auf, ging zum Arbeitstisch.
»Und nun zur Sache!«
Gaius wandte sich um.
»Du kannst dir denken, daß ich dich nicht nur wegen einer solchen mehr privaten Angelegenheit nach hier gebeten habe.«
Gaius nickte.
»Ich vertraue dir vollkommen«, fuhr Caesar fort und blickte ihn an. Entschlossenheit und Härte hatten in seinem Gesicht die Oberhand gewonnen, scharf gruben sich die beiden senkrechten Falten zu Seiten des Mundes ein.
»Ich weiß, daß Clodius deine Freundschaft sucht, weil er deinen und deines Vaters Einfluß auf gewisse Optimaten kennt. Clodius ist gefährlich, nicht wegen seiner Ziele – er will die Praetur und in zwei Jahren das Consulat, und beides wird er nicht bekommen –, sondern wegen seines Wahnsinns, der von Jahr zu Jahr zunimmt. Ich habe es schon früh geahnt, erwartete aber nicht einen so schnellen Zerfall seiner Persönlichkeit. Sein Treiben wird immer irrationaler, weil er nur noch in der Aktion an sich seine Befriedigung sucht und findet. Da er aber zugleich ein genialer Redner ist, der im Augenblick des Vortrags vor den Massen selbst glaubt, was er sagt, glaubt der Pöbel es auch; und da er den Leuten das verspricht, was sie hören wollen, kann er die Menge kneten, wie er will... Nimm also seine Einladungen an, suche selbst seine Nähe!«
Gaius schwieg eine Weile, dann: »Was soll ich tun?«

»Beobachte ihn genau! Mach seiner Schwester schöne Augen, horche sie aus!... Ja, ich weiß, solches geht dir wider die Natur, aber hier geht es um Größeres – um Rom! Später wirst du es begreifen!«
Er blickte aus dem Fenster, versonnen, fuhr leise fort:
»Meine Handlungen hatten stets etwas Aufsehenerregendes an sich, aber ich habe, im Unterschied zu Pompeius, immer eine klare Vorstellung von der Richtung, die ich einschlage.«
Er setzte sich wieder.
»Man sagt, ich lasse die Dinge treiben! Man sagt, ich sei revolutionär! Man sagt, ich wolle die Verfassung stürzen! – Ja, was denn? Eins kann nur stimmen! Dies aber will ich: ein Ende des Chaos! Schluß mit dem selbstmörderischen Parteienhader! Ordnung aus Einsicht in ihre Notwendigkeit, nicht aus Angst!... Pompeius aber ist manipulierbar. Seine Ordnung ist die der alten Herrschaft. Er ist unfähig zu erkennen, daß Rom innerlich zerbricht, verwest, zugrunde geht, wenn man es nicht an Haupt und Gliedern reformiert! Die alte Ordnung ist nur noch ein Name ohne körperliche Gestalt! Man kann dieses Imperium nicht mehr mit dem Magistrat einer mittleren Stadt regieren!... Clodius ist schlau und durchtrieben, er durchschaut dies alles und zieht seinen egozentrischen Nutzen daraus, weil sein kranker Geist sich selbst vergöttert. Pompeius aber läßt die Dinge treiben, bis man ihm die Dictatur anbietet. Das kann ich nicht hinnehmen, weil er dann in logischer Konsequenz meinen Sturz betreiben muß.
Darum möchte ich, daß du unabhängig deine Beobachtungen machst, weil ich deinem Urteil und deiner Loyalität vertraue. Deine Herkunft und die souveräne Stellung deines Vaters machen dich allen interessant. Darum halte dich nach allen Seiten offen! Brauchst du Geld?«
»Nein.«
»Gut. Sollte dieser Fall eintreten, denn wende dich an Curio! Er stellt dir jede gewünschte Summe auf der Stelle zur Verfügung.
Dem Autronius aber laß Nachricht zukommen, ich könne für zehntausend Mann dies und jenes gebrauchen. Er soll eine genaue Aufstellung machen und Angebote schicken. Dabei dürfte es ein leichtes sein, seine mögliche Beteiligung an dem verbrecherischen Entführungsfall herauszufinden.«
Gaius spürte, das Gespräch war beendet. Beide erhoben sich.
»Du bist heute abend mein Gast, wirst Asinius Pollio und einige Freunde treffen. Es kommen nur literarische Themen aufs Tapet. Morgen ruhst du dich aus, und übermorgen geht's zurück. Einverstanden?«
»Jawohl, Imperator!«
»Ich bitte dich, laß unter uns diese Förmlichkeiten! Hier!«
Er nahm vom Tisch eine Rolle und reichte sie Gaius.
»Das wird dir nützlich sein bei der Lösung des Falles.«

»Was ist das?«
»Der Auszug einer Akte, die ich für dich habe machen lassen.«
Gaius warf einen Blick auf den Titel.

Beobachtungen und Anmerkungen zur Tätigkeit des Tribuns Publius Clodius während seines Aufenthalts im Osten.

Caesar genoß schmunzelnd Gaius' Verwunderung, nickte lächelnd und begleitete ihn zur Tür.

35

Die Rückreise erschien Gaius kürzer als die Hinfahrt, und dank des ruhigen Wetters traf er dann auch einen Tag früher als erwartet in Rom ein. Er entließ Alexander noch vor der Stadt, damit er im Volcatischen Hause ihre Ankunft meldete, umrundete selbst die Mauer und fuhr gleich nach Tusculum.
Die Kinder waren wohlauf, Archelaos und seine Männer hatten sich bewährt, und mit einem gewissen Stolz meldete Archelaos: »Keine besonderen Vorkommnisse.«
Nach einem erfrischenden heiß-kalten Wechselbad trafen sich Cornificius und Gaius in dem heimeligen kleinen Zimmer gegen Norden, von wo man jenen herrlichen Blick über die latinische Campania hatte. Sie kamen beide ohne Umschweife zum Thema.
»Wie geht's ihm?« begann Cornificius.
»Sehr gut. Er ist voller Energie. Nichts, was in der *Urbs* geschieht, bleibt ihm unbekannt. Er wußte schon von meinen Besuchen bei Clodius.« Die Bemerkungen über Clodia verschwieg er.
»Das war zu erwarten. Und was sagte er zu den Anschlägen?«
»Er hörte interessiert zu, nahm auch Anteil, aber er ordnet dies alles in den größeren Rahmen seiner imperialen Perspektiven. Er meint, es sei möglich, daß dahinter eine private Rache, Erpressung aus persönlichen Gründen stehe, schließt aber politische Zusammenhänge nicht aus. Interessant ist, daß Labienus in bezug auf Gallien eine andere Auffassung vertritt.«
»Welche?«
»Nun, der Proconsul hält Gallien für befriedet. Labienus aber munkelte von geheimen Truppenbewegungen im Norden. Es bereite sich eine gewaltige Gegenoffensive vor.«
»Na, das kann ja heiter werden!«
»Wie lange hast du noch Urlaub?«
»Noch eine Woche.«

»In der Zeit kann allerhand geschehen.«
Wie zur Untermalung hörten sie, daß jemand immer wieder mit ganzer Kraft den Türklopfer betätigte.
Sie sahen sich erstaunt an. Und schon polterte er atemlos ins Zimmer: Alexander! Hinter ihm erschien Selenus, auch seine Miene ließ nichts Gutes ahnen.
»Herr! Herr!...«
Gaius sprang auf.
»Beim Iupiter! Was ist denn? Ist Lucius etwas zugestoßen?«
Gaius rechnete mit allem.
»Nein, Herr...« Alexander schluckte, faßte Gaius am Arm. »Clodius!... Clodius ist tot! Die Stadt kocht über! Ein Vulkan! Ein Ameisenhaufen, in den man gestoßen hat!«
Gaius und Cornificius starrten ihn und dann sich an. Gaius wandte sich an Selenus:
»Ist das wahr?«
»Ja«, sagte der Grieche lakonisch.
Gaius ging auf ihn zu.
»Weißt du Einzelheiten?«
»Das Wichtigste.«
»Komm, setz dich! Erzähl!«
Selenus behielt, wie immer, die Ruhe bei. Er ließ sich langsam nieder. Alle blickten ihn gespannt an. Selenus begann ruhig und sachlich:
»In den vierzehn Tagen eurer Abwesenheit von Rom ist allerhand geschehen. Die Consulwahlen zogen sich nach wie vor hin. Clodius sah sehr wohl, daß seine Praetur wirkungslos sein würde, wenn Milo Consul würde. Der Januar war da, es gab also weder Consuln noch Praetoren, und der Wahltermin zögerte sich auf dieselbe Weise wie bisher hinaus: Milo suchte die Wahlen so bald wie möglich zustande zu bringen und vertraute dabei auf die Unterstützung der Optimaten wegen seines Widerstandes gegen Clodius wie auch auf das Volk, denn er hatte ungeheure Summen von Bestechungsgeldern ausgegeben und mit gewaltigem Aufwand Theaterspiele und Gladiatorenkämpfe inszeniert. Das alles hat ihn, wie Cicero andeutet, drei ererbte Vermögen gekostet. Seine Mitbewerber aber wollten die Sache hinausziehen, und mit Hilfe von Pompeius gelang es ihnen sogar, die Wahl eines *Interrex*[61], der für den Fall einer exekutiven Vakanz die laufenden Geschäfte erledigt, zu hintertreiben.«
»Pompeius sagst du?« fragte Gaius.
»Ja, aus Gefälligkeit gegen seinen neuen Schwiegervater Metellus Scipio, der ebenfalls fürs Consulat kandidiert.«
»Das ist infam! Aber berichte weiter!«
Selenus fuhr fort: »Gestern nun reiste Milo nach Lanuvium. Diese Landstadt ist ja sein Geburtsort, und er ist dort Dictator. Er wollte heute dort

einen neuen Oberpriester in der Gemeinde ernennen. Da begegnet ihm – also gestern – um die neunte Stunde, ein Stück Weges hinter Bovillae in der Gegend, wo ein kleines Heiligtum der Bona Dea ist, Clodius auf der Via Appia. Er kehrte gerade aus Aricia zurück; dort hatte er eine Ansprache an die Decurionen[65] gehalten.
Clodius war zu Pferde, etwa dreißig kampfbereite Sklaven, mit Schwertern bewaffnet, bildeten sein Gefolge, wie es derzeit auf seinen Reisen üblich ist. Außerdem hatte Clodius noch drei Begleiter bei sich, den römischen Ritter Causinius Schola und zwei angesehene Männer aus der Plebs.«
»Und Milo?« spornte Gaius.
»Milo, wie gesagt unterwegs nach Lanuvium, saß in seinem Reisewagen mit seiner Gattin Fausta, der Tochter des Dictators Sulla, und mit seinem Freunde Marcus Fufius. Es folgte ihnen ein langer Zug von Sklaven, unter denen sich auch Gladiatoren befanden, darunter die beiden bekannten Eudamus und Birria.«
»Birria!« rief Alexander und schlug sich in die Hand.
»Ja. Diese gingen am Schluß des Zuges etwas langsamer und fingen mit den Sklaven des Publius Clodius einen Streit an.«
»Zweifellos Klasse!« rief Alexander.
»Ruhe!« befahl Gaius. »Fahr fort, Selenus!«
»Als Clodius sich mit drohender Gebärde nach dem Lärm umwandte, durchbohrte ihm Birria mit dem Wurfspeer die Schulter.«
»Zweifellos durchaus ein hervorragender Wurf!« Alexander rief nun selbst: »Weiter!«
»Es kam darauf zum Handgemenge, mehrere Leute Milos eilten herbei. Der verwundete Clodius wurde in die nächste Schenke im Gebiet von Bovillae gebracht. Als Milo erfuhr, Clodius sei verwundet, überlegte er sich, daß es für ihn gefährlicher sein werde, wenn Clodius am Leben bliebe. Sein Tod hingegen werde für ihn, auch wenn er selbst verurteilt würde, eine große Genugtuung bedeuten. Daher gab er Befehl, die Schenke zu stürmen. Marcus Saufeius stand an der Spitze der Sklaven. Und so wurde Clodius aus seinem Versteck gerissen und mit vielen Wunden niedergemacht.«
Alle blickten sich der Reihe nach an, jeder sah die grauenhafte Szene vor sich.
»Was geschah weiter?« fragte Gaius.
»Sein Leichnam blieb auf der Straße liegen, weil die Sklaven des Clodius entweder getötet waren oder sich schwer verwundet versteckt hielten. Nun kam aber zufällig der Senator Sextus Teidius, der von seinem Landsitz in die Stadt zurückkehrte, an der Stelle vorbei. Er hob ihn auf und ließ ihn in seiner Sänfte nach Rom bringen. Er selber zog sich wieder auf sein Gut zurück.

Die Leiche des Clodius wurde vor der ersten Nachtstunde[66] nach Rom gebracht. Die Nachricht verbreitete sich mit Windeseile in der ganzen Stadt. Eine ungeheure Masse des niedrigsten Volkes und eine riesige Anzahl von Sklaven versammelten sich unter heftigem Wehklagen um die Leiche, die in der Vorhalle seines Hauses aufgebahrt war. Fulvia, die Frau des Clodius, schürte die Erbitterung über die Tat, indem sie unter lautem Jammern seine Wunden zeigte.
Heute morgen nun beim ersten Licht strömte eine noch größere Menge derselben Art auf dem Palatin vor seinem Haus zusammen, und man sah auch verschiedene namhafte Leute dabei, darunter die Volkstribunen Munatius Plancus und Pompeius Rufus, alle alte Gesinnungsgenossen des Clodius. Auf ihre Veranlassung trug die törichte Menge den Körper, nackt und schmutzbedeckt, wie er auf der Bahre gelegen hatte, damit man seine Wunden sehen konnte, aufs Forum und legte ihn auf der Rednertribüne nieder. Dort schürten Clodius' Freunde den Haß gegen Milo. Das Volk wurde wie vom Wahnsinn befallen: Man brachte die Leiche in die Curia und verbrannte sie mit den Bänken, Rednertribünen, Tischen und den Büchern der Buchhändler. Durch dieses Feuer ging schließlich die Curia selbst in Flammen auf, und ebenso geriet die mit ihr verbundene Basilica Porcia zum Teil in Brand. Dieses Feuer spornte ihre Leidenschaften weiter an, und die Menge eilte davon, versuchte das Haus des *Interrex* Lepidus zu stürmen, ebenso das des Milo. Sie wurde aber von dort mit Pfeilen zurückgeschlagen. Es gab Tote. Darauf aber liefen einige hundert zum Hain der Libitina, wo die Rutenbündel der Consuln und Praetoren aufbewahrt werden, raubten sie und brachten sie zu den Gärten des Gnaeus Pompeius und riefen diesen bald zum Consul, bald zum Dictator aus.«[67]
»Bei allen Göttern!« stammelte Gaius.
»Es war vorauszusehen«, sagte Cornificius. »Was weißt du noch?«
»Nun...« Selenus schaute sie an. »Der Brand der Curia erregte weitaus mehr Unwillen bei der Bürgerschaft als die Tötung des Clodius...«
»Und Milo?«
»Milo, von dem es gestern abend schon hieß, er sei freiwillig ins Exil gegangen, faßte anscheinend bei der feindseligen Haltung, die man seinen Gegnern gegenüber einnahm, neuen Mut und kehrte noch in der Nacht nach Rom zurück. Und ob ihr's glaubt oder nicht: Unerschrocken setzt er, umgeben von seiner Leibgarde, seine Bewerbung um das Consulat fort. Im übrigen hat er, wie ich hörte, ganz offen tausend As[68] pro Kopf für die einzelnen Stadtviertel angewiesen. Cicero spricht schon öffentlich in seinem Sinne...«
»Das ist Flucht nach vorn!« rief Cornificius.
»Nun wird alles von Pompeius abhängen... Er hat sein Ziel erreicht!« sagte Gaius und erhob sich.

In diesem Augenblick kam Kreon herein, reichte Gaius ein Schreiben: »Das wurde eben abgegeben.«
Hastig faltete Gaius das Blatt auseinander, las:

Ich muß dich unbedingt sprechen. Komm bitte sofort.

Clodia

Gaius reichte das Schreiben Cornificius, rief:
»Alexander! Die Pferde! Ihr bleibt hier!«

Zehn Minuten später galoppierten Gaius und Alexander über die Via Tusculana, nahmen an der Porta Collina keine Rücksicht auf die Befehle der Posten, die ihnen zuriefen, anzuhalten, stürmten über den Vicus Longus hinab, erzwangen sich rücksichtslos freie Bahn mit Schlägen der Reitgerte, umgingen das prall mit Menschen gefüllte Forum – Brandgeruch lag in der Luft – und kamen erst in der Nähe von Clodius' Anwesen auf dem Palatin zum Stehen. Das Haus war von einer palavernden, grimmig dreinschauenden Menge umlagert, viele zerlumpte Gestalten darunter.
Alexander sprang zur Erde, führte das Pferd am Zügel, drückte rücksichtslos die Leute auseinander:
»Macht Platz, Leute! Platz dem edlen Tribunen Volcatius Tullus!«
Name und Titel wirkten sofort, man bildete eine Gasse und ließ sie durch.
»Warte hier!«
Gaius gab Alexander die Zügel seines Rappen, stürmte die Treppe hinauf, schob zwei Sklaven zur Seite, eilte in die Halle.
Sie kam ihm entgegen, warf sich schluchzend in seine Arme.
»Warum bist du nicht früher gekommen? Du hättest ihn retten können!«
Sie legte ihren Kopf an seine Schulter und weinte. Er strich über ihr Haar, küßte ihre Stirn.
»Wo ist Fulvia?«
»Ich weiß es nicht... Komm, ich muß dir etwas zeigen!«
Sie nahm seine Hand, führte ihn durch mehrere Gänge in Clodius' Arbeitszimmer. Der Raum bildete ein einziges, wüstes Durcheinander. Schranktüren waren geöffnet, Schubladen herausgerissen, der Inhalt am Boden zerstreut.
»Wann ist das geschehen?«
»Vor Sonnenaufgang.«
»Wer war es?«
»Ich weiß es nicht.«
»Was suchte er?«
»Das hier.«
Clodia gab ihm ein versiegeltes Päckchen. Gaius riß das Siegel auf, fand verschiedene Blätter und las. Es kam wie Erleuchtung über ihn!

»Weißt du, was da drinsteht?«
»Nein.«
»Woher hast du es?«
»Er gab es mir vorgestern, ehe er aufbrach. Wenn ihm etwas zustoße, solle ich es dir aushändigen.«
»Ich muß sofort...!«
Aber sie klammerte sich an ihn.
»Hat das nicht Zeit? Ist denn nicht schon genug Unheil geschehen?«
»Eben darum muß ich fort! Es gilt, einen weiteren Mord zu verhindern!... Du wirst bald von mir hören.«
Und schon war er aus dem Raum, rannte durchs Atrium und blieb plötzlich wie angewurzelt stehen: Vor sich auf dem Bodenmosaik sah er geronnenes Blut. Sein Blut! Er schluckte, umging die Stelle, lief nach draußen und schwang sich auf den Rappen.
»Zum Caelius!«

Zehn Minuten später saß er an seinem Arbeitstisch und schrieb.
Dann faltete er die Bögen, rief Alexander.
»Dies hier bringst du auf der Stelle zu Autronius, das andere zu Loco! Und paß auf, daß du die Schreiben nicht verwechselst! Warte bei beiden auf Antwort! Danach kommst du zum Tusculanum! Und nun spute dich!«

36

Am nächsten Tag sah man auf dem Tusculanum zahlreiche fremde Gestalten kommen und gehen. Ein römischer Bäcker lud seine Spezialitäten ab, Fleischer und Weinhändler folgten. Ein Gärtner brachte Girlanden, Blumen und Kübel mit exotischer Flora. Ein tusculanischer Händler schickte in Körben Gemüse, Obst und Feldfrüchte. Ein Trupp Maurer und Steinmetzen machte sich daran, angespornt von Gaius, im Atrium einen fast schwarzen Marmorsockel aufzustellen. Dann setzten sie vorsichtig die Statue der Athene darauf. Um die sechste Stunde erschien ein römischer Koch mit vier Gehilfen und begann mit den vorbereitenden Arbeiten zu einem großen Abendessen.
»Sag mal, willst du mir nicht erklären, was hier inszeniert wird?!« Cornificius gelang es endlich, den voller Unrast von Raum zu Raum eilenden Gaius am Arm festzuhalten. »Was bedeutet das alles?«
»Alexander, erklär's ihm!«
Alexander grinste: »Es handelt sich zweifellos durchaus um ein Abschiedsessen!«
»Für wen?« fragte Cornificius und runzelte die Stirn.
»Für dich!« grinste nun Gaius.

»Wieso das denn? Ich breche doch erst in vier Tagen auf!«
»Das macht nichts.«
Selenus kam dazu. Cornificius wandte sich an ihn.
»Weißt du, was er vorhat?«
»Nein, keine Ahnung.«
»Ich sag's ja immer: Wen der Gott verderben will, den schlägt er zuvor mit Wahnsinn!«
Gaius wurde ernst:
»Ich bitte euch, liebe Freunde, das Spiel mitzuspielen. Um die Regeln braucht ihr euch nicht zu kümmern. Wie es ausgeht, weiß ich. Und wundert euch nicht über die Besucher, die in etwa drei Stunden erscheinen werden. Das hat schon alles seine Richtigkeit. Wir treffen uns, um dich feierlich zu verabschieden. Hernach werdet ihr alles verstehen!«
Und schon eilte er weiter.
»Wenn ich nicht wüßte, daß er's ist, hielte ich das ganze Spektakel für die Idee eines Verrückten! Alexander!«
Der Brave nahm eine sehr senkrechte Haltung an: »Hier, Praefect!«
»Weißt du wirklich nicht, was er da vorhat?«
»Doch, aber ich habe Befehl, durchaus zu schweigen!«

Der Nachmittag ging hin, und außer daß Cornificius dem Koch in die Töpfe guckte und dem Gärtner beim Stecken der Blumen assistierte, langweilte er sich, weil er kaum den Abend erwarten konnte.
Selenus machte einen Spaziergang über die Höhen. Auf dem Heimweg stand die Sonne schon nahe dem Horizont. Als er sich dem Eingang näherte, fuhr gerade ein auffallend vornehm herausgeputzter Wagen vor, und er traute seinen Augen nicht: Aus der Kabine kletterte, umständlich behende, Autronius Paetus. Ihm folgte sein Sekretär Philon.
»Ah, der gute Selenus! Wie lange haben wir uns nicht mehr gesehen, nicht wahr!«
Er ging mit kleinen schnellen Schritten zu ihm hin, gab ihm die Hand und klopfte ihm auf die Schulter. Dann wies er auf Philon: »Ihr kennt euch ja, nicht wahr!«
Das war zwar nicht der Fall, aber so pflegte Autronius bisweilen Bekanntschaften zu stiften. Die beiden nickten sich zu.
»Darf ich vorausgehen?«
Selenus sagte es mit vollendeter Höflichkeit, öffnete die Tür und ließ Autronius eintreten. Alexander stand im Atrium bereit, die Mäntel der Gäste in Empfang zu nehmen.
In diesem Augenblick fuhr ein weiterer Wagen vor, und der Legat Postumius betrat bald mit gewichtigen Schritten den Eingang.
»Hier oben ist es entschieden kälter als in Rom, verdammt noch mal! Aber ihr habt hoffentlich geheizt!«

Er rieb sich die Hände warm. Und während sich Alexander auch um ihn kümmerte, erreichte ein weiterer Wagen den Vorplatz. Man sah, wie der Fahrgast den Kutscher entlohnte und dann mit sehr selbstsicherem Schritt zum Haus kam.
»Der Centurio Loco!« rief Alexander, und Postumius blickte interessiert hin.
»Will man hier eine Heeresversammlung abhalten, zum Donnerwetter!« Er ging zu Loco, schüttelte ihm die Hand. »Wo haben wir uns schon gesehen?«
»Vielleicht vor Vesontio?«
»Nicht möglich! Bis dahin fehlt es der ›Ilion‹ an Tiefgang. Na, macht nichts. Werden uns kennenlernen!«
Man führte die Gäste in die große Halle. Diener kamen mit Tabletts und boten Erfrischungen an. Hector bewegte sich neugierig zwischen ihnen und ließ sich von Postumius kraulen, der auch von seinem grimmen Äußeren her eine gewisse Ähnlichkeit mit ihm aufwies.
Dieses mehr oder weniger belanglose Plaudern in der Halle wurde nach etwa einer Viertelstunde unterbrochen, denn Gaius trat in blendend weißer, von Goldmäandern gerahmter Tunika in die Mitte und rief: »Darf ich euch zu Tisch bitten.«
Man setzte sich gemächlich in Bewegung und betrat das mittelgroße *Triclinium*[69], von dem aus der Blick den Abhang des Gartens streifte, die Hügel der Albaner Berge berührte und sich danach in einer sanften graublauen Dämmerung verlor.
Der Tisch war geschmückt mit kleinen zierlichen Blumengirlanden, die man sich in vorgerückter Stunde umhängen würde.
Alexander – er selbst nahm nicht am Essen teil, da Gaius ihn mit den Aufgaben des Administrators bedacht hatte –, Alexander geleitete jeden Gast zu seiner *Cline*, brachte auch die Kissen im Rücken in die angenehmste Position. So ruhten Gaius und Cornificius, Autronius und Philon, Loco, Selenus und Postumius jeweils auf einer Liege und harrten der Gaumenfreuden, die da kommen sollten.
Da hob der Hausherr die Hand, alle schwiegen und blickten zu ihm hin.
»Ihr wißt«, begann Gaius, »der Anlaß dieses kleinen Festes gleicht dem, der einige von uns neulich bei Autronius Paetus zusammengeführt hat. Gilt es doch, den Abschied eines lieben Freundes mit gebührender Feier zu begehen. Ich habe noch nie viel von großen Worten gehalten, fühle mich dazu auch nicht berufen – Cornificius könnte es weitaus besser! –, darum bleibt mir, uraltem Brauch der Väter folgend, so zu sprechen:
Ich habe euch zu Tische gebeten, ihr seid gekommen, ihr habt am Tische Platz genommen, und wir bitten die Götter, allen voran Athene, um ihren Segen. War und ist es doch die dem Haupte des Göttervaters entsprungene Tochter der Weisheit, die großen Anteil am Gelingen des heutigen

Abends haben wird. So hebt mit mir die Becher und dankt der Göttin für ihr Wohlwollen, ihre Güte und ihre Erleuchtung in diesen schwierigen Zeiten!«

Gaius griff nach dem Becher, grüßte allseitig mit erhobener Hand, und man trank. Danach war seltsame Beklommenheit bei allen, und jeder rätselte eine Weile, was denn diese sehr altväterlich fromme Eröffnung zu bedeuten habe. Zwar saß dem Cornificius ein lockerer Spruch auf der Zunge, doch hütete er sich, ihn zu entlassen; er hatte eine Ahnung, daß der Freund dies alles, das Treffen, die widersprüchliche Zusammensetzung der Tischrunde, das Gebet und vielleicht noch anderes nach ganz bestimmten Zielen so zusammengestellt haben mußte.

Doch dann nahm alles seinen normalen Verlauf. Alexander, der in seinem festlichen Gewande eine sehr gute Figur machte, zumal er sich in der aufrecht straffen Haltung selbst überbot, ließ die *Triclinarii*[70] das Wasser zum Waschen der Hände bringen und die Tücher anbieten. Dann wurden die Vorspeisen gereicht – darauf berechnet, das Mahl mit leichten, die Verdauung fördernden und den Appetit reizenden Speisen zu beginnen: weiche Eier, verschiedene Salate und pikant zubereitete Gemüse, besonders Gurkensalat, der als heilsam für den Magen galt; dazu Champignons und Trüffeln.

Des Hausherrn feierlich pathetische Eröffnung hielt zunächst alle von einem lockeren Gespräch ab, die Bemerkungen der Gäste bezogen sich mehr lobend auf diese und jene Speise, und man aß still vor sich hin.

Die Hauptgänge bestanden aus: Damhirsch, gebraten in Zwiebelsoße mit Weinraute; Datteln aus Jericho in Öl und Honig; Strauß, in süßer Soße gekocht; Turteltaube, gekocht in den Federn; Haselmäuse, gefüllt mit Schweinefleisch und Piniennüssen; Schinken, mit Honig bestrichen, mit Feigen und Lorbeerblättern gekocht und in Blätterteig gerollt.

Nach Beendigung der Hauptmahlzeit trat eine Pause ein, und Gaius brachte nach alter Sitte den Laren das Opfer dar, indem von jeder Speise ein Teil auf den einfachen irdenen Teller gereicht und im Atrium vor dem Lararium niedergelegt wurde. Alexander schickte wieder die *Triclinarii* mit Wasser und Tüchern, und die Gäste brachten ein »Vivat« auf den Genius des Hausherrn aus.

Nun erst lockerten sich Stimmung und Atmosphäre, zumal die vollen Mägen und etliche Becher Falerner die Gemüter in jenen Zustand körperlich-seelischen Gleichgewichts gebracht hatten, der an sich kaum zu erschüttern war, von den noch folgenden Desserts nur noch in die Verfassung behäbigen Wohlbefindens gesteigert werden konnte; gab es doch entkernte Datteln, mit Nüssen gefüllt und in Honig geröstet, dazu gekochte Pfirsiche in Öl und Kümmelsoße.

Als abgeräumt war, rief Autronius:

»Nun, Freunde, wäre es doch an der Zeit, dem Dichter das Wort zu geben,

nicht wahr, zumal wir einen solchen leibhaftig unter uns haben, damit er den zweiten, den lockeren Teil des Abends uns eröffne!«
Beifall in der Runde, und man blickte zu Cornificius, der sich nicht lange bitten ließ. Er hob den Becher.

KNABE, REICHE FALERNER, DEN ALTEN,
FÜLL MIT HERBEREM WEINE JETZT DEN BECHER,
FORT MIT DEM WASSER, DEM WEINVERDERBER!
UNGEMISCHT SEI HIER BACCHUS' REINE GABE!

Ein »Bravo!« folgte bei allen, und Alexander ließ die Becher füllen. So machte das Gespräch in weinseliger Laune die Runde; und doch spürte Cornificius, wie Gaius neben ihm nicht ganz bei der geselligen Sache war, so als ob er auf ein Stichwort warte. Und da kam es, denn Autronius rief:
»Vor allem aber laßt uns trinken auf die glückliche Rettung der beiden Kinder! Und auf den unerschrockenen Kämpfer, dem sie ihr Leben verdanken, auf Gaius Volcatius Tullus, nicht wahr!«
Man stieß an und trank. Autronius ergänzte:
»Es wäre an der Zeit, mein lieber Gaius, daß du uns nach Abschluß des Unternehmens Bericht gibst über den Hergang, nicht wahr!«
Gaius lächelte zurück: »Noch ist die Sache nicht am Ende, Autronius, es muß der Täter erst gefunden werden!«
»Das dürfte nicht einfach sein«, gab Philon zu bedenken. »Zumal nach allem, was man von der Sache weiß, viele Spuren verwischt sind.«
»Das ist richtig«, sagte Gaius. »Mit eurer aller Hilfe wird es nicht schwerfallen, das Verbrechen bis zu seinem Ursprung hin aufzuklären.«
»Du machst nur Andeutungen, Tribun«, sagte Loco. »Was haben wir damit zu schaffen?«
»Sehr viel! Sehr viel, mein Freund! Wir alle, hier einträchtig um den Tisch versammelt, waren irgendwann Teilnehmer an dem gewagten Unternehmen und beeinflußten, ob wir's wußten oder nicht, die Pläne und Handlungen des Täters.«
Erstaunen und Rätseln bei allen, worauf das hinausliefe.
»Ja, nicht nur das!« fuhr Gaius fort. »Ihr alle kennt den Täter, der eine mehr, der andere weniger. Denn er ist ein durchaus ehrenwerter Mann, zumindest schätzen alle, die ihn kennen, ihn so ein.«
»Beim Hercules! Du machst es sehr spannend, zum Donnerwetter noch mal! Ich war ein Vierteljahr auf See, wie soll ich ihn kennen!?« polterte Postumius und spülte seine rauhe Kehle mit einem Schluck Wein. Aber Gaius erklärte ihm:
»Du kennst ihn noch nicht lange, aber du kennst ihn!«
»Und du machst der Sphinx mit deinen Rätseln Konkurrenz!« rief Cornificius.

Gaius ließ sich nicht beirren.
»Wenn ich eben sagte, ein jeder von uns habe sein Teil zur Klärung des Falles beigetragen, so ist dies auch der Anlaß, warum ich euch heute abend alle zusammen in diesem Hause um diesen Tisch versammelt habe.«
Gaius' Gesicht wurde trotz des Lächelns sehr ernst, denn dieses Lächeln war gepaart mit stählern hartem Blick unter zusammengezogenen Brauen.
»Ich werde euch heute abend noch den Täter nennen!«
Verblüffung bei allen! Autronius sperrte den Mund auf, Loco hielt mit dem Schlucken inne, Philon schüttelte erstaunt den Kopf, Cornificius starrte den Freund neugierig an, und Postumius rief: »Das ist denn doch... zum Donnerwetter!« Nur Selenus lächelte still vor sich hin.
»Nicht nur das, meine Freunde« – sie hingen an seinem Gesicht –, »der Täter – befindet sich mitten unter uns!«
Erschrocken starrten ihn alle an.
»Nicht möglich!« rief Autronius. »Wie könnte er es wagen...«
»Ganz einfach... Weil er nicht damit rechnet, hier und heute entlarvt zu werden. Alle seine bisherigen Unternehmungen waren so hervorragend geplant und abgesichert, daß sie keine verräterischen Spuren hinterließen, aber er hat am Ende einen schwerwiegenden Fehler begangen!«
Gaius blickte in die Runde, und niemand senkte den Blick, aus Angst, sich damit verdächtig zu machen.
»Wie wär's denn, wenn du der Reihe nach das Geschehen schilderst und so das Geheimnis lüftest, verdammt noch mal! Diese Spannung hält man ja nicht aus!«
Alle, ohne Ausnahme, pflichteten Postumius bei.
»Gut«, sagte Gaius. »Doch laßt uns zunächst trinken, denn noch sei es ihm gestattet, noch ist er Gast hier! Aber es wird sein letzter Becher in froher Runde sein!«
Ernst griffen alle zum Becher und ließen den Wein auf der Zunge zergehen, versuchten sich in die Lage des Täters zu versetzen und rätselten, wer von ihnen es denn sein könne. Dann tasteten sie sich insgeheim gegenseitig ab, doch nur kurz, um sich keine Blöße zu geben oder den andern vielleicht in falschen Verdacht zu bringen.
»Du kannst ruhig neuen Wein bringen!« befahl Gaius Alexander. »Wir haben ja Zeit.«
»Dem ist zweifellos durchaus so, Herr!« grinste Alexander, dem das Versteck- und Ratespiel sichtlich Spaß machte.
»Na, dann fang doch mal an! Das scheint ja allem Anschein nach ein unvergeßlicher Abend zu werden, nicht wahr!«
Autronius machte es sich auffallend bequem und spielte mit seinem Siegelring. Gaius erhob sich von der *Cline* und ging langsam zum freien Platz vor dem Tisch.

»Der Täter«, begann er, »ist ein sehr kluger Mann, da es ihm fast immer gelang, meine Absichten zu ergründen und meine Gegenmaßnahmen vorauszusehen. Wie er das am Anfang anstellte, wird er wohl noch zu berichten haben, denn er wußte, daß ich mich seit dem Besuch meines Vaters hier auf dem Tusculanum für das Verbrechen, eben die Entführung der beiden Knaben, zu interessieren begann. Von da an waren Alexander und ich ständig seinen Beobachtungen ausgesetzt. Zum erstenmal trat er sichtbar in Aktion, als er jemanden auf Alexander ansetzte, den ich nach Rom geschickt hatte, damit er Erkundigungen über die Entführungsfälle der letzten Monate einziehe. Alexander war damals auf dem Heimweg von Loco zum caelischen Hause, als er merkte, daß er verfolgt wurde. Der Mann konnte leider entkommen. Es handelte sich, wie wir später erfuhren, um einen sogenannten ›Inder‹, der in Wahrheit ein Syrer oder Araber war, eine zwielichtige Kreatur, die gekauft war.«
»Das ist richtig«, nickte Loco.
»Zum ersten großen Schlag gegen mich selbst holte der Täter aus, als ich auf dem Abschiedsfest deines Sohnes war, Autronius.«
Autronius erschrak und trank Wein, um den Schrecken zu verbergen.
»Er wußte ja, daß ich kommen würde. Dort gelang es ihm, ein tödliches Gift in meinen Becher zu bringen. Aber der Becher geriet durch eine der unvorhersehbaren Launen des Zufalls in die Hand von Cornificius, der nur mit knapper Not dem Tod entging.«
Alle blickten Autronius an, dem sichtlich unbehaglich wurde.
»Ich habe getan, was ich konnte, ihn wieder auf die Beine zu bringen, nicht wahr!«
Da stand Alexander vor ihm und ließ ihm neu einschenken. Autronius' Hände zitterten.
»Es blieb dir zweifellos durchaus nichts anderes übrig!«
Autronius warf Alexander einen grimmigen Blick zu und schluckte.
»Im übrigen«, fuhr Gaius fort, »mußte der Täter von da an vorsichtiger vorgehen. Das erkennt man aus den hinhaltenden Drohungen, die er an mich und Cassius Longinus richtete. Er vermutete sehr richtig, daß wir den ›Inder‹ aufspüren würden, der ihm, aus welchen Gründen auch immer, zu Diensten war, und schlug vor unserem Eintreffen zu. Wir fanden nur noch einen Toten, und Tote reden bekanntlich nicht. Doch dem Opfer war es gelungen, uns eine Nachricht zukommen zu lassen. In den weichen Boden seiner Hütte hatte er mit letzter Kraft ein C gekratzt. Das brachte uns – Cornificius, Selenus, Alexander und mich – auf die Spur nach Corsica, wiewohl ich heute weiß, daß mit dem C ein bekannter, mehr berüchtigter als berühmter Name gemeint war. Entscheidend war allerdings eine geheime Ortsangabe, die der ›Inder‹ in einer religiösen Schriftrolle verborgen hatte, die aber mit Hilfe von Selenus schnell entziffert werden konnte.«

Gaius nahm einen Schluck Wein und fuhr fort:
»Der Täter mochte annehmen, daß wir dem Versteck der Knaben in Corsica auf die Spur gekommen waren – oder er mußte damit rechnen, daß wir bald darauf stoßen könnten. Er suchte durch einen weiteren Anschlag Zeit zu gewinnen, denn er verwundete meinen Bruder Lucius lebensgefährlich, der mit der ganzen Sache nicht das geringste zu tun hatte. Beim Klettern über die Gartenmauer riß ein Riemen seiner Sandale und blieb im Laub liegen. Hier ist er!«
Gaius zeigte das Stück und legte es auf den Tisch, wo es ohne Ausnahme von allen argwöhnisch und neugierig begutachtet wurde.
»Ich übergehe jetzt die einzelnen Details unserer weiteren Recherchen. Wir fanden die Knaben nicht, wohl aber ihre erschlagenen Wächter!«
»Wo?« fragte Loco.
»In der Nähe einer Halde bei Aleria auf Corsica. Sie gehört doch dir, nicht wahr, Autronius?«
»Bitte? Ja, bei Aleria... Aber der Betrieb arbeitet schon seit einem Jahr nicht mehr, nicht wahr!«
Man sah, wie ihm unbehaglich wurde, besonders als Postumius ein grollendes »Das ist denn aber doch... zum Donnerwetter noch mal!« zu ihm hinüberschickte. Autronius' Gesicht glühte nun wie Feuer, der Schweiß rann ihm von der Stirn. Selenus sah es und lächelte zu Cornificius hin. Gaius aber schien es zu übersehen und fuhr fort:
»Wir hatten auf der Rückreise das Glück, der Flotte des Legaten Postumius zu begegnen, der sich uns großherzig und spontan zur Verfügung stellte. Ohne ihn hätten wir den Fall nie zu einem glücklichen Ende bringen können.«
»Gut! Gut!« grollte Postumius. »Weiter! Keine Vorschußlorbeeren! Zum Donnerwetter!«
»Wir waren zu der Überzeugung gekommen, daß der Entführer über seine Verbindungsleute die Kinder aufs Festland bringen würde, wo er sie an einem sicheren Ort verstecken würde. Nach Tagen zermürbenden Wartens und Beobachtens geschah dies denn auch, aber es gelang uns, das Kurierschiff aufzubringen und das Beiboot, das sich mit den Knaben zur Küste hin absetzen wollte, zu stellen. Keiner der Menschenräuber überlebte.
Die Kinder waren zwar wieder frei, aber nun rechnete ich mit einer erneuten, diesmal noch brutaleren Aktion, die mir denn auch prompt brieflich angekündigt wurde.«
Gaius zeigte das Schreiben und legte es auf den Tisch.
»Nun geschah aber etwas, mit dem niemand in Rom rechnete, schon gar nicht der Täter! Clodius wurde von Milos Leuten erschlagen!«
»Was hat Clodius damit zu tun?« fragte überrascht Postumius.
»Sehr viel, wie ihr gleich hören werdet!«

Rufe wie »Unglaublich!« – »Unerhört!« – »Infam!« machten die Runde, und jeder stellte lauthals abenteuerliche Vermutungen über die Zusammenhänge an, was in ein allgemeines Palavern überging.
»Ruhe!« befahl Postumius. »Ruhe, verdammt noch mal! So laßt ihn doch weiterreden! Fahr bitte fort, Gaius!... Ich fragte, was hatte Clodius damit zu tun?«
Gaius verschränkte die Arme.
»Nun, Clodius wurde vom Täter erpreßt...«
»Nicht möglich!« rief Autronius.
»Doch!« Gaius lächelte kalt. »Er hätte beinahe seinen Meister gefunden! Aber eben nur beinahe... Der Täter kannte ihn gut aus der Zeit, als Clodius unter seinem Schwager Lucullus vor Jahren in Asien tätig war. Und er wußte, daß Clodius damals Steuerbeträge in Millionenhöhe unterschlagen hatte und auch an der Entführung römischer Bürger beteiligt war, für die er über Mittelsmänner hohe Beträge erpreßte. Die Sache wurde ja nie öffentlich geklärt.
Er drohte ihm, mit den ihm vorliegenden Beweisen an die Öffentlichkeit zu gehen, wenn er ihm nicht behilflich sein würde. Konkret: Der Täter wußte, daß Cassius Longinus bei Clodius hoch verschuldet und daß Clodius im Besitz eines Schuldscheins von Cassius war. So setzte er den Hebel doppelt an: Den Cassius wollte er um seinen restlichen Besitz bringen, von Clodius wollte er das Papier! Würde Clodius sich weigern, dann würde er es verstanden haben, ihm die Entführung der Kinder anzuhängen und außerdem den alten Korruptionsfall vor die Öffentlichkeit zu bringen, was zum jetzigen Zeitpunkt den politischen Ruin des Clodius bedeutet hätte, denn Pompeius und Caesar hätten ihn fallenlassen. Außerdem hatte der Täter Clodius anfangs dazu gebracht, die entführten Knaben kurze Zeit in einem alten Schuppen am Ende von dessen Garten zu verstecken.«
»*Per deos!*« rief Loco. »So viel Niedertracht ist ja unglaublich!«
»Schön und gut, verdammt noch mal! Aber wer soll denn nun dieses Scheusal sein, hier, mitten unter uns?«
Gaius ließ den Blick schweifen, sah, wie Autronius unter seinem Auge erblaßte, wie Loco mit den Fingern spielte, Philon rote Ohren hatte, Cornificius die Luft anhielt und selbst Selenus leicht den Mund öffnete.
»Keine Sorge, er wird sich gleich selbst verraten. Aber ich muß ihm noch die letzte Chance nehmen, sich am Ende herausreden zu können... Alexander!«
»Herr!«
»Bring die Mappe!«
»Jawohl! Hier ist sie!«
Er hatte sie bereits die ganze Zeit in Händen gehalten.
»Danke.«

Gaius entnahm ihr verschiedene Blätter und hielt sie vor sich.
»Es handelt sich hier um den Schuldschein des Cassius Longinus. Ferner um einen erpresserischen Brief des Täters an Clodius sowie um einzelne Anweisungen, wie er sich zu verhalten habe... Außerdem um einen kurzen Bericht des Clodius über die Zusammenhänge der Aktion, worin er sich eindeutig von der Entführung der Knaben distanziert. Er hat das alles hinterlegt, um im Falle seines Todes nicht mit der Entführung in Verbindung gebracht zu werden.«
Alle waren sprachlos vor Staunen, Schrecken und Erregung. Autronius zitterte am ganzen Leibe, er war sichtlich einem Kollaps nahe. Alle sahen es und stierten ihn unverhohlen an, aber Postumius fragte seelenruhig:
»Deine Beweisführung ist lückenlos! Jedes Gericht wird ihn schuldig sprechen. Aber nun sage uns: Wer ist es?«
Doch bevor Gaius weiterreden konnte, entstand auf Autronius' Liege Bewegung. Philon sprang mit einem gewaltigen Satz auf, war mit drei Sprüngen an der Tür und stürmte hinaus. Die Überraschung lähmte alle, bis Loco rief: »Ja, will ihm denn keiner nach!?«
»Nicht nötig«, sagte Gaius und blieb ruhig vor dem Tisch stehen. »Paßt auf!«
Er wies mit der Hand nach draußen. Alle lauschten... und vernahmen einen gewaltigen dumpfen Schlag, und auf der Stelle folgte ein unmenschlicher Schrei! Nach einem zweiten, dritten, vierten Hieb ging das Schreien in ohnmächtiges Wimmern über.
»Es genügt, mein Braver!« rief Gaius nach draußen.
Und da kam Alexander herein! Er hielt Philon wie ein lebloses Bündel über dem linken Arm und warf ihn wie einen Sack zu Boden. Blut floß ihm aus Nase und Mund, ein Auge war verquollen, er hielt sich, nur noch halb bei Sinnen, den Leib, krümmte sich am Boden.
Alexander aber wandte sich um, rief:
»Kommt rein, Jungs!«
Archelaos und seine Mannen traten schüchtern ins Zimmer, verbeugten sich. Sachlich fragte Gaius:
»Ist das der Mann, der mit dir verhandelt hat?«
Archelaos beugte sich über den Liegenden, erhob sich:
»Kein Zweifel, Herr! Er ist es!« Und die andern nickten eifrig.
»Danke! Nehmt ihn mit und sperrt ihn ins *Ergastulum!*[71] ... Halt!«
Er zog Philon die gelben Sandalen aus.
»Nun weg mit ihm!«
Sie packten ihn an Armen und Beinen und schleppten ihn hinaus.
Postumius aber kam um den Tisch herum, reichte Gaius die Hand.
»Großartig, mein Junge! Großartig, verdammt noch mal! Schade, daß du auf der falschen Seite stehst!«
Er umarmte ihn.

Da vernahmen alle ein Schluchzen. Sie wandten sich um: Autronius wurde von einem Weinkrampf geschüttelt, dazwischen murmelte er in einem fort:
»Und ich habe diesem Menschen vertraut, nicht wahr! Wer weiß, wie er mich hintergangen hat!«
»Das alles wird das Gericht zu klären haben«, bemerkte Gaius trocken. Postumius aber fragte:
»Du sprachst vorhin von einem Fehler, den der Halunke machte...«
»Ja. Er versuchte heute morgen, während der Pöbel in Clodius' Haus einen unüberschaubaren Wirbel inszenierte, die Papiere zu stehlen, wurde dabei aber offensichtlich von der Dienerschaft und von Clodia gestört...«
»Sehr gut! Tapferes Mädchen!«
Und Cornificius flachste schon wieder:
»Du mußt dich ja denn immer mal wieder um sie kümmern, nicht wahr!«
Und Gaius grinste zurück:
»Dem ist zweifellos durchaus so!«
Autronius aber und Alexander blickten sich an, ob vielleicht ein Echo ihre ureigensten Redewendungen entlassen hätte.
»Na, dann eben nicht...« Er wollte zusammengesunken davonschleichen.
»Doch, mein Junge!« rief Gaius. »Aber du mußt dich allem Anschein nach um Autronius kümmern, damit er wieder zu Kräften kommt, nicht wahr! Wie wär's denn mit Käse?«

Als Pompeius wenige Wochen später als gewählter alleiniger Consul die öffentliche Ordnung wiederhergestellt hatte, verurteilte ein ordentliches Gericht den Freigelassenen Philon Autronianus zum Tode durch Erdrosseln. Noch am gleichen Tage wurde das Urteil im Tullianum vollstreckt.

Anmerkungen

[1] *Meile:* siehe Maßtabelle.
[2] *Senator:* Angehöriger des Senats, des Rates der Ältesten.
[3] *Tusculum* (heute: Frascati): alte Latinerstadt auf den *Montes Tusculani*, den tusculanischen Bergen, den nordwestlichen Ausläufern der Albaner Berge, in der Nähe der Via Latina. Siehe auch die Karte »Rom und Umgebung«.
[4] *Vestibulum:* Vorhalle im Hause zwischen Atrium und Haustür.
[5] *Legion:* die sowohl verwaltungstechnisch wie taktisch in sich geschlossene Truppeneinheit der römischen Republik und der Kaiserzeit, in der nur römische Bürger dienten. Die Normalstärke betrug bis zu 6000 Mann. Die Legion gliederte sich in 10 Cohorten (Bataillone) zu je 600 Mann, die Cohorte in 3 Manipel (Kompanien) zu je 200 Mann, die Manipel in 2 Centurionen (Züge) zu je 100 Mann. Zu jeder Legion gehörten 300 Reiter.
[6] *Proconsul:* Titel der Consuln, die nach Ablauf ihres Amtsjahres in Rom als Statthalter in eine Provinz gingen. Dort hatten sie neben der militärischen auch die oberste zivile Gewalt inne.
[7] *Lucius Volcatius Tullus* war im Jahre 66 v. Chr. Consul.
[8] *Propraetor:* Statthalter einer Provinz nach seinem Amtsjahr in Rom.
[9] *Vesontio* (heute: Besançon) in Gallien. Caesar besetzte es 58 v. Chr. und machte es zur Basis im Feldzug gegen die germanischen Sueben unter Ariovist.
[10] *Consul:* oberster Beamter der römischen Republik. Es wurden stets zwei Consuln pro Jahr gewählt, die völlig gleichgestellt und nur gemeinsam handlungsfähig waren.
[11] *Senat:* offizielles Beratungsgremium des römischen Staates. Die Gesamtzahl der Mitglieder betrug zunächst 300, unter Sulla 600. Unter Caesar setzte sich der Senat zeitweilig aus 900 Mitgliedern zusammen. Voraussetzung für die Aufnahme in den Senat – die Zugehörigkeit endete erst mit dem Tod – war die Quaestur. Berufen wurden die Senatoren von den Censoren. Die Senatoren durften seit 218 v. Chr. Italien nicht verlassen und keinen Handel treiben.
[12] *Praetur:* Amtsstelle des Praetors (auch: Amt des Praetors).
[13] *Imperator:* Ursprünglich trägt diesen Titel ganz allgemein der Magistrat, der das militärische Kommando, das Imperium, innehat. In der Zeit, in der die Handlung spielt, darf sich nur der Imperator nennen, der nach seinem Sieg von den Soldaten als solcher begrüßt und später auch vom Senat anerkannt wird.
[14] *Urbs* (wörtlich: Stadt, Hauptstadt): Spricht man jedoch wie in diesem Falle von »der Urbs«, so ist damit die Stadt Rom gemeint.
[15] *Massilia:* das heutige Marseille.
[16] *Fossa Mariana:* von Marius gebauter Kanal zwischen einem Mündungsarm der Rhône und Massilia.
[17] *Centurio:* siehe Anm. 5.
[18] *Sesterz:* siehe Münztabelle.
[19] *Dubis* (heute: Doubs): Fluß im französischen Jura.
[20] *Subura:* dichtbevölkertes, von kleinen Gewerbetreibenden bewohntes und

übel beleumundetes Stadtviertel von Rom in der Nähe des Viminals. Siehe auch die Karte »Rom zur Zeit der Republik«.

21 *»De mortuis nil nisi bene!«* – »Über die Toten sprich nur gut!«

22 *Cohorte:* siehe Anm. 5.

23 *Insula:* Häuserblock.

24 *Cloaca maxima:* der älteste und bedeutendste der Abzugskanäle Roms.

25 *Militärtribun (Tribunus milihum):* Stabsoffizier der Legion.

26 siehe die »Tageseinteilung«.

27 *Domus* (die Domus): römisches Stadthaus einer Familie. Siehe auch die Graphik.

28 *Fischteichbesitzer:* abschätzige Bezeichnung, die erstmals Cicero gebrauchte, für alt- und neureiche Römer, die einen verschwenderisch luxuriösen Aufwand betrieben.

29 *De agri cultura:* »Über den Ackerbau«, geschrieben von M. Porcius Cato d. Ä. (234–149) aus Tusculum. Es ist die älteste vollständig erhaltene Prosaschrift der römischen Literatur.

30 *Dictator:* im republikanischen Rom außerordentliches Magistrat zur Überwindung von Notstandssituationen. Der Dictator hat totale legislative, exekutive und richterliche Gewalt und kann für seine Handlungen im Gegensatz zu Consuln und Praetoren nicht zur Rechenschaft gezogen werden.

31 *Per deos!:* »Bei allen Göttern!«

32 *Homines novi:* Plural von *Homo novus.* Homo novus heißt wörtlich »neuer Mann«. Ein verächtlicher Ausdruck – er bedeutet soviel wie »Mann ohne Ahnen«, »Neuling«, »Emporkömmling«.

33 *Praefect:* allgem. römischer Amtstitel des militärischen und zivilen Dienstes.

34 *Cline:* Liege.

35 *Erato:* eine der neun Musen. Sie fördert und inspiriert Hymnos, Liebeslied und Tanz.

36 Catull, Carmen 5.

37 *Saturnalien:* ausgehend von dem Gott Saturn, dem Gott des Ackerbaues. Vater des Iupiter, der ihn stürzte und vertrieb. Die Saturnalien, unserem heutigen Karneval vergleichbar, wurden am 17. Dezember begangen. Bei diesem Fest wurden die Sklaven von ihren Herren bedient.

38 *Kybele* (auch: Magna Mater = Große Mutter): Göttin des Lebens und der Fruchtbarkeit.

39 *Praetor:* Der Praetor übte richterliche Funktionen aus. Seit 241 v. Chr. gab es zwei Praetoren, deren Amtszeit ein Jahr betrug, von denen der eine für Prozesse unter römischen Bürgern *(Praetor urbanus)*, der andere für solche zwischen römischen Bürgern und Fremden *(Praetor peregrinus)* zuständig war.

40 *Denar:* siehe Münztabelle.

41 *»Per aspera ad astra.«* – »Durch Widerwärtigkeiten zum Ruhm.« Wörtlich: »Durch Rauhes zu den Sternen.«

42 *Utica:* Stadt in der Privinz Africa.

43 *Liquamen:* eine Art Fischsauce.

44 *Bona Dea* (wörtlich: die Gute Göttin): Frauengottheit, von deren Kult und Tempel Männer ausgeschlossen waren.

[45] *Volkstribun (Tribunus plebis):* Der Volkstribun hatte die Interessen des Plebs (des Volkes) gegenüber dem Senat zu wahren. Er besaß Vetorecht, was bedeutete, daß er gegen jede Entscheidung des Senats oder der Exekutivbeamten Einspruch einlegen konnte. Grundlage dieser außerordentlichen Machtfülle – sie wurden daher, wie die Consuln und Praetoren, nur für ein Jahr gewählt – war ihre persönliche Unverletzlichkeit.

[46] *Imphivium:* Regenbassin im Innenhof des römischen Hauses.

[47] *Pomerium:* die geheiligte Stadtgrenze Roms, der Sage nach einst von Romulus mit dem Pflug gezogen.

[48] *Curator annonae:* für die regelmäßige Getreideversorgung der Stadt Rom zuständig.

[49] *Aedil:* ursprünglich als Verwalter des Cerestempels zuständig, war er später städtischer Beamter mit Polizeifunktion. Den Aedilen oblag die Aufsicht über öffentliche Gebäude, Straßen, Bäder, Wasserleitungen und Märkte. Außerdem richteten sie die öffentlichen Spiele aus.

[50] *Pergula:* Säulengang, Laubengang, Vorbau.

[51] *Castrum:* Lager.

[52] *Tabularium:* hinter dem Tempel des Saturn gelegen. In ihm wurde des Staatsarchiv aufbewahrt.

[53] siehe Graphik des Bootes.

[54] *Stadion:* siehe Maßtabelle.

[55] *Fuß:* siehe Maßtabelle.

[56] *Legat:* ursprünglich Hilfsbeamter eines außerhalb Italiens tätigen höheren Magistrats. Im militärischen Bereich Führungsgehilfe des Oberbefehlshabers.

[57] *Primuspilus:* Titel des 1. Centurio der 1. Cohorte in der römischen Legion.

[58] siehe Tabelle der Hohlmaße.

[59] siehe Tabelle der Hohlmaße

[60] *Pontifex maximus:* oberster Staatspriester.

[61] *Legatus propraetore:* Legat mit praetorischem Rang.

[62] *Durocortorum:* das heutige *Reims.*

[63] vgl. Caesar, bell. Gall. VI, 44, 1–3.

[64] *Interrex* (wörtlich: Zwischenkönig): Bei Ausfall der Regierung durch Tod, Abdankung oder sich hinschleppende Wahlen ernannte der Senat aus seinen Reihen den Interrex, damit dieser die laufenden Geschäfte erledigte.

[65] *Decurio:* oberster Magistrat in italischen oder Provinzstädten.

[66] 18.00 Uhr.

[67] *Libitina:* Begräbnisgöttin, vielleicht etruskischen Ursprungs. Sie hatte ihr Heiligtum in Rom – in einem heiligen Hain –, wo die Leichenbestatter unter anderem ihre Geräte aufbewahrten. Bei Vakanz von Consulat und Praetur wurden dort auch die Rutenbündel der hohen Exekutivbeamten aufbewahrt.

[68] *As:* siehe Münztabelle.

[69] *Trichinium:* Speisezimmer.

[70] *Triclinarii:* Tischsklaven.

[71] *Ergastulum:* meistens im Keller eines Hauses gelegener Zwangsarbeitsraum für Sklaven, die dort angekettet wurden.

Biographisches zu handelnden oder genannten Personen

In einem historischen Roman agieren nicht nur Personen, die durch die Überlieferung belegt sind, sondern auch solche, die der Phantasie des Autors entsprungen sind. Um den Leser, der vielleicht an anderer Stelle dem politischen Rahmengeschehen vertiefend nachgehen möchte, nicht irrezuführen, steht hinter den Namen der Personen ein (h) für »historisch«, ein (f) für »fiktiv«.

Alexander, Sohn des Alexander aus Theben (f): Sklave des Gaius Volcatius Tullus. Alexander kam zusammen mit seinem (inzwischen verstorbenen) Vater während des III. Mithridatischen Krieges (74–64) nach Rom. Wie andere griechische Gemeinden hatte sich Theben auf die Seite des romfeindlichen pontischen Königs Mithridates VI. Eupator geschlagen. Alexander ist um 83 v. Chr. geboren.

Antonius Hybrida, C. (h): praet. 66 v. Chr., cos. 63, cens. 42. Sohn des Redners Marcus Antonius, war zusammen mit M. Tullius Cicero Consul im Krisenjahr 63. Cicero gewann sich sein Wohlverhalten durch das Angebot einer einträglichen Statthalterschaft. Bei der Niederwerfung Catilinas durch Cicero hielt er sich zurück. 62–60 skandalöse Verwaltung Makedoniens. 59 angeklagt und trotz Ciceros Verteidigung verurteilt. Ging ins Exil.

Autronius Paetus, P. (h): quaest. 75 v. Chr., cos. des. 65. Autronius war für 65 zum Consul gewählt, aber vor Antritt des Amtes wegen Wahlbestechung angeklagt. Die Wahl wurde für ungültig erklärt. Er schloß sich daraufhin Catilina an, wurde schon 62 wegen Beteiligung an der Verschwörung erneut verurteilt. Exil in Makedonien.

Athenodoros (f): griechischer Arzt mit philosophischen Interessen; Hausarzt der Volcatier; Anhänger der Lehre des Hippokrates.

Clodia (h): jüngste der drei Schwestern des Publius Clodius Pulcher. War mit Lucius Lucullus verheiratet, der sich 66 von ihr wegen erwiesener Untreue trennte. Zur Zeit der Handlung 37 Jahre alt.

Clodius Pulcher, P. (h): tr. pl. 58 v. Chr., aed. 56. Er beherrschte mit seinen Banden in den fünfziger Jahren die Straßen Roms. Versuchte zwischen Popularen und Optimaten Politik auf eigene Faust zu machen, verstand es, die Masse der Minderbemittelten und Sklaven für sich zu begeistern. Seinem enormen Ehrgeiz entsprach keinerlei Ethos, er ließ sich treiben von Haß, Wut und kurzsichtigem Eigennutz. Die Tyrannei seiner Banden trug stark zum Niedergang der Republik bei. Er wurde 52 von der Bande seines Gegners Milo erschlagen.

Cornificius, Q. (h): Er entstammt einer plebejischen Familie, die mehrfach im 1. Jahrhundert v. Chr. genannt wird. Sein Vater war 69 Volkstribun, 66 Praetor, bewarb sich als Homo novus für 63 erfolglos um das Consulat. Quintus Cornificius war Offizier in Diensten Caesars, wahrscheinlich 45 Praetor. 44–42 in Africa Vetus in magistralen Aufgaben tätig; er fiel bei Utica. Cornificius gehörte zum Dichterkreis der Neoteriker (Neutöner, wie Cicero sie nannte) um Catull, der ihm das Carmen 38 widmete. Er verfaßte galante Verse, war mit dem jungen Vergil befreundet.

Iulius Caesar, C. (h): 100–44 v. Chr.; praet. 62, cos. 59, 48, 46, 45, 44; dict. 49, 48/47, 46, 45, 44. Zur Zeit der Handlung, Ende 53, meint er, ganz Gallien erobert und befriedet zu haben. Er hält sich den Winter 53/52 in Ravenna auf, beobachtet von dort sorgenvoll die Entwicklung der römischen Verhältnisse.

Labienus, T. (h): Legat Caesars in Gallien.

Loco, C. (f): gelernter Schuster; Centurio, der in Caesars Gallien-Armee diente, nachdem er zuvor unter Pompeius im Osten und Westen seine Laufbahn begann. In Caesars berühmter X. Legion stieg er bis zum 2. Centurio der 1. Cohorte auf, nahm aber kurz vor Erreichen der höchsten Rangstufe seinen Abschied. Mit der Abfindung machte er in Rom eine Schuhmanufaktur auf. Zur Zeit der Handlung 46 Jahre alt.

Philon (f): Freigelassener und Sekretär des Autronius Paetus.

Pompeius Magnus, Cn. (h): 106–48 v. Chr.; cos. 70, 55, 52. 55 erhielt Pompeius beide spanischen Provinzen als Proconsul zugewiesen. Er blieb jedoch in (bei) Rom, wo die immer unerträglicher werdende Anarchie seine Stellung indirekt stärkte. Nach dem Chaos des Winters 53/52 wurde er im Einvernehmen mit dem Senat alleiniger Consul und stellte die Ordnung wieder her.

Postumius Tubertus, M. (f): Legat des Pompeius.

Selenus (f): Freigelassener und Privatsekretär des Lucius Volcatius Tullus; hoch gebildeter, feinsinniger Grieche. Erzieher und Hauslehrer der Söhne des Volcatius. Treibt privat gelehrte Studien. Mit Ciceros Sekretär Tiro eng befreundet.

Volcatius Tullus, C. (h): Er entstammt einem Geschlecht des römischen Uradels, das seine Genealogie bis in etruskische Zeiten zurückverfolgen kann. Gaius war höherer Offizier unter Caesar in Gallien und später im Bürgerkrieg. Im Jahre 53 v. Chr. wurde ihm das Kommando über die Wache an der Rheinbrücke bei Andernach (12 Cohorten = 7200 Mann) übertragen (vgl. Caesar, bell. Gall. VII, 29,3). Im Unterschied zu seinem Vater strebte er zunächst keine politische Laufbahn an. Die kargen Mitteilungen lassen annehmen, daß er zum Legaten befördert wurde. Erst im Jahre 48 wird er wieder genannt (Caesar, bell. civ. III, 52,2), und man wird wieder die Stellung eines Legaten annehmen dürfen. Die Filiation zu Lucius Volcatius Tullus ist nicht gesichert, doch denkbar.

Volcatius Tullus, L. (h): cos. 66 v. Chr. Über sein Leben vor diesem Jahre ist wenig bekannt. Man nimmt an, daß er »suo anno«, d. h. in dem von der Verfassung vorgeschriebenen Mindestalter von 43 Jahren, Consul wurde; demnach müßte er im Jahre 109 geboren sein. Freilich kann er auch einige Jahre älter sein.
Um die Aedilität hat er sich erfolglos beworben, gelangte dann aber doch zu höheren Ehrenstellen. Die Praetur dürfte er 69 bekleidet haben. Im Jahre 66 war er zusammen mit M. Aemilius Lepidus Consul. Zur Amtsführung ist u. a. überliefert, daß er vor den Wahlen für 65 ein senatorisches Consilium (Ältestenrat) einberief und als wahlleitender Consul den Catilina von der Kandidatur zum Consulat ausschloß, weil dieser wegen Erpressung und Korruption während seiner Statthalterschaft in Africa angeklagt war.
In den folgenden Jahren ist er in der Politik nicht mehr führend hervorgetreten. Die Quellen schildern ihn als einen zurückhaltenden, friedliebenden, aufrechten und zugleich moralisch unbeugsamen Charakter, der z. B. den Mut aufbrachte, Caesar in einer Senatssitzung des Jahres 46 die Stirn zu bieten. Wie lange er lebte, ist nicht bekannt.

Volcatius Tullus, L. (h): cos. 33 v. Chr. (Sohn von Lucius Volcatius Tullus). Über seine Jugend ist nichts bekannt. Erstmals ist er faßbar als Praetor im Jahre 46. Ein Jahr später Statthalter, wahrscheinlich in Kilikien. Als Consul war er Kollege des jungen Augustus. Einzelheiten zu seiner Amtsführung sind nicht greifbar. Für sein weiteres Leben fehlen jegliche Nachrichten. Zur Zeit unserer Geschichte ist er ca. 20 Jahre alt.

Abkürzungen römischer Amtsbezeichnungen

aed. – Aedil
cens. – Censor
cos. – Consul
cos. des. – Consul designatus (Designierter Consul)
cos. suff. – Consul suffectus (im Lauf eines Jahres an die Stelle eines anderen gewählter Consul)
dict. – Dictator
mag. equ. – Magister equitum (Reiteroberst, dem Dictator untergeordnet)
praet. – Praetor
quaest. – Quaestor
tr. pl. – Tribunus plebis (Volkstribun)

Abkürzungen römischer Vornamen

A. = Aulus
Ap. = Appius
C. = Gaius*
Cn. = Gnaeus*
D. = Decimus
L. = Lucius
M. = Marcus
M'. = Manius (oder: Manilus)
Mam. = Mamercus
P. = Publius
Q. = Quintus
Ser. = Servius
Sex. = Sextus
Sp. = Spurius
T. = Titus
Ti. = Tiberius

Frauen und Mädchen erhielten keinen individuellen Vornamen, sondern trugen den Familiennamen mit der Femininendung a. So hieß etwa die Tochter Caesars »Iulia«, die Tochter Ciceros »Tullia«.

---

* Die Schreibung mit C ist eine archaische Form.

Maße

1 Fuß (pes) = 29,6 cm
1 Stadion = 178,6 m
1 römische Meile (milia passuum = 1000 Doppelschritte) = 1,48 km

Hohlmaße

1 medimnos = 52,4 Liter
1 modius (Scheffel) = 8,73 Liter

Münzen

Die Münznamen sind eigentlich Gewichtsnamen. So hat das römische *As* ein Gewicht von ursprünglich 327 g, war ein Kupferstück, dessen Wert immer mehr sank – bis auf 27,3 g.

Denar (denarius): entsprach ursprünglich 10 Bronze-Assen, später im Gewicht von 3,89 g.

Sesterz (sestertius): 2,5 Asse, kleinste römische Silbermünze.

Aureus: Goldmünze, am Ende der römischen Republik Einheit der römischen Goldprägung im Werte von 25 Denaren und 100 Sesterzen.

Talent: Gewichtseinheit von 26,2 kg (Gold oder Silber).

Die Umrechnung aller Münzwerte in moderne Währungen ist sehr kompliziert, da sie oft innerhalb weniger Jahre durch Inflation ihren realen Wert ändern. In Analogie gesetzte moderne Werte sagen nichts über die wirkliche Kaufkraft aus; man muß von Fall zu Fall wissen, was etwa Brot, Eier, Schuhe usw. kosten, was für den Bau eines Hauses oder die Unterhaltung einer Armee ausgegeben wurde.

Tageseinteilung

Griechen und Römer teilten die Zeit von Sonnenaufgang (Winter: 7.33, Sommer: 4.27 Uhr) bis Sonnenuntergang (Winter: 16.27, Sommer: 19.33 Uhr) in zwölf gleiche Einheiten, die mit Sonnen- und Wasseruhren gemessen wurden.
Die Nacht hatte vier Abschnitte: *Vigiliae* = Nachtwachen. Sie begann mit Sonnenuntergang. Der Anfang der ersten Nachtwache fiel also im Sommer auf ca. 19.30 Uhr, im Frühling und Herbst auf ca 18.00 Uhr, im Winter auf ca. 16.30 Uhr.
Die zwölf Stunden des hellen Tages waren ebenfalls in vier Abschnitten zusammengefaßt:
– *mane* (Frühe): von Sonnenaufgang bis zum Schluß der 3. Stunde
– *ad meridiem* (Vormittag): bis Ende der 6. Stunde
– *de meridie* (Nachmittag): bis Ende der 9. Stunde
– *suprema* (Abend): bis zum Schluß der 12. Stunde (= Sonnenuntergang).
Diese Tagesabschnitte wurden von den Amtsdienern der Consuln öffentlich ausgerufen. Die Stundenrechnung und der Gebrauch von Uhren blieben das Vorrecht der Begüterten und der Stadtbevölkerung.
Die folgende Übersicht zeigt, wie sich Länge und Beginn der jeweiligen Tagesstunden im Laufe der zwölf Monate veränderten.

Die römische Stundeneinteilung des Tages im Laufe der zwölf Monate

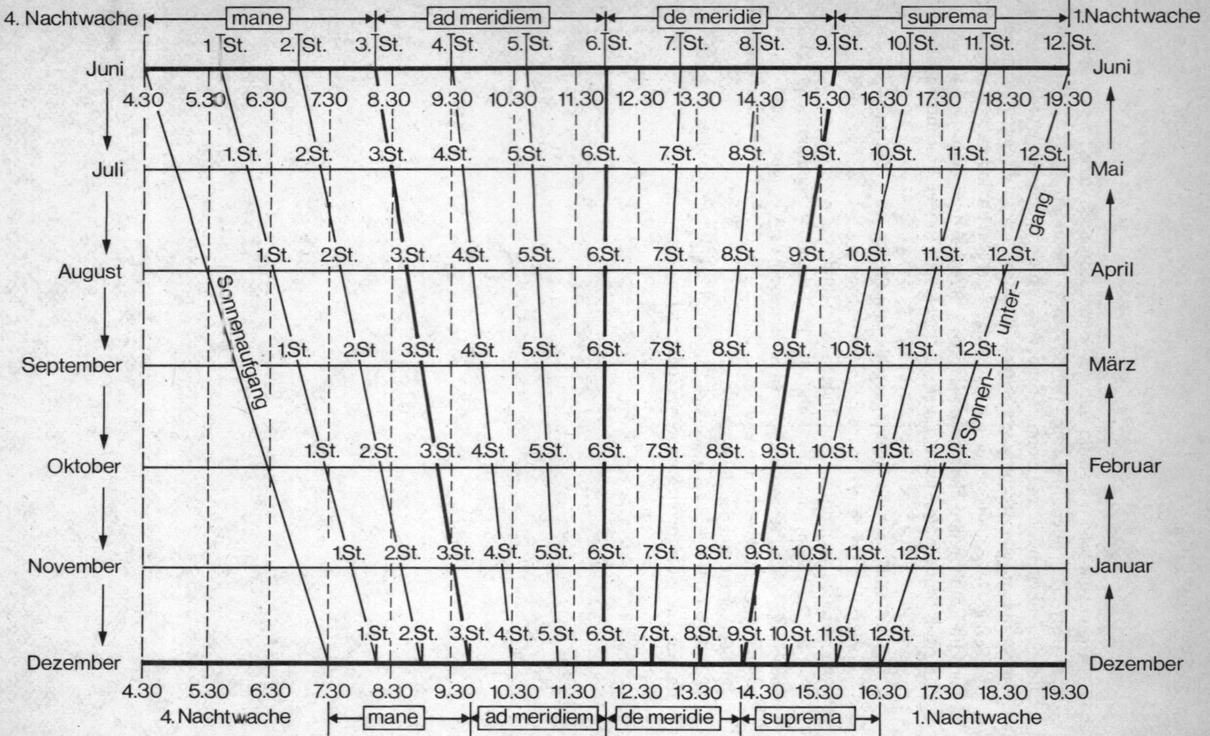

Die *Villa Rustica* der Volcatier in Tusculum

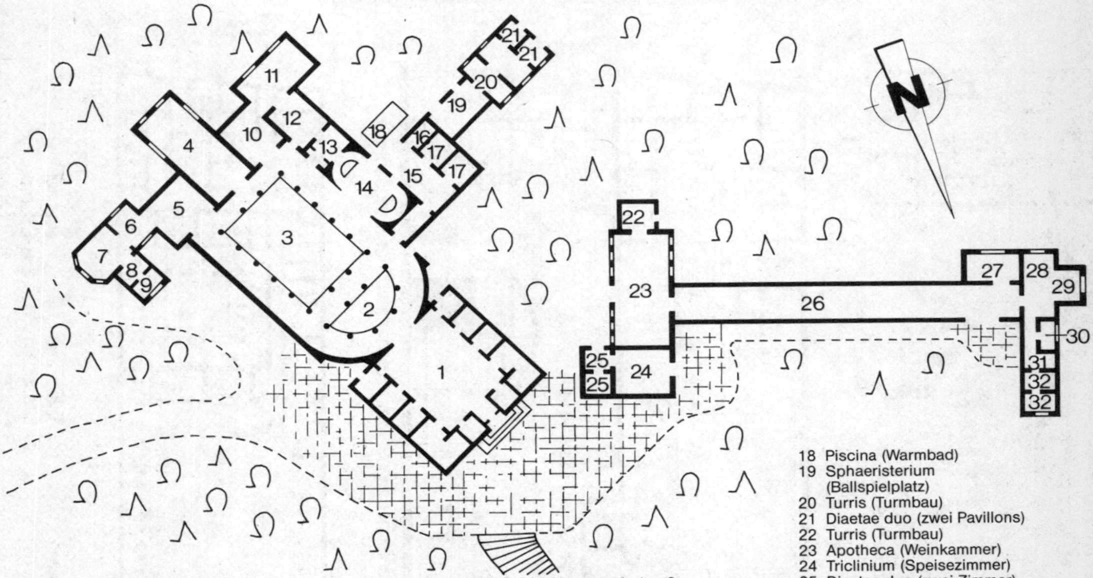

1 Atrium
2 Area (Innerer Hofraum)
3 Cavaedium (Empfangshalle)
4 Triclinium (Speisezimmer)
5 Cubiculum amplum (großes Wohnzimmer)
6 Cubiculum minus (kleines Wohnzimmer)
7 Cubiculum (Wohnzimmer)
8 Transitus (Korridor)
9 Dormitorium (Schlafzimmer)
10 Cubiculum (Wohnzimmer)
11 Cubiculum grande (großes Schlafzimmer)
12 Cubiculum cum procaetone (Gemach mit Vorzimmer)
13 Cella frigidaria (Kaltwasserbad)
14 Unctorium (Salbzimmer)
15 Hypocauston (Zentralheizung)
16 Propnigeon (Heizraum für das Bad)
17 Cellae (Kabinen)
18 Piscina (Warmbad)
19 Sphaeristerium (Ballspielplatz)
20 Turris (Turmbau)
21 Diaetae duo (zwei Pavillons)
22 Turris (Turmbau)
23 Apotheca (Weinkammer)
24 Triclinium (Speisezimmer)
25 Diaetae duo (zwei Zimmer)
26 Cryptoporticus (gedeckte Wandelhalle)
27 Heliocaminus (Sonnenbad)
28 Cubiculum (Wohnraum)
29 Zotheca (Veranda)
30 Cubiculum (Schlafzimmer)
31 Hypocauston (Heizraum)
32 Cubiculum (Zimmer mit Vorraum)

Grundriß einer Domus, eines Stadthauses

a Modell
b Grundriß-schema

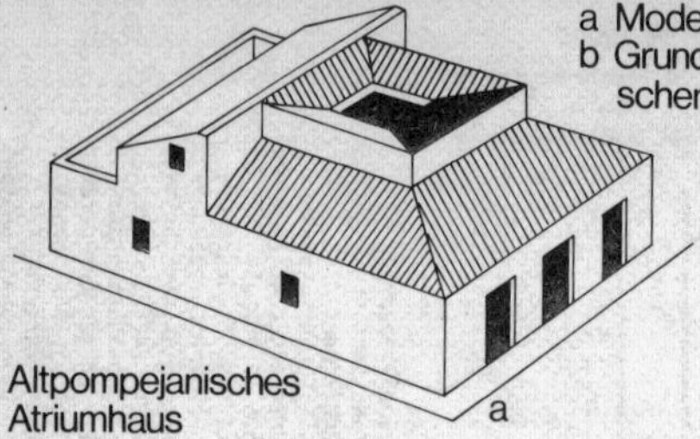

Altpompejanisches Atriumhaus

a

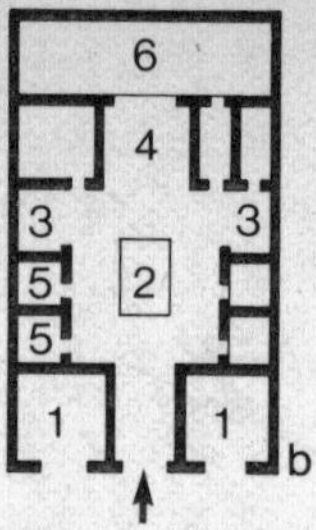

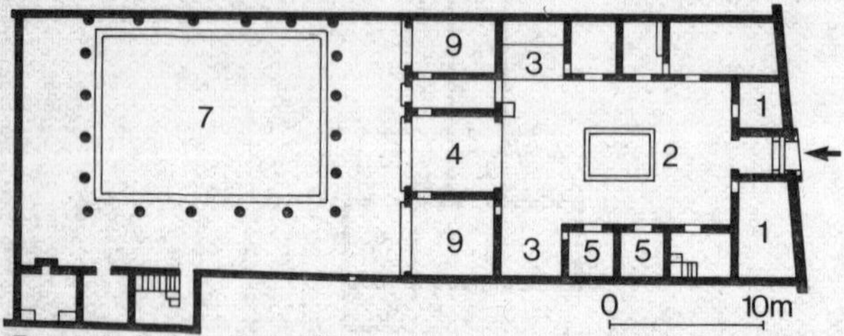

Pompejanisches Peristylhaus

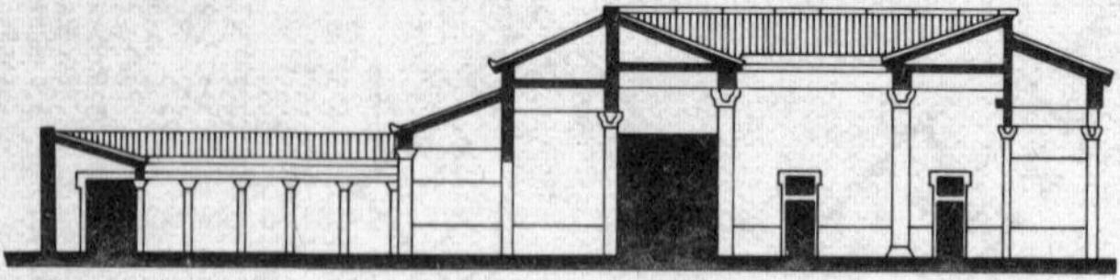

Pompejanisches Peristylhaus (schematischer Längsschnitt)

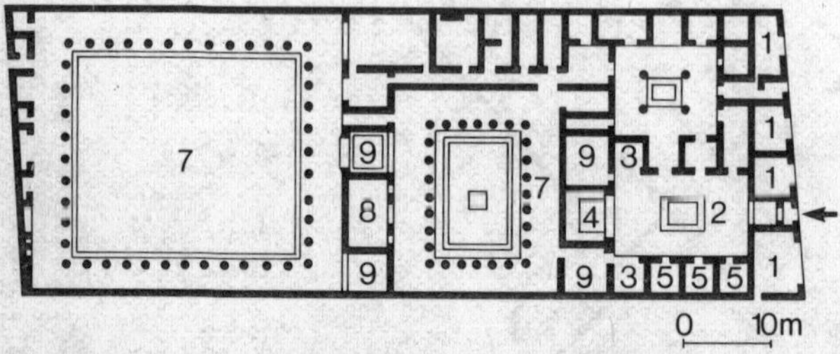

1 Taberna
2 Atrium
3 Ala
4 Tablinum
5 Cubiculum
6 Garten
7 Peristyl
8 Exedra
9 Triclinium

Draufsicht und Querschnitt des römischen Schnellseglers „Nausikaa"

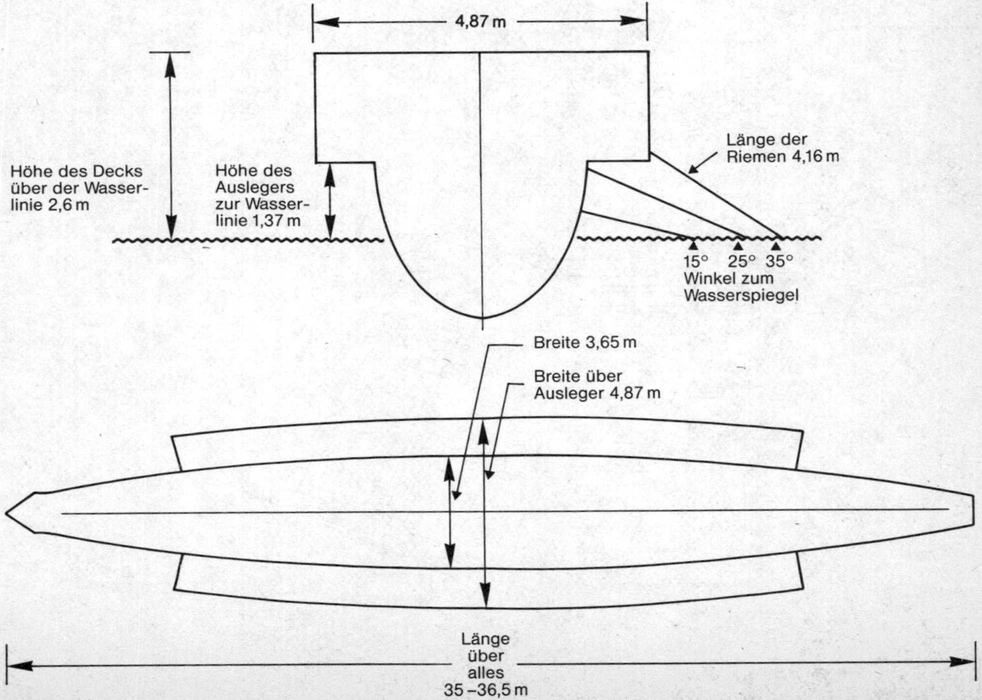

Privathaus in Ostia

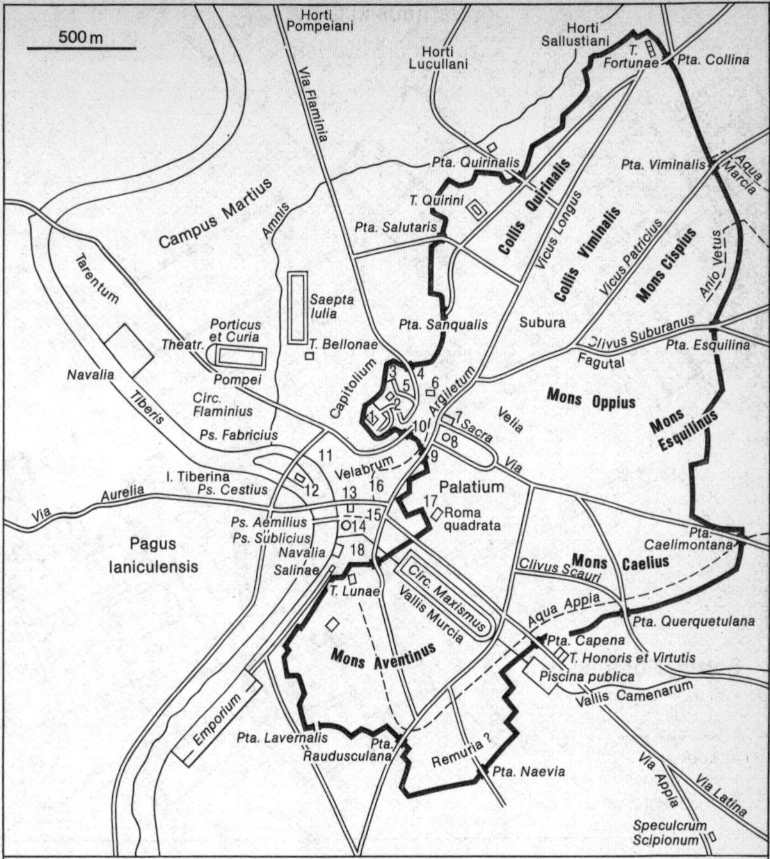

Rom zur Zeit der Republik

Sog. Servianische Mauer (318 v. Chr.)

Straßen (Netz im Stadtgebiet nicht überall genau festgelegt)

Regionen des frührömischen Königs Servius Tullius

Circ. = Circus
I. = Insula
Ps. = Pons
Pta. = Porta
V. = Via
T. = Templum

1 Templum Iovis Capitolini
2 Tabularium
3 Templum Iunonis Monetae
4 Porta Fontinalis
5 Carcer (Tullianum)
6 Curia Hostilia
7 Basilica Aemilia
8 Templum Vestae
9 Porta Flumentana
10 Porta Carmentalis
11 Forum Holitorium
12 Templum Ansculapii
13 Templum Portuni
14 Templum Rotundum
15 Forum Boarium
16 Cloaca Maxima
17 Templum Iovis Victoris
18 Porta Trigamina

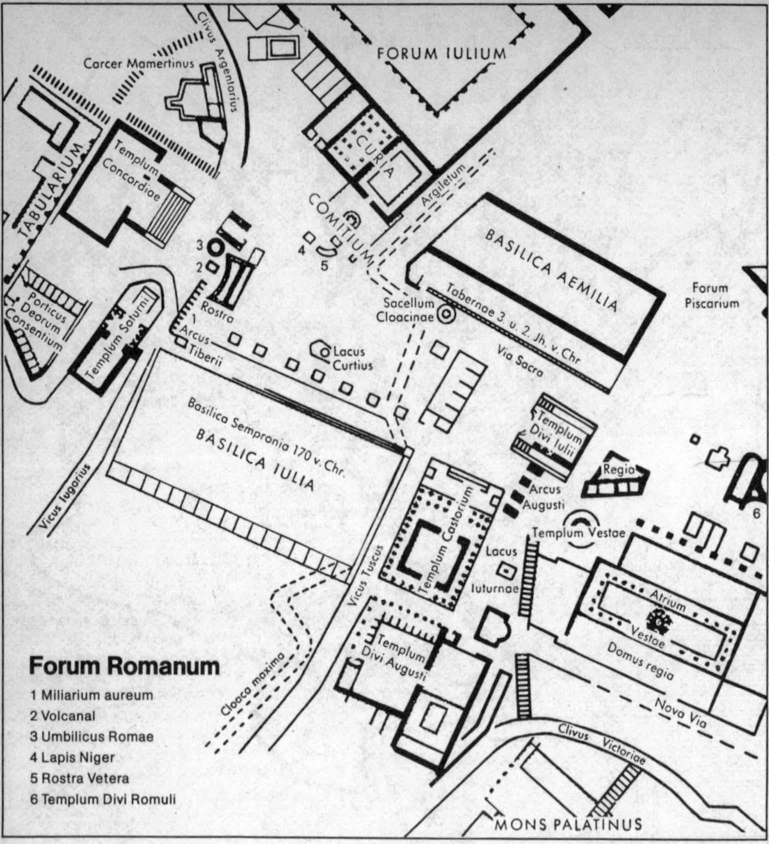
FORUM IULIUM
Clivus Argentarius
Carcer Mamertinus
TABULARIUM
Templum Concordiae
CURIA
Argiletum
COMITIUM
BASILICA AEMILIA
Forum Piscarium
Tabernae 3. u. 2. Jh. v. Chr
Sacellum Cloacinae
Via Sacra
Rostra
Porticus Deorum Consentium
Templum Saturni
Arcus Tiberii
Lacus Curtius
Basilica Sempronia 170 v. Chr.
BASILICA IULIA
Vicus Iugarius
Templum Divi Iulii
Regia
Arcus Augusti
Templum Castorum
Templum Vestae
Lacus Iuturnae
Vicus Tuscus
Atrium Vestae
Domus regia
Templum Divi Augusti
Cloaca maxima
Nova Via
Clivus Victoriae
MONS PALATINUS
Forum Romanum
1 Miliarium aureum
2 Volcanal
3 Umbilicus Romae
4 Lapis Niger
5 Rostra Vetera
6 Templum Divi Romuli

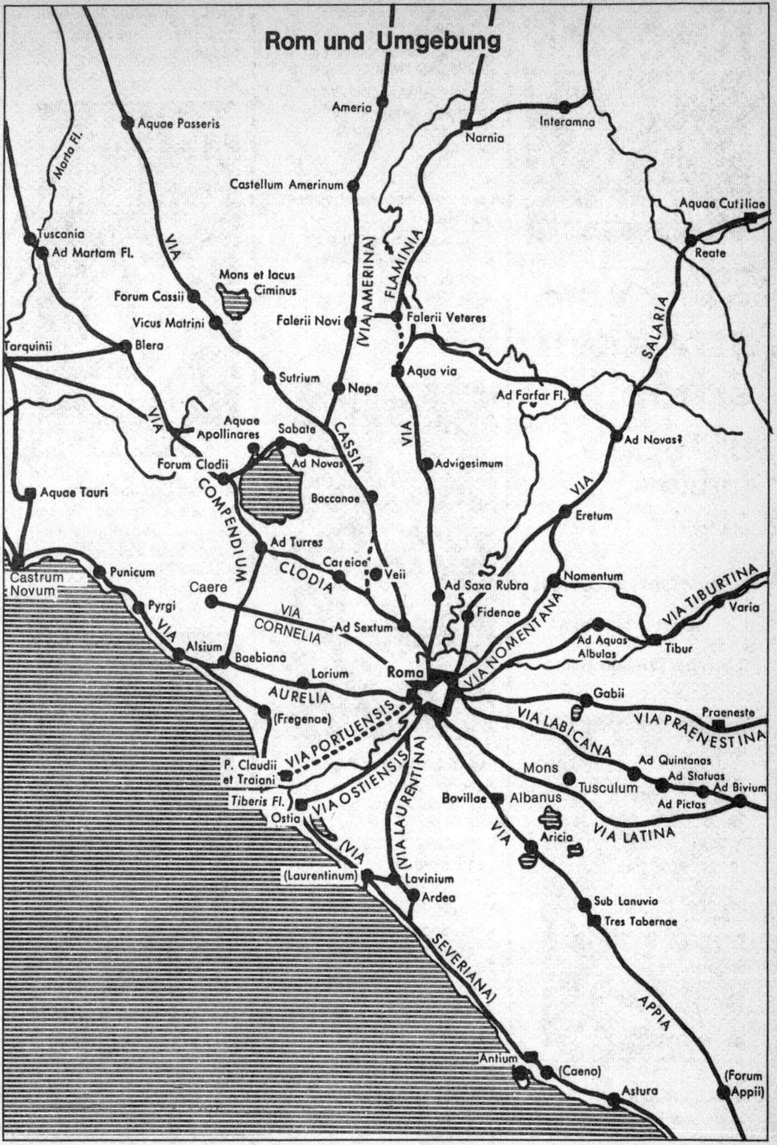
Rom und Umgebung
Ameria
Interamna
Narnia
Aquae Passeris
Marta Fl.
Castellum Amerinum
Aquae Cutiliae
Reate
Tuscania
Ad Martam Fl.
VIA
(VIA AMERINA)
FLAMINIA
Mons et lacus
Ciminus
Forum Cassii
Vicus Matrini
Falerii Novi
Falerii Veteres
SALARIA
Tarquinii
Blera
Aqua via
Sutrium
Nepe
Ad Farfar Fl.
VIA
Aquae
Apollinares
Sabate
CASSIA
VIA
Ad Novas?
Forum Clodii
Ad Novas
Advigesimum
Aquae Tauri
COMPENDIUM
Baccanae
VIA
Eretum
Ad Turres
Careiae
Veii
Castrum
Novum
Punicum
CLODIA
Caere
Ad Saxa Rubra
Nomentum
VIA TIBURTINA
Varia
Pyrgi
VIA
CORNELIA
Ad Sextum
Fidenae
VIA NOMENTANA
Ad Aquas
Albulas
Tibur
VIA
Alsium
Baebiana
Lorium
Roma
Gabii
AURELIA
Praeneste
VIA PORTUENSIS
VIA LABICANA
VIA PRAENESTINA
(Fregenae)
P. Claudii
et Traiani
VIA OSTIENSIS
(VIA LAURENTINA)
Mons
Ad Quintanas
Ad Statuas
Tusculum
Ad Bivium
Tiberis Fl.
Ostia
Bovillae
Albanus
Ad Pictas
VIA LATINA
VIA
Aricia
(VIA
(Laurentinum)
Lavinium
Ardea
Sub Lanuvio
Tres Tabernae
SEVERIANA)
APPIA
Antium
(Caeno)
Astura
(Forum
Appii)

Knaur

Präsentbücher

Zum Verschenken schön.

Bibliophil – farbig – preiswert

Bodmer, Carl und George Catlin:
Die schönsten Indianerbilder
Band 3665. 96 Seiten mit 31 Farbtafeln.

Doré, Gustave:
Bilder zur Bibel
Das Alte Testament in Holzstichen. Band 4208. 96 Seiten.

Irving, Washington:
Alhambra
Mythen und Geschichten um das Traumschloß der Mauren. Eine Auswahl mit den schönsten zeitgenössischen Gravuren. Band 4202. 96 Seiten.

Lord Byrons Schönheitengalerie
44 Charackterportraits der Damen aus Lord Byrons poetischen Werken. Band 4204. 96 Seiten mit farbigen Abbildungen.

Menzel, Ilse und Peter:
Alte Bauerngärten
Im Spiegel zeitgenössischer Abbildungen. Band 4206. 96 Seiten mit 32 ganzseitigen Farbtafeln.

Menzel, Ilse und Peter:
Orchideen und Bromelien
Alte Stiche aus der Zeit der Pflanzensammler und Orchideenjäger. Band 4201. 96 Seiten mit 90 meist farbigen Abbildungen.

Menzel, Ilse und Peter:
Tulipan, Narziss und Kaiserkron
Blütenpracht aus Zwiebeln und Knollen auf alten Stichen. Band 4203. 96 Seiten mit 32 Seiten vierfarb. Abbildungen.

Menzel, Ilse und Peter:
Aus alten Kräuterbüchern
Heil- und Zauberkräfte der Natur. Band 4205. 96 Seiten mit 32 ganzseitigen Farbtafeln.

Ridinger, Johann Elias:
Entwurff einiger Thiere
Wie solche nach ihren unterschiedenen Arten, Actionen und Leidenschafften, nach dem Leben gezeichnet. Band 4207. 96 Seiten mit zahlr. Abb.